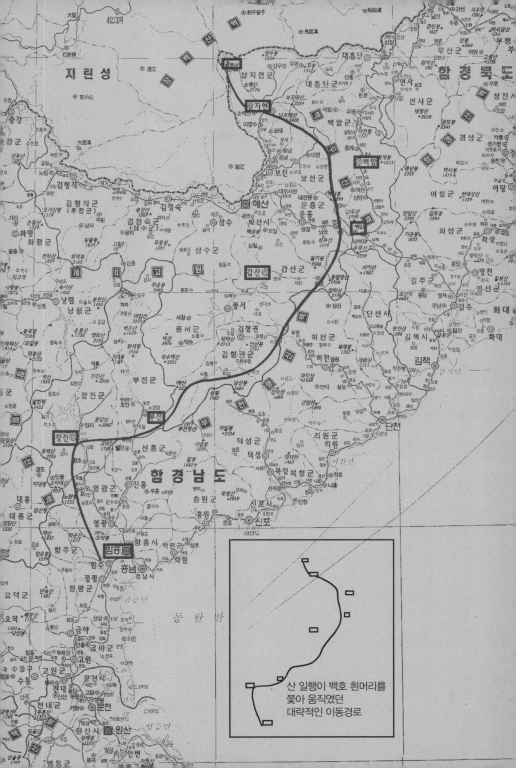

산 일행이 백호 흰머리를
쫓아 움직였던
대략적인 이동경로

밀림무정

密林無情

1

김탁환 장편소설

다산
책방

산골로 가는 것은 세상한테 지는 것이 아니다.
세상 같은 건 더러워 버리는 것이다.

- 백석, 「나와 나타샤와 흰 당나귀」 중에서 -

흰머리

백호. 개마고원 일대를 지배하는 왕대. 7년 동안 만주와 연해주에서 산의 추격을 받다가 개마고원으로 돌아온다.

산

개마고원 최고의 포수. 7년 동안 '흰머리'를 추격하였다. 개마고원으로 흰머리를 잡기 위해 간다.

주홍

생물학자. 대학원 졸업 후 호랑이 연구를 위해 반년 동안 시호테알린 산맥과 아무르 강 등지에 머물다가, 조선 호랑이를 찾아서 개마고원으로 간다.

히데오

일본군 소좌이자 해수격멸대 대장. 개마고원에서 호랑이를 멸종시키고자 한다.

수

산의 동생. 7년 전 흰머리에게 팔을 잃고 노름에 빠져든다. 히데오의 충복 노릇을 한다.

웅

산과 수의 아버지로 뛰어난 포수. 7년 전 사냥을 나갔다가 목숨을 잃는다.

쌍해

포수. 쇠도리깨와 그물을 잘 쓴다. 웅과 의형제를 맺은 사이로, 산과 수를 돌본다.

치요코

창경원 사육사. 주홍과 대학 동기동창이다.

청룡

사냥개들의 우두머리인 풍산개.

차례

──────────── 1권

신의 괴물 10

사냥 뒤에 남는 것 86

조선의 지붕을 달리다 164

폭설, 내 사랑 278

2권 ────────────

멈추면 죽음이다

모든 걸 잃을지라도

호랑이의 혼으로

덫

거기, 흰머리가 있었다

에필로그

작가의 말

감사의 글

개정판에 부쳐

압도적으로 강하거나 빠르지 않다면,
야생에서 흰 빛깔을 뿜으며 생존하기란 어렵다.
백색 포식자가 믿는 것은 오로지 자기 자신이다.

신의 괴물

산﹝山﹞의 옆자리는 비어 있었다. 경성발 함흥행 기차에 길봇짐을 지고 비트적비트적 오른 승객도 감히 그 자리를 탐하진 못했다. 머리에 쌓인 눈을 흘으며 생쥐처럼 쪼르르 좁은 복도를 달려온 코흘리개들은, 산의 깊은 눈에 제 눈을 맞추며 벙긋거리다가도 팔뚝에 깊게 팬 거뭇한 흉터를 보고 울음을 터뜨렸다. 갓 출산한 어미 개처럼, 여인들은 등을 보이며 돌아서서 아이들의 들썩이는 어깨를 도닥였다. 철마﹝鐵馬﹞는 시위하듯 더운 기침을 헛헛헛헛 토하며 푹푹 눈 내리는 역사﹝驛舍﹞를 빠져나갔다.

산은 기차가 가고 멎고 다시 가는 내내 고요했다. 긴 눈물이나 정겨운 이야기는 허락되지 않았다. 육각 연필을 쥔 털투성이 오른손만이 스케치북 위를 수색병처럼 돌아다녔다. 길게 자라 끝이 갈린 앞머리가 넓은 이마와 짙은 눈썹을 가렸다. 큰 코는 잔등이 살짝 휘었고 귓불에서 턱까지 수염이 **빽빽했다**. 광대뼈는 언덕마루처럼 높고도 넓었고 소나기처럼 죽죽 그어 내린 뺨의 주름살은 날렵함과 동시에 혹독한 기억을 뿜었다. 두툼한 입술은 침묵의 편이었고 근육이 붙어 굵은 목은 나무 밑동을 닮았다. 짧게 다듬은 손톱과 가늘고 긴 손가락에만은 야성野性의 그림자가 드리우지 않았다. 기차를 닮은 심장을 지녔을까. 연필심을 종이에 대면 기차의 흔들림이 잦아들었고 연필을 들면 갑자기 기차가 요동쳤다. 산은 연필심이 스케치북에 닿았다가 떨어질 때마다 미간을 찡그리며 날숨을 내뱉었다. 강을 건너고 고개를 넘고 굴을 통과하며, 기차는 때론 규칙적으로 때론 불규칙적으로 때론 규칙에 불규칙을 섞어 흔들렸다. 종이를 쳐다보는 산의 시선도, 연필심과 종이 사이에서 풍지風紙처럼 떨렸다.

한 시간이 넘도록 산은 맹수의 뒷발에 집중했다. 발바닥이 지탱할 몫은 그 짐승의 체중 이상이다. 단 한 번의 습격으로 쓰러뜨려야 하는 먹잇감과의 거리, 그 먹잇감의 크기와 빠르기와 방어 수단까지, 허기로 이어진 실패의 기억과 먹잇감의 목에 박은 송곳니의 감촉까지, 모조리 발바닥에 담긴다. 놈의 유난히 긴 둘째 발가락을 노려보는 산의 눈은 불잉걸이다. 열기를 가라앉히려는 걸까. 턱을 치켜들고 오른손등으로 수염을 쓸었다. 단단한 턱에서 귀밑까지 실뱀처럼 검게 도드라진 흉터가 드러났다가 사라졌다. 맹수의 뒷발과 꼬리, 엉덩이를 지나 몸통과 앞발에 돋은 발톱까지 한

달음에 내달렸다. 가슴에 큰 대*를 쓸 때는 석봉이 부럽지 않았고, 이마에 임금 왕王을 아로새길 때는 추사에 가까웠다. 백수의 왕 호랑이였다.

호랑이는 바람이다. 한살이一生 전부를 떠돌아다니는 높바람. 생후 한 달 만에 어미 호랑이를 따라 굴 밖으로 나선 후로는 정착을 모르고 이동한다. 수놈은 1,000제곱킬로미터, 암놈도 400제곱킬로미터가 넘는 세력권을 돌고 돌고 또 돈다. 멈추면 소멸되는 광풍, 호랑이.

— 조선 호랑이로군요! 호랑이 중 가장 크고 힘센 밀림의 지배자! 열한두 살배기 수컷쯤 되나요? 다른 놈이라면 꺾일 나이지만 이 녀석은 바야흐로 가장 왕성한 꽃 시절이네요. 먹잇감의 숨통을 단번에 짓이길 만큼 잘 발달된 송곳니, 두꺼운 살갗을 단번에 찢으며 들러붙을 만큼 날카로운 발톱! 군자는 입을 아끼고 범은 발톱을 아낀다고 했던가요? 살 속에 감추고 다니는 발톱이 튀어나온 걸 보니 먹잇감을 향해 도약하기 직전이로군요.
산은 말없이 눈썹만 추켜올렸다.
— 호랑이는 15미터 이내로 접근한 후에야 공격을 시작하죠. 150미터 이상 추격하는 법도 없고. 최대한 가까이 다가간 후 단 한 번의 급습으로 상황을 끝내는 탁월한 사냥꾼이죠. 오늘 이놈의 허기를 채워줄 짐승은 뭔가요? 다 자란 멧돼지? 백두산사슴? 노

루? 이 정도면 불곰과 맞붙어도 이기겠어요.

사냥용 모자로 이마를 가린 여자가 처음부터 맡아두었던 것처럼 옆자리에 털썩 앉았다. 자작나무처럼 키가 크고 목소리가 시원시원한 여자였다. 그미는 배낭을 발아래에 놓고 허리를 숙여 등산용 신발 끈부터 느슨하게 풀었다. 긴 손가락이 매듭과 매듭 사이를 종횡으로 리듬을 타며 능숙하게 오갔다. 갑자기 기차가 덜컹 흔들리는 바람에 그미의 몸이 앞으로 쏠렸다. 산이 재빨리 팔을 뻗어 그 어깨를 붙들었다. 모자가 빙글 뒤집힌 채 바닥에 떨어졌다.

— 고마워요.

그미가 고개를 돌려 설핏 미소 지었다. 겨울 숲 속 샘처럼 맑은 눈동자가 그믐보다 짙은 눈썹 아래에서 반짝였다. 머리카락은 어깨에 닿을 듯 찰랑거렸고 갈색 피부에 붉은 기운이 살짝 맴도는 뺨은 잘 영글어 터지기를 기다리는 석류를 닮았다. 산이 모자를 주워 내밀었다. 그미가 보조개를 살짝 내보이며, 모자를 받아 무릎 위에 얹었다. 그러고는 산이 다시 종이 위로 시선을 돌리기 전에 서둘러 물었다.

— 함흥에는 무슨 일로 가세요? 화가신가요?

— 아니오.

무뚝뚝한 대답과 함께 산은 백두산사슴 가죽으로 만든 수제 가방에 스케치북과 연필을 넣고는 무릎 아래 두었던 키 높은 털모자를 집어 들며 일어섰다. 갓난아기 하나는 넉넉히 들어갈 만큼 크고 불룩한 가방이었다. 산은 그미가 말을 더 붙일 사이도 없이, 사습과는 어울려 놀지 않는 호랑이처럼 복도로 성큼 나섰다. 산이 걸음을 뗄 때마다 승객들이 시선을 피하며 창 쪽 좌석으로 바짝 붙었다. 출입문을 열자, 소나기눈 섞인 황소바람이 산의 몸을 삼키고 객실 안을 휘돌았다. 승객들은 일제히 고개를 숙이며 목도리든 모자든 수건이든 얼굴을 가릴 수 있는 것이라면 무엇이든 들고 감쌌다. 함경도의 겨울바람은 화살보다 빠르고 칼날보다 예리했다. 달리는 기차에 얹혀 날아드는 바람은 죽음을 부르는 저승사자의 입김처럼 싸늘하고 어둡고 갑작스러웠다. 여인들은 뿡뿡차를 탔다고 신을 내던 아이들의 귀와 눈과 코와 입을 막았다. 바람을 보고 듣고 냄새 맡고 맛보는 것만으로도 지독한 감환感患에 들까 두려워서였다. 승객들은 문이 닫힌 뒤에야 오싹한 기운을 긴 한숨으로 털어냈다. 계단을 한 칸 내려선 산은 철벽에 등을 기대고 섰다. 양손을 번갈아 비벼 열을 낸 후, 신문지로 돌돌 만 담배를 꺼내 물었다. 주머니에서 성냥을 빼기 전, 찰칵 소리와 함께 라이터의 푸른 불빛이 코앞에서 어른거렸다. 산이 고개를 들었다. 여자의 눈빛이 차갑게 빛났다. 숨을 쉴 때마다 두 사람의 코와 입에서 더운 입김이 허옇게 흘러나왔다. 담배의 온기를 빌리지 않고는 5분도 버티기 힘든 순간이었다. 산이 고개를 숙여 라이터 불에 담배를 대려는 찰나, 기차가 끼이이익 소리를 내며 급히 굽이를 돌았다. 라이터 불이 따라 눕다가 꺼지고, 산의 담배가 그미의 뺨에 난 보조개를 쿡 찔렀다. 깜짝 놀란 그미가 손바닥을 뺨에 대며 산의 얼굴을 쳐다보았다. 휘어 달리는 기차를 따라 눈바람이 사선으로 광대

뼈를 때렸고, 흩어지는 수염 사이로 담배를 문 두툼하고 붉은, 군데군데 갈라지고 뜯겨 피딱지가 앉은 입술이 드러났다. 야생의 삶에 어울리는 입술이었다. 산이 담배를 오른손으로 고쳐 쥐며, 미안하오, 라고 말했다. 그러나 그 네 글자는 거친 바람 소리에 섞여 금세 허공으로 흩어졌다. 뭐라고요? 그미가 되물었다. 산은 반복해서 사과하는 대신 손등으로 겨울바람을 막으며 실눈으로 그미를 쳐다보았다. 눈송이가 속눈썹에 매달렸다가 떨어지고 또 매달렸다. 이 사내, 반복해서 말하거나 행동하는 걸 끔찍이도 싫어하는 타입이라고 그미는 생각했다. 덜컹, 소리와 함께 또다시 기차가 곧게 뻗은 철로를 달리기 시작했다. 그미는 팔을 쑥 뻗어 다시 라이터를 켰다. 산은 고개를 숙여 담배에 불을 붙인 뒤, 한 모금 빨아서 달리는 기차 밖으로 뿜어냈다. 흰 연기가, 눈과 섞여 지나간 시간 속으로 밀려났다. 여자 역시 긴 손가락 사이에 담배를 끼운 채 불을 붙였다. 날렵한 목덜미가 살짝 내비쳤다가 사라졌다. 얼어붙은 침묵을 깨우기라도 하듯, 담배가 발갛게 타들어갔다. 산은 손바닥으로 침을 훔친 뒤, 몰아치는 눈발 너머의 흰 능선을 쳐다보았다. '함흥 5킬로미터!' 종착역이 가까웠다. 그미가 비명에 가까운 목소리로 자기소개를 했다.

　—홍鴻이라고 해요. 성은 주朱! 주홍이에요!

　—…….

　산은 인사를 받지 않고 가만히 쳐다보기만 했다. 그미가 재빨리 어색한 침묵을 지웠다.

— 고래가 바다를 지배한다면 육지의 제왕은 역시 호랑이죠. 무리지어 어슬렁대는 사자보다 고독을 씹으며 숨어 즐길 줄 아는 호랑이가 훨씬 멋져요. 특히 조선 호랑이는 현재 발견된 것들 중 가장 크고 강하고 넓은 세력권을 지녔어요. 한데 언제부터 호랑이를 그렸나요? 보통 솜씨가 아니던데. 혹시 조선 호랑이를 직접 본 적도⋯⋯?

그 순간 기차가 다시 굽이를 돌았고, 산의 몸이 튕기듯 그미 쪽으로 쏠렸다. 그미가 콧등에 주름을 잡으며 눈을 꼭 감았다. 짧은 침묵이 한낮의 그림자처럼 지나갔다. 다시 눈을 떴을 때 눈앞에 보이는 것은 산의 넓은 등과 어깨에 두른 가죽 가방, 털모자뿐이었다. 그미가 안도의 한숨을 쉬기도 전에, 산은 철로 쪽을 향해 서서 두 팔을 쫙 펴고 엉덩이를 뒤로 빼며 퉤, 하고 담배를 뱉었다. 그러고는 조금도 망설이지 않고 기차 밖으로 몸을 던졌다. 그미가 뒤늦게 고개를 빼 밖을 살폈지만, 적군처럼 달려드는 눈갈기가 시야를 막았다. 그미는 숨을 깊이 들이마신 뒤 눈을 크게 뜨고 산이 떨어진 자리를 가늠하다가, 칼바람에 얼굴을 정통으로 맞고 급히 주저앉아 기침을 쏟았다.

둔덕 아래 웅크린 산은, 철로에서 기차가 사라질 때까지, 눈 쌓인 돌덩이에 가방을 기대놓고선 신발을 벗어 발감개를 고쳤다. 이제부터 본격적인 겨울 산행이 시작되는 것이다. 끈에 힘을 실어 발가락을 꽉 조이듯이 감고서 다시 발등을 둘둘 만 뒤 틈 없이 발뒤꿈치를 감싸고 발목을 지나 무릎 바로 아래에서 단단히 매듭을 지었다. 그리고 또 새로운 발감개를 꺼내 처음과 반대 방향으로 발가락과 발등과 발뒤꿈치와 발목을 감쌌다. 개마고원에서는 뭐든지 겹으로 입어야 했다. 바지도 두 벌, 장갑도 두 벌, 털옷도 두 벌, 모자도 두 개씩 포개어 걸치는 것은 상식이었다. 몸의 움직임은 둔해질 터이지만, 끈질기게 걸으며 길게 체온을 유지하는 일이 무엇보다도 중요했다. 발감개를 새로 두르는 그 짧은 순간에도 손끝이 무뎌지며 감각이 사라졌다. 산은 오른손 주먹을 통째로 삼킬 듯 입안으로 밀어넣고 입김으로 감쌌다. 곧 왼손으로 바꿔 주먹 먹는 시늉을 이었다. 그리고 재빨리 가방에서 목도리를 꺼내 귀밑에서 이마까지 감아올렸으며, 손목을 돌려 민장갑을 먼저 끼고 그 위에 털 달린 가죽 장갑을 겹쳐 꼈다. 귀에서 계속 쩡쩡쩡쩡 유리창 깨지는 소리가 났다. 산은 딱 붙는 귀마개를 한 후 털모자를 깊이 눌러썼다. 목도리를 한 번 두 번 세 번 둘러, 앞니를 딱딱 부딪치게 만드는 냉풍이 입으로 곧장 들이치는 것을 막았다. 이제 바람과 그냥 맞서는 부위는 산의 까만 두 눈뿐이다. 코로 숨을 쉬자 더운 기운이 입을 감싼 목도리에 막혀 위로 올라오더니 눈썹을 간질이며 빠져나갔다. 산은 자주 눈을 깜박거렸다. 눈을 감고도 산행을 할 수 있다면 그마저도 꼭꼭 여몄으리라. 그러나 온기를 가둬두기 위해 온몸을 둘둘 싸매더라도, 눈동자는 허허로운 들판과 가쁜 비탈과 무릎 아래로 온통 흰빛을 내뿜는 숲을 더 시리고 예리하게 훑어야 한다. 산은 눈을 질끈 감았다가 크게 뜨고 하늘을 우러렸다. 어려서부터 산은 겨울 하늘이 좋았다. 하늘과 땅의 경계가 모호한 눈 내리는 겨울 하늘을, 밥 먹는 일도 잊고 온종일 쳐다보며 엉뚱한 상상을 했다. 저 희뿌연 능선으로 달려가면 땅을 박차고 곧바로 하늘까지 날아오를 수 있지 않을까. 지금, 날아올라 그 하늘의 어두컴컴한 뱃가죽을 손바닥으로 어루만지고 싶었다.

목이 탔다. 추울수록 더 갈증이 일었다. 장갑 낀 양손을 모아 눈을 한 움큼 떠 삼켰다. 찬 기운이 식도를 타고 단숨에 아랫배까지 밀려 내려갔다. 한 움큼 더 눈을 훔치던 산의 손이 멈췄다. 눈을 떠올리는 대신 손을 뒤집어 호미처럼 눈더미를 헤치기 시작했다. 곧 산의 손에 꺼칠꺼칠한 털과 함께 툭 튀어나온 주둥이가 잡혔다. 비스듬히 가방을 기대놓았던, 눈에 쌓인 돌덩이라고 여겼던 둥글넓적한 것은 얼어 죽은 새끼 멧돼지였다. 눈을 더 치우니 몸길이가 30센티미터쯤 되는 사체가 나왔다. 폭설이 쏟아진 탓에 굶주린 육식동물의 눈에 아직 발견되지 않은 듯했다. 겨울 밀림의 새끼들은 어미와 떨어져 길을 잃는 순간 죽음과 맞닥뜨린다. 산은 손바닥으로 꽁꽁 언 새끼 멧돼지의 등을 어루만지며 뒤 허리춤에서 장도를 꺼냈다. 능숙한 솜씨로 가죽을 찢고 딱딱한 살점을 도려냈다. 끙끙. 손목에 힘을 줄 때마다 더운 입김이 뿜어 나왔다. 만약을 대비한 비상식량이었다. 어금니가 부러질 만큼 딱딱하게 언 사슴 엉덩잇살만 씹으며 열흘도 버틴 그였다. 밀림의 법칙은 냉정했다. 사람이든 짐승이든, 누군가의 행복이 누군가의 불행으로 이어지지는 않지만, 누군가의 불행은 꼭 누군가의 행복이었다. 오늘 얼어 죽은 새끼 멧돼지는 산의 기운을 북돋아주었다. 아직 생살을 씹어 삼키지는 않았지만, 산은 벌써 능선 서너 개는 거뜬히 탈 기운을 얻었다.

　땅과 호수가 얼어붙어도, 폭설 전까지는 아직 겨울이 아니다. 백두산에서부터 개마고원 전체를 뒤덮는 눈이 쏟아져, 숲과 숲을 가르고 계곡과 계곡을 떼어내고 마을과 마을을 끊은 후, 이웃집이 먼 나라 같아야만 비로소 사람들은 스스로 먹고 마시고 쉬고 잠드는 고립의 계절 겨울을 받아들였다. 여자와 아이들은 사소한 재미로 하루하루를 넘겼지만, 개마고원의 성마른 포수들은 갖은 핑계를 대고 집을 나섰다. 꼬리를 물고 달려드는 바람살을 가슴으로 누르며 걸었다. 새도 들짐승도 없는 숲을 북풍한설에 바람꽃 살피며 어슬렁거리기, 그 자체가 그들의 목표였다. 낭림산맥, 마천령산맥, 부전령산맥, 그리고 압록강에 둘러싸인 개마고원에서 나고 자란 산 역시, 햇빛이 들지 않아 쌓이자마자 얼기 시작하는 눈 계곡에 묻히는 즐거움을 으뜸으로 쳤다. 산이 계곡으로 들어서며 오른주먹을 왼가슴에 대고 읊조렸다.
　― 형제여, 제가 왔습니다!

　눈은 부드럽게 시작하여 처참한 최후를 선사하는 냉혹한 살인자였다. 개마고원을 처음 찾는 이들은 맹수에게 잡아먹히거나 깎아지른 절벽에서 떨어지는 것보다 눈 때문에 더 많이 다치거나 병들거나 죽었다. 개마고원 포수들은 눈발만 흩날려도 옷을 겹으로 갖춰 입었고 행선지를 줄였고 호흡을 아꼈다. 하늘을 향해 양팔을 치켜들고 입을 벌려 눈을 삼키는 짓 따위는 결코 하지 않았다. 눈을 대접하지 않고 쉽게 생각한 이들에게는 지독한 복수가 뒤따랐다. 폭설이 아님에도, 도쿄와 경성을 비롯한 대도시에서 온 관광객들이 가끔 떼죽음을 당하곤 했다. 눈은 조용히 그들의 머리와 어깨, 온몸 구석구석을 감쌌다. 부드럽게 충분히 스며든 뒤, 바람을 불러들이는 것으로 공격을 시작했다. 걷몰고 죄어치고 볶아치고 또 되몰아쳤다. 스며들며 녹았던 눈들이 단숨에 얼며 서걱서걱 피부를 긁어댔고 죽음의 냉기를 차고 넘치게 구멍이란 구멍으로 불어넣었다.

개마고원의 포식자들. 삵, 스라소니, 표범, 늑대 그리고 호랑이. 나무나 풀벌레처럼 이들도 개마고원의 일부다. 세력권이 겹쳐도 포식자들이 맞붙어 싸우는 경우는 드물다. 그들은 자연이 정한 서열에 따라 미리 조심하고 피한다. 특히 포식자 중의 포식자, 호랑이를 배려하는 일은 다른 포식자들의 생존과 직결되는 법이다. 그들은 호랑이가 무엇을 좋아하고 무엇을 싫어하며, 자주 다니는 길목과 휴식처는 어디이고, 즐거울 때 짓는 표정과 화가 났을 때 취하는 행동을 정확히 안다. 평생을 숲에서 보낸 포수일수록 호랑이를 위한다. 호랑이가 건재하면 숲은 고요하고 호랑이가 다치거나 죽으면 숲은 불안에 떤다.

준비를 마친 산은 침목을 딛지도 않고 철로를 훌쩍 건너 된비탈을 오르기 시작했다. 눈이 종아리까지 푹푹 밟혔지만 균형을 잃거나 미끄러지진 않았다. 길은 앞에도 없었고 뒤에도 없었다. 몇 백 년을 다지고 다진 인간의 흔적은 눈 아래 묻힌 지 오래였다. 길이 사라지자 눈 덮인 능선이 모두 함정이고 늪이었다. 가볍게 건너 뛸 웅덩이도 발을 헛디뎌 빠지면 치명적인 상처로 이어졌다. 부상은 곧 죽음이었다.

능선의 나무들은 맵찬 추위를 견디느라 처절하게 앙상했다. 헐벗은 모습은 엇비슷했지만 인내하는 법은 종種마다 달랐다. 좀자작나무, 야광나무, 딱총나무, 들쭉나무. 가지가 부러지거나 줄기마저 휜 나무도 여럿이었다. 이 고비를 넘기지 못하면 새봄 들꽃 향기를 맡지 못하리라. 홀로 죽는 것이 각자의 몫이듯 홀로 사는 것 또한 각자의 몫이다. 산은 나무에 엉덩이를 대고 허리를 숙여 가쁜 숨을 몰아쉬었다.

헉헉 헉헉헉!

입김까지 얼어 부서질 것 같은 혹독한 추위였다. 그러나 아직 숨이 가쁠 상황은 아니었다. 완쾌되지 않은 턱이 문제였다. 찬바람이 입천장을 송곳으로 찌르듯 들이닥쳤고, 그때마다 코가 막히면서 성난 멧돼지처럼 콧김이 품품 뿜어져 나왔다. 숨을 쉬는지 안 쉬는지 모르게 최대한 천천히 뱉고 천천히 들이마시며, 봄날 꽃동산을 지나가는 시원한 바람처럼 산을 타야 했다. 입으로든 코로든

손으로든 발로든, 자연스럽지 못하게 소리를 내며 움직이면, 그 순간 흐름이 끊겨 열 배 이상 힘이 드는 법이다. 산은 애써 태연하게, 턱에 신경조차 쓰지 않으려 했지만, 겨울 산은 취조를 벌이는 형사처럼 단숨에 산의 약점을 파고들었다. 백 일 동안 공들여 단련한 체력도 단 한 순간의 부상에 무너지는 법이다. 힘들다고 주저앉으면 영영 일어날 수 없다. 산은 고개를 들고 양 손바닥으로 얼굴을 탁탁 쳤다. 목도리로 입술에 묻은 침들을 닦은 뒤, 곧고 단단한 나무줄기에 코를 대고 킁킁 냄새를 맡기 시작했다. 열에 아홉은 멈춘 시간을 만회하기 위해 더 빨리 걸음을 옮겼지만, 그중 한두 번은 머리 위로 떨어지는 눈뭉치에 아랑곳 않고, 무릎을 꿇은 채 맨땅이 나올 때까지 눈을 파냈다. 이마가 바닥에 닿을 만큼 엎드려, 이미 말라비틀어지거나 언 풀 사이를 검지로 이리저리 헤집고, 들러붙은 작은 돌멩이를 주먹으로 툭툭 쳐냈다. 간혹 검지나 중지만 한, 딱딱하고 검은 들짐승의 배설물을 찾으면 냄새를 맡을 뿐만 아니라 더러운 줄도 모르고 혀끝을 갖다 댔다. 배설물에는 그 짐승의 모든 것이 담겨 있다. 모름지기 개마고원 포수라면 배설물의 크기와 빛깔과 끈적거림과 냄새부터 치열하게 익혔다. 산의 사냥은 배설물에서 시작해서 배설물에서 끝났다.

배설물을 통해 추측하건대, 이 능선에는 들짐승이 적지 않았다. 멧돼지, 노루, 토끼, 들개, 오소리 그리고 늑대. 호랑이가 서식할 조건은 충분했지만 호랑이 오줌 냄새가 배거나 호랑이 발톱에 껍질이 벗겨진 나무는 없었다. 충분히 배를 불린 뒤 개마고원을 지나 백두산으로 방향을 돌렸을까. 압록강 너머 장장쾌쾌한 벌판을 달리고 있을까. 산은 단검으로 얼음을 깨고 차디찬 계곡물에 얼굴을 씻었다. 허연 입김을 흩으며 다짐했다. 반년 만에 겨우 녀석의 소식을 들은 것이다. 다시 놓치면 많은 시간을 기다림으로 버려야 한다. 개마고원의 지배자여! 눈보다 흰 호랑이여! 썩 나서라.

흑黑! 두려움의 빛깔. 오랫동안 인류에게 밤은 공포의 시간이었다. 가축과 가족을 밤 사냥에 능한 포식자들에게 빼앗긴 탓이다. 검은 우물, 검은 숲, 검은 동굴, 검은 새, 검은 하늘! 불을 발견하고 전등까지 환하게 밝히는 시절로 접어들었지만, 막막한 어둠은 검디검다는 사실 하나만으로도 인류의 심장을 빠르게 뛰게 하고 식은땀을 쏟게 하고 칼과 총을 쥐게 한다.

그러나 산은 압도적인 두려움을 불러일으키는 진정한 빛깔을 안다. 백白! 검은색이 아무것도 보여주지 않는 비밀스러운 빛깔이라면, 흰색은 모든 것을 보여주고도 거리낌 없는 당당한 빛깔이다. 압도적으로 강하거나 빠르지 않다면, 야생에서 흰 빛깔을 뽐내며 생존하기란 어렵다. 세상의 빛깔이 계절에 따라 낮밤을 쫓아 쉼 없이 탈바꿈할 때, 백색 포식자는 단 한 점도 자신을 바꾸지 않는다. 눈 덮인 겨울 평원과 설산雪山이 뿜는 광활한 기운이 깃든 탓일까. 놈은 늑대처럼 시끄럽게 울부짖지도 않고 곰처럼 두 발을 들어 위용을 자랑하지도 않는다. 백색 포식자가 믿는 것은 오로지 자기 자신이다. 어떤 악조건도 단숨에 뛰어넘는 자신감이 흰색에 가득하다. 달아날 테면 달아나보라. 덤빌 테면 덤벼보라. 아득히 깊은 동굴도 대낮처럼 환하다. 백이 지배하는 세상에선 안식이란 없다.

완패의 기억. 하이란 강海蘭江 상류에서 백호와 벌인 대결은 떠올리기조차 부끄러웠다. 초여름 우박도 우박이지만 두 뺨을 후려치는 맞바람이 문제였다. 창살처럼 늘어선 자작나무 숲의 아침. 산은 호흡을 끊고 두 눈 또렷또렷 뜨고 호랑이가 바위 위에서 도약하기만을 기다렸다. 버티고 선 두 다리가 종아리에서부터 허벅지까지 못이라도 박은 듯 뻣뻣했다. 바위를 감싼 회오리가 산의 몸을 가린 자작나무들을 흔들어댔다. 두두득. 나뭇가지들이 부러져 꺾였다. 산은 좌우에 웅크린 사냥개 여섯 마리와 함께 고개를 숙여 바람을 피했다가 턱을 들며 바위를 살폈다. 크갱. 맨 왼쪽에 도사린 녀석이 콧소리를 냈다. 산의 오른눈에 티끌이 들어간 것은 바로 그때였다. 눈썹을 실룩이며 눈을 질끈 감자마자, 그 틈을 비집고 호랑이가 날아들었다. 거대한 설산이 한꺼번에 무너지는 느낌이었다. 방아쇠를 당겼지만 탄환은 표적을 빗나간 채 허공으로 사라졌고, 호랑이의 앞발이 산의 턱을 노리며 날아들었다. 산은 총을 이마까지 들며 엉덩이를 뺐다. 내구성이 강하고 혹한의 추위 속에서도 고장이 없기로 유명한 러시아제 군용총 모신나강을 사냥용으로 개조한 것이다. 등을 보이거나 주저앉지는 않았다. 호랑이의 움직임을 파악하지 않으면 곧 죽음이다. 앞발의 날카로운 발톱이 모신나강을 먼저 치고 뒤이어 산의 턱에 닿았다. 산의 몸이 튕겨 올라 자작나무에 부딪혔다. 어깨와 등도 아팠지만 입안에 고인 피와 땀을 뱉기 위해 입술을 벌릴 수도 혀를 내밀 수도 없었다. 턱전체가 조각조각 부서진 탓에 힘이 실리지 않았다. 호랑이는 땅에 내려서자마자 다시 껑충 뛰어 이번에는 송곳니를 산의 종아리에 박으려 했다. 급히 무릎을 굽혔지만 송곳니가 기어이 종아리 살점을 찢고 피를 뿌렸다. 개들이 한꺼번에 호랑이의 등과 엉덩이로 뛰어들어 할퀴고 물었다. 호랑이가 재빨리 몸을 돌려 횡으로 종으로 뛰었다. 산은 나무에 뺨을 비비적거리며 일어선 뒤 피가 철철 흐르는 다리를 끌면서 삐틀삐틀 달아났다. 사냥개는 결코 호랑이의 적수가 될 수 없었다. 총을 찾아서 다시 조준하고 싶었지만 눈에 띄지 않았다. 티끌이라니, 자책하며 나무줄기를 안았다. 7년 동안 벼른 기회를 놓치다니, 자책하며 다친 종아리를 당겼다. 쇳덩이를 찬 것처럼 발목이 무거웠다. 호랑이는 개들의 목을 뼈째 부러뜨렸다. 여섯 마리를 모두 죽이는 데 2분도 채 걸리지 않았고 산은 50미터도 달아나지 못했다. 호랑이가 잠깐 멈춰 서서 산의 위치를 확인했다. 자작나무가 빽빽했지만 사냥감을 노리는 호랑이에겐 전혀 방해가 되지 않았다. 호랑이가 내달리려는 그 순간, 총성이 울렸다. 하이란 강으로 꿩 사냥을 나왔던 조선인 교사들이 총성과 함께 개들의 울음소리를 듣고 접근한 것이다. 호랑이는 머리를 들고 입을 벌려 송곳니와 입천장을 내보인 뒤 휙 돌아서서 처음 도약했던 바위로 뛰어올라 모습을 감췄다. 그제야 산은 헉! 숨을 토하며 얼어붙은 땅에 등을 대고 누웠다. 정신이 가물가물 흐려졌고 다닥다다닥 사람들의 발소리가 메아리쳤다. 입에서 흘러내린 피가 뺨과 턱을 적셨다. 가까이 다가온 사내가 사냥용 장갑을 벗으며 허리를 숙였다. 뭐라고? 뭘 가져가야 한다고? 산은 손가락을 꺾어 언 돌멩이와 마른풀을 쥐며 띄엄띄엄 단어를 뱉었다.

— ……내 총 …… 모신…… 나……강!

늙은 체육교사 반월半月은 산의 아비 웅熊의 옛 친구였다. 두 사람은 개마고원에서 태어나 함께 자라며 사냥술을 익혔고, 혈기 왕성한 나이에 홍범도 장군을 따라 독립군에 가담했다. 그 후 반월은 용정에 남았고 웅은 만주를 떠돌다가 고향으로 돌아갔다. 봉오동전투 이후 만난 적은 없었다. 개마고원의 젊은 포수가 백두산의 우두머리 백호를 쫓아 용정 근처까지 왔다는 소식을 들었을 때, 반월은 산을 불러 엄히 꾸짖었다.

— 백두산의 왕대니라. 그것도 영험하디영험한 백호야. 당장 그만두거라.

산은 뜻을 굽히지 않았다.

— 들짐승일 뿐입니다.

수술은 경성제국대학 부속병원에서 세 차례나 이루어졌다. 산

26

은 혼수상태로 압록강을 건넜고, 의주에서 경성까지 내달리는 기차 안에서도 깨어나지 못했다. 종아리 상처를 소독하고 꿰매는 수술은 간단했지만 조각난 턱을 맞추고 고정시키는 일은 쉽지 않았다. 잘못하면 기도가 막혀 질식할 위험이 컸고, 남이 알아듣지 못하는 소리만 웅얼거리며 평생을 보낼 각오도 해야 했다. 산은 정신을 차리자마자 탈출을 감행했지만, 불편한 다리 때문에 창경원 근처에서 곧 붙들려 왔다. 7년을 밀림에서 홀로 보낸 산에게 병원은 작고 좁고 답답했다. 산은 비싼 치료비를 낼 형편이 아니라고 거듭 밝혔지만 담당의는 돈 걱정은 말라며 웃어 보였다. 잡아먹을 듯 노려보자 치료비는 이름을 밝히지 않은 누군가가 완납했다는 대답이 돌아왔다. 호랑이와 맞서서 이 정도인 게 다행이라고도 했다. 산은 자신이 누구인지 설명한 적 없지만, 담당의는 이 과묵하고 눈 깊은 사내가 개마고원은 물론 만주 밀림을 통틀어 최고의 사격 솜씨를 자랑하는 포수 산임을 알고 있었다.

— 원하는 게 뭡니까?

— 이렇게만 전하라 하였소. 백두산 호랑이를 죽이기 위해 하이란 강으로 돌아오지 말라고. 다시 눈에 띄면 그땐 먼저 당신 목숨을 거둘 거라고.

반월의 넓은 이마와 서늘한 눈매가 떠올랐다. 집착은 고립을 낳았고, 그것은 산이 감수할 몫이었다. 용정에는 더 큰 대의를 위해 활동하는 조선인들이 있었고, 종종 그들은 산의 빼어난 사격술에 반하여 만나기를 청했다. 그러나 산은 그들의 대열에 끼지 않고 늘 혼자 걷고 자고 먹고 기다렸다. 백호를 쫓기에도 벅찬 하루였다. 넉 달 전, 마지막 수술을 마친 뒤에야 산은 수염을 기르기 시작했다. 수염이 수술 부위를 덮을 무렵 개마고원으로부터 편지 한 장이 도착했다. 꽃보다 곱고 단정한, 7년 만이지만 어제 본 듯 낯익은 글씨였다. 그놈이야. 빨리 와, 형!

발자국 몇 개가 드러났다. 발톱이 뚜렷한 걸 보니 늑대나 들개였다. 호랑이는 발톱을 아낀다. 결정적인 순간, 먹잇감을 움켜쥘 때가 아니면 보드라운 털 속에 발톱을 숨긴다. 아무리 덩치가 커도 호랑이 발자국엔 발톱이 없다.

대호, 칡범, 산군, 산령, 산중호걸, 산군자. 호랑이의 다른 이름들. 산은 '날개 돋친 호랑이 같다'는 소리를 자주 들었다. 기억의 첫머리에서부터 산은 호랑이와 함께 머물렀다. 산의 아비 웅이 잡은 호랑이들! 통나무로 지은 집 바닥엔 호랑이 가죽이 깔렸고 벽 중앙 가장 높은 자리엔 두 눈을 시퍼렇게 뜬 호랑이 머리가 방문객과 눈을 맞췄다. 산은 검은 무늬를 검지로 짚으며 먼 사냥을 떠나 다시 처음으로 돌아오는 놀이를 즐겼고 그 털에 뺨을 댄 채 광야를 달리는 꿈에 취했다.

산도 발톱을 아꼈다. 분노를 슬픔을 아픔을 삭이며 무덤덤하게 시간을 맞이하고 보냈다. 시시비비를 가려야 할 때도 있었지만, 손해를 보고 물러설 때가 대부분이었다. 호랑이가 먹잇감을 굴복시킬 때에야 발톱을 세우듯, 산도 단 한 번 생의 결정적인 순간에 갈고 갈고 또 간 발톱을 꺼낼 작정이었다. 아무에게나 보일 발톱이 아니었다.

산은 호랑이 울음을 기막히게 울었다. 범 잡는 포수라면 누구나 조금씩은 호랑이 울음을 뱉을 줄 알지만, 산처럼 암놈과 수놈을 구별하고 굶주린 놈과 배부른 놈을 나누진 못했다. 특히 산은 장성한 호랑이 수컷과 발정 난 암컷이 서로를 찾아 부르고 만나 흘레붙는 소리를, 용꼬리에 앉은 범처럼 멋들어지게 뽑았다. 호랑이에게 물려 죽은 이의 원혼을 달래는 호탈굿에서 산이 종종 호랑이탈을 쓴 것도 그 때문이었다. 호랑이의 혼을 지녔냐는 물음에는 그저 웃었다.

산은 깊었다. 안락을 등지고 더 먼 곳에서부터 휘청휘청 걸어오는 인간들을 품을 만큼, 연이란 연은 모조리 끊겠다는 결심을 지켜줄 만큼, 하루 종일 자기 자신의 목소리만 들으며 지낼 만큼, 그 목소리가 지겨우면 열 가지 백 가지 천 가지 새로운 목소리를 들려줄 만큼, 산 앞에 산을 세우고 그 산 앞에 또 다른 산을 세울 만큼, 지극히 짧은 낮과 길고 긴 밤을 만들 만큼, 체념할 만큼, 겨울잠으로 인도할 만큼, 무엇인가 새로운 일을 도모할 만큼, 그 일을 굽이굽이 산그늘에 늘어놓을 만큼.

어둠을 밟는 산의 걸음이 빨라졌다. 콧물과 침이 수염을 타고 흘러내리다가 고드름으로 매달렸다. 산이 거친 날숨을 뱉다가 기침을 쏟으면 얼음 알갱이들이 발등으로 떨어졌다. 산은 나무에 등을 대고 서서 갈림길을 살폈다. 왼쪽 능선을 오랫동안 쳐다보던 산이 정작 택한 길은 오른쪽 오르막이었다. 장갑 하나를 벗고 바위와 나무를 쥐고 당겨 올라서야 할 만큼 가파른 에움길. 손가락 마디가 금방 굳어버린 탓인지, 엄지와 검지가 바위틈을 쥐고 버티다가도 미끄러지고 또 버티다가 미끄러졌다. 오른손만으로 돌출한 바위를 쥐는 순간, 깊은 기침이 쏟아졌고, 몸이 휘청 흔들려 떼굴떼굴 대여섯 바퀴 구른 후 눈더미에 등부터 떨어졌다. 두 손과 두 발을 들어 흔들며 몸 상태를 확인했다. 등과 허리가 욱신거리고 왼쪽 귓불이 찢어져 피가 흘렀지만 다행히 사지는 멀쩡했다. 천천히 목도리를 풀었다가 다시 콧잔등까지 완전히 덮어 돌린 뒤 벌떡 일어나서 에움길로 나섰다. 속도를 줄이고 무릎을 높이 들었다가 발뒤꿈치부터 탁 타악 내리쩍었다. 넓적한 돌판이 발바닥에 붙었다. 풍경風磬 소리가 마중을 나왔다. 산은 그 소리를 듣고서야 재게 발을 놀렸다.

쇠락한 암자였다. 풍경 소리는 맑았지만 수행자는 없었다. 울타리는 부서져 있고, 작은 마당 곳곳에는 들짐승의 배설물이 돌멩이처럼 어지러웠다. 산은 더운 숨을 몰아쉬며 부엌으로 들어섰다. 아궁이는 텅 비었고 땔감을 쌓아두던 부엌 구석엔 꽁꽁 언 나무토막이 잘록했다. 열 명 밥은 거뜬한 무쇠솥엔 칡뿌리만 들러붙어 있었다. 긴장이 풀린 탓일까. 중풍 앓는 늙은이처럼 손이 떨렸다. 장갑을 벗으니 손끝이 파르스름했다. 앞니가 부딪쳐 말이 나오지 않았다. 왼손으로 오른손목을 힘주어 쥐고 장도粧刀로 얼어붙은 나무토막 셋을 겨우 떼어내 디귿자 모양으로 붙인 후 그 위에 차 한 잔 겨우 끓일 작은 솥을 얹었다. 무릎걸음으로 부엌문만 겨우 연 뒤 눈을 뭉쳐 솥에 채워 넣었다. 불쏘시개를 찾았지만 적당한 것이 없었다. 억지로 몸을 일으켜 가방을 헤집고 스케치북을 꺼냈다. 호랑이를 스케치한 종이들을 손바닥으로 밀어 넘기고, 아무것도 그리지 않은 백지 석 장을 움켜 뜯어냈다. 후우 후우우웃! 입으로 숨을 토하며 구겨진 백지 둘을 솥 밑에 깔았다. 불에 쉽게 탈 만한 광주리며 젓가락이며 부러진 빗자루를 모아 그 위에 얹었다. 떨리는 젓가락이 솥을 밀어 넘어뜨렸고, 광주리에서 뜯어낸 대나무 조각이 나무토막을 건드려 디귿자 모양이 무너졌다. 산은 왼손으로 오른손목을 고쳐 쥐곤 숨을 후우우웃 쉬며 마음을 진정시켰다. 허리춤에서 사각 성냥통을 꺼내 무릎 위에 놓았다. 성냥개비를 뽑아 들고 불을 붙이기 위해 붉은 판에 갖다대고 그었다. 성냥개비를 세 개나 부러뜨린 뒤에야 겨우 성냥불을 켜서, 초처럼 둥글고 길게 만 백지에 옮겨붙일 수 있었다. 타오르는 백지를 솥 밑에 조심조심 넣었다. 백지 두 장이 타들어가기 시작하자, 산은 바닥에 귓불을 대고 엎드려 열기가 쉽게 옮아가도록 입김을 불었다. 꺼질 듯 꺼질 듯 위태롭던 불꽃이 겨우 되살아나서 작은 솥을 달구기

시작했다. 옹이진 나무 잔에 말린 꽃잎 두 개를 넣고 기다렸다. 물
이 끓자, 다시 장갑을 겹쳐 끼고 솥을 기울여 나무 잔 위에 눈 녹
은 뜨거운 물을 따랐다. 그 물이 잔을 채우면서 모락모락 증기가
올라오는 것과 동시에 마른 꽃 두 송이가 수면에 활짝 피어났다.
말라 있을 때보다 세 배는 크고 서른 배는 더 아름다웠다. 양손으
로 나무 잔을 잡고 후후 불며 꽃차를 입에 머금었다. 뜨거운 물이
혓바닥에 닿으면서 입안 가득 꽃향기가 돌았다. 턱을 조금 들고
콧바람을 내쉰 뒤 목젖을 움직이며 꽃차를 삼켰다. 그렇게 꽃차를
석 잔이나 연이어 마신 뒤에야 손끝 발끝까지 온기가 돌았고 오한
이 멈췄다.

비로소 암자를 감싼 밤하늘과 쏟아질 듯 총총한 별들이 눈에 들
어왔다. 외따로 크고 또렷하게 반짝이는 별, 줄지어 사이좋게 소풍
가는 별, 이야기 마당이라도 벌인 듯 이마를 맞대고 뭉친 별, 별이
되고 싶지만 아직 홀로 빛나지 못해 희뿌연 빛만 겨우 만드는, 그
래서 그냥 별이라고 불러주기로 마음먹은 별, 실개천 같은 별, 길
고 큰 강줄기 같은 별, 화살이 날아가듯 밤하늘을 가로지르는 별,
세로지르는 별, 움직이지 않고 감시하듯 우뚝한 별, 마주 보며 함
께 도는 별, 야금야금 스러지는 별, 빵처럼 부푸는 별, 가오리연처
럼 긴 꼬리를 휘저으며 다음 세상으로 떠나가는 별.

산은 한결 차분한 모습으로 섬돌에 서서 둥근 문고리를 쥐었다.

다행히 방문은 부서지지 않았고 뚫린 구멍도 없었다. 성냥불을 켠 뒤 문을 열었다. 가부좌를 튼 녹슨 청동 비로지나불상, 향로, 서안書案의 불서. 왼쪽 벽엔 눈길을 주지 않았다. 그 벽을 가득 채운 그림을, 계절이 바뀔 때마다 한 번씩은 떠올리곤 했기 때문이다. 다래나무 지팡이를 든 노인의 발아래 웅크린 들짐승은 흰 호랑이였다. 네 발과 몸통엔 줄무늬가 선명했지만, 어깨부터 얼굴까지는 비어 있었다. 신발을 벗어 돌려놓은 뒤 방으로 들어섰다. 찬 기운이 발바닥을 타고 허벅지와 허리를 지나 정수리를 울렸다. 능선을 헤매는 동안 멍들고 얼기를 반복했던 발을 내려다보며 다섯 걸음 나아갔다. 손바닥으로 '산군자도山君子圖'를 쓸었다. 악연을 끊은 뒤 꼭 다시 돌아와서 이 작품을 마치리라 결심했었다. 어깨까지 올라간 손이 7년 전 그리다가 만 미완성의 순간을 더듬었다. 바깥의 시간이 다투어 흐르는 동안에도, 이 방만은 마법에 걸린 듯 변함이 없었다. 지금, 산은 붓을 쥘 수 없었다. 놈은 아직 살아 있고 산은 청춘을 훌쩍 산천에 묻었다. 하이란 강에서 만난 놈은 달랐다. 7년 전보다 더 크고 빠르고 날카롭고 여유로웠다. 산은 언제나 놈의 현재를 그리고 싶었다. 과거는 한 움큼의 질긴 송구떡보다 못했다. 천근만근 무거운 몸으로 비로지나불상을 향해 108배를 시작했다.

백호의 이름은 흰머리였다. 눈 덮인 백두산 천지天池처럼 높고 아름답고 크고 아득한, 잡인들에겐 그림자조차 내보이지 않는 개마고원의 유일한 지배자.

이마가 바닥에 닿을 때마다 숨을 들이쉬었다. 법당 바닥의 차고 퀴퀴한 냄새가 좋았다. 아비 웅은 사냥이 끝난 뒤 꼭 법당에 들려 108배를 했다. 피 묻은 손으로 오늘 죽인 짐승들의 극락왕생을 빌었다. 산도 아비를 따라 법당 바닥에 이마를 댔다. 바닥에 깔려 스미는 향냄새와 햇빛 속에서 춤추는 먼지 냄새와 승려들이 두드리는 목탁 냄새가 한꺼번에 코로 밀려들었다. 그 냄새로 배고픔을 채우려는 듯, 산은 이마에 핏줄이 서고 뺨이 달아오르고 코끝이 찡할 때까지 거푸 들숨을 쉬었다.

기억의 첫머리. 네 살배기 산은 장난감 목총과 연필을 번갈아 쥐었다. 쏘고 싶은 대상이 생기면 연필로 먼저 그린 뒤 장난감 총을 쐈다. 머릿속을 어지럽히던 들짐승도 연필로 옮겨놓으면 분명해졌다. 골짜기를 끼고 앉은 사찰들은 산신각을 짓고 산군자도를 걸어두려 했다. 석가모니가 개마고원을 찾기 전에 이 높고 넓은 밀림의 신은 호랑이였다. 산은 사냥이 뜸한 시절에는 꽤 비싼 환쟁이로 통했다. 사찰 주지의 요구는 갖가지였지만, 산은 자신이 사냥하고 싶은 호랑이만 그렸다. 사냥할 호랑이의 명복을 미리 빌었다. 대자대비 극락왕생.

경계를 풀고 잠든 인간보다 더 쉬운 먹잇감이 있으랴. 제 코 고는 소리에 어깨를 떨며 잠을 깼다. 엉덩이를 반사적으로 떼고 쭈그려 앉아서 바깥 기척을 살폈다. 산중에서, 그것도 밤에 홀로 잠드는 것은 포식자의 한 끼 먹잇감을 자처하는 짓이다. 놈들은 저물 무렵부터 움직이기 시작해서 닭울녘까지 주린 배를 채우기 위해 돌아다닌다. 행여 조각잠이라도 들까 싶어 108배로 잠을 쫓으려 했지만, 105, 106 그즈음에서 이마를 바닥에 댄 채 모로 쓰러졌던 것이다. 비로자나불의 도우심인 듯 늑대도 표범도 그 밤엔 암자를 찾지 않았다. 문틈으로 파고든 햇빛이 산의 발감개에 닿았고 들꿩 울음이 뒤따라 밀려들었다. 천천히 문을 밀었다. 외로운 만큼 높고 가난한 만큼 쓸쓸한, 푸르스름하게 멍든 첫새벽 하늘.

암자를 나온 산은 마당의 눈을 한 움큼 집어 얼굴에 비볐다. 밤새 부은 피부가 냉기에 바짝 움츠러들었다. 까치 울음이 더 크고 또렷했다. 주먹밥처럼 눈을 뭉쳐 한 입 베어 물었다. 묵은 기운이 혀를 타고 식도와 위장과 항문까지 한꺼번에 쑥 내려갔다. 잎갈나무 숲을 바라보며 오줌을 내갈겼다.

암자 뒤 돌사닥다리를 올라 봉우리의 사슴바위에 앉았다. 나무들의 바다, 아무도 뛰어들지 않은 순백의 시간들, 작은 바람에도 브스스 브스스 잔기침을 뱉는 가지들, 그 가지 위에 핀 눈으로 만든 꽃들, 꽃들과 꽃들을 잇는 여인의 고운 젖가슴을 닮은 능선. 산은 가방에서 스케치북과 연필을 꺼냈다. 입김을 양손에 번갈아 불어넣었다. 모아 세운 무릎을 받침대 삼고, 연필을 세워 봉우리와 계곡의 윤곽을 잡은 뒤 굵은 선을 주욱죽 그어 내렸다. 개마고원.

세상의 지붕이 산을 기다렸다. 남쪽으로 내려가지 않았다면, 호랑이는 틀림없이 이 선을 따라 개마고원으로 나아갔을 것이다. 다시 시작이었다.

고개 둘을 넘었다. 듬성듬성 눈을 인 귀틀집에서 밥 짓는 연기가 사슴뿔처럼 피어올랐다. 산은 엄지만 한 흙을 입에 털어 넣어 질겅질겅 씹으며 더 멀리 돌았다. 숲에서는 그 누구와도 마주치기를 원치 않았다. 철저한 고독과 쉼 없는 긴장. 그것으로 족했다. 딱딱한 나무껍질에 코를 대고 밑동 근처를 파헤치는 일이 반복되었다. 눈은 그쳤지만 칼바람이 콧잔등을 갈랐다. 500년도 넘어 보이는 아름드리 참나무에 코를 붙인 산의 두 눈이 갑자기 튀어나올 듯 커졌다. 호랑이 특유의 웃음! 입꼬리는 올라가고 뺨과 눈에 온통 주름이 잡히는 웃음이 산의 얼굴에 피어올랐다. 틀림없는 호랑이 냄새였다.

산이 도착한 곳은 움막으로 만든 임시 초소 뒤 언덕이었다. 언덕 아래에서 지프 바큇자국을 발견한 탓에, 산은 넓은 길 대신 길 없는 길을 택했다. 놈이었대도……. 산은 허벅지까지 푹푹 빠지는 눈을 쳐다보며 혼잣말을 뱉었다. 가문비나무 간격을 게걸음으로 쟀다. 바람은 계속 계곡에서 봉우리로 황소처럼 사납게 불어 올랐다. 모닥불을 피우기 위해 앞마당에 둥글게 쌓아놓은 바람막이용 돌무더기가 보였다. 냄새를 지우며 나무로 몸을 가린 호랑이가 급습을 감행하기에 최적의 장소였다.

　살기殺氣를 느낀 산이 멈춰 섰다. 햇빛에 반짝이는 총구가 산의
심장을 노렸다. 신형 미국제 윈체스터 엽총이었다.
　— 형!
　총구 앞으로 나선 이는 오른쪽 팔꿈치 아래를 동여맨 외팔이었
다. 동복 위에 코트를 입고 다갈색 군모를 눌러쓴 군인이 총을 든
채 좌로 2보 움직여 조준점을 확보하고선 조선말로 물었다.
　— 저자는 누군가?
　외팔이가 뒤돌아서서 굽신거렸다.
　— 산 형입니다. 어제 함흥으로 마중 나갔던…….
　— 확실한가?
　— 확실합니다. 외팔이 수*의 하나뿐인 형 산!
　총구가 천천히 땅으로 향했다. 산이 큰 걸음으로 비탈을 내려왔
다. 수가 산의 가슴에 안기듯 머리를 박으며 굳은 표정으로 속삭
였다.
　— 어떻게 된 거야?
　저벅저벅 눈을 밟는 군화 소리가 먼저였다. 수는 재빨리 표정을
바꿔 웃음 가득한 얼굴로 고개를 돌렸다.
　— 엉뚱한 형이라고 말씀드렸지 않았습니까? 형! 어서 인사드
려. 히데오 소좌셔. 해수격멸대害獸擊滅隊 대장이시지.
　— 함흥역에서 두 시간을 기다렸다. 경성에서 기차를 탄 건 확

인했는데, 어디서 하차했지? 여기까진 어떻게 왔고?

— 시신은 수습했소?

산의 시선이 히데오의 어깨 너머로 향했다. 재만 남은 모닥불 옆에 찢긴 옷 조각과 뼈와 살점이 가지런했다. 온전한 사람의 몰골이 아니었다. 굶주린 맹수에게 뜯어 먹힌 것이 분명했다. 히데오가 그 시선을 막았다.

— 잘 들어. 나 히데오는 네놈 이름 앞에 붙어 다니는 '신출귀몰'이니 '조선 최고'니 하는 말 따윈 믿지 않아. 격멸대에서는 내 말이 곧 법이다. 명령을 따르지 않고 독단적으로 행동하면 즉결 처분하겠어.

산은 히데오의 눈을 똑바로 들여다보았다.

— 격멸대에 속할 뜻이 없소.

— 형! 왜 이래?

수가 끼어들려 했지만, 히데오가 노려보자 꼬리 내린 강아지처럼 물러섰다.

— 나도 네까짓 떠돌이 포수를 격멸대원으로 받고 싶지 않아. 총독님의 특별한 명이 아니었다면 널 찾지도 않았을 거다. 하이란강에서 호랑이에게 당한 뒤론 네 신화도 사라졌지. 어때, 턱은? 뼛조각을 맞춰 붙였다 해도 혹한을 견딜 수 있을까? 오지 않는 편이 나았을지도 모른다. 병원 침대에 누워 겨울을 보내며 격멸대의 업적을 접하는 쪽이 그나마 조선 제일의 포수란 명성을 더럽히지 않는 길이지.

― 나는 내 방식대로 하겠소.

히데오가 손을 뻗어 살점과 뼈들을 가리켰다.

― 늙고 병든 놈이 아니야. 저렇듯 인육을 먹어 치우는 식인호食
人虎라고. 격멸대의 울타리 안에서는 무사하지만, 단 1미터라도 개
인행동을 시작하면 놈의 표적이 돼.

수가 히데오의 눈치를 살피며 말을 얽었다.

― 그래. 형! 시절이 변했어. 신식 무기들이 널렸는데 뭣 때문에
고집을 부려?

해수구제害獸驅除. 인간을 해롭게 하는 짐승을 잡아 죽이는 일은
일본이 조선을 합방한 후부터 줄곧 진행되었다. 짐승의 종류와 수
에 따라 그때그때 사냥을 위한 조직이 꾸려졌고, 대부분 각 지방
의 공무원들과 경찰 등이 주축을 이뤘다. 제 돈을 들여 사냥을 나
오는 관광객들까지 가세해 북삼도(평안, 함경, 황해)는 사냥터로 전
락했다. 바다를 건너온 이들은 섬에는 없는 호랑이 사냥에 몰두
했다. 두려움과 호기심 가득한 눈으로 사냥에 나섰고, 몰이꾼들
을 앞세워 값비싼 엽총으로 호랑이뿐만 아니라 늑대, 표범, 삵까지
죽였다. 팔도에서 동시다발로 총성이 울리는 도륙의 나날이었다.
1930년대 말에 이르자 호랑이를 사냥했다는 소식도 뜸해졌다. 그
동안 너무 많은 개체를 죽인 탓에, 인간의 손길이 닿기 힘든 개마
고원 깊은 계곡과 높은 산이 아니고서는 호랑이를 찾기 어려워진
것이다. 30여 년 만에 호랑이를 비롯한 맹수들이 멸종 위기에 처

했지만, 그 누구도 그것을 심각하게 받아들이지 않았다. 호랑이는 해수의 상징이었고, 해수는 씨를 말릴수록 좋다고 믿었다. 총독의 명에 따라 정예군으로 정식 격멸대를 꾸리는 것은 이번이 처음이었다. 호랑이가 민간 마을에만 출몰했다면 격멸대까지 꾸리진 않았으리라. 대동아공영권까지 공표된 마당에 초소의 군인들이 급습을 받고 있으니, 총독으로서는 최단시간에 호랑이를 잡아 민심의 동요를 잠재워야 했다.

단독자. 홀로 먹잇감을 쫓는 호랑이처럼, 혼자 호랑이를 추격하는 것이 산의 방식이었다. 산의 아비, 그 아비도 또 그 아비의 아비도 이 사냥술을 고집했다. 인간의 손에 총이 쥐어진 순간, 호랑이와 일대일로 맞서도 승산이 생긴 바로 그 순간부터 생긴 고집이었다. 총이 발명된 후에도 호랑이 사냥에는 많은 사람들이 동원되었다. 군데군데 함정을 파고 덫을 놓은 뒤, 산과 들을 에워싸서 꽹과리나 북, 징과 피리를 연주하며 호랑이를 몰았고, 불을 질러 퇴로를 차단했다. 굶주리고 지치고 다친 호랑이를 멀리서 총을 쏴 잡고도 명사냥꾼 소리를 듣는 이가 여럿이었다. 산은 어려서부터 그것이 비열한 방법이라고 아비에게 배웠다. 승부란 적이 가장 강할 때 겨뤄야 한다. 떳떳한 죽음 당당한 승리. 산은 호랑이와 단둘만의 승부를 원했다. 사냥꾼에게 이로운 잡물雜物은 보지도 듣지도 만지지도 않았다. 기껏해야 풍산개 한두 마리가 산의 동반자였고, 마지막 대결에서는 그마저 멀리 물러나 기다리도록 했다.

산은 움막 안팎을 산책하듯 걸었다. 발자국이 많았다. 격멸대가 도착하기 전, 텅 빈 움막을 다녀간 외딴 마을 사람들의 발자국이었다. 총을 제외하곤 모든 물품이 사라졌다. 일본군이 사용하는 모포와 속옷과 그릇과 종이는 질이 좋고 귀했다. 사소한 욕심들이 포식자의 발자국을 지운 꼴이었다. 50미터쯤 더 벗어나 숲으로 들어간 산이 갑자기 무릎을 꿇고 허리까지 숙였다. 들짐승 발자국들이 스무 개도 넘었다. 홀로 움직이는 호랑이 외에 또 다른 들짐승들이 움막을 향하고 있었다.

산은 옷 조각과 살점과 뼈 하나하나를 살폈다. 히데오가 격멸대를 이끌고 산이 넘어온 고개로 순찰을 나갔기 때문에, 마당에는 산과 수, 사냥개 네댓 마리만 남았다. 수는 모닥불에 그을린 둥근 돌멩이들을 따라 빙빙 원을 돌았다. 산은 오직 죽은 이들에게만 집중했다. 두어 바퀴 따라 돌던 개들은 길게 하품을 토하곤 움막 앞에 배를 깔고 앉았다. 수와 개들이 하품을 번갈아 다섯 번도더 한 뒤에야 산이 뼛조각을 응시하며 물었다.

— 사망자가 몇이라고?

— 넷. 군인 셋에 사진작가 한 사람.

— 여긴 세 사람뿐이야. 모두 군복을 입었고.

— 다른 한 명은 쇼지, 야생동물 전문 사진작가야. 보름 전 첫 번째 초소가 당했을 때 소식을 듣고 왔더라고. 히데오 대장이 거절하기 힘든 소개장까지 들고서 말이야. 이 근방에서 호랑이 울음소

리가 들린다는 소식을 듣자마자, 대장의 경고를 무시하고 격멸대를 앞질러 출발했지. 결과는 보는 바와 같고. 그나저나 형! 이왕 여기까지 왔으니 확실하게 도와줘. 부탁해.

산이 고개를 돌려 수를 노려보았다. 무표정한 두 눈에 차가움과 분노가 교묘하게 섞였다.

— 다시는 사냥터 근처에 얼씬 말라 했지?

외팔이에게 사냥은 어울리지 않았다. 수가 잘려나간 오른팔을 흘끔 내려다보며 답했다.

— ……나도 먹고 살아야지. 세상이 그렇더라고. 여기 꽃다발이 있다 쳐. 꽃잎이 하나만 짓물러도 제값 받기 어렵잖아? 팔 하나 없는 놈을 누가 사람대접 할까? 물불 가릴 형편이 아니라고.

— 부족했어?

— 형이야 할 만큼 했지만, 먹고 사는 게 어디 먹고 사는 일만 있나?

— 그 팔로는 토끼 한 마리 잡지 못해. 그만둬.

— 몰이꾼을 부리는 일이야 곰배팔이도 하지.

— 잊었어? 포수 노릇 못하면 그 즉시 개마고원을 떠나라는 가르침.

아비 웅의 가르침이었다.

— 그 가르침 때문에 형도 나도 이 모양 이 꼴인걸.

— 정녕 안 되겠어?

— 안 되겠어, 형?

바쁘게 달려오는 발소리가 들렸다. 수 앞에 선 더벅머리가 턱 끝까지 차오른 숨을 몰아쉬었다.

— 시, 시신을…… 찾았어요. 빨리 오시래요.

수가 열세 살 때, 산은 개마고원을 떠났다. 그때까지 수는 들꽃을 좋아해서 꽃처럼 웃고 꽃처럼 말하고 꽃처럼 잠드는 소년이었다. 이름을 수 대신 화花로 바꾸라고 놀림받을 만큼 맑았다. 아무리 험상궂은 사내라도 수와 마주 앉으면 꽃 보듯 표정이 누그러졌다. 웅은 일찌감치 산을 명포수로 키울 뜻을 굳혔지만, 수에게는 선뜻 사냥법을 가르치지 않았다. 수가 자진해서 배우겠다고 나서도 겨우 한두 가지 기초만 일러줄 따름이었다. 수는 서운한 내색도 않고 입귀에 잔잔한 미소를 머금은 채 배우고 때로 익혔다. 그래도 못내 아쉬운 밤에는 웅이 잠들기를 기다렸다가 산을 가만히 흔들어 깨웠다.

— 형, 나 더 가르쳐주면 안 돼? 하나만 더.

수는 언제나 '하나만 더'라고 조심스럽게 청했다. 산은 하나가 아니라 둘 아니 열 개라도 일러주고 싶었지만, 혹시 수의 자존심을 다치게 할까 싶어 열을 가르치듯 하나에 집중했다. 수는 총이나 칼, 줄이나 덫을 다루는 산을 뚫어져라 살핀 뒤 똑같이 따라 했다. 꽃의 빛깔과 꽃잎의 수와 암술과 수술 모양까지 몽땅 외우는 대단한 눈썰미였다. 수가 팔을 잃지 않았더라도, 산은 아우에게 포수가 아닌 다른 길을 권했을 것이다. 수는 생명을 앗는 일보다 생명을 가꾸는 일에 더 어울렸다. 팔까지 잃었으니, 사냥은 수가 직업으로 삼을 일이 더더욱 아니었다. 산은 수가 꽃처럼 조용히 향기를 뿜으며 아름다운 하루하루를 가꾸도록 해주고 싶었다. 그놈만 죽이고 나면, 그놈만 죽이고 나면. 이렇게 되뇌며 7년이 흘렀다.

사진작가의 시신은 움막에서 500미터쯤 떨어진, 얼어붙은 여울목에서 발견되었다. 꺾인 목을 꿰뚫은 굵은 송곳니 자국을 제외하곤 훼손 부위가 없었다. 곁에서 무릎을 꿇은 채 눈물을 뚝뚝 흘리는 여인이 없었다면, 깊은 잠에 빠졌다고 착각할 정도였다. 산은 곧장 빙판으로 들지 않고 천천히 물가를 돌았다. 구경꾼의 발자국이 적지 않았지만, 산은 흘끔흘끔 시신의 위치를 확인하며 갔던 길을 돌고 돌고 되돌았다. 수는, 개마고원 포수라면 누구나 그러하듯, 앞선 산의 발자국에 자신의 발자국을 포개어 디뎠다. 산이 걸음을 멈추고 천천히 앉았다. 손날로 눈을 위로 한 번 아래로 두 번 쓸어냈다. 발자국이 모습을 드러냈다.

— 역시…….

산의 어깨 너머로 짐승의 발자국을 확인한 수가 손뼉을 치며 찬탄을 늘어놓으려 했다. 산은 오른손을 들어 수의 입을 막았다. 오리걸음으로 주변을 훑었지만 또 다른 발자국은 없었다.

젖은 흙을 디딘 것은 맹수의 오른쪽 앞발이었다. 크고 둥근 원을 중심으로 다섯 개의 작은 원이 박혔다. 발볼 너비는 약 9센티미터, 다섯 발가락은 움막 초소에서 마을로 향하고 있었다. 산은 자신의 검지를 세워 발자국의 깊이를 가늠했다. 노련한 사냥꾼은 발자국의 크기와 깊이만으로도 짐승의 종류와 몸 상태를 알아낸다. 표범이나 살쾡이보다 훨씬 크다. 다 자란 호랑이가 분명한데도 산의 표정은 밝지 않았다.

구경꾼들을 지나친 산이 얼음 위를 걷다가 군데군데 금이 간 자리마다 멈췄다. 시신의 머리와 무릎 혹은 팔꿈치가 부딪친 자리였다. 호랑이가 여울목 밖에서 시신을 힘껏 패대기친 것이다. 초병들을 급습하여 그 살점을 뜯어먹고 배가 불렀을까. 500미터나 먹잇감을 물고 와서 그냥 두고 가는 경우는 드물었다.

— 죽어서까지 사진기는 놓지 않았네.

수가 히죽거리지 않아도, 시신의 가슴에 놓인 커다란 사진기가 눈에 띄었다. 산이 턱짓으로 그 곁에 등을 보인 채 앉은 키 큰 여자를 가리켰다.

— 히데오 대장님의 또 다른 불청객. 미츠코 아니 주홍이라고 불러달라더라고. 형 대신 함흥역에서 모셔왔어. 망인의 절친한 후배라고 하더라고. 무서운 게 없는 여자 같아. 오자마자 호랑이 발자국을 찾는다고 여기저기 싸돌아다니느라 바빴지. 귀신같이 알고 우리보다 먼저 왔네. 얼굴은 참 곱상하게 생겼는데, 하는 짓은 천상 왈패야.

불청객. 산이 자신과 같은 처지를 뜻하는 세 글자를 곱씹는 순간, 그미가 더운 눈물을 얼음판에 뿌리며 고개를 돌렸다. 서로를 알아보는 방식은 대조적이었다. 슬픔에 휩싸인 와중에도 주홍의 두눈은 놀라움으로 커졌지만, 산의 눈빛은 변함이 없었다. 조금 떨리다가 만 속눈썹이 전부였다. 그미가 무릎을 펴고 급히 일어섰다.

산과 수에게 큰 걸음으로 다가온 주홍은 말을 건네기 전에 조사하듯 주위를 한 바퀴 돌았다. 그리고 입김이 닿을 만큼 바짝 다가서서 산의 눈을 빤히 쳐다보며 물었다.

— 괜찮아요?

산은 대답하지 않았고, 수가 두 사람을 번갈아 쳐다보며 대신 물었다.

— 두 분, 아는 사입니까? 아, 같은 기차를 탔으니 어쩌면 만났을 수도…….

그미가 수의 말허리를 잘랐다.

— 기차에선 대체 왜 뛰어내린 거예요? 당신 누구예요?

차고 매운 골바람 같았다. 수가 분위기를 바꾸려는 듯 벙글벙글 웃으며 대신 답했다.

— 함흥역으로 오기로 한 바로 그 포수입니다. 이름은 산! 제 하나뿐인 친형이기도 하고요.

그미가 여전히 산을 노려보며 언성을 높였다.

— 이리로 올 예정이었는데도 그 짓을 했단 말인가요? 자살이라도 한 줄 알았잖아요.

산은 불쑥 그미의 가슴 쪽을 내려다보며 물었다.

— 호랑이 발톱이오?

그미가 턱을 당겨 제 목걸이를 쳐다보곤 고개를 들었다.

— 맞아요. 부적이죠, 행운을 가져다준다는.

산이 이어 물었다.

— 어떻게 알았소?

— 뭘 말인가요?

— 내가 그린 호랑이가 조선 호랑이라는 걸.

그미가 별거 아니라는 투로 콧바람까지 내며 답했다.

— 시호테알린 산맥과 아무르 강에서 반년이나 일했어요. 카플라노프^{Kaplanov} 선생님 밑에서. 조선 호랑이를 찾아다녔어요.

— 찾았나요?

수가 능글맞게 웃으며 물었다. 그미가 고개를 저었다.

— 그곳도 예전만 못해요. 배설물이나 발자국은 종종 발견되지만…… 사람을 경계하는 것도 같고.

산이 그미를 지나쳐 큰 걸음으로 시신을 향해 걸어갔다. 경주하듯 그미가 종종걸음을 치며 산보다 먼저 시신의 머리 쪽에 섰다. 허리를 숙여 시신의 목덜미가 잘 보이도록 앞섶을 풀어 헤쳤다.

— 여기 귀밑에 송곳니 자국 보이죠?

검붉은 피가 부스럼처럼 엉겨든 구멍 두 개가 선명했다.

— 목 뒷덜미를 물었어요. 쐐기를 박듯 목등뼈를 이렇게 물고서 돌려 꺾은 거예요. 이 정도라면 순식간에 숨통이 끊어졌을 거예요.

— 목숨이 붙은 채로 여기까지 끌려오는 것보다는 낫소. 이상한 점은 호랑이가 왜 이 시신을 던져두고 가버렸나 하는 거요. 노루 한 마리 정도의 살점은 충분히 나온다는 걸 알았을 텐데. 배가 불러 당장 먹기 싫었더라도 다시 찾아오기에 적당한 으슥한 곳에 숨기는 게…….

산은 설명을 멈추었다. 사인을 또박또박 먼저 짚었던 그미의 볼이 붉게 상기되면서 두 눈에 눈물이 고여든 것이다. 망인의 최후가 인화된 사진처럼 선명하게 떠올라 눈갈기처럼 그미를 후려치기라도 한 것일까.

러시아인에게는 아무르 강이고 중국인에게는 흑룡강이었다. 긴 강을 따라 울울창창한 밀림이 끝없이 펼쳐져 있었다. 호랑이는 아무르 강가에만 겨우 30~40마리 정도가 살고 있을 거라고 추정됐다. 그미는 포유류를 전공했고 올봄 대학원을 마치자마자, 주저하지 않고 블라디보스토크를 거쳐 시호테알린 산맥으로 갔다. 그곳에서 호랑이 연구의 권위자 카플라노프 박사가 새로운 조수를 기다리는 중이었다. 책으로만 접하던 야생 호랑이를 만날 생각에 그미의 가슴은 부풀어올랐다. 호랑이는 아무에게나 모습을 드러내지 않는 은밀한 들짐승이었기 때문에, 한눈에 기미를 알아차릴 수 있도록, 그미는 호랑이 사진과 그림과 특징을 정리한 표를 외우고 또 외웠다. 하지만 봄부터 가을까지, 하루도 빼놓지 않고 강을 따라 밀림을 헤매었지만 호랑이는 보이지 않았다. 겨우 찾은 배설물과 발자국 앞에서, 길라잡이를 맡은 우데게족 원주민 사냥꾼은, 곧 닥쳐올 겨울엔 호랑이가 더 깊고 신령한 숲으로 숨는다고 했다. 그즈음 개마고원에 식인 호랑이가 나타났다는 소식을, 동경에서 자주 어울렸던 야생동물 전문 사진가 쇼지로부터 들었다. 그미는 시호테알린에서의 생활을 정리하고 경성으로 떠났다. 총독부에 들러 식인 호랑이의 출몰 장소를 정확히 파악한 뒤 개마고원 부대에 합류할 예정이었다. 그러나 경성역에 닿자마자 비보가 날아들었다. 쇼지가 호랑이에게 습격당했다는 내용이었다. 그미는 총독에게 전화만 넣고 곧바로 경성역에서 함흥행 기차로 갈아탔다.

형제는 호랑이의 발자국이 발견된 물가를 떠나 숲으로 스무 걸음쯤 들어갔다. 이번에도 앞장선 이는 산이었다. 눈이 발목을 쳤다. 산은 고개를 돌리지 않고 정면을 쳐다보며 물었다.

— 얼마나 땡겼어?

— 무슨 소리야, 형?

— 몰이꾼 모아 이끄는 값. 식인 호랑이가 흰머리라고 거짓말해서 날 끌어들이는 값.

— 호랑이라면 북삼도에서 형이 가장 많이 알지. 하지만 나도 웬만한 포수보다는 나아. 특히 여기서 백두산까진…….

산이 걸음을 멈추자 수도 말을 삼켰다. 어색한 침묵이 흘렀다. 멀리서 쇠박새가 경경쾌쾌 울었다. 수가 큰 걸음으로 산을 지나친 후 돌아섰다.

─ 늑대더군. 너도 알고 있었지?

─ 나중에 받는 거나 미리 받는 거나 어차피 내 돈이니까 다르지 않아.

─ 피 냄새를 맡았겠지.

─ 격멸대가 놈을 잡긴 잡을 거야. 하지만 형이 해주면 훨씬 쉽고 또 내 체면도 서고……

─ 열 마리가 넘었어.

─ 대체 무슨 소릴 하는 거야?

─ 네가 지우려고 했던 움막 안팎의 발자국들. 마을 사람들이 초소 근처를 들고나도록 방치했겠지.

─ 호랑이 발자국을 찾은 사람은 형이야.

─ 그놈은 인육을 먹지 않았어.

─ 먹고 안 먹는 게 뭐 그리 중요해? 초소를 습격한 놈은 호랑이가 분명해. 숨이 끊긴 시신을 처리하는 일이야 독수리든 까마귀든 늑대든 이게 웬 떡이냐 달려들었겠지.

─ 식인호란 죄명으로 놈을 잡겠다는 개수작은 포기해.

─ 형이 잡겠다면 수작을 걸 것도 없지.

─ 식인호든 뭐든 다른 호랑이엔 관심 없어. 난 흰머리만 잡아.

수가 오른어깨를 들이밀며 역정을 냈다.

─ 형! 벌써 7년째야. 나도 이 꼴로 사는데 형만 고집부릴 일은 아니지. 이놈은 흰머리보다 훨씬 쉬울 거야. 형도 알잖아?

─ 여기서 끝내자.

— 형은 늘 이런 식이지. 맹수의 마음까지 헤아리는 멋진 사냥꾼 형, 거짓말이나 늘어놓는 도박꾼 사기꾼 동생! 한 번만 날 믿어주면 안 되겠어?

— 이제 네 앞가림은 스스로 해.

— 좋아, 좋아. 이 말까진 안 하려고 했는데, 형이 날 개돼지 취급하니 어쩔 수 없군.

산은 이야기를 끊고 돌아서려 했다.

— 흰머리가 가까이 있다는 증거를 보여줄게.

수가 품에서 사진 한 장을 꺼내 산의 손에 쥐여주었다. 사진은 호랑이에게 공격을 받은 첫 번째 움막 초소를 찍은 것이었다. 새끼 호랑이 세 마리가 허공에 나란히 매달려 축 늘어져 있었다. 교수형처럼 목이 졸려 죽은 것이다. 산의 검은 눈동자가 가운데 새끼에게 머물렀다. 백호였다. 수의 긴 설명이 이어졌다.

— 호랑이에게 당한 초병의 수첩 속에 이 사진이 있더라고. 등잔 밑이 어두웠던 거지. 경성에서 달려온 히데오 대장은 호랑이를 잡겠다고 근처 숲을 뒤지고 다녔지만, 나는 이미 그렇게 추격해서는 아무 소용 없다는 걸 잘 알고 있었어. 막사 앞에 따로 정리해둔 죽은 초병들 유품을 대충 훑었지. 근데 수첩에서 딱 이 사진이 나오는 거야. 병사의 어머니 사진 뒤에 겹쳐 있어서 하마터면 나도 그냥 지나칠 뻔했어. 아무도 모르게 슬쩍 챙겨 넣었지. 이제 초병들이 한 짓을 추측해볼까? 처음에는 호랑이 굴인지도 모르고 추위를 피해 들어갔을 거야. 한데 고양이 울음 비슷한 소리가 들려

총을 겨눈 채 다가갔겠지. 그리고 새끼 호랑이 세 마리를 발견했을 테고. 태어난 지 한두 달이나 지났을까. 조용히 물러서려는데, 그래, 바로 이 백호가 눈에 띄었을 테고. 초병들은 새끼 호랑이들의 사지를 묶어 움막 초소로 데려왔겠지. 매달아서 질식시킨 이유는 정확하지 않아. 자꾸 어미를 부르며 우니까 그랬을 수도 있고, 돈 때문이었을 수도 있고. 히데오 대장 모르게 따로 조사를 좀 해봤어. 호랑이가 초소를 급습한 건, 병사들이 사진을 찍고 함흥까지 나가 현상해온 바로 다음 날 저녁이더군. 새끼 호랑이들은 이미 꽤 비싼 값에 근처 한약방으로 넘겨졌고. 어미라면 아마도 움막 안에서 새끼들 냄새를 맡았겠지. 그래서 비슷한 움막 초소만 보면 달려드는지도 몰라. 형도 짐작했겠지만, 이 녀석들 아비는 흰머리야. 개마고원에 등장하는 백호는 그놈뿐이니까. 암호랑이만 찾아내면 흰머리도 추격할 수 있단 소리지. 어때? 형에겐 참 멋진 소식이지 않아? 내가 형을 부른 이유를 이젠 알겠지? 암호랑이 잡는 일만 도와줘. 흰머리는 형한테 양보할게. 어서 추격을 시작하자고. 빨리!

눈은 호랑이의 냄새를 지우고 배설물을 지우고 발자국을 지웠다. 경성발 함흥행 철도는 올가을부터 연착률이 부쩍 높아졌다. 자연재해를 감안하더라도, 기차 운행을 방해하는 일이 잦아졌던 것이다. 침목 위에 올려놓은 방해물도 발견되었고 말을 탄 채 달리는 기차에 뛰어들려는 시도도 네 차례나 있었다. 총독부에서는 불

순 세력의 소행을 의심했고, 더 큰 사고를 막기 위해 중요 지점마다 임시 초소를 세워 지켰다. 이 초소 중 벌써 두 군데가 호랑이에게 당했다. 대동아를 꿈꾸는 일본군에게는 치욕이 아닐 수 없었다.

쇼지 지갑에서 유언장이 발견되었다. 격멸대에 합류하면서 최후의 불행에 대비해 만들어놓은 것이었다. 호담국虎談國에 와서 기뻤다는 소회로부터 시작된 유언장은 이렇게 끝을 맺었다.

> 내가 만약 호랑이에게 당한다면, 창귀가 될까 두려우니
> 호탈굿을 치르고 호식총을 세워주기 바랍니다.

호랑이에 관해서라면 모든 것을 듣고 보고 읽고 사진을 찍던 쇼지였기 때문에, 호랑이에 얽힌 조선의 풍습에도 밝았다. 호랑이에게 잡혀먹힌 사람은 죽어서도 호랑이의 노예로 고통을 당하는데, 그것이 바로 창귀다. 창귀는 다른 사람을 유인하여 호랑이 먹이가 되도록 만든 후에야 편히 저승으로 떠날 수 있다. 자신의 고통을 벗어나기 위해 쉼 없이 타인을 호랑이의 아가리로 유인하는 무섭고 가여운 귀신. 불행을 당한 이가 창귀까지 되는 것을 막으려면, 호랑이탈을 쓰고 굿을 한 후 화장한 시신 위에 옹성 같은 시루를 덮고 창이나 칼을 꽂아 호식총을 만들어야 한다. 주홍은 선배의 마지막 부탁을 들어주기 위해 굿 값에 웃돈까지 얹었고, 마을 사람들 역시 기꺼이 호탈굿을 준비했다. 정식으로 굿판을 벌이려

면 닷새를 준비해도 모자랐지만, 주홍은 어둠이 내리기 전에 약식
으로라도 망자를 위한 의식이 끝나기를 바랐다. 산은 무녀를 찾아
가서 호랑이 노릇을 자원했다. 기가 약한 사람이 호탈을 쓰면 창
귀가 달려들기 때문에 낯선 이에겐 호랑이탈을 맡기지 않았다. 굿
판에서 창귀 들린 이는, 평범한 자들보다 열 배 더 힘이 센 이들을
열 배나 더 많이 호랑이에게 바쳐야 비로소 평안을 얻는다는 풍문
도 돌았다. 미심쩍어하는 무녀에게 산은 경성 병실에서 무료함을
달래기 위해 연필로 끼적인 호랑이 그림 하나를 보여줬다. 자작나
무를 배경으로 바위 위에서 높이 날아내리는, 하이란 강에서 산의
턱을 부순 호랑이였다. 무녀가 응낙하자 부탁 하나를 더 얹었다.

— 백호탈을 쓰겠소.

산은 영하 30도를 밑도는 한겨울에도 얼지 않은 폭포를 찾아갔
다. 무녀의 설명대로 폭포는 여자의 음부를 닮은 바위와 바위 사
이로 떨어졌다. 옷을 모두 벗고 폭포수를 맞으며 가부좌를 틀었다.
산의 아비 웅은 개마고원 최고의 포수이자 호랑이탈을 빼어나게
만드는 장인이었다. 아비는 호랑이 사냥을 나서기 전이나 탈을 만
들기 전에 반드시 폭포수로 몸을 씻었다. 산은 고개를 들고 입을
벌려 차디찬 얼음물을 머금었다가 뱉었다.

7년 전, 사냥을 나선 새벽에도 아비는 산과 수를 데리고 폭포를
찾았다. 그들에겐 어미가 없었다. 독주에 취한 밤이면, 두 아들은

반달가슴곰의 자식이고 측백나무의 자식이고 붉은박쥐의 자식이었다. 아비는 개마고원의 모든 들짐승과 날짐승과 나무와 곤충과 사랑을 나눠봤다고 자랑했다. 죽이든지 사랑하든지, 둘 중 하나라며 호탕하게 웃다가 큰대자로 뻗곤 했다. 어미를 기억하는 산이었지만 아비에게 따져 묻진 않았다. 개마고원엔 드러난 이야기보다 감춰진 슬픔이 훨씬 많았다.

산이 일곱 살 때 그러니까 수가 태어나던 해, 어미는 웅과 두 아들을 버리고 개마고원을 떠났다. 그리고 다시는 돌아오지 않았다. 산은 웅과 수만으로도 충분히 행복했다. 가끔 말 못 할 그리움이 밀려들 때면, 웅은 술을 마시고 허풍을 떨었지만, 산은 낮밤 없이 고원을 달렸다. 숨이 턱에 찰 때까지 달린 뒤 폭포로 뛰어들어 물세례를 맞았다. 어떤 날은 이유도 모른 채 수도 함께 폭포에 젖었다. 수는 폭포 속에서도 웃음 꽃망울을 터뜨리는 싱그러운 소년이었다. 수가 웃자 산도 웃었다.

그 겨울 보름 사이 호랑이에게 당한 이가 셋이었고, 그중 하나는 호랑이를 다섯 마리나 잡은 노련한 포수였다. 아비는 의형제인 쌍해와 함께 호랑이 사냥을 나섰고 산과 수는 호탈굿에 쓸 호랑이탈을 만들었다. 저물 무렵 호랑이탈을 완성한 후 버섯국을 끓여놓고 기다렸지만 아비는 돌아오지 않았다. 얼핏 잠이 들었을까. 산은 총소리를 들었다. 탕! 그리고 다시 탕 타앙! 아비가 두 아들의 호랑이탈을 구별하듯 산과 수도 아비가 아끼는 모신나강 총소리를 단숨에 알아차렸다. '탕' 하고 튕겨 울리는 소리를 뒤따르는 '쿠웅' 하는 여음이 특이한 모신나강은 최신 엽총에 비해 약간 무겁긴 해도 최고의 명중률을 자랑했다. 길이는 1.3미터 남짓이고, 무게는 4킬로그램, 유효사거리는 550미터, 최대사거리는 3,000미터에 달했다. 다섯 발을 넣는 내부 탄창이 있으며, 총기 소음이 크고 사격 후 반동이 강한 것으로 유명했다. 웅은 길이를 1미터 남짓으로 줄이고 무게도 3.5킬로그램으로 낮췄으며, 특히 겨울에 사용하기 불편했던 수평식 장전 손잡이의 길이를 늘여 쉽게 손아귀에 들도록 개조했다.

— 아버지야.

수가 말했다.

— 알아.

산이 답했다.

— 아버지, 괜찮겠지?

— 그럼!

— 이상하지 않아, 형?

— 뭐가?

— 총소리가 세 발이나 났어. 아버지는 대부분 한 발, 정말 큰 실수를 해도 또 한 발이면 끝이잖아?

— 그렇지.

— 한데 세 발이나 쐈어. 쌍해 아저씨가 쏜 건…….

— 없어.

— 맞아. 없지. 괜찮을까?

집 안에 웅크려서는 답을 얻기 어려운 물음이었다.

— 수야!

— 웅.

— 형이 나갔다 올게.

짧은 침묵. 산의 사격 실력이라면 혼자서도 맹수와 맞설 수 있었다. 그러나 웅은 밤 사냥에 산을 대동하지 않았다. 어린 수를 위해서였다. 수가 맑고 큰 눈을 깜박이며 물었다.

— 금방 올 수 있지?

— 그럼 사슴계곡까지만 다녀올게. 눈 감고도 갈 수 있어.

— 그래, 눈 감고도. 총소리도 그쯤에서 들린 것 같아. 같이 갈까?

— 아니! 넌 호랑이탈 손질하고 있어.

— 아무래도 수염이 너무 길지?

— 이마도 좀 넓혀.

— 알겠어. 형! 빨리 갔다 와.

지금보다 딱 일곱 해 젊은 산이 눈 덮인 개마고원의 밤을 걷는다. 스무 살 부신 청춘이다. 총성의 방향과 크기를, 내딛는 두 발에 새긴다. 망설이며 풍광을 살피거나 주저하며 걸음을 돌리면, 그나마 희미한 아비와의 끈이 사라진다. 자신의 감각을 믿는다. 아비에게 가는 오직 한길로 산은 달린다. 거기, 종비나무 아래 엽총을 기대놓은 흔적이 있다. 쌍해의 총이다. 쌍해의 총도 모신나강이지만, 쏘기 편하게 장전 손잡이를 개조한 아비의 모신나강과 달리 러시아군이 사용하던 그대로다. 사냥을 나서면 귀가할 때까지, 아비는 밥을 먹을 때도 잠을 잘 때도 총을 손에서 놓지 않는다. 산은 모신나강을 기대놓았던 자리에 서서 어둠에 잠긴 풍광을 살핀다. 세상의 어둠은 엇비슷할 뿐 똑같은 법이 없다. 나무의 결, 능선의 흐름에 따라 조금씩 밝고 조금씩 어둡다. 산은 그 차이로 자신의 위치를 확인한 뒤 동북 방향으로 달린다. 눈이 무릎을 지나 허벅지까지 차올라도 멈추지 않는다. 이 고원에서 천년을 누린 고사목枯死木의 둥치는 장정 셋이 양팔을 뻗어 맞잡을 정도로 굵다. 새끼 곰 한 마리가 충분히 들어갈 구멍에 머리를 집어넣는다. 그리고 기름 묻힌 횃불과 부싯돌을 찾아내 불을 밝힌다. 아비는 사슴계곡 열두 군데에 횃불과 탄환을 숨겨 만약을 대비했다. 일곱 살 산에게 총을 쥐여주었을 때, 아비는 사냥감 대신 이곳부터 순례했다. 그리고 말했다.

— 목숨을 걸 순간에만 써라. 빛은 포식자들을 불러들인단다.

산은 쌍해의 총이 놓였던 지점으로 되돌아온다. 횃불을 비춰 아비와 쌍해 아저씨의 흔적들을 따른다. 발자국이 거의 없고 꺾인 나뭇가지와 밀려난 돌멩이들도 드물었지만 산은 작은 차이로도 길을 잡는다. 두 사냥꾼은 돌너덜길을 올랐다. 표범이나 멧돼지의 공격에 속수무책인, 개마고원 포수라면 본능적으로 피할, 나무라고는 전혀 없는 바위투성이 올리받이다. 15분쯤 따라 오르던 산이 멈춰 선다. 국화꽃. 15센티미터. 다 자란 호랑이 발자국이다. 산은 손바닥으로 차디찬 총신을 쓸고 호랑이가 디딘 흙을 집어 씹는다. 힘껏 횃불을 바위 아래로 던져버린다. 타오르는 작은 원이 허공을 돌며 별똥별처럼 떨어져 끝내 사라진다. 산은 개머리판을 쇄골 아래에 붙이고 총구를 들어 어둠을 훑는다. 호랑이가 가까이에 있다. 한 걸음 디디며 세상을 겨누고 보고 듣고 한 걸음 디디며 겨누고 보고 듣는다. 그리고 멈춘다. 가위처럼 엇갈린 분비나무 틈에 더 짙은 어둠이 있다.

호랑이 굴. 산은 탄창을 확인하고 어둠을 향해 곧장 다가간다. 발등에 무엇인가가 걸린다. 산은 겨우 균형을 잡고 그것을 왼손으로 더듬어 쥔다. 차디찬 개머리판이다. 손끝으로 개머리판 아래쪽 모서리를 더듬는다. 密林無情^{밀림무정}. 네 글자가 까끌까끌하다. 아비가 철침으로 새긴 총의 이름이다. 산의 걸음이 바빠진다. 아비는 목숨이 다한 뒤에야 총을 땅에 떨어뜨릴 위인이다. 대여섯 걸음 더 나아가서 굴 입구에 닿는 순간, 왼손에 둥근 물체가 잡힌다. 발목이다. 발감개를 종아리까지 덮은 아비 웅의 다리다.

— 아버……!

산은 말끝을 흐리며 웅의 발목을 가만히 흔든다. 반응이 없다. 숨결이 사라진 포수의 몸은 고목처럼 차고 뻣뻣하다. 발목에서부터 허벅지와 배를 지나 가슴까지 재빨리 훑던 손이 목덜미 부근에서 멈춘다. 목과 턱과 볼의 살점이 함께 뜯겨나갔고 어깨와 머리 부근까지 온통 피떡이 얼어붙었다. 뒷목으로 팔을 넣어 일으키려

하자 목이 뼈 없는 연체동물처럼 흐느적댄다. 호랑이에게 당한 일격이 분명하다. 산은 총을 들어 정면을 겨눈다. 아비를 단번에 제압한 놈이라면 산에게도 감당하기 벅찬 위협이다. 더군다나 놈은 어둠 속에서 도사리고 있고 산은 아비 잃은 슬픔에 가슴이 먹먹하다. 아비는 회초리처럼 산을 내몰곤 했다. 모름지기 포수라면 무슨 일이 있어도 총구가 흔들려선 안 돼! 산은 깊게 숨을 들이마셨다가 뱉은 뒤 성큼 다가선다. 놈이 도약할 공간을 좁히기 위함이다. 산은 개머리판을 어깨에 댄 채 살금살금 굴 안으로 들어간다. 무릎걸음을 옮길 때는 허리를 세운 채 기린처럼 목을 뽑고 두리번거린다. 딱딱한 멧돼지 엄니가 왼무릎에 닿는다. 사슴들의 잔뼈들도 정강이를 찌른다. 반반한 바위 옆, 태어난 지 반년쯤 된 새끼 두 마리가 쓰러져 있다. 한 놈은 벌써 목숨이 끊어졌고 한 놈은 가릉 가르릉 가래 끓는 숨을 토한다. 손바닥으로 훑어본다. 피가 묻어나진 않는다. 총상이나 자상을 입진 않은 것이다. 대신 이미 절명한 놈의 감긴 왼눈두덩이에 피멍이 들어 있다. 아직 목숨이 붙은 놈은 갈비뼈가 부러졌는지 옆구리를 만지기만 해도 소스라치듯 온몸을 떤다. 가르⋯⋯! 숨소리가 멎는다. 산은 새끼 호랑이의 가슴을 문지르며 앞발을 흔든다. 응급처치에도 호랑이는 시원하게 숨을 내쉬지 못한다. 축 늘어진 네 다리는 이미 죽음의 언덕을 넘은 듯하다. 으허허엉! 멀리서 포효 소리가 들린다. 지금 이 새끼들의 어미나 아비가 찾아든다면 산의 목숨이 위험하다.

　― 자연에 맡겨라!

산은 아비 웅의 목소리를 흉내 내며, 엽총 둘을 양어깨에 걸고 차디찬 아비의 시신을 업은 채 돌아선다. 지금부터 감당할 삶의 무게가 죽음의 기운과 함께 어깨를 누른다. 천근만근.

호탈굿은 일사천리로 준비되었다. 유언장을 검토한 히데오는 마지못해 호식장을 묵인했지만 장례식에는 참석하지 않겠다고 못을 박았다. 유치한 미신을 구경하느니 지도를 펼쳐놓고 호랑이 이동 경로를 예측하는 편이 낫다는 것이다. 마을 아이들은 따로 호식총을 쌓기 위해 돌을 모았고, 아낙들은 화장을 위해 마른나무를 쌓고 불쏘시개까지 얹었다. 옷과 모자를 갖춘 무녀는 굿판 중앙에 소나무를 세우고 장닭의 두 발을 묶어 가지에 거꾸로 매달았다. 닭 울음이 여울목을 돌아 움막 초소까지 퍼져나갔다. 죽음을 피하고픈 이들의 축제 준비가 착착 진행되고 있었다.

— 미츠코 선생. 혼자, 숲에 머물면 위험하오. 더군다나 식인호가 지나간 곳이오.

주홍이 고개를 돌렸다. 히데오가 10여 명의 병사들과 함께 바위를 엄폐물 삼아 서 있었다. 쇼지의 시신이 발견된 여울목에서 700미터쯤 떨어진 자작나무 숲이었다. 그미는 일어서지 않고 장갑 낀 오른손을 들어 까딱했다. 가까이 오라는 뜻이다. 히데오의 오른손에는 윈체스터가 왼손에는 망원경이 들렸다. 오른쪽 허리춤에서 남부 14년식 권총이 반짝였다. 히데오가 병사들을 대기시킨 채 혼자 그미에게 다가갔다. 그미가 다급하게 손을 휘저었다.

— 아, 거기 밟지 마세요. 이쪽으로 돌아서 와요.

히데오가 걸음을 멈춘 채 발아래를 살폈다. 짐승 발자국이 띄엄띄엄 여울목에서 그미 쪽으로 나 있었다. 히데오가 발자국을 피해 그미에게 갔다. 쭈그려 앉은 그미의 발 앞에도 발자국이 선명했다. 그미가 줄자를 꺼내 발볼의 너비를 재고 사진을 찍었다. 9센티미터.

— 암컷일 가능성이 크겠어요. 수컷의 발자국 크기는 보통 가로 16센티미터 세로 14센티미터 정도고, 암컷의 것은 가로 15센티미터 세로 11센티미터 내외죠. 발자국에서 발가락을 뺀 발바닥만을 따로 발볼이라고 하는데, 수컷의 발볼 너비는 11센티미터 정도고 암컷의 것은 9센티미터랍니다. 새끼 호랑이의 발볼은 6센티미터를 넘지 않죠.

그미가 발과 발 사이의 보폭을 잰 후 가만히 고개를 끄덕였다.

— 60센티미터. 느리지도 빠르지도 않게 곧장 숲을 가로질러 걸었군요.

그미가 일어서서 호랑이 발자국을 따라 빠르게 걷기 시작했다. 히데오는 망원경을 높이 들어 둥글게 원을 그렸다. 간격을 유지한 채 뒤따르라고 병사들에게 수신호를 보낸 것이다. 70미터 남짓 나아가던 그미가 다시 무릎을 꿇고 앉아서 보폭을 쟀다. 눈금이 97센티미터로 늘어났다. 히데오가 발자국을 가운데 두고 그미와 마주 보며 앉았다.

— 왜 보폭을 재는 것이오?

그미가 대답 대신 공책을 펴고 호랑이 발자국 모양을 쓱쓱 그린 뒤 보폭의 길이를 기록했다. 그러고는 앞장을 넘겨, 왼쪽은 왼쪽대로 오른쪽은 오른쪽대로 나란히 둘씩 찍힌 발자국 그림을 검지로 짚으며 되물었다.

— 지금 발자국이 이렇게 나란히 찍혀 있죠? 여기서 어떤 게 앞발이고 어떤 게 뒷발일까요?

갑작스러운 질문에 히데오가 공책을 노려보았다.

— 그야…… 앞선 게 앞발, 뒤진 게 뒷발 아니오?

— 아니에요. 호랑이는 걸음이 빨라질수록 뒷발을 디딘 곳이 앞발을 디딘 곳보다 앞서는 법이죠. 그러니까 이 오른쪽에 나란히 찍힌 두 발자국 가운데, 앞에 것이 뒷발자국이고 뒤에 것이 앞발자국이에요.

히데오의 눈동자가 살짝 흔들렸다. 그가 놀란 표정을 애써 감추며 다시 물었다.

— 왜 보폭을 재고 있소?

— 걷는 속도를 알기 위해서지요. 여기까지는 걸었네요. 한데 이 지점을 지나면서부터는 속보를 시작했어요. 호랑이가 속보를 할 때는 보폭이 80센티미터에서 110센티미터 내외로 찍히죠. 이상하지 않나요?

— 이상하다니? 뭐가 말이오?

— 격멸대의 추측처럼 초병들을 먹어 배가 부른 상태였다면 속보를 취할 이유가 없죠. 처음처럼 느릿느릿 걸으며 한잠 늘어지게

잘 곳을 찾는 게 보통이지요.

그미는 히데오의 답을 기다리지 않고 자작나무를 홀쩍홀쩍 지났다. 호랑이 발자국에서 대여섯 걸음 떨어진 곳에서 다시 허리를 숙였다. 히데오가 다가가자 그 앞에서 오른손을 들어 보였다.

— 멧돼지 배설물이에요. 구린내가 심하죠. 이것 때문에 호랑이가 바빠진 듯해요. 여기 멧돼지 발자국 보이시죠? 각 발마다 발굽 두 개가 가재의 앞발처럼 찍히고 바로 그 뒤에 며느리발톱 둘이 쌍으로 따라 찍혔어요.

그미가 이번에는 멧돼지 발자국을 쫓았다. 삼각뿔이 한 지점에서 모이듯 20미터도 채 지나지 않아서 호랑이 발자국과 멧돼지 발자국이 겹쳤다. 이제 그미는 히데오도 없이 홀로 숲을 헤매는 사람처럼 달렸다. 히데오가 윈체스터를 든 채 좌우를 경계하며 따랐다. 언덕이 내리막으로 접어드는 지점에서 그미가 다시 멈춘 뒤 보폭을 쟀다. 뒤따라온 히데오가 보기에도 이번 것은 보폭이 넓고 발자국이 깊고 넓었다. 그미가 발자국 옆을 껑충껑충 내달으며 눈으로 본 것처럼 말했다.

— 여기서 멧돼지를 공격했어요. 한두 번 만에 끝냈군요. 처음 껑충 도약한 거리는 4미터 그다음은 2미터 82센티미터. 첫 도약에서 치명타를 가한 후 두 번째에서 사냥을 끝냈어요.

공책에 모양과 크기를 기록한 뒤 사진을 찍었다. 거기서부터 호랑이는 다시 느린 걸음을 옮겼다. 그미도 천천히 움직이며 호랑이 발자국 옆으로 선명하게 보이는 질질 끌린 자국을 사진에 담았다.

— 새끼 멧돼지군요.

— 어떻게 알았소?

— 발자국이 작고 얕아요. 장성한 멧돼지였다면 주위가 좀 더 어지러웠을 거예요. 멧돼지는 버티는 힘이 대단해서, 호랑이를 등에 매단 채 수십 걸음을 달리는 경우도 있어요. 한데 이놈은 단 두 번에 끝났어요. 저항한 흔적도 없고요. 그리고 이건 호랑이가 멧돼지를 물고 옮길 때 돼지발이 눈밭에 끌린 자국이에요. 가볍게 들고 이동할 만큼 덩치가 작은 놈이란 증거죠.

그미의 발걸음이 숲의 가장자리이자 바위계곡이 시작되는 곳에서 멈췄다. 타원형의 둥근 바위 위로 올라선 그미가 멧돼지 발톱과 가죽을 하나하나 찾아냈다. 그러고는 곧 끝이 두세 갈래로 갈라지고 곧게 뻗은, 5센티미터 남짓한 검은 털을 집어 들었다.

— 놈은 여기서 새끼 멧돼지를 먹어 치웠어요. 몹시 배가 고팠나봐요. 남긴 게 거의 없어요. 그리고 놈은 이 계곡을 따라 내려갔을 거예요. 바위를 껑충껑충 건너뛰면 발자국이 거의 남지 않으니, 여기서부터 더 이상의 추격은 어렵지요. 자, 이제 이 호랑이가 식인호가 아니란 게 증명되었나요?

그미 곁에 올라선 히데오가 계곡 아래를 내려다보며 물었다.

— 호랑이가 새끼 멧돼지를 먹어 치운 것과 식인호가 아니란 게 어떻게 연결된단 말이오?

그미가 또박또박 지금까지 숲에서 조사한 결론을 내놓았다.

— 호랑이가 초병들을 먹어 치웠다면 새끼 멧돼지를 사냥하지

도 않았을 거고, 또 이렇게 단숨에 먹지도 못했을 거니까요. 호랑이는 쇼지 선배와 초병들을 공격해서 죽이긴 했지만 먹지는 않았어요. 먹지도 않을 건데 거듭 무장한 병사들을 공격한 건 딴 이유가 있어서지요. 그렇게 생각하지 않으세요?

— 흥미로운 가설이오. 어쨌든 여기서 나갑시다, 미츠코 선생.

그미가 히데오를 쳐다보며 갑자기 생각난 듯 톡 쏘았다.

— 내 이름, 미츠코가 아니라 홍으로 불러달라고 부탁드렸는데요. 주홍! 잊지 마셨으면 해요.

주홍은 호탈굿을 준비하는 과정을 사진에 담았다. 호랑이 관련 자료를 모으고 정리하는 것이 노총각 쇼지의 유일한 취미였다. 그미는 셔터를 누른 뒤 고개를 들고 혼잣말을 했다. 선배! 마지막 선물, 어때요? 대답은 없고, 눈송이만 그미의 보조개를 스쳤다. 그미는 양팔을 벌린 채 고개를 들고 입을 벌렸다. 눈송이가 입으로 들어가자, 그미는 과장스럽게 씹어 삼키는 시늉을 했다. 쇼지는 이렇듯 눈송이를 먹고는 다음과 같이 덧붙였었다.

얼린 천수天水를 먹었으니 신선이 따로 없지.

호랑이탈이 보이지 않았다. 주인공이 빠진 격이다. 무녀가 성난 얼굴로 부채를 들어 굿당을 가리켰다. 주홍이 문을 밀었다. 삐걱. 그미가 죄지은 사람처럼 둥근 문고리를 잡은 채 눈을 꼭 감았다가 떴다. 돌아앉은 산의 등은 넓었다. 나무로 깎아 만든 장군신이 청룡언월도를 우뚝 든 채 좌정했고, 사방 벽은 물론 천장까지 붉고 푸른 신들로 가득했다. 그 사이로 보이는 넓은 등, 함흥행 달리는 기차에서 뛰어내린 바로 그 등이다. 산이라는 포수에 대해 물어도 사람들의 답은 제각각이었다. 장사꾼이라고도 했고 군인이라고도 했고 광부라고도 했고 심마니라고도 했다. 장사꾼도 군인도 광부도 심마니도 기차에서 뛰어내리는 법은 없다. 산의 어깨를 타고 넘은 렌즈에 호랑이탈이 잡혔다. 찰칵. 셔터를 누르는 순간, 산이 오른손에 붓을 쥔 채 고개를 돌렸다. 황호탈을 백호탈로 바꾸기 위해 덧칠하던 중이었다. 냉골인데도 이마에 땀이 흘렀고 두 눈썹이 얼어붙었다. 산은 그미의 손에 들린 사진기부터 빼앗으려 했다. 그미가 사진기 줄을 쥐고 버텼다.

— 왜 이래요?

산은 사진기를 돌려주는 척하다가 손목에 반동을 주어 낚싯줄을 당기듯 사진기를 어깨 위까지 들어 올렸다. 딸려오던 주홍이 중심을 잃고 쓰러져 바닥에 어깨를 찧었다. 산은 그미를 부축하는 대신 사진기를 열어 필름부터 뽑아냈다.

— 안 돼.

주홍이 달려들었지만, 산은 등을 돌린 뒤 필름을 끝까지 뽑아 둘둘 감았다.

— 쇼지 선배 영전에 바칠 마지막 선물이라고. 당신이 뭔데 이걸, 이 필름을…….

그미가 꿇어앉은 채 말을 맺지 못했다. 산은 사진기를 그미의 무릎 앞에 놓은 뒤 채색을 마친 백호탈을 집어 들고 썼다. 눈과 입의 위치를 확인하여 고정한 뒤, 양손으로 줄을 당겨 뒤통수에서 고쳐 맸다. 그미는 자신도 모르게 슬금슬금 물러섰다. 한갓 탈에 불과했지만 산에게서 호랑이 기운이 뿜어져 나왔던 것이다.

— 망인을 위해서라오. 잡스러운 기운이 굿판에 미치면 창귀 신세를 면할 길이 없소.

산은 벽에 걸어둔 한지로 만든 호피를 걸쳐 입고 마당으로 나섰다.

이힛히융. 산은 소나무에 매달린 장닭에게 다가가며 호랑이처럼 울었다. 그 소리는 독사의 혓소리 같고 땅개의 콧바람 소리 같았다. 호랑이라고 언제나 우렁차게 어흐흥 포효하는 것은 아니다. 먹잇감을 쫓을 때는 세상의 모든 소리를 삼키고 사냥에 성공한 뒤에도 다른 포식자를 경계하며 소리를 숨기는 법이다. 산은 징 소리와 함께 장닭의 머리를 덥석 물었다. 파닥이는 날개. 산은 허리를 젖히면서 턱을 돌렸다. 묶인 두 발부터 목까지 장닭의 몸이 찢어질 듯 팽팽했다. 산은 보았다, 얼굴을 잔뜩 찡그린 채 무녀 바로 옆에 서 있는 주홍을. 산이 턱을 당겼다가 쳐올리자 장닭이 2미터 넘게 튕겨 올라갔다가 떨어졌다. 사냥개처럼, 산이 장닭의 어깨를 물었다. 그때 작대기 총을 든 무녀가 등장했다. 산은 엉덩이를 흔들며 무녀를 향해 달려들다가 물러나고 달려들다가 물러났다. 무녀가 작대기 총으로 호랑이탈을 겨누며 소리쳤다.

— 범이 안 죽으면 포수가 죽고 포수가 안 죽으면 범이 죽는구나. 네가 안 죽으면 내가 죽고 내가 안 죽으면 네가 죽으리.

포수가 입으로 꽝! 꽝! 소리쳤다. 산은 물었던 닭을 버리고 공중제비를 돌며 탄환을 피하는 시늉을 했다. 다시 포수가 꽝! 소리치자, 산은 하늘을 향해 벌렁 쓰러져 네 다리를 동시에 흔들면서 그르릉 흐르릉 신음을 뱉다가 뻗었다. 포수가 총을 어깨에 멘 채 덩실덩실 춤을 추며 노래했다.

— 얼씨구나 절씨구 잡았네 잡았어, 범 한 마리 잡았네. 범 잡으니 이 같은 경사가 또 있던가. 얼씨구나 절씨구.

무녀가 산을 발로 건드린 뒤 한지로 만든 호피와 호탈을 벗겼다. 무녀는 곧장 호피를 그미에게 가져왔다. 그미는 준비한 돈을 무녀의 붉고 넓은 옷소매에 넣었다. 무녀가 타오르는 횃불을 가져와서 건넸다. 그미가 호피에 불을 붙이자 검은 재가 날렸다.

— ……편히 쉬세요. 호랑이는 제가 꼭 찾을게요.

호피를 태워 죽은 이의 혼을 위무하는 것으로 굿은 끝났다. 구경꾼들은 서둘러 흩어졌고 무녀까지 굿당으로 들어가자, 마당에는 주홍과 산만 남았다. 산은 쪼그리고 앉아서 양 무릎에 얼굴을 묻고 흐느끼는 그미에게 다가섰다. 그미가 고개를 들자 들고 있던 백호탈을 건넸다. 그미는 입술을 꼭 다문 채 탈을 받았다. 산이 짧게 명령조로 말했다.

— 경성으로 돌아가시오, 당장.

그 저녁, 주홍은 히데오를 찾았다. 공무 시간이 끝났음에도 히데오는 여전히 다갈색 군복과 군화 차림이었다. 탁자에는 지도와 함께 두 군데 초소에서 죽은 병사들의 기록부가 놓여 있었다. 히데오는 천상 군인이었다. 애국심이 넘쳤고 군령에 절대복종했으며 가장 적은 손실로 가장 많은 적군을 괴롭힐 방법을 찾느라 밤을 새웠다. 자기 관할이 아님에도 불구하고 내남없이 상부에 새로운 전략과 전술 개진을 즐겼다. 그는 중일전쟁의 최선봉에서 10년을 싸웠고, 혁혁한 공을 세웠으며, 선후배는 물론 그 자신도 동기생 중에서 가장 먼저 장성 계급장을 달게 될 것이라고 믿어 의심치 않았다. 히데오는 당번병에게 국화차 두 잔을 내오도록 했다.

— 숲에서의 모습은 인상적이었소. 보폭을 통해 호랑이의 움직임을 살피는 건 어디서 배운 거요?

— 카플라노프 선생님이 가르쳐주셨어요. 1936년부터 시호테알린 산맥과 아무르 강 등지에서 호랑이 발자국을 추격하며 기록하는 일을 줄곧 해오고 계시거든요. 그건 그렇고 경성에서 연락은 받으셨죠? 총독님은 생포하라 말씀하셨어요. 아무르 강 일대도 마찬가지지만 최근 이 지역 호랑이 개체 수가 급격하게 준 사실은 대장도 아시죠?

그미는 잔을 들지도 않고 본론부터 꺼냈다. 히데오는 잠시 여유를 가지려는 듯 왼손으로 목깃을 당기고 계급장을 만지며 다시 한번 차를 권했다.

― 드셔보시오. 언 몸을 녹이는 데는 차가 최고니까. 함경도의 겨울은 경성과는 천지차이라고 하오. 개마고원은 또 이곳 함흥보다 10도는 더 기온이 내려가지. 내일 아침 원하는 때에 떠나도록 하시오. 운전병이 역까지 지프로 모실 거요.

― 난 돌아가지 않아요. 쇼지 선배를 대신하겠어요.

― 아무리 총독님의 명이라 해도 그건…….

― 총독님 얘긴 빼죠. 지난 반년 동안 시호테알린 산맥 일대에서 호랑이를 연구해왔어요. 대학에서도 생물학을 공부했고요. 숲에서의 모습이 인상적이라고 하셨죠? 해수격멸대에 호랑이 전문가가 한 사람쯤은 있어야 하지 않나요?

― 따라오든 말든 맘대로 하시오. 하지만 내가 이끄는 부대는 호랑이수호대가 아니라 해수격멸대임을 잊지 마시오. 난 부대 이름에 걸맞게 부하들을 이끌고 해수를 잡으러 다닐 테니까.

― 솔직히 부대 이름부터 마음에 들지 않는군요. 어떻게 호랑이가 해수죠?

― 그럼 호랑이가 인간에게 이로운 짐승이란 거요? 사람들을 공격해서 죽이거나 부상을 입히고, 가축을 물어가는 짐승이 해수가 아니면 도대체 어떤 짐승이 해수란 말이오? 포악하기 그지없는 호랑이를 개마고원에서 모두 없애는 것이 우리의 임무요.

― 포악하다! 그렇군요. 대장님이 얼마나 이 문제를 단순하게 여기는지 '해수'란 단어에서 모두 알 수 있네요. 적과 싸우듯 호랑이와 싸울 생각이시군요. 호랑이는 악하고 대장님은 선하니까요.

— 맞소.

히데오는 한 치의 머뭇거림도 없었다.

— 다시 한 번 부탁드릴게요. 인적이 닿지 않는 깊은 밀림에 풀어놓을 수 있어요. 안전하게 생포하도록 나도 돕겠어요.

— 주 선생 도움 같은 건 필요 없소.

— 꼭 그리 단정 짓지 마세요. 세상일은 모르잖아요? 안 그래요?

인생에서 두 번의 크고 거친 파도가 히데오를 지금의 해수격멸대로 밀어냈다. 재작년 6월 정저우鄭州 인근 전투가 불운의 시작이었다. 그곳에서 히데오는 선봉 중대를 이끌고 수색 작전을 펴라는 명령을 받았다. 게릴라들의 급습을 대비해야 한다는 의견을 냈지만 묵살당했다. 두렵다면 최후방으로 빠지라는 조롱까지 받았다. 일본군을 급습한 것은 황하의 거대한 물줄기였다. 게릴라들이 강둑을 뚫어 화력의 열세를 단숨에 역전시키려 한 것이다. 다행히도 밤을 틈타 전진한 히데오의 선봉 중대는 제방을 지키며 버틸 만한 언덕에 도착했다. 물줄기는 거셌지만 중대원 전체가 넘쳐 오는 강물과 맞섰다면 사상자를 내지 않았으리라. 그런데 본진이 강물에 잠겼다는 급보가 전해지자마자 사방에서 울리는 총소리에 겁을 먹은 병사들이 탈영하고 말았다. 히데오는 현재 위치를 사수하라는 명령을 거듭 내렸지만, 한두 명이 비자 순식간에 저지선이 무너졌고 언덕을 두른 둑까지 터졌다. 그 밤 황하의 물길에 휩싸이고도 살아남은 중대원은 히데오를 포함해서 겨우 다섯 명이었다.

히데오는 곧 만주 지역 후방으로 전출되었다.

히데오는 최전선 복귀를 갈망했다. 그러나 올여름 불운은 또다시 그의 목을 조르고 콧잔등을 후려쳤다. 조선 이름이 정요正耀인 요시오 일등병은 대학 졸업반을 다니다가 입대한, 조선어와 일본어, 영어와 중국어와 러시아어에도 능한 작가 지망생이었다. 휴식 시간마다 수첩에 시상詩想을 메모한 뒤 낮게 읊조리곤 했다. 시를 좋아한다고 허약한 병사는 아니었다. 오히려 요시오는 히데오의 명령을 먼저 이해하고 충실히 따랐다. 히데오가 그를 정찰조장에 임명한 것도, 요시오가 용맹할 뿐만 아니라 현지 주민에게서 유용한 정보를 널리 수집할 수 있기 때문이었다. 요시오는 일곱 번이나 인근 산림의 정찰 임무를 성공적으로 마쳤다. 히데오는 요시오가 모은 정보를 신뢰했고 그것에 근거하여 작전을 짰다. 요시오는 히데오가 세운 작전의 주춧돌과도 같았다. 전투가 뜸한 주말, 히데오는 요시오와 단둘이 부대 앞 마을로 나가 술을 마셨다. 전통 기법으로 담근 밀주는 색이 맑고 향이 짙고 맛이 독했다. 요시오는 허리를 꼿꼿하게 세운 채 잔을 받았다. 그러나 두어 잔을 마시면서부터는 얼굴이 벌겋게 달아올랐고 대여섯 잔에 이르러서는 벽에 몸을 기대기 시작했다. 취하기는 히데오도 마찬가지였다.

— 요시오!

— 네, 중대장님!

— 조선 이름이 정요랬지?

— 네.

— 정요. 바르고 빛난다. 멋진 이름이군. 난 네가 부럽다.

— 저 같은 놈을 부러워하시다니요?

— 외우는 시가 300수가 넘는다며?

— 대학에서 문학을 전공했기 때문입니다. 별거 아닙니다.

— 다섯 나라 말을 자유자재로 구사할 수도 있고.

— 어쩌다보니…….

요시오는 말을 아꼈다. 히데오가 잔을 비운 뒤 헛웃음을 지었다.

— 난 영어나 러시아어는 관심 없어. 하지만 조선어나 중국어는 배우고 싶다.

— 중대장님께서 왜 조선어나 중국어를?

— 아시아 통합을 위해서는 각국을 속속들이 알 필요가 있지. 물론 결국 일본어가 아시아의 공통어가 되겠지만, 그 전까지는 두 나라의 언어를 익혀서 형편을 파악하는 게 중요해. 하지만 다시 최전선으로 돌아가면 말 배울 여유 따위는 없겠지.

— 최선전으로 돌아가고 싶으십니까?

— 물론이지. 꼭 갈 것이다.

— 제가…… 조선어와 중국어, 가르쳐드릴까요?

정요가 두 눈을 길고양이처럼 뜨고 물었다.

— 정말인가? 나야 좋지. 하지만 그만한 시간이 있나?

— 근무 중엔 어렵습니다만, 전투 상황만 아니라면, 잠을 조금 줄이면 됩니다.

히데오는 요시오를 잠시 쳐다보았다.

— 중대장님! 제가 혹시 잘못한 거라도…….

히데오가 요시오의 목을 끌어안고 꿀밤을 먹이기 시작했다.

— 귀여운 녀석. 넌 정말 좋은 녀석이야.

다음 날, 히데오는 숙취와 함께 깨어났다. 그는 전날 밤의 대화를 대수롭지 않게 여겼다. 하지만 요시오는 정말로 취침 시간을 한 시간씩 줄여 히데오에게 조선어와 중국어를 가르쳤다. 수강료는 없었다. 가끔 요시오의 손에 사과나 참외 혹은 사탕을 쥐여주는 것이 전부였다. 요시오의 가르치는 솜씨가 빼어났든지 히데오의 배우려는 의지가 높았든지 혹은 둘 다이든지, 반년 만에 히데오는 요시오와 조선어로 대화를 나눌 정도가 되었고, 중국어 역시 그보다는 못하지만 중국인 포로들이 자기들끼리 수군거리는 대화를 시치미 뚝 떼고 들을 수준이 되었다. 그러나 홍군紅軍 출신 게릴라들을 섬멸하기 위한 야간 급습에서 히데오는 또 한 번의 참담한 패배를 맛보았다. 요시오가 게릴라들의 매복 장소를 엉뚱한 곳으로 보고한 결과였다. 히데오는 중대 병력의 절반을 잃었고 요시오는 정찰조원 다섯 명과 함께 적진으로 투항했다. 요시오는 게릴라들이 심어놓은 첩자였다. 요시오는 히데오의 삶에서 잘못 끼운 퍼즐 조각이었다. 히데오는 패전의 책임을 지고 불명예제대까지 각오했지만, 중일전쟁에서 세운 전공이 참작되어 해수격멸대장으로 전직되었다. 호랑이를 잡는 것만이 히데오가 대동아공영을 이룩하기 위한 성스러운 전쟁에 복귀할 마지막 지푸라기였다. 그 후로 히데오는 더더욱 명령에 살고 명령에 죽는 군인이 되었다.

히데오는 자주색 수건을 꺼내 들고 먼저 98식 군도를 훔친 다음 윈체스터를 닦기 시작했다. 개머리판부터 시작해서 총구는 물론이고 약실과 방아쇠도 꼼꼼하게 살폈다. 히데오는 군인이 된 후 단 하루도 빼놓지 않고 총을 정비했다. 특히 윈체스터를 총독에게서 선물받은 후부터는 두 배 세 배 정성을 쏟았다.

— 총까지 얻었으니 함부로 내치긴 어렵지.

히데오는 윈체스터와 주홍을 연결시키며 혼자 피식 웃었다. 역시 세상엔 공짜가 없었다. 고색창연한 탁자와 한쪽 벽에 펼쳐놓은 대호도병풍大虎圖屛風이 인상적인 경성 총독부 접견실이 떠올랐다. 12폭을 가득 채운 호랑이는 고개를 꺾어 큰 눈으로 먹잇감을 노려보았다. 히데오와 처음 마주 앉은 그날 총독이 병풍 속 호랑이와 눈을 맞추며 물었다.

— 쉽지 않은 일이지. 겨울 개마고원을 관광하며 돌아다니기도 힘든데, 산군山君인 호랑이를 잡아야 해. 자신 있나?

— 기후나 지형은 작전수행에 늘 따라다니는 조건입니다. 조건 때문에 목적을 달성하지 못한다면 군인이라고 하기 어렵습니다.

— 중국에 머문 기간이 얼마라고?

— 10년입니다.

— 10년, 짧지 않은 기간이군. 20대를 고스란히 바쳤어. 아깝지 않나?

히데오는 즉답을 피했다. 총독의 온화한 미소와 느릿느릿한 말투, 세련된 손짓은 처음 보는 이라도 오랜 친구처럼 마음을 열게 만들 만했다.

— 10년 동안 단 한 번도 귀국하지 않았더군. 휴가도 모두 부대에서 보내고 말이야.

— 바빴습니다.

— 바쁘지. 누구나 바빠. 하지만 1년에 한두 번은 고향에 들르는 법이지. 친구들도 만나고 세상 욕도 하고. 퀴퀴한 고향 냄새도 맡고 얼큰한 고향 음식도 맛보고.

— 바빴습니다.

히데오가 앵무새처럼 답을 반복했다. 총독이 검지를 한 번 까닥이며, 더 깊은 동굴로 그를 끌어들였다.

— 젊은 시절 이야기를 하나 해줄까. 내가 자네 나이일 때 나는 정부를 신뢰하지 않았네.

— 정부를 말입니까?

— 일본 정부뿐만이 아니었지. 정부 자체를 야만의 근원으로 보았어. 세상의 모든 정부가 사라지는 날, 인류에게 행복이 찾아오리라 믿었다네. 그래서 바빴지. 10년 내내.

— 마음이 바뀌신 거군요.

— 보들레르라고 아나? 프랑스의 위대한 시인일세. 그가 이런 말을 남겼다더군. 배운다는 것은 자신이 한 말을 뒤집는 것이다. 10년을 한결같이 같은 말만 하며 보냈다면, 자넨 아직 배움이 부

족한 거야.

배움이 부족하다……! 뜻밖의 지적에 히데오는 그 문장을 혀끝에만 얹어 입술을 움직이지 않고 따라 했다.

— 어디서 배움을 얻는 게 가장 크고 중요하다고 보는가?

— 학교입니다.

히데오가 상식 수준으로 답했다.

— 아닐세.

— 가족입니다.

— 학교나 가족에게서 배우는 것도 있긴 하지. 허나 그건 대부분 한 번 걸러진 지식일 뿐이지. 누가 자네의 무지無知와 나약함을 짚어낼까?

— ……모르겠습니다.

— 모르겠지. 안다면 자네가 이렇듯 자신만만할 리 없어.

— 어디서, 누구에게서 배워야 합니까?

— 적敵.

— 적이라고 하셨습니까?

— 압도적인 적. 자네 목숨을 앗아갈 만큼 거대한 적에게서 배움을 얻는 거지. 지금까지 자네의 적은 중국인들이었지만 이제부터는 개마고원의 지배자, 호랑이가 되는 거야.

— 호랑이에게 배우란 말씀이십니까?

총독이 고개를 끄덕이며, 금박을 입힌 엽총 나무 케이스를 꺼내 탁자 위에 올려놓았다. 케이스를 열고 윈체스터를 꺼낸 뒤 애정이

듬뿍 담긴 눈으로 총신을 쓸었다.

— 자네 이력을 보았네. 대단한 승리를 연이어 거두었더군. 최근의 패전을 제외하곤 말일세.

— 부끄럽습니다.

— 백전백승은 신화에 불과하지. 한두 번 패한 건 품고 넘어갈 수 있어. 자네는 일본이 중국보다 월등하다고 생각하나?

— 물론입니다. 상대가 못 됩니다. 병력이나 무기 체계나 모두.

— 자네를 패퇴시킨 적에게서 배울 점은 없었나? 자네도 방금 인정했듯이, 객관적으로 보면 결코 질 수 없는 전투였어. 하지만 자네는 졌지. 많은 부하들을 잃었고. 적의 입장에서 자네를 분석해보게. 적이 자네의 어떤 치명적인 약점을 물고 늘어졌는지. 거기서 한 수 배운다면, 자네도 나처럼 거짓말쟁이가 될 수 있어.

— 거짓말쟁이라고요?

— 자신이 한 말을 뒤집는 게 거짓말쟁이가 아니고 뭔가? 하하하.

히데오는 따라 웃을 수 없었다.

— 해수 특히 호랑이를 꼭 잡게. 그럼 자네가 원하는 곳으로 내가 책임지고 다시 보내주지.

그리고 윈체스터를 내밀었다.

— 이놈을 잘 길들여봐.

— 총은 제게도 있습니다.

— 호랑이를 쏘아본 적 있나? 조선 호랑이 말일세.

— 없습니다만, 부대로 들어온 표범은 사살한 적 있습니다.

— 표범과 호랑이는 달라. 조선 호랑이는 지구 상의 어떤 맹수보다도 강해. 빠르고 영리하고 고독한 지배자지. 군에서 배급받은 총도 성능이 나쁘지는 않지만 최고는 아니야. 윈체스터를 쓰게. 단 한 방에 놈의 급소를 맞혀야 해. 실수하면 다시는 기회가 없어. 자네는 놈에게 먹히면 그만이지만, 해수격멸대장이 호랑이 밥이 되었다는 소식이 신문에라도 나면 어떻게 될까. 대일본제국의 망신이지. 수단과 방법을 가리지 말고 꼭 해수를 격멸해.

히데오가 윈체스터를 집어 들고 방아쇠를 코끝까지 들어 올렸다. 명중률이 높은 맹수 사냥 전문 총이었다.

— 호랑이 시체와 함께 돌려드리겠습니다.

— 아니야. 돌려줄 필요 없네. 놈을 잡으면 윈체스터는 자네 걸세. 상으로 주겠다 이 말이지. 군인에겐 총이 생명이니 호랑이 잡은 윈체스터 정도는 가지고 다녀야 자네의 잠시 막힌 무운武運도 틔지 않겠나?

들울음. 해가 숨자, 풍광이 본격적으로 소리를 내기 시작했다. 숨어 우는 새, 느릿느릿 마당을 질러가며 흠흠 대는 길고양이, 바람결에 이마를 비비며 자지러지듯 웃는 어린 가지들, 구르다 멈추고 다시 구르는 상처투성이 돌멩이들. 소리들은 한데 섞여 발아래로 뚝뚝 떨어져 진창을 만들고 겨드랑이를 파고들어 횡휘잉 바람을 뿜었다. 그 바람이 개인지 늑대인지 구별하기 어려운 시간에 닿으면, 어둠으로 잠기기 전에 서둘러 푸른빛을 터뜨렸다. 빛 사이로 혹은 그 푸르디푸른 어둠을 따라, 풍광조차 상상하기 힘든 기기묘묘한 소리들이 하나둘 찾아들었다. 나발 소리처럼 들리지만 나발 소리가 아니고, 말발굽 소리지만 말발굽 소리가 아닌, 고개를 갸우뚱하게 만든다는 소리들이 귀를 쫑긋 세우는 거뭇거뭇한 소년들을 에워쌌다. 그 소리의 변화무쌍함을 좇는 소년들의 눈동자에 막 떠오른 별들이 반짝였다. 가끔 산은 바로 그 눈동자들이 정체를 파악하기 힘든 소리들을 불러들인 것은 아닐까 의심하기도 했다. 들려서 들리는 것이 아니라 듣고 싶은 대로, 그 눈동자들을 따라서 새로운 소리가 탄생하는 이야기. 산은 이 상상을 아꼈다.

함경도의 밤은 축지법을 쓰듯 푸른빛을 접으며 들이닥쳤다. 방금 담요 밖으로 나온 산은 속옷을 입지도 않고 잠든 무녀의 젖무덤을 돌아보았다. 촛불 아래 일렁이는 무녀의 얼굴이 낮보다 더 날카로웠다. 수호랑이가 암호랑이를 품듯, 산은 7년 동안 만주를 떠돌며 여자들을 품었다. 내일이면 새로운 산하로 옮길 운명이었기에 만남은 짧고 뜨겁고 슬펐다. 산은 말을 아꼈고 여자는 산의 체취를 흉터를 남김없이 기억하기 위해 바빴다. 이름도 모른 채 서로를 품은 밤도 적지 않았다. 오늘 만나고 내일 헤어질 사이에 이름이란 헛것이었다. 세 치 혀가 만들어내는 이야기도 헛것이고 몇 푼의 돈과 재물도 헛것이었다. 둘만의 눈길, 둘만의 손길, 둘만의 몸길이 전부였다. 산은 가방을 열고 스케치북과 연필을 꺼내 옆에다 놓았다. 손을 더 깊이 넣어 천으로 감싸고 끈으로 묶어놓은 길쭉한 다발 둘을 꺼냈다. 슬쩍 무녀의 낮게 코 고는 소리를 확인한 뒤, 다발의 끈을 풀고 천을 폈다. 그 속에 든 쇠붙이들을 채집한 곤충처럼 차례차례 꺼냈다. 산은 익숙한 솜씨로 부품들을 조립하기 시작했다. 철컥. 소리가 나자, 무녀는 벗은 등을 보이며 돌아누운 채 이 사내의 미래를 예언했다.

— 시작하지 마. 사랑하는 모든 것을 잃고 말 가련한 인생. 발버둥 칠수록 더 참혹해지지. 나랑 머무르겠다면, 시작하지 않겠다면…… 받아줄게.

밀림무정. 글자를 하나씩 손끝으로 확인한 뒤 개머리판을 끼우는 것으로 작업을 마친 산은 모신나강을 등에 따로 메고 가방에 스케치북과 연필을 다시 넣은 뒤 일어섰다. 예언과 저주에 연연할 산이 아니었다. 굿당을 지키는 관운장만이 산을 배웅했다. 별도 달도 없는 밤보다 더 깊은 밤이었다.

최고의 포수는 밤 사냥을 즐긴다. 어둠 속에서 포식자는 먹잇감을 찾아 걷고 구르고 뛰고 멈춘다. 눈이 쏟아지는 겨울밤엔 더더욱 필사적이다. 한 번 사냥에 실패하면 며칠을 굶어야 할지 가늠하기 어렵다. 포식자가 먹이에 집중하는 동안 포수는 포식자에게 집중한다. 여유도 유희도 몽상도 안락도 없다. 죽고 죽이려는 팽팽한 긴장만이 가득한 비밀스러운 시공간, 밤의 숲. 달리는 산.

포수가 호랑이 그림은 왜 그리는 건가요?
잘 죽이려고. 단번에 목숨 줄을 끊으려면 놈을 속속들이 알아야 하니까.

사냥 뒤에 남는 것

이틀 후 새벽, 세 번째 습격 소식이 해수격멸대로 날아들었다. 수동계곡. 장진호로 이어지는 개마고원 남쪽 입구였다. 격멸대는 짐을 꾸려 현장으로 출발했다. 주홍은 수와 함께 4인승 지프에 올랐다. 운전병 옆자리에는 트럭에 싣고 남은 탄약상자가 가득했다. 수가 왼팔 하나로도 익숙하게 그미에게서 갈색 배낭을 받아 탄약상자 아래에 고정시키며 말했다.

— 석창포로군요.

— 네?

지프에 올라앉으며 그미가 반문했다.

— 한라산과 백두산에 피는 옅은 황록색 꽃이죠.

— 갑자기 석창포 얘기는 왜 하는 거죠?

긴급 출동과 석창포는 어울리지 않았다.

— 눈에 띄었거든요.

― 눈에?

― 저 배낭에 박힌 무늬 말이에요.

그미의 시선이 탄약상자 아래로 향했다. 상자에 가려 배낭이 보이지 않았다.

― 무늬라고요? 아, 배낭의 꽃무늬, 그게 석창포예요? 몰랐어요.

― 6월에서 7월까지 핀답니다.

― 몰랐어요, 꽃을 좋아하는 줄.

― 형이 호랑이를 좋아하는 것만큼 한때는 꽃이 좋았죠.

― 형이…… 호랑이를 좋아해요?

― 그럼요. 어렸을 때는 절 데리고 몰래 호랑이 굴 근처로 구경 가기도 했습니다. 개마고원에는 늑대, 표범, 곰 등 맹수들이 여럿 이지만, 형은 늘 호랑이를 최고로 쳤죠.

― 그랬군요. 산 씨는 호랑이를 좋아하고 수 씨는 꽃을 아끼고. 멋진 형제네요. 개마고원에 딱 어울려요. 수 씨는 요즘도 종종 꽃을 가꾸고 감상하고 그러겠네요?

수의 표정이 거북 등판처럼 딱딱해졌다.

― 지금은, 꽃 따위는 잊었어요.

― 왜죠?

― 죽음의 회전이라고 들어봤나요?

― 죽음의 회전?

― 악어가 한입에 삼키기 어려운 먹이를 물었을 때 하는 짓이 라네요. 먹이를 물속으로 끌고 가서 익사시키기 위해 빙글빙글 돌

리는데, 그걸 죽음의 회전이라고 한다더군요. 죽음의 회전을 당하고도 살아남은 이는 없대요. 저는 물속이 아니라 허공에서 죽음의 회전을 당했죠. 호랑이에게 팔을 찢기고 몸이 튕겨나가 벽에 부딪칠 때까지 세 번 어쩌면 네 번 빙빙 돌았을 겁니다. 그 일을 겪고도 운 좋게 살아남은 후부터는 꽃 생각이 안 나네요.

— ……끔찍했겠어요.

그미가 잔뜩 미간을 찌푸렸지만, 수는 오히려 밝게 웃었다.

— 하하, 아니에요. 그땐 괴로웠는데, 꽃에 대한 관심을 버린 건 그 때문이 아니에요. 꽃만 보고 있으면 딱 굶어 죽기 알맞으니까요. 주 선생님처럼 미인이라면 모를까, 외팔이가 그러고 앉았으면 청승도 그런 청승이 없지요. 어릴 때는 다 그렇게 꽃이든 호랑이든 좋아하는 법 아니겠어요?

— 난, 고래가 좋았어요.

— 네?

— 고래 몰라요?

— 호랑이를 연구하신다고 들었습니다만.

— 호랑이는 마지막 사랑, 고래는 첫사랑이죠.

— 첫……사랑?

— 한데 혼자인……가요?

그미가 수의 흔들리는 오른쪽 빈 소매를 쳐다보았다. 급히 나오느라 팔뚝의 절단 부위 아래 소매를 감싸지 않았던 것이다. 눈치 빠른 수가 억지웃음을 지었다.

— 아, 형 말씀이시군요. 이틀 전에 떠났습니다.

— 떠나다니요? 혼자 겨울 밤길을 갔단 말인가요? 호랑이가 돌아다니는데도?

트럭이 나무둥치에 걸려 요동치는 바람에 대화가 끊겼다. 그미의 정수리가 트럭 지붕에 닿았다. 미리 고개를 숙인 수가 고개를 좌우로 꺾었다.

— 주 선생님은 개마고원 포수를 아직 잘 모르시는 것 같습니다.

— 개마고원…… 포수를…… 모른다고요? 무슨 소리예요?

— 형은 벌써 수동계곡에 닿았을지도 모릅니다.

— 말도 안 돼. 눈길을, 그것도 밤에…… 호랑이가 어디서 나타날지도 모르는데 벌써 닿았다고요?

— 해수격멸대나 주 선생님 관점에서는 어려운 일이죠. 하지만 산 형은 가능합니다, 충분히!

— 어떻게요?

— 형은 호랑이의 혼을 지녔으니까요.

지프가 이번에는 높이 튀어 올랐다. 지붕에 찧은 머리를 손바닥으로 비벼대느라 꽃 소년과 고래 소녀는 한동안 말을 잇지 못했다. 길이 좋아지자, 수가 조심스럽게 물었다.

— 호랑이가 어쩌다 마지막 사랑이 되었죠?

— 수 씨는 꽃을 왜 좋아했어요?

— 개마고원의 들꽃은 하나하나 달라요. 제각각 자기만의 모양과 빛깔과 향기를 내니 좋아할 수밖에요.

— 호랑이도 마찬가지에요.

— 호랑이가요? 호랑이도 제각각이라고요?

그미가 배낭에서 두루마리처럼 둘둘 만 종이 하나를 꺼내 폈다. 가로세로 2센티미터 남짓 호랑이 민화에서 얼굴만 찍은 사진들이 퍼즐처럼 빽빽했다. 쇼지의 심혈이 깃든 유품이었다. 곰방대 문 호랑이, 성난 호랑이, 우는 호랑이, 하품하는 호랑이, 도끼눈 호랑이, 조는 호랑이, 갓 쓴 호랑이, 놀란 호랑이, 음흉한 호랑이, 심심한 호랑이, 눈치 살피는 호랑이, 용서를 비는 호랑이, 굶주린 호랑이, 웃는 호랑이, 딴전 피우는 호랑이, 곶감을 피하는 호랑이, 자신만만한 호랑이, 춤추는 호랑이.

장진선은 함흥과 장진호를 오가며 석탄과 목재를 비롯한 다양한 재화를 운반했다. 초소는 철로가 한눈에 내려다보이는 언덕에 자리를 잡고 있었다. 수동계곡에서 황초령을 넘어 개마고원으로 드는 오르막에서는 차체가 심하게 흔들렸다. 개마고원은 또 하나의 세계였고, 그 낯선 세계로의 진입은 쉽지 않았다. 죽음의 비린내가 났다. 눈이라도 퍼붓는 날에는 돌발 상황이 자주 벌어졌다. 사고가 터진 지난밤부터 새벽까지 상행과 하행 기차 모두 차체 결함과 기상 악화로 운행이 중단되었다. 철저한 단절과 고립의 밤이었다.

— 그런데 산…… 당신 형은 백호만 쫓는다는 이야길 들었어

요. 이름이…….

— 흰머리입니다. 개마고원의 지배자죠.

주홍은 궁금증을 참지 못했다. 수 역시 그미의 보조개를 쳐다보며 아는 체하는 게 싫지 않았다. 지프의 흔들림에도 적응한 듯, 둘 사이의 대화가 주고받는 창*처럼 이어졌다.

— 다른 호랑이는 잡지 않나요?

— 전혀.

— 믿기 힘들군요. 백호는 전설이나 신화에만 등장하는 짐승 아닌가요? 아직까지 야생에서 발견된 사례는 없어요. 열성종으로, 태어날 가능성도 희박하지만, 밀림에선 쉽게 눈에 띄기 때문에 사냥을 못 해 도태되기 마련이죠. 내 눈으로 보기 전에는 백호의 존재를 인정할 수 없어요. 그 소매, 묶어드릴까요?

— 감사합니다.

수가 오른팔을 내밀었다. 주홍은 흔들리는 소매를 쥐고 둥글게 말아 묶었다.

— 이 팔을 물어뜯은 호랑이가 흰머리라는 말씀드렸던가요?

깜짝 놀란 그미가 소매 끝을 잡은 채 고개를 들었다.

— 백호 짓이라고요?

— 개마고원을 지배하는 수호랑이 왕대는 쉽게 모습을 드러내지 않는 법입니다. 특히 흰머리 이 녀석은 더 깊이 숨고 더 빨리 피하고 더 가파른 곳에 머무르니, 개마고원 포수들도 흰머리를 본 이가 드물지요. 허나 흰머리는 백호가 분명합니다. 우리 형제를 거

짓말쟁이나 눈 뜬 장님 취급하지 않는다면 믿으십시오.

— 거짓말을 한다고 생각하지는 않아요. 하지만 역시 눈으로 확인해야 완전히 믿을 수 있겠네요. 그럼 수 씨 때문에 복수를…….

— 간단한 일이 아닙니다. 놈이 우리 형제의 아버지까지 죽였으니. 복수라고 해두죠. 하지만 흔히 생각하는 복수와는 다릅니다.

— 뭐가 다르단 거죠?

— ……아버지가 돌아가시고 저도 팔 하나를 잃은 곳에서, 형이 새로 무언가를 시작하기는 어려웠어요. 새로운 곳으로 가서 개마고원의 상처 따윈 잊고 낯선 하루를 꾸리는 편이 낫죠. 한데 그쪽으로 들어가려면 문을 하나 열어야 하는데, 잠긴 문을 열려면 대못을 뽑아야 하거든요. 형은 7년 동안 그 못을 뽑으려고 돌아다닌 거예요.

— 불행을 당한 곳을 떠나고 싶은 마음은 이해가 가요. 한데 흰머리가 왜 대못이죠? 흰머리가 산 씨의 앞을 가로막는 것도 아닌데.

— 개마고원 포수를 몰라서 하는 말씀입니다. 우리에겐 우리만의 방식이 있습니다. 아, 설명하자면 깁니다. 지프에서 할 얘기도 아니고요.

짧은 침묵이 흘렀다.

— 초소를 습격한 놈이 흰머리인가요?

— 아닙니다. 흰머리는 사냥한 먹잇감을 두고 가는 법이 없지요. 살려줄 생각이면 아예 덤비지 않고, 덤벼 문 먹잇감은 몽땅 다 먹어 치웁니다. 머리에서부터 발끝까지. 들짐승이든 사람이든.

— 흰머리가 아니라면, 산, 당신의 형이 호랑이를 쫓을 이유가 없지 않나요?

수의 웃음이 늪처럼 흐려졌다.

— 형은 꼭 올 겁니다. 내기를 하셔도 좋습니다.

— 개마고원 포수만이 품는 직감인가요?

— 직감 이상이죠.

장진선 철로로 접어들자 호랑이 발자국이 눈에 띄게 늘어났다. 산은 연필을 꺼내 침목 위에 찍힌 발자국의 폭과 길이를 쟀다. 여울목에서 확인한 바로 그놈이었다. 고개를 들어 흙빛 구름이 빠르게 흐르는 동쪽 하늘을 우러렀다. 날은 벌써 밝았지만 쉼 없이 몰아치는 눈보라 탓에 풍광은 아직 희끄무레했다. 산에게는 시계도 나침반도 망원경도 없었다. 철로를 따르는 길이 편했지만, 산은 7년 동안 단 한 번도 그 유혹에 넘어가지 않았다. 노출은 죽음에 이르는 지름길이다.

지프가 수동계곡으로 접어들자, 길과 길 아닌 곳의 구분이 어려워졌다. 얼어붙은 돌들이 바퀴에 튀어 흩어졌다. 주홍이 짧게 물었다.

— 여길 올라가면 개마고원이랬죠?

— 맞습니다.

— 한데 왜 이름이 개마인가요?

— 할아버지의 할아버지 때부터 전하는 얘깁니다만…… 이 고원이 어떻게 만들어졌을까요?

— 그야 백두산이 폭발하면서 생긴 고원 아닌가요?

— 맞습니다. 백두산에서 비롯되었고, 1년에 절반 이상은 눈으로 덮여 있죠. 함경도 사람들은 흰머리를 해마리라고 합니다. 흰머리가 해마리를 거쳐 개마가 된 겁니다.

— 많이 아시네요.

— 보기보다 똑똑하다고요? 팔이 이렇게 되고부터는 포수 노릇도 못 하니 입에 풀칠할 방도를 찾아야 했습니다. 개마고원이야 눈을 감고도 훤하니, 바다 건너 북삼도를 구경하러 오시는 분들 길라잡이를 맡았습니다. 그분들이 고원으로 힘겹게 오르신 후 던지는 첫 질문이 뭔지 아십니까?

— 개마고원이 무슨 뜻인가, 이것이겠군요.

— 맞습니다.

— 흰머리고원! 흰머리고원!

주홍이 다섯 글자를 혀끝에서 반복하여 굴렸다.

— 장담하건데, 생애 최고의 장관을 만나게 될 겁니다.

호랑이는 철로를 질주했다. 나무나 바위 뒤에 몸을 숨겨 먹잇감을 따르지 않았다. 놈의 표적은 순식간에 고지대로 달아나는 노루나 계곡으로 사라지는 멧돼지가 아니다. 놈이 모습을 드러내도 숨지 못하는 먹잇감…… 인간뿐이다. 그러나 이 겨울 수동계곡을 지키는 인간은 총을 지녔다. 그 총은 단번에 호랑이의 목숨을 앗을 만큼 무시무시하다. 놈은 신중하게 숨어 접근하는 습성을 버린 채 가파른 철로를 달렸다, 침목을 열 개씩 건너뛰며.

산은 달리면서 좌우를 살폈다. 호랑이는 단숨에 먹잇감을 덮치는 포식자다. 철로를 오래도록 쉼 없이 달리지는 못한다. 표적은 근처다. 왼쪽 언덕이 눈에 들어왔다. 빽빽하게 들어찬 분비나무들이 그 언덕에서만 키를 낮췄다. 시야를 확보하기 위해 잘라낸 것이다. 산은 철로를 벗어나서 잠시 언덕을 올려다보았다. 기차에서 뛰어내려 암자에 이를 때까지 찾아들었던 고통보다는 한결 덜했다. 개마고원의 겨울에 몸이 적응하고 있다는 증거였다. 그래도 호흡이 가빠지면 멈춰 서서 자신을 점검했다. 숨소리를 먼저 듣고 냉기가 곧바로 파고드는 부위는 없나 살핀 뒤에야 언덕을 오르기 시작했다. 오가산주목 아래에서 다시 호랑이 발자국을 찾았다. 놈도 여기로 뛰어올랐다.

숲이 이어졌다. 땅을 훑으며 스러지던 어느 바람이 마지막 안간힘을 쏟아 미처 굳지 못한 눈을 흩어 올리자, 그 눈을 안고 내달린 어느 바람은 길게 뻗은 줄기에 부딪쳐 서럽게 울고 날카롭게 울고 무겁게 울고 싸늘하게 울고 마침내 몸서리를 치면서 울었으며, 줄기와 줄기 사이를 빠져나간 어느 바람은 갈라지고 흩어지고 부서진 순간들이 못내 아쉬운 듯 회오리를 돌며 뒤에 남은 바람들이 구사일생 생환한 병사처럼 합류하기를 기다렸고, 숲과 숲 사이 고갯마루에 닿은 어느 바람은 울음을 지우듯 내리막에서 더욱 속도를 높였고, 숲으로만 밤낮없이 달려가기에 지친 어느 바람은 선바위에 이마를 스스로 찧고 하늘을 향해 솟구쳐 별과 달과 해를 우러렀고, 그마저 귀찮은 어느 바람은 얼어 죽고 말라 죽은 풀들을 쓰다듬다가 두더지 굴이나 뱀 굴을 들락거리며 잔기침을 쏟다가 대지에 스며 바람이라는 눈부신 기억의 허물마저 벗어버렸다.

바람의 울음이 한 자락 높게 혹은 한 자락 낮게 바뀌었다. 하늘 높이 검독수리 한 마리가 날개를 편 채 맴을 돌았고, 그 아래로 열 마리는 족히 넘는 까마귀들이 따라 울었다. 산은 분비나무에 등을 대고 멈췄다. 검독수리와 까마귀가 된바람에도 떠나지 않는 것은 죽음의 기미를 알아차린 탓이다. 나무를 보지 말고 하늘을 볼 것. 호랑이를 찾지 말고 새소리를 들을 것. 호랑이가 먹잇감을 사냥한 자리엔 꼭 새들이 모여들었다. 호랑이가 먹다 버린 뼈 한 조각 살점 하나도 그들에겐 훌륭한 하루 식사였다. 등에 진 엽총을 꺼내 양손으로 들었다. 상황은 산에게 불리했다. 놈은 허공을 날아내릴 것이고, 산은 허리를 한껏 젖힌 채 놈을 맞춰야 한다. 단판 승부. 산은 여울목의 호랑이 발자국을 떠올렸다. 그리고 그 발자국 주인을 머릿속으로 그렸다. 무장한 인간이 머무는 곳인 줄 알면서도 세 번이나 습격한 담대한 놈. 어쩌면 놈은 호랑이에게 가장 유리하고 포수에게 가장 불리한 이곳에서, 산을 기다렸는지도 모른다. 개마고원으로 훌쩍 달아나지 않고, 산이 철로를 헉헉대며 달려오는 것을, 오가산주목 아래에서 자신의 발자국을 확인하는 것을 지켜보았는지도 모른다. 산은 개머리판을 어깨에 대고 방아쇠에 검지를 건 후 정면을 조준하며 빙글 돌았다. 그 순간 들짐승 하나가 달려들었다. 산은 허리를 젖혔지만 방아쇠를 당기지는 않았다. 산의 머리를 넘어간 짐승은 산양이었다. 산은 총을 내려놓고 얕은 숨을 뱉었다. 갑자기 무거운 돌덩이가 숨통을 죄는 듯 가슴이 답답해졌다. 날갯짓을 하듯 두 팔을 벌려 든 채 천천히 숨을 들이쉬고 내쉬었다. 꽃차 생각이 간절했다.

움막 초소가 가까울수록 발자국은 선명했다. 놈도 산이 산양을 만났던 그즈음부터 속도를 늦추고, 평소 먹잇감을 노릴 때처럼, 가슴과 배를 바닥에 붙인 채 접근했다. 산은 놈의 발자국과 나란히 전나무를 지나고 분비나무를 돌았다. 놈은 이번에도 움막 뒤쪽을 택했다. 움막은 겨우 두 병사가 몸을 숨길 정도로 작았다. 경성발 함흥행 철도에 비해 장진선이 방계 간선인 탓이다. 목을 빼고 움막을 내려다보는 순간 산의 심장에 살기가 닿았다. 다시, 히데오의 윈체스터였다.

생존자가 있었다. 이등병 쇼이치. 19세, 고향은 대마도, 직업은 목수였다. 대마도에서 소나무를 잘라 배를 만드는 것이 쇼이치의 가업이었다. 원숭이처럼 나무 타는 기술이 그를 살렸다. 호랑이가 움막에 들이닥쳤을 때 선임병인 시게루 상등병은 의자에 앉아서 꾸벅꾸벅 졸고 있었고, 후임병 쇼이치는 마당에 피운 모닥불의 땔감을 더 구하러 근처 숲을 돌아다니는 중이었다. 시게루의 비명이 들렸을 때, 쇼이치는 허겁지겁 움막 초소로 돌아가다가 멈춰 섰다. 움막에서 무엇인가가 날아왔던 것이다. 쇼이치가 천천히 발아래로 시선을 내렸다. 너무 어두워 분간하기 어려웠다. 허리를 숙여 그것을 집어 들다가 떨어뜨렸다. 손이었다. 선임병 시게루의 두툼한 손목이 갈기갈기 찢겼다. 공포가 얼음 폭포처럼 쇼이치의 목덜미를 지나 등을 타고 꼬리뼈까지 내려왔다. 쇼이치는 살기를 내뿜는 짐승의 정체를 확인하는 대신 제 앞의 분비나무를 타고 오르기 시작했다. 호랑이의 앞발이 쇼이치의 왼발목을 후려쳤다. 뼈가 부러지면서 살갗을 찢고 나왔다. 피가 뚝뚝 흘러내렸다. 쇼이치는 오른발로만 더 높이 올라갔다. 호랑이가 계속 껑충껑충 뛰어오르며 앞발을 휘둘렀지만 닿진 못했다. 이제 쇼이치 차례였다. 손등으로 눈물을 훔친 뒤 움막 쪽을 내려다보았다. 모닥불 주위로 시게루의 시체가 듬성듬성 흩어졌다. 쇼이치는 개머리판을 어깨에 대고 아래를 노려보았다. 죽엇! 우와와! 고함을 지르며 방아쇠를 당겼다. 탄환이 언 땅에 퍽퍽 박혔다. 호랑이는 나무 주위를 빙빙 돌며 으허헝 더 크게 울어댔다. 쇼이치가 가지고 있던 탄환을 모두 쓴 뒤에도 호랑이는 여전히 적대감을 드러내며 나무 아래에 머물렀다. 쇼이치는 굵은 가지를 사타구니에 끼운 채 버텼다. 피로가 밀려들었다. 가끔 고개를 숙여, 가버려, 가라고 제발! 이 망할 호랑이야!

소리도 쳤다. 그리고 잠이 들었다. 진박새의 지저귐에 눈을 떴을 때, 모닥불은 꺼졌고 부러진 왼발목은 꽁꽁 언 채 시퍼렇게 부어올랐고, 호랑이는 사라지고 없었다. 쇼이치는 탄환 없는 총을 들고 한 시간을 더 나무 위에 머물렀다가 내려왔다. 그리고 움막으로 들어가서 무전기를 들고 지난밤의 참극을 알렸다.

구사일생. 쇼이치는 그 밤을 이야기하는 내내 검은 가래를 토했다. 시커먼 재가 섞여 나왔다. 무전을 친 후 구조대가 도착할 때까지, 쇼이치는 꺼진 모닥불의 축축한 재를 두 손으로 집어 먹고 먹고 또 먹었다. 죽음의 공포가 허기로 바뀐 것이다. 병사들에게 멧돼지처럼 덤벼드는 쇼이치를 막기 위해 수갑을 채웠다. 바닥을 개처럼 기며 흙을 삼키는 바람에 나무기둥에 결박했다. 히데오는 질문하는 내내 쇼이치의 뺨을 후려쳤고 그때마다 쇼이치는 검은 가래를 토한 뒤 벌벌벌 떨며 훌쩍거렸다. 보다 못한 주홍이 쇼이치를 감싸 안고 등을 다독였다.
— 쇼이치! 이제 됐어요. 시게루 상등병도 당신을 원망하지 않을 거예요. 당신은 살았어요, 그거면 된 거예요.

산은 네댓 걸음 뒤에 서서 쇼이치의 설명을 들었다. 토하고 울먹이느라 말이 끊기고 소리도 잦아들었지만 가까이 다가서지 않았다. 산은 호랑이의 공격을 받고도 목숨을 건진 이들의 고통스러운 여생을 많이 보았다. 극심한 공포가 만든 옹이들. 방에 박혀 바깔출입을 끊은 이도 있었고, 지붕 위로 올라가서 잠을 청하는 이도 있었으며, 등 뒤에 선 자를 무조건 공격하는 이도 있었고, 쇼이치처럼 재든 흙이든 심지어 똥까지 먹는 이도 있었다. 그들의 바람은 단 한 가지, 호랑이로부터 벗어나는 것이었다. 그러나 그것은 불가능한 꿈. 호랑이가 그들의 마음을 사로잡은 이상, 어떤 안전장치도 호랑이에 대한 공포를 줄이지 못했다. 마음속 호랑이는 모든 곳에서 불현듯 덤벼들었기에 그들은 24시간 내내 불행했다.

산이 히데오 일행과 헤어져 홀로 또 길을 나서려는 순간, 풍산개 세 마리와 함께 쌍해雙害가 도착했다. 멧돼지 두 마리를 합친 것보다 더 힘이 좋고 먹성이 좋다고 해서 붙은 이름이었다. 산이 양팔을 활짝 벌린 채 혀를 돌돌 말아 휘파람을 불었다. 셋 중 가장 크고 왼쪽 귀가 떨어져 나간 개가 산에게 안겼다. 온몸이 희고 짧은 털로 덮였는데 이마만 잿빛이었다. 산은 그 개를 끌어안고 눈밭을 뒹굴었다. 개가 컹 커컹 늑대 울음을 울자 산도 커컹 컹 따라 했다. 청룡! 잘 있었어? 산이 턱 밑에 난 혹을 쓰다듬었다. 청룡은 머리를 들어 산의 가슴에 비볐다. 한쪽 팔이 없는 수를 위해 그 곁에 청룡을 놔둔 채 혼자 압록강을 건넜었다. 그로부터 자그마치 7년이 흘렀다. 하지만 둘은 서로를 잊지 않았다. 청룡의 찢긴 귀는 산에게는 지울 수 없는 상처였다. 청룡은 수렵견으로 즐겨 조련되는 풍산개 중에서도 최고였다. 멧돼지나 표범을 향해 달려드는 것은 물론이고 호랑이와 맞서도 꼬리를 내리거나 엉덩이를 빼지 않았다. 흰머리를 추격하느라 많은 개를 데리고 다녔지만, 기세를 드높이면서도 흥분하지 않는 개는 청룡뿐이었다. 노려보며 맹렬히 짖으면서도 산이 명령하기 전에는 달려들지 않았다. 청룡이 긴 혀로 산의 오른팔뚝과 턱의 흉터를 핥았다. 산이 아플 때 청룡도 아팠고 산이 슬플 때 청룡도 슬펐고 산이 복수를 위해 개마고원을 휘젓던 첫해, 청룡도 함께 달렸다. 청룡은 충분히 이름값을 했다. 7년 동안 청룡이 풍산개들을 이끌고 잡은 표범과 멧돼지와 늑대만 합쳐도 창고 두엇은 너끈하리라. 산은 개들의 잘못으로 흰머리를 놓친 아쉬운 순간들이 떠올랐다. 겁을 먹고 엉뚱한 곳으로 달아난 놈도 있었고, 산이 도착하기도 전에 겁 없이 달려들었다가 흰머리에게 물려 목이 부러지고 허리가 꺾인 놈도 있었다. 그때마다 산은 아쉬워 혼잣말을 했다. 청룡이라면.

쌍해는 산, 수 형제와 한패였다. 형제보다도 부자지간보다도 더 가까운 사이를 개마고원 포수들은 '한패'라고 불렀다. 쌍해는 산과 수 형제와 차례차례 어깨를 부딪친 뒤 손을 맞잡았다. 쌍해의 양 손등엔 이름과 어울리는 멧돼지 문신이 각각 박혀 있었다. 엄니가 유난히 희고 길었다. 쌍해가 허리에 찬 찌그러진 양철 수통을 꺼내 뚜껑을 열었다. 쌉싸래한 밀주 냄새가 삽시간에 퍼졌다. 산이 먼저 한 모금 마셨고 수가 뒤이어 들이켠 뒤 손등으로 입술을 훔쳤다. 또다시 곁에 선 주홍에게 건넸다.

— 황구렁이술입니다. 백 년 묵은 놈으로만 담그지요. 백두산

야생화 꽃잎을 스무 가지 넘게 얹었습니다. 쌍해 아저씨 솜씨는 개마고원에서 으뜸입니다. 추위를 이기는 데 황구렁이술보다 나은 게 없지요.

주홍이 수통을 받아 코끝에 댔다. 꽃향기가 살짝 감돌았다. 그미가 양손으로 수통을 쥐고 한 모금 두 모금 세 모금 마셨다. 대학 시절부터, 그미는 야생동물을 관찰하기 위해 틈만 나면 오지로 떠돌았다. 책을 덮고 찾아가서 만나라! 천만금 고급 정보는 들짐승과 함께 사는 현지인에게서 나온다는 것이 지도 교수의 지론이었다. 현지인과 섞이기 위해 그들과 함께 먹고 마시고 춤추며 잠잤다. 개마고원의 포식자들을 살필 수만 있다면, 황구렁이술이 아니라 황구렁이라도 뜯어 삼키리라. 그미가 주당처럼 수통을 비우자 수와 쌍해는 누런 이를 드러내며 송아지처럼 웃어댔다.

산은 호랑이 발자국을 따라 푸서릿길을 올랐다. 수와 히데오, 주홍이 뒤를 이었고, 쌍해는 청룡, 주작, 현무를 각각 줄에 매어 끌고 열 걸음쯤 거리를 두고 따랐다. 산은 눈 속에서 산삼을 찾는 심마니처럼 느릿느릿 이동했다. 엎드린 채 발자국에 코가 닿을 만큼 얼굴을 낮추고 개처럼 킁킁 냄새까지 맡았다. 벌써 200미터 넘게 거북이걸음이다. 히데오가 참지 못하고 짜증을 섞었다.

— 황초령에 닿기도 전에 봄이 오겠군. 놈이 백두산으로 달아날 시간을 벌어주겠다는 건가 뭔가?

수가 산 대신 답했다.

― 포수들은 단 두 가지만으로도 맹수의 크기와 무게, 몸 상태까지 알아내지요.

― 두 가지?

― 하나는 발자국 또 하나는 배설물입죠!

그때 산이 왼무릎을 꿇고 앉은 후 연필을 곧게 세워 호랑이의 앞발자국에 댔다가 떼고 댔다가 떼기를 반복했다. 열 번 확인한 뒤 비로소 황초령고개를 올려다보았다.

― 개들을 풀까?

수가 등 뒤에서 물었다.

― 소란스러워 너무.

― 황초령을 넘어가버리면 따라잡기 어려워.

― 오른쪽 뒷발을 딛지 못하고 있어. 왼발도 기력이 많이 떨어졌고. 균형을 못 잡아.

― 오른편 숲으로 꺾겠지?

― 아마도.

― 제1발전소를 기점으로 삼고, 장진강에서 배수진을 치고, 포위해서 훑어 내려온다면?

수의 물음에 산은 고개를 끄덕였다. 지금으로선 그 작전이 최선이었다.

― 먼저 약속부터 해.

― 약속? 형이 좋아하는 말이네.

― 흰머린 내 거다. 내가 혼자 잡겠어.

— 알았어. 개마고원에 빌붙어 사는 포수 중 흰머리 잡는 일을 도울 사람은 없어. 흰머리 산주山主를 건드렸다가 어떤 봉변을 당하려고. 걱정 마.

— 개마고원보단 수월하겠지만 이 숲도 넓어.

— 알아.

— 다쳤지만, 놈은 호랑이야.

— 알아.

— 단번에 끝내야 해.

— 그러니까 형이 해줘.

수가 다시 애원의 눈빛을 보냈다. 산은 황초령으로 아득히 사라지는 수리를 쳐다보았다.

— 난 흰머리 외엔 쏘지 않아.

수의 추측대로 호랑이 발자국은 제1발전소를 못 미친 곳에서 오른편으로 꺾였다. 돌무더기를 통과해 개천을 지나자 마술처럼 발자국이 증발했다. 산은 무릎을 꿇고 앉아서 마지막 발자국의 방향을 땅에서부터 숲을 지나 하늘까지 살폈다. 창백한 기운이 유령처럼 바람을 타고 두 눈동자로 밀려들었다. 산은 일어서서 잠시 고개를 들고 털층구름의 줄무늬를 바라보다가 눈을 감고 숲의 소리에 귀 기울였다. 나뭇가지 부러지는 소리, 얼음 아래로 흐르는 물소리, 돌멩이와 돌멩이가 부딪치는 소리, 새소리……. 미간을 찡그려 그 새소리들을 또 구별했다. 박새, 나무발발이, 방울새,

물까치까지, 홀로 혹은 돌림노래로 혹은 뒤섞인 합창으로 다시 홀
로 울었다. 울음의 높고 낮음 크고 작음 그리고 미세하게 끊겨 갑
자기 시작되는 침묵을 하나도 놓치지 않았다. 주홍은 말을 붙이고
싶었지만 수가 눈으로만 웃으며 만류했다. 산이 급히 눈을 뜨고
고개를 돌렸다. 들꿩 세 마리가 한꺼번에 푸드득 깃을 털며 날아
올랐던 것이다. 산이 개천을 따라 얼음을 밟으며 들꿩들이 나타난
쪽으로 내달렸다.

— 어디 가요?

그미가 깜짝 놀라 외치고 히데오도 화를 냈지만, 산은 벌써 가
문비나무 숲으로 노루처럼 훌쩍 뛰어들었다. 청룡이 뛰어나가는
바람에 쌍해는 줄을 놓친 채 나뒹굴었다. 곁에 있던 히데오가 겨
우 주작과 현무를 묶은 줄을 쥐었다. 휘이익 휙휙! 휘파람으로 불
러도 청룡은 돌아오지 않았다. 누가 청룡의 주인인지 단숨에 판가
름이 났다.

산은 깊이깊이 심호흡을 하며 겨울 산의 향취를 빨아들였다. 청
룡이 두세 걸음 앞서 걸었다. 개마고원 남쪽 끝 숲은 걸음걸음마
다 높이가 다르고, 날아다니는 곤충과 뛰노는 짐승과 자라는 나무
가 달랐다. 산은 아득히 펼쳐진 고원도 좋았지만, 그 고원을 둘러
싸고 있는 산맥과 그 산맥으로 접어드는 고개들 역시 아꼈다. 흰
머리와의 악연이 시작되기 전, 산은 동해 바다가 그리울 때 황초
령을 넘어 함흥을 지나 흥남으로 갔다. 거기서 수영을 하고 물고

기를 잡고 또 근해까지 배도 탄 후 귀향길엔 꼭 이 숲에서 하루를 묵었다. 단숨에 황초령까지, 숨이 차더라도 오르지 못할 것은 없었지만, 산은 이 숲을 한 마리 불곰처럼 어슬렁거렸다. 발바닥으로 손바닥으로 콧잔등으로 혀끝으로 숲의 기억을 탐색했다. 그 기억을 가장 빨리 알아차리는 방법은 바로 냄새였다.

산이 숲을 돌아다니는 사이, 수는 히데오의 명령을 받아서 몰이꾼들에게 연락을 취했다. 품삯이 상당했고 미리 연락을 넣어두었기 때문에, 개마고원을 닮은 서른 명의 사내들이 반나절도 지나지 않아 모였다. 몰이꾼의 무기는 활과 창, 칼과 방망이 등 다양했다. 또한 그들은 손때가 묻은 북과 꽹과리, 길이와 크기가 제각각인 피리를 가져왔다. 히데오는 해수격멸대에 속한 일본 병사 아홉 명만 총기 휴대를 허락했다. 개마고원의 포수들은 거칠고 강직하기로 이름이 높았다. 호랑이나 표범, 불곰이나 늑대 등의 맹수를 포획하면서 갈고닦은 총 솜씨 덕분에 많은 이들이 북간도와 만주 일대의 무장독립군에 가담했었다. 그들에게 총을 쥐여주는 것은 호랑이와 한 우리에 드는 것만큼 위험한 일이다. 총을 들지 못하는 포수, 관광객들의 길라잡이로 아예 업을 바꾼 포수, 몰이꾼 역할이라도 감지덕지인 포수. 그것이 안팎으로 어려움에 처한 개마고원 포수의 현실이었다.

주홍의 시선을 특별히 끈 것은 그물이었다. 물고기잡이 그물과는 크기와 무게가 달랐다. 군데군데 맹수가 물어뜯은 이빨 자국과 할퀸 손톱자국이 선명했다. 길목에 설치하는 그물뿐 아니라 투망처럼 맹수를 향해 뿌리는 그물도 있었다. 창과 활과 그물을 든 장정 셋이 조를 짜서 맹수에게 덤빌 때 사용하는 그물이었다. 그미는 그물의 모양과 크기, 줄의 굵기를 꼼꼼하게 기록했다. 아무르강 일대에서도 맹수 포획을 위해 그물을 사용했지만, 그미가 감탄하며 만지고 있는 개마고원의 그물보다는 작고 성기고 가벼웠다.

— 정말 총 없이 호랑이를 잡나요?

그미가 곁에 앉은 수를 보지 않고 까끌까끌한 그물을 손바닥으로 쓸며 물었다.

— 총이 발명되기 전에도 호랑이를 잡아왔으니까요. 총이 없으니 저렇듯 다양한 무기와 악기를 사용했던 겁니다. 조선 개국 후엔 나라에서 호랑이 잡는 부대를 따로 만들었다고 들었습니다. 착호인捉虎人이라고 불렀죠. 호랑이 잡는 사내. 그게 바로 우립니다. 개마고원 사내들의 솜씨가 특출 나서 종종 하삼도(충청, 경상, 전라)까지 불려가곤 했습니다. 그중에는 착호장捉虎將에 오른 분도 계시다고 합니다. 북삼도 곳곳에 호랑이를 멋지게 잡은 착호인에 대한 이야기가 서려 있습니다. 맨손으로 때려잡았단 소리는, 호랑이안 잡아봤다는 옛 늙은이 없다는 속언처럼 허풍이지만, 편전片箭 한 발, 그물 한 꾸러미, 긴 창 하나로 호랑이를 잡는 일이야 충분히 가능합니다.

— 편전이 뭔가요?

— 길이가 1척 2촌(약 36센티미터), 사거리가 200보나 되는, 눈에 잘 보이지도 않는 화살입니다. 화살을 통 속에 넣은 뒤 시위 위에 척하니 얹고, 통 옆에 구멍을 뚫고 노를 꿰어 팔목에 맵니다. 활을 쏘면 능히 적의 몸을 꿰뚫고도 남지요. 아쉽습니다, 이 팔이 성하면 당장 솜씨를 보여드리겠습니다만.

— 겨우 서른 명으로 호랑이를 찾는 게 가능한가요? 또 벌써 숲을 빠져나갔을지도…….

— 놈은 영물입니다.

— 영물!

— 우리가 뒤쫓는 것도, 개마고원으로 들면 안전하다는 것도 놈은 압니다. 한데도 황초령을 곧바로 넘지 않고 숲으로 빠졌어요. 놈은 오른쪽 뒷발을 거의 쓰지 못합니다. 오른쪽 발자국의 깊이가 왼쪽에 비해 절반도 되지 않거든요. 또 제가 모은 몰이꾼들은 누구보다도 이 숲을 잘 압니다. 맹수들이 오가는 길목을 손바닥 실금 찾듯 정확히 짚어낸다 이겁니다.

주홍이 수의 자기 자랑을 끊으며 말머리를 돌렸다.

— 아버지는 어떤 분이셨나요?

수가 질문의 맥락을 몰라 머뭇거렸다.

— 왜 갑자기…….

— 두 아들 모두 호랑이에 이렇듯 해박하니, 그 아버지의 교육법이 궁금하네요. 존함이라도 가르쳐주세요.

수가 피식 헛웃음을 뱉었다.

— 그렇습니까? 돌아가신 뒤로는 그 이름을 제 입에 담은 적이 없습니다.

그리고 잠시 주위를 살폈다. 히데오는 작전 회의를 위해 격멸대원과 임시로 구한 귀틀집에 따로 들어가 있었다. 수가 모깃소리를 냈다.

— 주 선생이니 특별히 말씀드리지요. 제 아버지는 선鄯 자를 쓰셨지만, 소싯적엔 웅 자로도 불리셨습니다.

— 웅……! 그 명포수 웅 말이에요?

그미의 두 눈에 놀라움이 가득 서렸다.

개마고원 포수들의 자부심은 남달랐다. 그들의 아버지 혹은 할아버지가 홍범도 장군을 모시고 봉오동에서 눈부신 승리를 거뒀던 것이다. 홍 장군 자신도 개마고원을 주름잡던 포수였다. 웅은 그 홍 장군의 오른팔이었다. 봉오동전투 이후 웅의 행적은 모호했다. 홍범도와 함께 러시아 지경으로 넘어갔다는 소문도 있었고 일본 첩자에 의해 피살되었다는 풍문도 돌았다. 개마고원은 물론 만주와 북간도, 북경과 상해에서도 웅을 자처하는 이들이 등장했다. 총독부는 계속 비밀경찰을 보냈으나 대부분 가짜로 밝혀졌다. 어느새 웅은 개마고원 포수들의 전설로 자리를 잡았다. 개마고원은 넓고 험준하니, 곰熊에서 매미蟬로 이름을 바꾸고 칩거한다면, 들짐승과 새와 나무와 풀과 꽃과 벗하며 지낸다면, 찾아내기 어려웠다. 멀리서 개 짖는 소리가 들렸다. 주홍의 떨리는 입술을 쳐다보며 수가 한마디 더 얹었다.

— 농담입니다.

주홍은 농담과 진담을 구별할 나이였고, 한번 호기심을 품으면 끝까지 물고 늘어지는 성격이었다. 얼버무리며 일어서는 수를 따라 걸으며, 포위하는 식으로 이야기를 이었다.

— 그럼 쌍해 아저씨도 함께?

— 아닙니다. 아저씨는 개마고원을 떠난 적이 없죠. 아버지는 다른 포수들과도 거리를 두며 지냈는데, 이상하게도 쌍해 아저씨만은 친형제처럼 가까이 두셨죠. 아버지가 돌아가신 그날도 쌍해 아저씨가 동행했었고……. 덩치는 태산만 해도 마음 따뜻하고 눈물 많은 분이십니다.

— 눈물이 많다고요?

— 술만 드시면, 특히 저랑 대작만 하면 우세요. 미안하다, 미안하다 이러시면서. 한번 울음주머니가 터지면 눈물 콧물이 범벅으로 흐르니 조심하세요.

그미는 고개를 끄덕이며 슬쩍 이야기를 옮겼다.

— 명포수 웅을 아버지로 두었다면, 산 씨도 수 씨도 총 솜씨가 남달랐겠군요.

수가 걸음을 멈추고 뜯겨나간 오른팔꿈치를 쳐다보았다.

— 말씀드렸다시피, 저는 총보다는 들꽃이 더 좋았지요. 산 형은 최고였지만. 열 살을 갓 넘었을 때부터 소년 명사수로 이름이

높았죠. 무엇보다도 침착했어요. 곰이든 표범이든 늑대든 호랑이든, 맹수 앞에서도 흔들림이 없었죠. 그리고 아버지를 닮아서 딱 한 방에 끝을 냈습니다.

— 그럼 초소를 급습한 호랑이를 산 씨 혼자서 잡을 수도 있다고 믿으시나요?

— 믿고말고요. 히데오 대장 명령을 받들어 몰이꾼을 모으기는 했습니다만, 그 사람들 힘쓸 겨를도 없이 내일이라도 당장 형이 와서 호랑이를 잡았다며 심드렁하게 말할지도 모릅니다.

수가 다시 걸음을 뗐지만, 그미는 따라 걷지 않았다.

주홍이 홀로 산을 찾아 나서겠다고 결심한 것은 바로 그 순간이었다. 그미는 함경도의 겨울이 얼마나 위험한지 몰랐다. 무기도 없이 산길로 접어드는 게 얼마나 무모한 짓인지를. 그미는 산이 호랑이를 사살하기 전에 막고 싶었다. 그미의 해수격멸대 이탈을 눈치챈 이는 없었다. 여자 혼자 그것도 초행길에 그런 짓을 감행하리라고는 히데오도 수도 예상하지 못했다.

산은 계곡을 따라 걸었다. 눈과 바람이 잠시 잦아들었다. 나무발발이와 동고비가 번갈아 날아올랐다. 멀리서 딱따구리가 나무를 쪼아대는 소리가 들렸다. 호랑이 역시 얼어붙은 바위와 바위로 건너뛰며 발자국과 냄새를 감추었으리라. 둥지에 틀어박혀 먹고 자고 먹고 자기를 반복하다가 모처럼 나온 새앙토끼와 비단털

쥐가 놀라서 털을 곤두세웠다. 산은 오른발을 저는 시늉을 하며 더 깊이 들어갔다. 자작나무에 가려 더 이상 철로도 도로도 보이지 않았다. 힘을 아껴가며 고원을 오르기엔 최적지였다. 걷는 속도가 차츰 느려졌다. 산의 시선이 물가 키 큰 분비나무에 머물렀다. 청룡이 먼저 계곡물을 빠져나와 분비나무 아래로 뛰어가서 섰다. 산도 따라 나가서 왼무릎을 꿇고 청룡이 멈춘 자리를 살폈다. 눈이 녹았고 타원으로 눌린 자국이 분명했다. 호랑이가 잠시 배를 깔고 엎드려 휴식을 취한 곳이다. 핏자국은 없었다. 총에 맞지는 않은 것이다. 산은 잠시 호랑이가 앉았던 바로 그 자리에 엉덩이를 대고 앉았다. 엉덩이가 금방 얼얼했지만 자세를 고치거나 일어서지 않았다. 적의 자리에서 적의 시선으로 적의 마음을 헤아리라. 이 문장은 인간들끼리 다툼인 병법에만 적용되는 진리가 아니다. 짐승 특히 포식자와 맞설 때는 더더욱 그 짐승의 입장에서 상황을 따져보아야 한다. 산은 고개를 돌려 자신이 걸어온 깊은 계곡을 내려다보았다. 호랑이는 인간과 마주치고 싶어 하지 않는다. 인간들이 만든 집과 길로부터 멀리 떨어져 고원으로 돌아가리라. 또한 호랑이는 이 봉우리 너머 협곡을 따라 서쪽으로 흘러가는 장진강이 있음을 안다. 그 강이 고원으로 들어가는 마지막 관문이다. 호랑이는 봉우리에 서서 장진강을 한눈에 보고 싶다. 인간들이 어디로 와서 기다리는지 살펴 조금 멀더라도 안전한 귀로를 찾으려는 것이다. 산이 일어서자, 청룡이 산비탈로 10미터쯤 뛰어간 뒤 뒤돌아서서 짖어댔다. 커컹! 산은 비탈을 오르며 머릿속으로 봉우리의 지형지물을, 스케치북을 넘기듯 떠올렸다가 지우고 또 떠올렸다.

산마루에 닿기 전, 어둠이 먼저 발아래로 몸을 뉘였다. 딱따구리의 구멍에 든 긴점박이올빼미가 우엉우워엉 울었다. 앞서 걷던 청룡은 산이 다가올 때까지 제자리에서 맴을 돌았다. 위험신호였다. 산은 발소리를 죽이면서 오른무릎을 꿇고 청룡의 등을 긁어주었다. 청룡이 머리로 산의 가슴을 비비고 돌아서서 네댓 걸음 나아간 뒤 멈췄다. 산은 모신나강을 들고 어둠이 깃든 나무와 나무 사이를 노려보았다. 청룡이 고개를 왼편으로 꺾었다. 산의 시선이 청룡을 따라 돌자, 그곳에 작은 굴 입구가 나타났다. 15미터도 안 되는 거리였다. 어둠보다 더 짙은 어둠이 산을 삼킬 기세였다. 청룡은 산을 지키기 위해 낮게 송곳니를 드러내며 으르렁댔다. 불곰이었다. 겨울잠에 취한 곰의 보금자리로 접근한 것이다. 덩치가 큰 곰 역시 갑자기 나타난 불청객에 당황한 듯했다. 달려나가 한판 격투를 벌여야 하는지, 아니면 어둠에 기대 모든 것이 없음으로 돌아가기를 기다려야 하는지 망설이는 것이다. 산의 손에 들린, 인간이란 종족의 해괴하지만 강력한 무기를 보고 분노와 두려움이 교차했는지도 모른다. 촛! 산은 혀 차는 소리를 뱉었다. 청룡이 잿빛 이마를 바닥에 대었다가 들고서는 뒷걸음질 치기 시작했다. 한 걸음 한 걸음 천천히 굴이 보이지 않는 곳까지 물러난 뒤, 산은 방향을 틀었다. 청룡도 그제야 송곳니를 감추었다.

산은 츠렁바위를 원숭이처럼 타 넘었다. 봉우리에 서서 북쪽 장
진강이 흐르는 협곡을 향해 몸을 돌렸다. 1,600미터를 훌쩍 넘긴
꼭대기를 고추바람이 휘감았다. 털목도리를 감아도 귀가 쩡쩡 얼
었다. 눈을 뜰 수 없을 만큼 바람살이 셌다. 산은 가방에서 풍안경
을 꺼내 옷소매로 두어 번 닦은 뒤 썼다. 장진강은 물론 고토리와
제1발전소와 진흥리까지 한 바퀴 맴을 돌며 사방을 살폈다. 진흥
리와 고토리 근처에서는 아슴푸레하게나마 불빛이 잡혔지만 장진
강 쪽은 깜깜했다. 제법이군! 산은 풍안경을 고쳐 쓰며 혼잣말을
했다. 수는 틀림없이 배수진을 칠 것이다. 다시 말해, 이 밤이 가기
전에 장진강 근처 숲에 그물과 쇠뇌 그리고 독약 묻힌 먹이를 놓
을 것이다. 한 점 빛도 없이, 추위를 견디며 어둠 속을 헤매는 착호
인들의 모습이 눈에 선했다. 작은 불빛 하나가 사냥을 망치는 법.
어디가 사지死地이고 어디가 생지生地인지를 철저하게 감춰야 한다.
호랑이 사냥은 드문 일이지만, 표범이나 멧돼지 사냥은 철마다 이
어졌기 때문에, 수와 인연이 닿은 개마고원 포수들은 잠복기술이
빼어났다. 풍안경을 벗어 가방에 넣은 손이 다시 총을 쥐었다. 츠
렁바위 쪽에서 기척이 났다.

산은 청룡의 잿빛 이마를 손등으로 눌렀다. 엉덩이를 바닥에 댄
청룡은 고개를 뻣뻣하게 들고 츠렁바위 쪽을 쳐다보았다. 산이 명
령만 내리면 편전처럼 튀어나갈 기세였다. 그러나 산은 청룡을 남
겨두고 혼자 내리받이로 접어들었다. 호랑이나 멧돼지, 표범이라

면 바위에서의 혈투는 치명적인 상처를 동반한다. 용맹한 사냥개들은 맹수에게 당하는 게 아니라 삐죽삐죽 뻗친 바위너설에 머리나 몸통을 부딪쳐 큰 부상을 당하거나 심한 경우 절명했다. 좁은 땅에서 서너 그루의 나무가 뒤엉키듯, 바위들은 낯선 모양 낯선 자세로 산을 맞이했다. 바위는 하늘을 향해 탑처럼 솟았고 동굴만큼이나 골이 깊었다. 예측 불가능하게 섞인 어둠이 산을 한없이 느리게 만들었다. 한 발 잘못 디뎌 발목이라도 삐는 날에는 호랑이를 잡는 것은 고사하고 목숨을 부지하는 일조차 힘들어지리라. 바위들과 씨름하는데, 된바람을 타고 가루눈까지 흩날렸다. 산은 잠시 눈을 피하면서 휴식을 위해 횡으로 뻗은 너럭바위 아래로 들어갔다. 선돌들이 병풍처럼 에둘렀다. 서너 걸음 더 들어가자 눈에 젖지 않은 부슬부슬 마른풀 위에 엉덩이를 붙일 수 있었다. 산이 갑자기 몸을 돌려 풀을 한 움큼 쥐고 코에 갖다 댔다. 놈이었다. 호랑이도 방금 전까지 여기서 가쁜 숨을 몰아쉬며 오줌까지 내갈긴 것이다. 그 순간 산은 느꼈다. 저 깊은 어둠 속에서 무엇인가 꿈질거렸다. 호랑이가 들어가기에는 입구가 좁았지만, 어둠 속이 얼마나 깊고 넓은지는 가늠하기 어려웠다. 산은 무릎걸음으로, 허리를 세우고 어둠을 조준한 채 바위 아래로 들어갔다. 물방울 하나가 산의 정수리로 똑 떨어졌다. 산은 드러누우며 황급히 총구를 올렸다. 똑똑 물방울이 심장 위로 떨어져 내렸다. 다시 자세를 고쳐 잡고 어둠으로 들어섰다. 얼어붙은 흙 대신 딱딱한 바위가 무릎 뼛속까지 냉기를 불어넣었다. 장정 하나가 똑바로 설 만큼 공간이 점점 커졌다. 왼쪽 무릎을 타고 따뜻한 기운이 올라왔다. 바위가 아니었다. 산은 다시 오른쪽 무릎으로 그것을 건드렸다. 미동도 없었다. 산이 손을 뻗어 그것을 쥐고 당겼다. 널브러진 사람 하나가 딸려 나왔다. 그 순간, 천장에서 하늘이 무너지듯 시끄러운 날갯짓 소리와 함께 작은 날짐승들이 산의 얼굴과 어깨와 가슴, 손과 그 손에 들린 총에 온몸을 부딪치며 입구 쪽으로 날아갔다. 멧박쥐 떼였다.

하아 헛! 산은 천장을 보며 누워 헛웃음을 짧게 쏟았다. 일생일대의 실수였다. 동면하는 짐승은 곰뿐만이 아니다. 어둡고 외진 곳에 거꾸로 매달려 추운 시간을 흘려보내는 짐승. 바르작대는 박쥐들을 깨우지 말고 조용히 바위 밑에서 나왔어야 했다. 그러나 산은 천장 대신 바닥에 집중했다. 무릎도 손도 눈도 호랑이의 흔적을 찾아서 분주했다. 그 틈에 멧박쥐들이 곤한 잠을 깼다. 상당수가 깨자마자 목숨을 잃었으며, 그나마 몸을 놀릴 기력이 남은 놈들은 칼날 같은 날갯짓으로 산의 실수를 꾸짖었다. 얼굴과 몸 이곳저곳이 아팠다.

산은 자기보다 먼저 박쥐를 깨우고 벌을 받고 기절까지 한 사람에게 다가갔다. 손바닥을 뺨에 갖다 댔다가 황급히 뗐다. 여자였다. 엄지와 검지로 그미의 눈과 코와 귀와 볼과 턱을 만졌다. 산의 검지가 닿자마자 그 입술이 벌어지면서 간절한 바람을 내뱉었다.

추워! 산의 눈이 커졌다. 개마고원 포수들은 소리에 민감했다. 밀림에서 승부를 결정짓는 것은 총도 아니고 칼도 아니고 순발력이나 지구력도 아니다. 소리가 시작이고 소리가 마지막이다. 내 소리를 감추고 짐승의 소리를 듣는 것이 사냥의 기본이다. 짐승 소리를 듣지 못하고 내 소리를 짐승이 먼저 알아차리면, 참혹한 결과를 낳는다. 그 목소리를 듣자마자 산은 단 한 사람의 얼굴을 떠올렸다. 주홍!

산은 천천히 허리를 당겨 일어나 앉았다. 사슴 가죽으로 만든 겉옷을 벗어 주홍의 몸을 덮었다. 찬바람이 들지 않도록 목과 옆구리와 허벅지를 꼭꼭 여몄다. 박쥐들이 한두 마리씩 돌아와서 천장에 매달렸다. 산은 주홍을 업고 뒷걸음질을 시작했다. 쯔즛 쯔쯔쯔. 박쥐들이 혀 차는 소리를 낼 때마다 산은 걸음을 멈추었다. 등이 따뜻했다.

— 동굴을 찾아내! 곰도 박쥐도 없는, 바람도 들지 않는 아늑한 곳을.

청룡은 콧바람을 흐흥 뱉고는 어둠으로 사라졌다. 산은 주홍을 업은 채 밤하늘을 우러렀다. 눈은 그쳤지만 바람은 여전히 산의 목덜미와 겨드랑이로 파고들었다. 구름에 가린 별들의 자리를 눈대중으로 가늠했다. 이런 날은 꼭 별이 머리 위에서 반짝여야 할 것 같았다. 무덤덤하게 굴지만 산은 짐승뿐만 아니라 사람에게도 민감했다. 단지 그 느낌 그 앎을 말하지 않을 뿐이다. 여자 혼자 함경도의 겨울 숲을 오르긴 벅차다. 초소를 세 군데나 습격한 호랑이의 숲을 향해 제 발로 들어서기란 더더욱 힘들다. 칼 한 자루 없이, 이 여자는 무엇하러 해수격멸대로부터 멀어졌을까.

청룡이 안내한 굴은 깊진 않았지만 바람과 포식자들을 피하기엔 적당했다. 발뒤꿈치로 바닥을 평평하게 누르고 가죽 털옷을 깐 후 주홍을 뉘었다. 입구에 버티고 선 청룡을 불러들여 그미 옆에 앉힌 뒤, 산은 청룡이 섰던 자리로 갔다. 청룡은 고개를 들고 산을 한참 동안 쳐다보았다. 산은 동굴 입구에 앉아서 담배를 물었다. 추위 탓에 성냥을 켜는 두 손이 덜덜덜 떨렸고, 허연 입김이 담배 연기처럼 쏟아졌다. 모닥불을 피우고 싶었지만 버티기로 했다. 가까운 곳에 호랑이가 있다. 소리와 빛은, 없으면 없을수록 좋았다.

깜박 잠에라도 빠진 것일까. 단 10초, 눈을 감아도 한 생生이 화려하게 지나갈 때가 있다. 꿈인 줄 알면서도 산은 또한 이것이 거듭 되새긴 7년 전 기억의 충실한 재현임을 안다. 아비의 시신을 업은 채 귀가를 서두르는 산! 종비나무 높은 가지 아래로 비틀비틀 흰 눈밭을 가로지르는 이가 보인다. 쌍해다. 거구의 사내가 비칠비칠 두 발로 걷고 있다. 산은 쌍해를 향해 달린다. 산의 부름보다 쌍해의 절규가 먼저 두 귀를 파고든다. 오지 마! 달려! 쌍해의 뒤로 떼 지어 벌판을 건너오는 무리. 늑대다. 쌍해를 하룻밤 요깃거리로 삼으려는 포식자. 쌍해는 팔을 힘껏 휘저어도 허리가 흔들거리고 두 발이 헛돈다. 산은 쌍해를 부축하기 위해 옆구리를 붙든다. 그 순간 피비린내가 코로 확 밀려든다. 쌍해의 손도 발도 목덜미도 얼굴도 피범벅이다. 두 사람은 종비나무에 닿는다. 산은 아비의 시신을 내려놓는다. 쌍해의 시선이 웅에게 가닿는다.

— 형……님!

— 어떤 놈 짓인가요?

쌍해가 고개를 들어 산의 얼굴을 쳐다본다.

— 흰……머리!

두려움과 슬픔으로 짓눌린 입술이 떨린다.

— 다 내 잘못…….

— 아저씨.

산이 쌍해의 말허리를 끊고 쭈그려 앉는다. 발등에 둥근 물체가 닿은 것이다. 산은 양손으로 눈을 사방으로 흩어낸 뒤 그것을 든다. 이마의 '王'자 무늬가 선명하다. 황색 호랑이의 머리. 뜯긴 목에 엉켜 얼어붙은 핏덩이를 개머리판으로 쳐서 깬다. 아직 눅진눅진한 부분이 남아 있다. 반나절도 채 지나지 않은 것이다. 산이 다시 눈 속을 헤집어 호랑이의 찢긴 앞발을 찾아 쌍해를 향해 들어 보인다.

— 아버지는 암호랑이가 보이질 않는다고 보름 전부터 걱정하셨어요. 다친 다리 탓에 평소처럼 돌아다니질 못했던 거군요.

— 늑대들이 낌새를 알아차리고 습격했겠지.

호랑이 한 마리로는 양이 차지 않았을까. 늑대 떼는 이미 전방 100미터 앞에 늘어선다. 줄잡아 서른 마리는 넘어 보인다. 덩치가 크고 귀가 날렵하게 솟은 잿빛 늑대. 쌍해는 산의 총을 쥐고 산은 웅의 모신나강을 겨눈다. 늑대들이 달려들자, 쌍해는, 산의 총을 쏜다. 한 방에 한 마리씩 눈 바닥을 뒹군다. 총성 때문인지, 더 많은 늑대들이 더 길게 울며 와글와글 모여든다. 단 한 번의 실수도 없었지만, 늑대는 더 많아지고 탄환은 다 떨어져간다. 쌍해가 명령한다.

— 내가 막을 테니, 넌 무조건 뒤돌아서서 달려라!

산은 받아들이지 않는다.

— 아니에요. 제가 여기를…….

쌍해가 소리친다.

— 닥쳐! 난 뛸 힘도 없어. 너라도 달려. 형님이랑 약속했어. 너희 형제를 지켜주기로.

쌍해가 정조준을 하고 네댓 걸음 나선다. 늑대들이 한두 걸음 물러선다. 탕—! 탕! 타앙—! 총성 세 방이 연이어 울린다. 산은 총을 겨눈 채 쌍해 곁으로 가서 나란히 선다. 늑대들이 두 사람을 향해 달려든다. 쌍해와 산이 다시 총을 들어 쏜다. 총소리에 놀란 늑대들이 좌우로 흩어졌다가 모인다. 방아쇠를 거듭 당겨도 총성이 울리지 않는다. 산도 쌍해도 탄환을 모두 썼다. 크르르르! 늑대들이 침을 흘리며 천천히 모여든다. 노란 눈들이 산과 쌍해의 총을 노려본다. 두 사람이 개머리판을 어깨에 붙이고 조준해도, 한두 걸음 좌우로 비켜설 뿐 요동치지 않는다. 탄환이 떨어졌다는 사실을 귀신같이 알아차린 것이다.

— 아…… 산아! 가라, 제발!

— 아저씨!

— 가라니까.

쌍해가 개머리판으로 등을 민다. 산이 답하기도 전에, 늑대들이 동시에 달려든다. 최후의 일격을 안기려는 것이다. 전속력으로 질주하던 늑대들이 갑자기 걸음을 멈추고 으르렁댄다. 산도 등 뒤에서 저벅이며 다가오는 소리를 듣는다. 산이 고개를 돌린다. 눈보다 더 흰 호랑이가 엉덩이를 바닥에 대고 웅의 시신 곁에 앉는다. 늑대들과 두 인간의 혈투를 구경이라도 하듯.

— 저, 저놈이…… 형님을 또…….

쌍해가 말을 잇지 못한다. 흰머리! 산은 호랑이의 이름을 떠올린다. 개마고원의 최강자. 아비를 죽인 바로 그 호랑이다. 눈이 마주친다. 산의 두 눈에 뜨거운 기운이 치밀어오른다. 승부를 겨루고 싶지만, 또 다른 적이 둘 사이를 방해한다. 늑대가 열다섯 마리 정도 모여든다. 늑대들은 숫자를 믿고 점점 산에게 다가선다. 흰머리와 산의 거리도 점점 좁혀진다. 흰머리가 앞발을 휘젓기만 해도 산은 황천행이다. 흰머리와 산의 시선이 순간 마주친다. 진정한 살의. 흰머리가 껑충 산을 향해 뛰어오른다. 산은 저도 모르게 무릎을 굽히며 웅크린다. 흰머리는 산의 머리 위를 날아서 반대쪽 땅에 내려앉자마자 긴 혀로 무엇인가를 핥기 시작한다. 거기, 암호랑이의 머리가 하늘을 향해 떨어져 있다. 흰머리는 싸늘한 암호랑이의 콧잔등을 뺨을 이마를 계속 핥다가 고개를 들어 늑대들을 노려본다. 분노의 기운이 한꺼번에 두 눈에서 활활활활 타오른다. 늑대들이 한꺼번에 밀려들고, 흰머리는 산 따위는 존재하지도 않는다는 듯, 흐어엉, 울음을 토하며 달려나간다. 퍽퍽 소리를 내며 늑대들이 눈밭을 뒹군다. 늑대들과 호랑이가 엉켜 싸우는 동안 산은 쌍해와 함께 점점 뒷걸음질을 친다. 그리고 발을 헛디뎌 비탈을 구른다. 가물가물 정신이 흐릿해지는 동안에도 호랑이와 늑대 울음이 산의 귀를 찔러댄다.

산은 눈을 뜨기도 전에 총구부터 돌렸다. 누군가가 자신의 뺨을 만진 것이다. 빽빽한 습기는 여전했지만 피비린내가 가시고 낯선 향내가 코를 찔렀다. 주홍이었다. 산은 구슬처럼 동그란 그미의 눈동자를 쳐다보며 총구를 내렸다. 먹구름과 먹구름 사이로 달빛이 동굴 입구까지 쏟아졌다. 산은 동굴 밖으로 나가기 위해 몸을 반쯤 돌리고 일어서려 했다. 그미가 산의 팔뚝을 잡았다.
— 얘기 좀 해요, 우리!
— 눈을 좀 더 붙이시오.
청룡이 어둠 속에서 커컹 울었다. 그미가 손에 힘을 실었다.
— 왜 날 미워하죠?
— ……그런 거 없소.
산은 그 손을 뿌리치고 동굴 밖으로 나왔다. 그미도 다람쥐처럼 따랐다. 산은 걸음을 멈추고 돌아섰다. 차갑고 위협적인 목소리.

— 청룡 곁에 있으시오.

— 싫어요.

산은 더 이상 말을 않고 가파른 바위를 훌쩍 뛰어올랐다. 그미는 바위를 양손으로 붙들고 올라가려고 버둥거리다가 미끄러지면서 바위에 목덜미를 쓸었다.

— 아앗!

시야에서 사라졌던 산이 다시 뛰어 내려왔다. 그미의 어깨를 잡고 목에 난 상처를 살폈다. 다행히 살갗이 찢기지는 않았지만 생채기는 선명했다. 그미가 산을 밀어내며 말했다.

— 생포해야 돼요.

산이 눈썹을 치켜든 채 그미를 쳐다보았다. 그미는 계속 말을 이었다.

— 장진강을 따라 쇠뇌를 설치하고 독약을 묻힌 살덩이들을 깔았어요. 해수를 없앤다며 총독부에서 공문까지 띄워 대대적으로 호랑이와 표범, 늑대와 멧돼지를 죽이고 있고요. 고가의 맹수 가죽을 탐내는 이들까지 속속 개마고원으로 모여들고 있는 건 또 어떻고요. 새끼 호랑이들까지 재미 삼아 사살했다는 소문 들은 적 있죠? 이대로 가면 조선 호랑이는 씨가 마를 거예요. 호랑이의 발육 상태와 이동 경로를 연구하면, 개마고원을 비롯한 북삼도에 어느 정도의 호랑이가 활동하는지 파악할 수 있어요. 그렇게 되면 보호 대책까지 마련할 수 있고요.

— 개마고원 포수들은 대대로 호랑이들과 함께 살아왔소. 식인을 하거나 마을을 습격하거나 가축들을 반복해서 물고 가지 않는 한 호랑이 사냥에 나선 적도 없소. 주 선생, 당신만 명분이 있다고 착각하지 마시오. 나도 제멋에 겨워 맹수들을 죽이는 자들은 싫소.

— 제발, 생포해주세요. 저들이 먼저 죽이기 전에…….

— 그놈은 거듭 인간을 공격했소.

— 이유가 있을 거예요. 아무 이유 없이 같은 짓을 반복하진 않아요.

— 정말 그리 믿소?

— 믿어요.

산이 머뭇거리며 허리를 숙였다. 깎은 듯한 콧날과 턱이 달빛 속에서 강건했다.

— …… 여기서 해가 뜰 때까지 머무르시오. 그리고…… 난 당신을 미워하지 않소.

산은 새벽까지 굴 밖에 머물렀다. 빛이 새들을 깨워 둥지를 떠나라고 재촉할 즈음 산은 고개를 들고 구름의 두께와 높이를 재고, 양손을 머리 위로 들어 바람의 방향과 세기를 가늠했다. 집 밖을 나서면 습관처럼 이 일부터 챙겼다. 산은 두 손을 쳐들며, 호랑이가 이유 없이 같은 짓을 반복하지 않는다는 주홍의 고집을 떠올렸다. 과거의 풍광과 수로부터 건네받은 사진 한 장이 뒤섞였다.

7년 전, 흰머리와 늑대들의 혈투 소리를 들으며 정신을 잃은 산은 가슴이 쩡쩡 울려대는 바람에 겨우 눈을 뜬다. 그렇게 한 시간만 더 누워 있었더라면, 산은 개마고원의 흙으로 돌아갔을 것이다. 늑대들의 얼어붙은 시체가 핏덩이와 엉켜 흰 눈 위에 붉은 섬처럼 뿌려져 있다. 산은 아비 웅의 시신을 업고 쌍해와 함께 귀가한다. 엉엉 울음을 터뜨리는 수를 끌어안고 산은 울지 않으려고 자꾸 고개를 든다. 장례식에 찾아온 사냥꾼들은 하나같이 산의 어깨를 토닥이며 위로한다. 흰머리가 찾아온 것은 사흘 뒤 밤이다. 산은 기척을 느꼈지만 곧바로 일어나지 못한다. 장례를 치르느라 꼬박 사흘 밤낮을 지새운 탓이다. 커커커컹 청룡의 맹렬한 울음과 수의 비명을 듣고 아비의 유품인 밀림무정을 뽑아들 때, 거기 흰머리가 있었다. 수의 팔을 찢어 문 채 산을 노려보는 개마고원의 지배자. 검붉은 피딱지가 얼굴과 어깨, 앞발에 가득하다. 달려드는 늑대를 때리고 물고 찢어발기는 동안, 흰머리 역시 상처를 입은 것이다. 특히 오른뺨에 사선으로 앉은 피딱지는 크고 짙다. 늑대의 강한 발톱에 살점이 뜯겨나간 것이리라. 산은 호랑이의 눈을 피하지 않고 되받아친다. 흰머리의 눈망울은 분노로 가득하다. 폭설이 내려 먹잇감이 없어도, 며칠 사냥을 실패해도, 흰머리는 인가^{人家}를 찾는 법이 없다. 그렇다면 특별한 목적이 있어서 동굴에서부터 줄곧 산의 냄새와 발자국을 따라온 것이다. 새끼 호랑이는 대부분 어미 호랑이가 돌보지만, 흰머리에게는 특별한 부정^{父情}이라도 있는 듯했다. 그러나 산은 그 새끼들을 죽이지 않았다. 그런데도 놈은 산이 가장 아끼는 동생 수의 팔을 물어뜯었다. 산의 두 눈이 분노로 이글거린다. 일찍이 아버지는 이렇게 가르쳤다.

— 최대한 관대해라. 가족 중 누군가가 사냥 도중 목숨을 빼앗기더라도 복수 운운하며 그 맹수를 쫓지 마라. 승부가 공정했다면 살고 죽는 것 또한 자연의 이치다. 허나 제집을 침범한 짐승과는 목숨을 걸고 맞서라! 세상 끝까지 추격하여 급습의 대가를 치르도록 하라.

사냥꾼으로서, 가장으로서, 사내로서 최소한의 자존심을 강조한 것이다. 흰머리는 단숨에 산을 향해 달려들지 않는다. 이곳은, 낯설다. 달리고 도약하여 먹잇감을 제압하기에 인간의 집은 너무 좁다. 게다가 산의 손엔 모신나강이 있다. 늑대들의 질주를 멈추게 한 무서운 흉기! 결단한 쪽은 산이다. 수의 찢긴 팔에서 흐른 피가 바닥에 흥건하다. 시간이 없다. 산이 앞발을 쿵 굴린다. 커컹! 청룡이 침묵을 깨고 흰머리의 목덜미를 향해 달려든다. 흰머리가 앞발로 청룡을 후려친다. 비껴 맞으면서, 호랑이의 발톱에 청룡의 왼쪽 귀가 찢어진다. 흰머리의 시선이 바닥을 구르는 청룡에게 떨어지는 순간 산이 방아쇠를 당긴다. 흰머리는 산의 머리 위를 훌쩍 넘어 뒷문을 밀치고 나간다. 산은 따라나서려는 청룡을 휘파람으로 멈춰 세운다. 흰머리를 쫓기보다 수를 지혈시켜 목숨을 구하는 일이 급하다. 다행히 목숨은 건졌지만, 수는 그로부터 반년 동안 세 차례나 자살을 시도했다. 흰머리가 온다고 나무 위로 기어올라 숨는다. 햇빛 찬란한 날에 들꽃 길을 지중지중 산책하던 소년은 영영 사라진 것이다.

산은 흰머리가 집으로 숨어 들어와 수의 팔뚝을 물어뜯은 것을 자신을 향한 조롱으로 받아들였다. 충분히 수의 목숨을 끊을 여유가 있었는데도, 흰머리는 팔뚝을 질겅질겅 씹어대며 산을 노려보았다. 잘 봐라. 넌 사냥꾼도 가장도 사내도 아니다. 집과 가족을 지킬 힘이 없다! 산은 '밀림무정'이라고 적힌 아비의 모신나강을 움켜쥐고, 뜯겨나간 수의 팔에 눈물을 쏟으며 맹세했다. 놈을 죽이기 전까지는 돌아오지 않겠노라고.

산은 떠돌았다, 개마고원에서부터 백두산을 넘어 만주 숲의 바다까지. 흰머리를 죽이는 것이 삶의 목표였다. 홀홀 털고 새로운 일을 하라는 권고도 받았지만, 산은 자신을 노려보던, 아비를 죽이고 수의 오른팔을 뜯은 백호의 청회색 눈동자를 잊을 수 없었다. 운명이었다. 둘 중 하나가 죽지 않고는 끝나지 않는 비극.

히데오도 그 밤 잠들지 못했다. 지도를 펼쳐놓고 네모, 세모, 원, 별, 회오리 모양 나무로 깎아 만든 표들을 이리저리 움직였다. 이미 대부분의 장소에 덫과 무기들을 배치했지만, 호랑이를 잡기 위해 조금이라도 더 나은 진을 짜려는 것이다. 히데오는 어려서부터 퍼즐을 즐겼다. 작디작은 조각 하나도 허투루 만든 것이 없었다. 하나를 잘못 놓으면 전부가 뒤죽박죽 엉망이 되었다. 퍼즐 조각을 끼우며 히데오는 어려서부터 작전명령 내리기를 즐겼다. 천진난만한 상상에서 비롯되는 명령이었다. 꼼짝 말고 여기 있어. 내가 움직이라고 하기 전까지, 그래, 넌 나무야. 천년만년 뿌리를 내린 동백나무!

위치가 틀리면, 히데오는 또 지체 없이 조각들을 옮기며 다시 명령했다. 사냥개처럼 신속하게 이동하라! 이곳에 머문 흔적은 남김없이 지워라!

훗날, 난징전투에서 공을 세운 뒤, 언제부터 장교가 되고 싶었느냐는 질문을 받았을 때, 히데오는 기다렸다는 듯이 답했다.

— 열 살 겨울로 기억합니다. 골목이 구불구불 복잡하게 얽힌 북구의 작은 도시로 꾸며진 퍼즐을 선물로 받았는데, 난이도가 상당했습니다. 그 골목이 그 골목 같아서 자꾸 실수하게 만들더군요. 사흘 밤을 꼬박 새워 퍼즐을 완성한 새벽, 갑자기 수많은 퍼즐 조각들이 병사들로 보이더군요. 저는 그 병사들을 지휘하는 장교였습니다. 그때부터 지휘관의 꿈을 키웠습니다. 그 후로 한 번도 다른 꿈을 꿔본 적이 없습니다.

히데오에게 완벽한 승전은 완성된 퍼즐과도 같았다. 우연이 전혀 깃들지 않은, 오로지 아군의 전략과 전술로만 승리하기를 갈망했다. 부하들에게 엄한 만큼 자신에게도 혹독했다. 칼날이 눈알을 쑤셔도 결코 눈을 감지 않는 사내! 히데오는 늘 선봉에서 부하들을 이끄는 장교였다. '승리'의 한길로 곧장 달리며 목숨을 걸어왔다. 목숨을 걸지 않고는 아무것도 못 하는 공간, 그곳이 바로 전장

^{戰場}이라고 믿었다.

발자국을 찾았다. 멧박쥐 떼에게 휘감겼던 츠렁바위에서 장진강으로 곧게 뻗은 내리막길에 국화꽃이 예쁘게 박혀 있었다. 나무를 두드리는 오색딱따구리 소리가 맑고 경쾌했다. 산은 그 발자국을 따르지 않고 좌우로 자국길을 뛰어다니며 훑었다. 흰머리의 발자국을 찾는 중이었다. 세상에서 가장 크고 깊은 꽃. 산삼보다도 더 사람들의 눈에 띄지 않는 국화.

커커엉. 청룡이 짖었다. 말똥가리 두 마리가 날개를 쫙 펴고 푸른 하늘을 번갈아 비잉빙 돌았다. 산은 휘파람을 짧게 불려다가 녹기 시작한 분비나무 아래 잡풀을 엄지와 검지로 집어냈다. 발자국이었다. 호랑이보다는 작지만 아이 한둘쯤은 쉽게 공격하는 표범. 산은 가래침을 뱉고 혼잣말을 지껄였다. 일이 꼬이는군. 주홍만 두고 호랑이를 쫓을 수도 없는 것이다. 컹컹. 청룡의 울음소리가 가까웠다. 산은 줄곧 사냥개 몇 마리만 데리고 홀로 흰머리를 쫓았었다. 추격은 힘겹다. 끼니를 건너뛰거나 밤을 새며 걷고 길 아닌 길로 원숭이처럼 다람쥐처럼 때론 물개처럼 뛰어들어야 한다. 극한이 아니고서는 영리하고 강하고 날렵한 호랑이와의 간격을 좁히기란 불가능하다. 노련한 포수도 산과 보조를 맞추지 못하는데 그미라면 더더욱 어렵다.

― 괜한 걱정 붙들어 매세요. 이래봬도 시호테알린 산맥과 아무르 강에서 몇 날 며칠 호랑이를 따라다녔어요. 도와달란 소리 안 할 테니 호랑이를 찾기나 하세요.

주홍은 큰소리를 쳤다. 그미가 개마고원보다 북쪽 그 어느 평원에서 호랑이를 추격한 것은 사실이리라. 그러나 먼 거리라면 차로 이동했을 테고, 가까운 곳이라면 길라잡이를 따라서 움직였을 것이다. 오늘 놓치면 내일, 내일 실수하면 모레, 또 다른 시간이 부여되는 일정. 그러나 장진강 남쪽에서 호랑이를 잡을 기회는 단 하루 오늘뿐이다.

― 하나만 약속하시오.

― 뭔가요?

― 혹시 나를 놓치고 길을 잃으면 그 자리에 가만히 있으시오.

― 두고 가지 못해 안달 난 사람 같군요.

산이 고개를 들어 고드름 다발이 쏟아지는 바위를 가리켰다.

― 저기로 뛰어오를 수 있소?

― 누가 저기를 올라요?

― 바로 나요. 호랑이가 저 뒤로 사라지면, 난 단숨에 저 바위를 올라갈 거요. 그럼 괜히 허튼짓 말고 여기 그냥 서 있으라 이 말이오. 청룡이 찾아낼 때까지. 알겠소?

― 어제 의논한 거 생각해봤어요? 호랑이를 생포하는 거.

― 잡생각은 하지 않소.

― 그게 끝인가요?

130

산은 답하지 않고 성큼성큼 내리막길을 걷기 시작했다. 겨울 태양에 힘을 잃은 눈꽃들이 바람이 불 때마다 물을 뿌렸다. 그미는 뒤떨어지지 않으려고 열심히 걸음을 뗐다. 청룡은 산과 주홍 사이의 거리가 열 걸음 이상 떨어질 때마다 후미에서 컹컹 짖어댔다.

히데오는 새벽부터 격멸대원들을 집합시켜 훈화했다.

— 한 사람이 겁을 먹고 틈을 보이면 영영 호랑이를 잡을 수 없다. 거대한 댐을 쌓는 거다. 물 한 방울 샐 틈 없는 댐. 댐을 무너뜨리는 건 보이지 않는 실금이다. 딴마음 먹지 마라. 여유가 있다고 딴 곳을 쳐다보지도 마라. 방심할 때 마음의 실금이 가기 시작하는 법이다. 실금을 찾아 지우기란 어렵다. 오직 호랑이를 죽여 전우들의 복수를 하겠다는 생각만 품고 나머진 버려라. 두려운 건 호랑이가 아니다. 호랑이를 두려워하는 너희들 마음이 참담한 결과를 낳는다. 반걸음도 물러나지 말고 썩 나서라.

병사들은 시야가 탁 트인 길목에 2인 1조로 배치되었다. 그곳까지 호랑이를 유인하는 가장 위험한 일은 수가 데려온 몰이꾼들 몫이다. 수는 현무와 주작을 거느리고, 지난밤 설치한 쇠뇌와 그물과 덫 그리고 독이 든 고깃덩어리들을 꼼꼼히 살폈다. 새끼 멧돼지 한 마리가 덫에 걸려 씩씩댔다. 수가 놈의 작디작은 눈을 노려보며 현무와 주작에게 명령했다.

— 죽여!

현무와 주작이 쏜살같이 달려들어 멧돼지의 목을 물었다. 피를 부르는 아침이었다.

산이 걸음을 멈추고 왼무릎을 꿇는 횟수가 늘었다. 호랑이가 500미터도 전진하지 못하고 질척질척 눈이 녹는 나무 아래 배를 깔고 쉰 탓이다.

— 많이 다쳤군요. 이 정도면 충분히 사로잡을 수 있어요.

주홍은 산의 귀에 들리도록 목소리를 높였다.

— 하필 왜 호랑이요?

산의 퉁명스러운 물음에 그미는 보조개부터 피웠다.

— 가장 외로워 보이고 가장 두렵고…… 그래서 가장 연구하기 어려운 들짐승이니까요.

— 호랑이는 호랑이요. 연구한다고 호랑이를 알 순 없소.

— 알 수 없다는 걸 그쪽은 어찌 알죠?

— 호랑이에 대해서 우리가 아는 건 둘 중 하나니까. 호랑이로부터 멀리 달아나든가 호랑이와 맞붙든가.

— 질문 하나만 해도 되나요?

산은 호랑이의 뒷발자국으로 시선을 옮겼다.

— 흰머리라고 했나요? 그 백호만 7년째 쫓고 있다면서요?

산은 왼발을 디뎠음직한 부분의 흙을 움켜쥐곤 천천히 떨어뜨렸다.

— 그사이 다른 호랑이를 쏜 적은 한 번도 없나요?

— 없소.

— 왜죠?

— 호랑이를 죽여 돈을 벌진 않소.

산은 잘라 말하며 일어섰다. 그미도 따라 일어서며 마지막 질문을 보탰다.

— 그럼 초소를 습격한 이 호랑이는 왜 쫓는 거죠? 쇼이치 이등병의 증언에 의하면 그 호랑이는 백호가 아니에요.

산이 휘파람을 불자 청룡이 앞장을 섰다. 그미가 질문을 바꿨다.

— 발자국이나 배설물이 없을 때 갈림길을 만난 적은 없나요?

— 있소.

— 그럴 땐 어떻게 하죠?

— 그냥, 아오.

— 그냥 알다뇨?

— 내가 호랑이라면 어느 쪽을 택할까 짐작하는 거지.

— 호랑이의 마음으로 말인가요?

— 그렇소. 호랑이의 혼으로.

— 확실히 몰아야 돼.

여기서 놓치면 밀린 품삯은 없다고 히데오가 못을 박았다. 수는 억울한 표정을 지었지만 따져 묻지는 않았다. 항의한다고 명령을 바꿀 히데오가 아니다.

— 건의드릴 게 하나 있습니다.

히데오는 수가 던진 '건의'라는 단어에 불쾌한 눈빛을 보냈다.

무엇인가를 건의한다는 것은 히데오가 지휘하는 해수격멸대의 어떤 부분을 바꾸자는 것이니까. 건방진 놈.

— 오늘 새벽 새로 온 개들 말입니다. 꼭 이번 작전에 투입해야 합니까?

어젯밤, 히데오가 아끼는 아무르 라이카 네 마리가 만주에서 급히 이송되었다. 해수격멸대장으로 부임하기 전까지 그가 부대 안에서 기르던 개들이었다.

— 호랑이나 늑대 사냥에 능한 맹견이지.

— 이곳 지리에 익숙하지 않은 놈들이라…… 실수라도 저지르지 않을까 걱정입니다. 청룡이 산 형을 따라갔지만, 현무와 주작도 경험이 풍부한 개니까…….

— 몰이꾼들이나 실수하지 않게 잘 이끌어. 이 개들은 내가 알아서 하겠다. 큰 공을 세울 테니 두고 봐.

이로써 수는 몇 마디 보탤 뜻을 아예 접었다. 그가 새로 온 사냥개를 거론한 것은 그 개들을 오늘 사냥에 데려가지 않겠다는 뜻이 아니라, 만약의 상황이 생겼을 때 빠져나갈 구실을 만들기 위함이다. 낯선 곳에 사냥개를 풀지 말라! 개마고원에서 나고 자란 포수라면 누구나 아는 지혜를 히데오만 몰랐다.

수는 몰이꾼 서른 명을 열 명씩 세 개 조로 나눈 뒤 각 조마다 꽹과리와 북과 피리를 지급했다. 창과 칼과 방망이와 쇠스랑 등 휴대용 무기는 각자 챙기게 했고, 휴대용 그물도 두 개씩 주었다.

히데오의 사냥개를 제외한 풍산개들도 조별로 세 마리씩 할당했다. 긴장감이 감돌았지만 겁먹은 이는 없었다. 미리 대소변을 보고 아침을 충분히 먹어두었다. 멧돼지나 표범만 몰다가 모처럼 호랑이를 잡는다 하니 신바람이 날 만도 했다. 수는 쌍해를 비롯한 각 조 조장에게 쇠뇌와 그물과 덫의 위치를 숙지시킨 뒤, 장진강으로 이동했다. 결전의 순간이 콧잔등을 후려갈기기 직전이었다.

— 그림은 언제부터 그렸어요?

주홍이 산의 뒤통수를 향해 질문을 던졌다. 호랑이 발자국이 더 선명하게 더 자주 눈에 띄었다. 청룡과 단둘이었다면 힘껏 달려 벌써 놈의 턱밑까지 접근했으리라. 그러나 사냥 경험이 전혀 없는 그미가 혹처럼 따랐기 때문에, 산은 속전속결을 택할 수 없었다. 거리를 유지하며 따라가다가, 최적의 장소에서 최후의 일격을 가하리라.

— 솜씨가 예사롭지 않았어요. 달리는 기차에서 조선 호랑이의 특징을 정확히 잡아내기란 쉬운 일이 아니거든요.

산이 답을 하든 말든, 재잘재잘 지껄이기로 마음을 다잡은 듯했다. 산의 걸음이 빨라졌다. 그미도 두 발을 재게 놀리며 이야기를 이었다.

— 포수라서 그런가. 무늬 하나하나까지, 크기와 명암까지 꼼꼼히 다 알고 그린 그림이더군요. 호랑이만 그리나요? 사람 그린 거 없어요? 그 솜씨로 초상화를 그리면 꽤 멋질 건데……. 포수가 그

림은 왜 그리는 건가요?

그리고 슬그머니 산의 가방을 잡아끌었다. 그 안에 담긴 스케치
북을 보고 싶다는 표시였다. 산이 걸음을 멈추고 돌아섰다. 그미는
가방 쥔 손을 내리지도 못한 채 산과 눈을 마주했다. 산이 깊은 눈
을 깜박이지도 않고 그미를 제 눈동자에 빨아 당길 듯 노려보았다.

— 잘 죽이려고! 단번에 목숨 줄을 끊으려면 놈을 알아야 하니
까.

30분 남짓 이어지던 주홍의 재잘거림이 사라졌다. 산은 변함없
이 빠르게 나아갔지만 등 뒤의 침묵이 자꾸만 뒷덜미를 잡아당겼
다. 방향을 틀 때마다 흘끔 그미의 굳은 얼굴을 훔쳤다. 그림마저
도 호랑이를 죽이기 위한 방편이라는 답에 충격을 받은 모양이었
다. 산은 그미의 입을 막아놓을 필요가 있었다. 호랑이의 밝은 귀
에 그미의 재잘거림이 닿으면, 자기 패를 모두 보여주는 꼴이니,
역공을 대비하기 어렵다. 그래도, 잘 죽이려고 그림을 그린다는 답
은 너무 심했나. 몇 마디 이야기를 깔아놓은 후 또 몇 마디 사족을
덧붙여야 했을까. 지금이라도 독한 답의 전후 맥락을 설명해야 하
나. 그러나 산이 돌아서는 순간 그미의 발이 진창에 빠지면서 그
작은 몸이 모로 쓰러졌다. 산이 급히 팔을 뻗었지만 그미의 왼쪽
다리와 엉덩이, 허리까지 흙 범벅이 되는 것을 막지 못했다.

— 괜찮소?

산이 손을 내밀었다. 그미는 외면한 채 스스로 일어섰다. 산이

어깨를 잡고 부축하려 하자, 파리 쫓듯 손등으로 산의 팔을 세게 쳤다. 격렬한 대응에 머뭇대는 산을 두고 그미는 다리를 절룩이며 앞서 걸었다.

장진강이 가까워지자 오히려 강은 시야에서 사라졌다. 키 높은 자작나무와 잎갈나무는 여기서부터 발이 부르틀 때까지 숲이 펼쳐진다고 웅변하듯 늠름했다. 바람은 봉우리에서 흘러내린 탓에 강의 기운을 전해주지 못했다. 산에게 강이 임박했음을 알린 것은 벼락처럼 찾아든 꽹과리 소리였다. 재재 쟁 재쟁재쟁! 숲의 왼편과 오른편 그리고 이미 산이 지나온 등 뒤에서 소리가 동시에 요란했다. 장진강을 밑변 삼아 삼각 대형으로 포위망을 형성한 것이다. 수의 솜씨였다. 청룡이 먼저 걸음을 멈췄고 산은 주홍의 앞을 막아섰다. 뒤이어 개 짖는 소리가 들려왔다. 산의 미간이 순간 일그러졌다. 청룡은 물론 주작도 현무도, 호랑이 사냥에 나온 풍산개라면 입을 닫는 법부터 배운다. 겉멋 든, 범 무서운 줄 모르는 철부지 사냥개들이 온 것이다. 히데오의 개들인가. 산은 꽹과리와 개 짖는 소리로 거리를 가늠했다. 장진강까지는 2킬로미터 남짓. 호랑이는 그 안에 있다.

— 청룡을 따라 움직이시오.

쟁 쟁쟁쟁 꽹과리 소리 사이로 둥 둥둥 둥 북소리가 섞여들었다. 산은 네댓 걸음 앞서 걸었고, 청룡은 고개를 들어 주홍과 눈을 맞춘 뒤 부드럽게 발을 놀렸다. 정면으로 총구를 향한 산의 자세가 호랑이와의 승부가 가까웠음을 알렸다. 그미는 마른침을 삼켰다. 과묵한 산이지만, 그래서 말을 걸기가 늘 어색하지만, 유독 지금의 침묵 위로는 창살처럼 날카로운 살기가 뿜어져 나오고 있었다. 살짝 스치기만 해도 손발이 잘리고 피가 뚝뚝 들을 듯했다. 호랑이 같아, 정말! 그미는 입을 둥글게 오므리며 한숨을 천천히 내쉬었다. 하나에만 집중하기 위해 나머지 것들과 거대한 벽을 쌓은, 합리적인 설명이 불가능한 야성의 태도였다. 큰부리까마귀 한 마리가 자작나무 위로 날아올랐다. 그미는 화들짝 놀라며 엉덩방아를 찧었다. 산이 걸음을 멈추고 그미를 내려다보았다. 손을 내밀지는 않았다. 그미가 애써 미소를 지으면서 툴툴 털고 일어섰다.

호랑이 발자국이 점점 드물어졌다. 강가 숲에는 의외로 바위들이 많았고, 호랑이는 바위에서 바위로 건너뛰며 흔적을 감추려 했다. 선명한 국화꽃은 찾기 힘들었고, 바위에 묻은 흙과 잡풀로 겨우 움직임을 확인할 수 있었다. 산은 3미터가 훨씬 넘는 바위 아래에 무릎을 꿇었고 청룡도 그림자처럼 산을 따라 엉덩이를 바닥에 댔다. 주홍까지 그 곁에 멈춰 엎드린 것을 확인한 뒤, 산은 바닥에 찍힌 무수한 발자국들을 노려보았다. 호랑이는 돌고 돌고 또 맴돌았다. 자신의 존재를 각인시키기라도 하듯 자작나무 줄기에 오줌까지 내갈겼다. 발자국을 숨기려는 노력을 포기한 걸까 아니면……. 불길한 예감이 산의 심장을 얼렸다. 사방 20미터 안에는 바위가 없었고, 발자국도 없었다. 맴돌던 호랑이가 자신의 발자국을 감추면서 달아나는 길은 단 하나였다. 수평을 유지하던 산의 총구가 천천히 올라갔다. 산은 호랑이가 먹잇감을 향해 달려들기 가장 좋은 바위 위를 조준점으로 잡고 숨을 멈췄다. 눈이 부셨다. 바위 위로 떠오른 햇빛이 산의 검은 눈동자를 향해 말벌처럼 달려들었다. 산은 그 빛을 피하려고 걸음을 옮기는 짓은 하지 않았다. 한 치의 떨림도 없이 처음 정한 자리에 팔과 다리와 목과 눈을 고정시켰다. 기척이 났다. 방아쇠에 검지를 갖다 댔다. 한 방에 즉사시켜야 한다. 탄환이 빗나가거나 치명타를 입히지 못할 경우, 호랑이의 앞발이 산의 목뼈를 부러뜨릴 것이고, 호랑이의 송곳니가 산의 가슴을 찢어발길 것이다. 빛 속으로 둥근 머리가 일식처럼 들어왔다. 산이 검지로 방아쇠를 당기면서 동시에 총구를 들어 올렸다. 탕! 총성이 울렸다. 놀란 어치들만 열 마리 넘게 날아올랐다. 잠시 뒤 바위 위로 머리를 내민 이는 외팔이 수였다.

산은 수가 바위를 내려올 때까지 턱을 부여잡고 웅크렸다. 호랑이가 아님을 직감하고 총구를 급히 드는 바람에, 개머리판이 미끄러지면서 턱을 때린 것이다.

— 다쳤어요? 어디 봐요.

수보다 먼저 달려온 주홍이 마주 앉아 상처를 살피려 했다. 산은 아랫입술을 타고 떨어지는 피를 손바닥으로 가리며 등을 돌렸다. 그미가 다시 자리를 옮겨 더 가까이 다가앉자, 산은 팔을 뻗어 그미를 밀기까지 했다. 그미의 어깨와 목덜미에 산의 붉은 피가 옮겨 묻었다. 수를 따라 내려온 히데오가 차갑게 진단을 내렸다.

— 기어이 턱을 다쳤군. 수술 부위인가? 반동을 견딜 수 없을 테니, 이제 호랑이를 만나도 조준 사격은 어렵겠어. 경성에서 요양하는 편이 나을 거라는 내 말 잊진 않았지?

라이카들이 장단을 맞추듯 맹렬히 짖어댔다. 산은 숲으로 뛰어들어갔다. 주홍이 뒤따르려 했지만 수가 막았다.

— 가지 마십시오. 형은 내가 잘 아는데, 지금 따라가면 주 선생을 죽이려 들지도 모릅니다.

— 죽이려 든다고요?

— 약한 모습 보이는 걸 죽기보다 싫어하니까요. 그냥 두세요. 조금 있으면 제 발로 돌아옵니다.

— 한데 수 씨…… 그 오른팔은?

그미의 시선이 수의 오른팔로 향했다. 수가 팔을 들어 흔들었다. 의수였다.

— 아! 이거요. 어울리나요? 호랑이 앞다리로 만든 거랍니다. 끝엔 손가락 대신 송곳을 달았죠. 담에 호랑이를 만나면 심장을 단숨에 푸욱 찔러버릴 겁니다. 이렇게, 이렇게 말입니다.

수가 검을 놀리듯 의수를 흔들며 허공을 찔러댔다. 그미는 저도 모르게 미간을 찡그렸다. 호랑이를 잡기 위해 7년을 보낸 형과 호랑이 앞다리로 의수를 만들어 복수를 다짐하는 동생. 그 집착이 무서웠다.

산은 자작나무에 등을 대고 거친 숨을 몰아쉬었다. 얼굴뼈가 모두 따로 노는 듯 서걱거렸고, 그때마다 쩌릿쩌릿 전기에 감전된 것처럼 머리끝에서 발끝까지 한꺼번에 저렸다. 가방을 열고 흰 천을 꺼내 꾸역꾸역 입안에 채워 넣기 시작했다. 양볼이 복어처럼 부풀어오를 때까지, 끄으윽끄윽 헛구역질이 나오더라도 참으면서 계속 넣고 넣고 또 넣었다. 피가 콧구멍을 타고 넘어오는 탓에 숨 쉬기가 더욱 불편했다. 산은 오른손 엄지와 검지를 턱에 대고 살갗 속 뼈들을 조심스럽게 만졌다. 턱뼈가 부서졌다면 히데오의 지적처럼 사냥은 더 이상 어렵다. 다행히 뼛조각은 없었다. 접합된 뼈들이 충격을 받아 울린 정도라면 최악은 아니다. 입에 가득 천을 넣고 지혈되기를 기다리니, 갑자기 허기가 찾아들었다. 어제 격멸대와 헤어져 추격을 시작한 뒤로 아무것도 먹지 않았던 것이다. 산은 호랑이 앞발 통구이를 떠올렸다. 아비는 호랑이 사냥에 성공하면, 가죽을 벗긴 뒤, 앞발을 통으로 구워 두 아들에게 먹였다. 수백 마리의 들짐승을 저승으로 보낸 앞발의 위력이 그들에게 전해지기를 바라는 마음에서였다.

산이 피에 젖은 천을 숲에 뱉고 돌아왔을 때, 히데오는 라이카들을 앞세우고 떠난 뒤였다. 청룡과 현무, 주작이 먼저 산에게 다가와서 발목 근처를 맴돌았다. 산은 수가 머리를 내밀었던 바위로 올라서서 강 쪽을 내려다보았다. 나무 사이로 얼어붙은 장진강이 정물화처럼 펼쳐졌다. 꽹과리와 북소리가 여전히 숲 구석구석을 깨우고 있었다.

— 잠시 멈춰. 놈은 아직 이 안에 있어. 영리한 놈이야. 대충 몰다가는 우리가 당해.

— 괜찮겠어, 형?

— 그럼.

수가 허리춤에서 피리를 꺼내 가늘고 길게 불자, 악기 소리가 멎었다.

— 이번엔 같이 가.

— 알겠어.

— 나도.

주홍이 끼어들었다. 산은 외면했고 수가 대신 답했다.

— 쌍해 아저씨랑 기다려요.

— 싫어요. 나도 가겠어요.

그미가 고집을 부렸다. 수는 고개를 돌려 산의 의향을 말없이 떠보았다. 그미가 산의 뒤통수를 노려보며 다시 말했다.

— 죽이려고 그러죠? 죽여놓고 돌아오려고……. 같이 가겠어요, 꼭!

청룡, 현무, 주작. 산이 풍산개 세 마리와 함께 앞장을 서고, 주홍을 중간에 두고 수가 후방을 맡았다. 20미터쯤 내려가자 강으로 향하던 발자국이 왼쪽으로 돌았다. 라이카 짖는 소리만 메아리로 울렸다. 700미터 정도 거리였고 오르막이 심했다.

— 이상한데……?

산은 발자국을 손바닥으로 덮으며 혼잣말을 했다. 여전히 오른발을 쓰진 못했지만, 배를 깔고 쉰 흔적도 없었다. 새끼들이 기다리는 굴로 돌아가듯 일정한 속도를 유지했다. 라이카들이 짖어댔던 오르막 초입에 도착했다. 히데오는 오른쪽으로 난 호랑이 발자국을 따라 개들을 이끌고 갔다. 이 언덕은 바위가 거의 없고 땅이 질어 발자국이 선명하게 찍혔다. 탈출로로는 최악인 것이다. 산은 호랑이 발자국 주위에 찍힌 어지러운 라이카 발자국들을 내려다보았다. 확실한 물증이 오히려 환영처럼 보였다. 수가 땅바닥을 보며 물었다.

— 형, 왜 그래? 가야지?

— 수야!

— 응?

— 놈도 이곳 지리엔 훤하겠지?

— 물론.

— 숲에 총을 든 인간들이 가득하다는 것도 알 테고.

— 응.

— 네가 호랑이라면 이 길로 갔겠어?

— 뭐라고요?

그미가 참지 못하고 반문했다. 머뭇대는 산을 이해할 수 없었던 것이다.

— 내가 놈이라면 이 언덕으로는 안 가.

— 함정이라는 거야?

— 어쩌면.

— 함정이라고 했나요? 함정을 파는 호랑이도 있어요?

커킹. 청룡이 등 뒤에서 짖었다. 잎이 다 떨어져 앙상한 부게꽃 나무 사이로 산이 뛰어 들어갔다. 발자국이었다. 언덕으로 올라갔 던 호랑이가 어느새 내려와 반대쪽으로 방향을 튼 것이다. 히데오 와 라이카들은 언덕을 넘고 계곡을 지나도 호랑이와 만나지 못할 것이다. 휘익! 산이 휘파람을 불자, 풍산개 세 마리가 달려나갔다. 히데오는 틀림없이 무전을 쳐서 격멸대와 몰이꾼들을 언덕으로 불러들였을 것이다. 호랑이는 그 순간을 노려 포위망을 뚫을 계획 이리라. 호랑이의 새 발자국을 확인한 뒤로는 주홍도 산에 대한 의심을 버렸다. 호랑이의 혼을 지니진 않았다고 해도, 지금 호랑 이의 행로를 가장 정확히 파악하는 이는 바로 산이다. 오르막길이 나타나자 산은 더욱 속도를 냈다. 발자국은 20미터에 하나 30미 터에 하나씩 겨우 발견되었지만, 산은 호랑이가 달리는 것을 지켜 본 듯 확신했다. 능선에 닿자, 호랑이는 왼쪽으로 방향을 꺾었다. 주홍과 수가 능선에 다다를 즈음, 산은 다시 내리막길로 사라졌다. 숨을 고를 사이도 없이 그미도 능선을 달렸고, 산이 없어진 자리 에서 아득하고 가파른 땅에 비스듬히 뭉쳐 있는 사스래나무 숲으 로 뛰어들었다. 앙상하고 날카로운 어린 나뭇가지들이 뺨을 할퀴고 눈을 찔러댔다. 팔을 휘젓고 허리를 숙이며 한 마리 사슴처럼 달리던 그미는 기어이 돌부리에 채여 넘어지면서 다섯 바퀴나 굴렀다. 수가 쫓아와서 부축하는 순간, 커커어어어엉! 청룡이 크고 길게, 정말 늑대처럼 울었다. 두 사람을 부르는 소리였다.

무릎에서 피가 흘렀지만 닦을 사이도 없이, 주홍은 다람쥐처럼 나무 사이를 빠져나갔다. 수가 그미를 일으키며 강조했었다. 청룡은 위급할 때만 저리 웁니다. 주홍을 뒤따르는 수의 왼손에 표창이 들렸다. 오른팔을 잃은 후론 칼 대신 표창을 익혔다. 오른손잡이가 왼손으로 표창을 던지는 일이 쉽지 않았지만 스스로를 지킬 방법은 그것뿐이었다. 수는 위기의 순간이 닥치면 허리춤에서 표창을 뽑았고, 상대가 자세를 잡기도 전에 선제공격으로 급소를 노렸다. 겨우 숲을 벗어난 그미를 현무와 주작이 마중 나왔다. 좌우에 날개처럼 벌려 선 개들은 청룡의 울음에 맞춰 계속 짖어댔다. 에움길을 돌자 산의 등이 보였다. 그미는 산을 향해 오른손을 들다가 말고 멈춰 서서 주위를 살폈다. 부게꽃나무들이 추수가 끝난 뒤 쌓아놓은 볏단처럼 듬성듬성 모여 있었다.
　— 여, 여긴…….
　호랑이 발자국을 발견한 첫 장소로 한 바퀴 크게 원을 그리며 되돌아온 것이다.

　수도 산을 발견하고 걸음을 늦췄다. 주홍과의 거리는 10미터 남짓.

— 형!

수가 표창 든 왼손을 머리 위로 들어 흔들었다. 먼저 현무와 주작이 돌아서서 짖었고, 뒤이어 산의 총구가 수를 향했다.

— 형…….

죽음의 기운이 뒤통수에 닿았다. 수는 왼손을 든 채 고개를 돌렸다. 그 순간 3미터도 떨어지지 않은 그루터기에서 호랑이가 도약했다. 수는 손목에 반동을 줘 표창을 뿌렸다. 표창이 호랑이의 이마에 박히는 것과 동시에, 호랑이의 송곳니가 수의 팔뚝을 물었다. 호랑이와 함께 나뒹군 수는 허리를 일으켜 앉지도 못했다. 호랑이의 뒷발이 수의 배를 힘껏 눌렀다. 우직. 뼈 부러지는 소리와 함께 팔뚝에 송곳니가 박혔다. 수는 두 눈을 부릅뜨고 호랑이의 옆구리를 향해 오른쪽 의수에 박힌 송곳을 내질렀다. 수백 번 상상한 회심의 일격이었지만, 호랑이는 기다렸다는 듯이 껑충 몸을 피한 뒤 단숨에 고개를 치켜들었다.

— 아악!

뜯겨나간 왼팔이 허공에서 흔들리며 피를 뿌렸다. 수는 정신을 잃었고 산은 방아쇠를 당겼다. 총성과 함께 호랑이는 수의 왼팔을 문 채 껑충 부게꽃나무 사이로 달아났다.

— 지혈해, 빨리!

산은 천 뭉치를 던지고 그미의 어깨를 힘껏 손바닥으로 친 뒤 호랑이를 향해 달렸다. 그미는 겨우 일어서서 수에게 다가갔다. 두려움의 눈물이 뚝뚝 떨어졌다. 기절한 수의 왼팔에서 흘러내린 피가 그미의 신발을 적셨다. 그미는 손등으로 눈물을 훔치며 스스로를 달랬다.

— 침착해. 주홍! 침착. 침착.

입으로 천을 찢어 어깨 아래를 꽉 묶었다. 그리고 피가 배어나오지 않을 때까지, 호랑이가 찢어 자른 팔뚝을 천으로 싸고 싸고 또 감쌌다.

산은 달렸다. 헉헉. 숨이 턱 끝까지 차올랐고 북풍이 코끝을 쩡쩡 때렸다. 죽음의 원. 산이 호랑이를 쫓았던 것이 아니라 호랑이가 산의 뒤를 따른 것이다. 제자리로 돌아왔을 때, 호랑이의 의도를 알아차렸어야 했다. 겹으로 찍힌 발자국을 보는 순간, 산은 자신이 원을 한 바퀴 도는 동안 호랑이는 다친 몸으로 두 바퀴를 빠르게 돌았음을 알아차렸다. 총을 집고 돌아섰지만, 호랑이는 벌써 수를 향해 지면에서 네 발을 뗀 후였다.

산과 호랑이는 비겼다. 산이 총을 쏘는 바람에 호랑이는 수의 목에 송곳니를 박을 시간이 없었고, 호랑이가 달아나는 바람에 산은 수의 왼팔을 지혈할 여유가 없었다. 추격을 멈추고 수를 돌보면 호랑이에게 지는 것이다. 좌우 풍광은 눈에 들지 않고 오로지 숲을 포탄처럼 뚫고 지나간 호랑이의 뒷모습만 어른거렸다. 말 그대로 비호飛虎 같았지만 산에게 낯선 자세는 단 하나도 없었다. 뒷발이나 꼬리, 머리의 위치와 움직임만 봐도 전체 움직임을 짐작하고도 남았다. 호랑이의 다양한 몸놀림을 거듭 스케치한 결과였다. 눈이 좇지 못하더라도 긴 손가락의 기억이 미세한 차이를 구별해냈다.

총성과 함께 몰이꾼들의 악기 연주가 재개되었다. 산이 달려가는 쪽에서도 불규칙한 소리들이 편전처럼 몰려왔다. 산은 몰이꾼들과의 거리를 가늠했다. 컹컹. 풍산개들의 울음도 간간히 섞여들었다. 두 마리만 뭉쳐 있어도 호랑이에게 달려드는 맹견. 여우나 너구리는 먼저 꼬리를 내리고 캥캥 달아나며, 멧돼지나 곰도 쉽게 선공을 펴지 못한다. 산은 호랑이가 몰이꾼과 부딪히기 전에 방향을 틀 것이라고 예상했다. 다친 몸으로 하루 밤낮을 힘겹게 넘어왔던 봉우리 쪽을 또다시 택하지는 않으리라. 이번엔 호랑이가 함정에 빠질 차례였다.

호랑이를 먼저 발견한 이는 히데오였다. 총성이 울리자마자 라이카들이 튀어나갔고 호랑이는 강가로 방향을 틀었다. 산은 휘익! 짧은 휘파람으로 청룡의 발을 묶었다. 몰이꾼들은 신바람을 내며 포위망을 좁혔다. 셋으로 나뉜 조도 서로의 손놀림을 구경할 만큼 가까워졌다. 미리 배치된 격멸대원들이 호랑이를 발견하고 총을 쏘기 시작했다. 탕 탕 탕탕! 폭죽처럼 총성이 터졌지만, 호랑이는 바위와 나무 사이로 껑충껑충 몸을 날려 탄환을 피했다. 산을 발견한 히데오가 자신만만하게 웃었다.

— 끼어들지 마라. 곧 끝날 거다. 아무르 라이카들이야. 호랑이를 잡는 사냥개! 겁먹고 움츠린 풍산개들이랑은 전혀 다르지.

— 함정이오.

산이 히데오와 나란히 달렸다.

— 뭐라고? 함정? 맞아. 놈은 우리가 판 함정으로 달려가는 중이지.

히데오는 산의 말을 정반대로 받아들였다. 누구라도 히데오처럼 해석할 만한 상황이었다.

— 개들을 불러들이시오.

— 닥쳐.

— 놈은 다 예상하고 있었소.

— 예상?

— 너무 많이 보여줬소. 그래도 놈은 달아나지 않고 이리로 왔소. 죽을 자리를 고른 거요. 하지만 혼자 죽진 않으려고.

히데오는 산의 말을 끝까지 듣지 않고 더 빨리 달렸다. 산은 걸음을 늦추다가 멈춰 섰다. 수의 시선으로 쇠뇌와 그물과 덫과 독이 든 고깃덩어리들이 놓였음직한 자리들을 확인했다. 호랑이가 택한 마지막 결전장도 바로 그곳이었다.

호랑이는 갈지자로 뛰었다. 오른쪽 뒷발을 디딜 때마다 몸 전체가 쏠렸지만 가까스로 균형을 잡고 땅을 당겨 도약했다. 라이카 네 마리가 경주하듯 호랑이를 따라 방향을 꺾고 꺾고 또 꺾었다.

— 빨리빨리! 포위망을 좁혀!

히데오가 외쳤다. 몰이꾼들은 팔을 뻗으면 닿을 정도로 옆 사람과 바짝 붙어 서서 호랑이와 라이카들의 추격전을 구경했다. 호랑이가 미리 설치한 줄 하나만 건드리면 쇠뇌가 발사되고 그물이 덮칠 것이다. 라이카들이 부상당한 호랑이의 등과 엉덩이에 올라타서 괴롭힌 뒤 히데오가 총을 쏴서 놈의 심장을 관통하면 사냥은 끝이다. 그러나 달아나던 호랑이가 공중제비를 돌 듯 돌아서는 순간부터 예상이 빗나가기 시작했다. 호랑이는 가장 먼저 달려오던 라이카의 머리를 물어 강가로 내던졌다. 그 순간 첫 번째 쇠뇌가 발사되어 개의 배에 박혔다. 호랑이는 그다음 라이카의 앞다리를 물어 머리 뒤로 휙 넘겼다. 나무 위에 달아둔 그물이 떨어져 개를 똘똘 감쌌다. 발버둥 칠수록 그물에 박아놓은 송곳이 개의 등을 긁고 가슴과 목을 찔러댔다. 피가 흘렀다. 나머지 두 마리는 호랑이가 달려들기도 전에 겁을 먹고 강 쪽으로 달아났다. 한 마리는 두 번째 쇠뇌에 머리가 뚫렸고 또 한 마리는 덫에 걸려 나뒹굴었다. 호랑이는 방향을 틀어 몰이꾼을 향해 달려들었다. 시끄러운 악기 소리가 멎었다. 공포심이 그들의 가슴을 순식간에 흔든 것이다. 히데오는 진작부터 호랑이를 조준했지만 총을 쏘기도 전에 호랑이가 그를 뛰어넘었다. 호랑이와 몰이꾼의 역할이 바뀌었다. 몰이꾼은 악기나 무기를 내던진 채 달아나려 했고, 호랑이는 몰이꾼들을 위협하여 강가로 내몰았다. 히데오가 다시 조준하여 총을 쐈

지만 나무나 바위 혹은 몰이꾼의 허벅지나 어깨만 맞췄다. 참혹한
사고가 이어졌다. 강가에 이른 몰이꾼들이 쇠뇌에 맞고 그물에 갇
히고 덫에 속속 걸려든 것이다. 호랑이는 쓰러져 비명을 질러대는
몰이꾼들에게 차례차례 달려들어 목뼈를 부러뜨렸다. 순식간에
네 명이 목숨을 잃었고, 호랑이의 입에서는 죽은 자들의 피가 뚝
뚝 떨어졌다.

— 죽여! 다 죽여버려.
히데오가 소리쳤다. 호랑이는 몰이꾼 사이에 섞여 격멸대의 탄
환을 피했다. 병사들의 총구가 몰이꾼에게 몰렸다. 몰이꾼까지 죽
이면 호랑이도 방패가 사라지는 셈이다.
— 휘이이익!
날카롭고 긴 휘파람 소리와 함께 세 마리 개가 달려나갔다. 청
룡, 주작, 현무였다. 어느새 히데오 옆에 선 산이 호랑이를 노려보
며 말했다.
— 사격 중지명령을 내려!
— 안 돼. 지금이 기회야.
산이 총구를 히데오에게 돌렸다.
— 다 죽일 셈인가? 좋다. 그럼 너부터 죽여주지.
히데오와 산의 시선이 부딪혔다. 히데오의 검은 눈동자가 천천
히 아래로 내려왔다.
— 중지! 사격 중지!

히데오의 외침을 뒤로하고 산은 호랑이를 향해 달려나갔다. 청룡을 비롯한 풍산개들은 호랑이에게 곧장 달려들지 않았다. 세 마리는 한 몸처럼 몰이꾼과 호랑이 사이로 끼어들어 으르렁거리면서 몰이꾼들이 달아날 시간을 벌었다. 호랑이가 달려들면 서너 걸음 물러섰다가도 호랑이가 방향을 틀면 다시 접근했다. 풍산개들의 활약으로 몰이꾼들은 무사히 그곳에서 빠져나갔다.

— 쏴! 왜 쏘지 않는 거야?

히데오의 고함이 산의 등을 쳤다. 20미터, 충분히 조준 사격이 가능한 거리였다. 산은 호랑이의 가슴을 겨눴지만 방아쇠를 당기지 않았다. 개들에게 둘러싸인 채 호랑이가 달아나기 시작했다. 수가 팔을 물어뜯긴 방향이었다. 산도 호랑이를 따라 뛰었다. 히데오가 따라붙으며 비웃었다.

— 겁쟁이!

청룡은 영리한 개였다. 호랑이의 오른쪽 뒷발이 불편한 것을 눈치채고선 현무와 주작을 이끌고 오르막길로 호랑이를 몰았다. 내리막이라면 튼튼한 앞다리로 버티면서 속도와 균형을 유지하겠지만 오르막에서는 뒷발을 디딜 때마다 더 크게 몸이 흔들리는 법이다. 호랑이는 장진강으로 뛰어들지 못했다. 어젯밤까지는 멧돼지도 지나갔지만, 오늘 종일 비친 겨울 태양에 얼음이 녹은 것이다. 금이 가고 갈라진 면이 살갗을 찌르고 파고들 만큼 차고 날카로웠다. 개들은 호랑이가 다시 숲으로 돌아오지 못하게 포위한 채 짖어댔다. 청룡에게 달려들면 현무와 주작이 호랑이의 옆구리를 노리고, 현무에게 접근하면 청룡과 주작이 호랑이의 엉덩이에 바짝 붙었다. 호랑이는 셋 중 가장 몸이 작은 주작을 택해 앞발을 휘두르며 덤볐고, 주작이 살짝 물러서자 뒷발에 힘을 싣지 못해 제풀에 쓰러져 뒹굴었다. 청룡과 현무가 포위망을 벌리면서 주춤하는 사이 호랑이는 숲으로 뛰어들었다. 그러나 곧 100미터도 달리지 못하고 개들에게 따라잡혔다. 개들은 호랑이를 강가에서 놓친 것이 분한지 더 크고 살기등등하게 짖어댔다. 호랑이는 앞발을 들고 위협했지만, 방금 전 실수를 의식한 듯, 빠르고 강하게 휘두르지는 못했다.

총성이 울렸다. 산이 자작나무 뒤에서 드디어 방아쇠를 당긴 것이다. 호랑이가 개들과 씨름하는 사이, 산은 15미터까지 접근했다. 산의 이력으로 보자면 단번에 호랑이의 미간이나 심장에 탄환을 명중시킬 거리였다. 그러나 호랑이는 즉사하지 않고 휘청대다가 앞발을 접으며 머리를 땅에 찧었다. 고개를 들고 개들을 향해 송곳니를 드러내며 살기를 뿜었다. 탄환이 오른쪽 앞다리에 박힌 것이다. 호랑이는 몸을 일으키려 했지만 몸무게를 오른쪽 두 다리에 싣지 못해 쓰러지고 또 쓰러졌다. 휘익! 산이 휘파람으로 개들을 불러들였다. 숲에는 이제 호랑이만 남았다. 뛰지도 걷지도 서지도 못하는 포식자의 신세가 처량했다.

— 쏘지 마시오.

산이 히데오의 총신을 손으로 쥐고 내렸다. 왼눈을 감은 채 잔뜩 조준점을 찾던 히데오가 화를 냈다.

— 넌 되고 난 안 된다는 건가? 비켜! 넌 빗나갔지만, 난 명중시킬 수 있다.

산이 호랑이를 주시하며 답했다.

— 빗나간 게 아니오.

— 그럼?

— 앞발을 노렸소.

— 못 믿겠다. 심장 대신 앞발을 맞히는 사냥꾼은 없어.

— 놈은 혼자가 아니오.

산이 품에서 사진을 꺼냈다. 수가 건넸던 사진이다.

— 이게 뭔가?

— 처음 습격을 받았던 초소 사진이오. 그곳에서 죽은 초병이 지니고 있었던 거고.

히데오가 사진을 뚫어져라 노려보았다.

— 이 사진을 본 기억이 없어. 죽은 병사들 관련 유품은 내가 꼼꼼히 챙기고 목록까지 재검토했는데…….

— 첫날, 초소에 도착하자마자 호랑이를 찾아 근처 숲을 돌아다녔다 들었소. 그때 수가 미리 챙겼다고 하오.

히데오의 두 눈이 가늘고 날카로워졌다.

— 한데 왜 지금 이 사진을 들이미는 거지?

산이 목소리를 낮춰 짧게 말했다.

— 가운데 놈을 잘 보시오.

히데오가 다시 사진을 들여다본 후 목소리를 떨며 물었다.

— ……백호?

— 맞소. 흰 호랑이요.

— 흰머리……말인가?

산이 목이 졸린 채 죽은 백호의 앞발가락을 곁눈질한 후 다시 앞에 있는 호랑이를 노려보았다.

— 난 놈을 아오. 사진 속의 놈은 흰머리의 새끼가 맞소.

— 네 말이 맞다 쳐도 흰머리가 근처에 있다고 단정하기는 어려워. 수놈들은 대부분 암놈에게 양육을 떠넘기고 사라지니까.

— 흰머리는 다르오. 그동안 딱 두 번 놈과 맞설 기회가 있었소. 그때마다 놈은 암호랑이나 새끼들 곁을 맴돌았소.

— 너희 형제가 흰머리와 악연을 맺은 후부터?

히데오가 넘겨짚었다.

— 놈은 분명 따라오고 있소. 반경 2킬로미터 내로 접근하지는 않지만, 암호랑이의 피 냄새를 맡는다면, 반드시 올 거요. 믿지 못하겠거든 떠나도 좋소.

산의 얼굴에 자신감이 가득했다. 아무리 허황된 이야기라도 무조건 따르고 싶은 깊은 눈과 단단한 목소리를 지닌 사내. 히데오는 여전히 의심을 풀지 않았지만, 산의 추측이 옳다면 평생을 두고 후회할 일이다.

— 나도…… 남겠다. 네놈 궤변을 믿진 않지만.

산이 단정 지었다.

— 지금부턴 단 한 마디도 마시오, 흰머리의 목숨을 끊어놓기 전까진.

호랑이를 사냥할 때 가장 중요한 덕목은 견딤이다. 호랑이에 대한 두려움을 견디고 살을 에는 추위를 견디고 시간을 견딘다. 오랫동안 견디며 단 한 순간만을 생각한다. 기다리던 호랑이가 나타났을 때, 어떤 자세로 어디를 향해 어떤 감각으로 방아쇠를 당길 것인가. 나머지는 모조리 잡념이다. 사냥의 성패는 잡념을 얼마나 씻어내는가에 있다. 텅 빈 몸, 텅 빈 마음. 허허로워야 호랑이의 기미를 알아차릴 수 있다. 세상의 티끌과 먼지가 많이 묻으면 호랑이가 곁에 있어도 호랑이인 줄 모른다. 특히 흰머리처럼, 인간이란 족속에게 제 새끼와 짝을 잃어본 호랑이의 조심성은 놀라울 정도다. 토끼나 노루, 다람쥐나 하물며 두더지까지 지나간 뒤 가장 늦게 나타나는 짐승, 호랑이.

운다. 암호랑이는 네 발로 서는 것을 포기했지만, 고개를 빳빳하게 들고 울부짖는다. 앞발에서 흐른 피가 눈과 뭉쳐 질척거린다. 탄환이 박힌 부위를 혀로 핥지만 피가 계속 흐른다. 호랑이는 고통을, 나른함을, 슬픔을 이겨내기 위해 어깨가 흔들릴 정도로 고개를 젓는다. 호랑이는 바람이다. 호랑이는 오직 죽을 때만 이동을 멈춘다. 산은 기다린다. 암호랑이의 절규를 듣고 흰머리가 찾아오기를. 그때까지 암호랑이가 죽지 않고 더 크게 더 많이 울어주기를. 호랑이를 유인하는 수단으로 살아 있는 멧돼지 새끼나 노루 새끼를 쓰기도 한다. 호랑이가 다가와서 손쉬운 먹잇감을 무는 순간, 바위나 작살이 호랑이를 덮치는 식이다. 수호랑이를 잡기 위해 암호랑이를 미끼로 쓰는 것은 이번이 처음이다. 산은 처음부터 이 광경을 상상했다. 흰머리를 잡으려면 흰머리가 예상하기 어려운 상황을 만들어야 한다. 제 새끼를 낳은 암호랑이가 죽어가고 있다. 흰머리여! 언제까지 숨어 버틸 것인가. 암호랑이의 목숨이 다한 후, 스라소니와 표범이 그 시체를 뜯어먹은 후, 인간들이 이 계곡에서 철수한 후에야 비로소 나타나 늦은 울음을 토할 것인가. 영원한 작별을 고할 시간이 얼마 남지 않았다. 나타나라. 와서 이 잔혹한 비극의 주인공이 되라.

암호랑이 울음을 듣고 찾아든 짐승은 참매와 저광이와 검독수리였다. 고고히 높이 떠 홀로 지상을 살피는 맹금류부터 모인 것이다. 그만큼 혹독한 겨울이었고 그만큼 굶주림을 채울 가능성이 적었다. 오늘은 호랑이가 먹다 남긴 노루의 내장이나 사슴의 앞발이 아니라 호랑이고기를 맛보려는 것이다. 맹금류가 접근하자 암호랑이는 턱을 치켜들고 더 크게 울었다. 그러나 겨우 3~4미터 앞에 앉은 저광이도 내쫓지 못한다. 호랑이가 울음을 그치고 모로 눕는 순간, 가장 먼저 날아내리기 위해, 맹금류들은 점점 낮게 난다. 아예 나뭇가지에 올라앉는 놈도 있다.

— 미친 짓이지. 오긴 뭐가…….

히데오가 언 손을 비비며 따지려는데, 산이 검은 눈동자를 굴려 전방을 주시하라는 신호를 보냈다. 잎이 다 떨어진 배암나무 뒤편. 서럽게 차가운 햇빛마저도 들지 않은 응달에서, 흰 눈이 바람과 반대쪽으로 흔들렸다. 눈이 아니라 백호의 옆구리였다. 언제부터 저 자리에 웅숭그린 채 죽어가는 암호랑이를 쳐다보고 있었을까. 히데오가 총을 들자, 산은 총구를 내리며 왼고개를 저었다. 조준 사격을 해도 확률은 반반이다. 거리가 멀고 자작나무, 가문비나무, 배암나무가 시야를 겹겹이 가렸다. 산은 진작부터 흰머리가 온 것을 눈치채고도 녀석이 암호랑이 곁으로 다가오길 기다린 것이다.

7년 전, 산은 흰머리의 상대가 아니었다. 녀석을 죽이겠다는 맹세는 한낱 바람이었다. 흰머리는 개마고원 곳곳으로 산을 끌고 다니며 조롱했다. 충분히 산의 목뼈를 꺾고 팔다리를 물어뜯을 수 있던 때에도, 흰머리는 산이 스스로 두려움과 절망에 젖어들기를 기다렸다. 산은 들끓는 복수심 때문에, 흰머리보다 먼저 바람을 맞고 진흙에 발자국을 남기고 개머리판으로 나무줄기를 긁었다. 흰머리는 산이 언제 어디서 어떤 기분으로 깨어나고 잠드는지를 알아냈다. 흰머리는 산이 스스로 포기하거나 숲에서 얼어 죽기를 바랐을지도 모른다. 갑산! 길이 끊어진 계곡으로, 흰머리의 유인책에 말려 깊이 들어간 겨울엔 정말 목숨을 잃을 뻔도 했다. 대자대비. 그때부터 산은 무념무상에 들기 위해 주문처럼 대자대비 넉 자를 외웠다. 대자대비, 대자대비!

흰머리가 드디어 배암나무를 지나서 가문비나무를 스쳐 자작나무에 이르렀다. 대자대비! 암호랑이는 붉게 물든 땅에 이마를 박고 그렁 그러렁 거친 숨만 몰아쉬었고, 흰머리가 잠시 자작나무 줄기에 제 등을 비빈 뒤 냄새를 맡았을 때, 검독수리 한 마리가 자작나무 가지에서 암호랑이의 등으로 날아내렸다. 암호랑이가 고개를 반만 들고 움찔 몸을 흔들자, 검독수리는 다시 푸덕 날개를 저어 호랑이의 꼬리 끝을 밟았다. 호랑이가 꼬리를 들려 했지만, 검독수리가 두 발로 번갈아 꽉 누르는 바람에, 호랑이는 엉덩이를 돌리지도 못하고 꼬리마저 흔들지 못했다. 그 광경을 공중에서 지켜보던 솔개 한 마리가 호랑이의 목덜미에 앉더니 머리를 부리로 쪼아댔다. 대자대비! 흰머리가 자작나무 앞으로 나선 것은 바로 그 순간이었다. 눈사람처럼 큰 머리가 혹처럼 튀어나오더니, 어깨부터 뒷다리까지 육중하면서도 잘빠진 흰 몸이 단숨에 나타났다. 넓은 어깨를 펴고 머리를 꼿꼿하게 든 채 귀를 세우고 두 눈을 번뜩였다. 한 걸음 한 걸음 그 자리 외에는 밟을 곳이 없다는 듯 확신에 찬 몸놀림이었다. 숨어 암호랑이를 살필 때는 숨소리도 지워가며 사람들의 시선을 피했지만 달려가서 제 짝을 구하기로 결심하고 나자 물러서거나 움츠려들 기회부터 먼저 지워냈다. 맺고

끊음이 분명한 포식자, 그것이 바로 흰머리였다. 대자대비! 꼬리가 자작나무를 타타탁 상쾌하게 쳤다. 그 소리만으로도 솔개와 검독수리가 공격을 멈추고 자작나무 위로 급히 피했다. 산은 더 이상 대자대비를 외지 않고 방아쇠에 얹은 검지에 힘을 실었다. 팔꿈치를 옆구리에 붙이고 흰머리의 이동 속도를 살펴 조준점을 미리 예상하며 수평으로 총구를 1센티미터씩, 움직이지 않는 듯 움직였다. 지금 움직임이 허락된 것은 흰머리뿐이었고, 곧 그 움직임을 쫓아 탄환 하나가 또 다른 움직임을 선보일 것이다. 두 움직임이 피할 길 없이 만나면, 둘은 움직이기를 멈출 테고, 그때야 비로소 산은 참았던 숨부터 뱉을 것이다. 꿈속에서도 연습한 순간이었으므로, 산의 자세는 고요하고 고요했다. 드디어 7년 추격을 마감할 때다. 놈이다. 내 아비를 죽이고 내 아우의 팔을 앗고 내 영역으로 단숨에 뛰어들어 나란 존재 자체를 지운 뒤에도 또 긴 세월 동안 나를 거듭 조롱한 짐승! 내 눈물과 고통과 분노의 근원! 결코 빛이 바랠 수 없는, 인간이 만든 저주의 단어들을 모두 모아 뱉어도 부족한 옹이! 천하만물을 용서해도 단 하나 용서할 수 없는 너와의 악연을 오늘 끝내리라. 내 탄환이 향할 곳은 폐나 심장이나 척추가 아니다. 호랑이는 뇌가 작고 두개골이 단단하여 직접 머리를 겨냥하는 법이 아니라고들 하지만, 이번만큼은 단숨에 놈의 이마를, '왕王'의 중심을 뚫을 때다. 마침 바람이 불어와서 산의 가슴에서 활활 타오르는 뜨거운 열망들을 식혔다. 흰머리의 머리가 더욱 희고 거대하게 보였다. 바로 지금이었다.

그 순간, 산과 흰머리 사이로 여자 얼굴이 불쑥 들어왔다. 산은 총구를 들어 올린 채 깊은 숨을 내쉬었다. 주홍이었다. 흰 수건을 들고 암호랑이에게 접근하고 있었다. 암호랑이를 구할 마음만 급해, 왼쪽에서 튀어나온 흰머리를 못 본 것이다. 암호랑이는 흰머리의 기척을 느끼고 죽을힘을 다해 고개를 들었다. 흰머리의 성난 눈동자가 그미 쪽으로 돌았다. 그제야 살기를 느낀 그미가 걸음을 멈췄다. 산은 급히 총을 겨눠 방아쇠를 당겼다. 총성과 함께 암호랑이의 머리가 땅바닥을 쳤고, 흰머리는 몸을 돌려 자작나무로 숨었으며, 그미는 엉덩방아를 찧었다. 산은 두려움에 떠는 주홍을 두고 자작나무로 질주했다. 총성에 놀란 여자를 위로하는 일은 히데오의 몫이었다. 청룡과 현무와 주작이 마음껏 짖으며 숲으로 뛰어들었다. 산은 움직이는 거라면 가리지 않고 쐈다. 숭숭 눈밭에 구멍이 났다. 흔들리는 나뭇가지가 부러지고 때마침 해바라기를 하던 토끼가 쓰러졌다. 그러나 산의 유일한 적, 흰머리는 사라졌다. 또 놓친 것이다.

미안하구나 언 몸 녹여주지 못해서 미안하구나
낯선 골짜기에서 썩어가게 해서 미안하구나 머리끝까지 차오른 두려움
풀어주지 못해서 미안하구나 벼락 같은 최후를 알려주지 못해서
오늘도 미안하고 내일도 미안하고 영영.

조선의 지붕을 달리다

오후 내내 달구비가 내렸다. 날씨 변화가 잦은 고원이지만 긴 겨울비는 무척 드물었다. 몰이꾼들은 암호랑이 시신 위에 막을 치면서, 흰머리의 증오가 담긴 눈물이라며 쑥덕거렸다. 풍산개 세 마리를 막 안으로 불러들인 쌍해가 몰이꾼들을 타박했다.

—쓸데없는 잡소리들 마! 흰머리가 풍우風雨를 부린다는 흰소릴 정말 믿는 건 아니겠지? 심심하면 담뱃대나 빨고 자빠져 있어.

바람이 점점 심해졌다. 절기와 방향에 따라 저마다의 이름이 붙었지만 개마고원의 겨울바람은 한두 이름으로 가두기엔 너무 크고 빠르고 시시각각 달랐다. 새된 피리 소리인 듯, 둔중한 북소리인 듯, 먹잇감을 발견한 호랑이의 콧김 소리인 듯, 달아나기 시작한 아기 노루의 굽 소리인 듯, 대포 소리인 듯, 기관총 소리인 듯, 님 잃고 흘리는 눈물이 이별 편지에 떨어지는 소리인 듯, 재회를 기뻐하며 달려오는 여인의 창 넓은 모자가 떨어져 구르는 소리인 듯, 기억을 토막토막 쪼개고 감각을 갈기갈기 찢었다.

수를 위해 또 다른 막이 설치되었다. 겨울비가 쌓인 눈을 녹이자, 계곡의 길이란 길이 모두 질척댔다. 경성으로 후송이 결정되었지만 도로 사정이 나빠서 비가 그칠 때까진 움직이지 않기로 했다. 막엔 산과 수 둘뿐이었다. 수는 간이침대에 누워 세 겹 모포를 목까지 끌어올렸고, 산은 그 곁 의자에 앉아 스케치북을 침상에 얹고 그림을 그렸다. 흰머리를 놓친 울분 따윈 잊은 듯 차분했다. 끙끙 앓다가 잠든 수가 갑자기 허리를 일으켰다. 위생병이 강력한 수면제와 진통제를 주사했지만 고통을 완전히 잠재우진 못했다.

— 수야!

산이 엉덩이를 떼고 수의 어깨를 끌어안았다.

— ……형!

수가 겨우 산을 알아보았다.

— 그래. 나야. 진정하고, 좀 더 자.

산은 눈으로 미소까지 지어 보였다. 수의 시선이 오른쪽으로 내려갔다가 이어서 왼쪽으로 떨리며 이동했다.

— 형! 이상해. 팔이…… 왼팔이 안 움직여…… 하나뿐인 팔이…… 아악!

수가 팔꿈치 위로 둘둘 말린 흰 붕대를 보고 비명을 지르며 정신을 놓았다. 벌써 네 번이나 똑같이 깨어나고 말하고 비명을 지르고 기절했다. 수는 암호랑이에게 급습당해 왼팔을 뜯긴 사실을 기억하지 못했다. 끔찍한 충격을 입은 그 시간을 스스로 지운 것이다.

산은 수를 뉘고 모포를 다시 펴 모서리를 맞춰 접어 덮었다. 수는 오른팔을 잃었을 때 꼬박 한 달을 앓았고 세 차례나 자살을 시도했다. 하나뿐인 팔로 배를 가르려고도 했고, 절벽에서 뛰어내리려고도 했으며, 끓는 물을 뒤집어쓰려고도 했다. 산은 죽음의 문지방을 넘어갔다 온 수의 곁을 내내 지켰다. 밥을 먹지도 않고 씻지도 않고 지인들을 만나지도 않은 채, 오직 상심한 수의 곁에 머물렀다. 그리고 수가 잠든 동안에는 지금처럼 흰머리를 그렸다. 머리만 그리기도 하고 몸통만 그리기도 하고 발 하나만 그리기도 하고 수의 팔을 물어뜯은 송곳니만 그리기도 했다. 산은 당장이라도 흰머리를 추격하고 싶었지만 산이 떠나면 수는 네 번째 자살을 감행할 것이고, 결국에는 성공할 가능성이 컸다. 수를 잃으면 모든 것을 잃는 것이다. 어느 새벽, 산이 눈을 떴을 때, 수가 왼손으로 산의 스케치북을 넘기고 있었다. 스케치북을 빼앗으려 하자, 수가 버텼다.

— 수야!

수의 뜨거운 눈길이 산의 이마에 닿았다.

— 형, 나랑 약속 하나만 해.

산이 고개를 끄덕였다. 수의 시선이 그림 속 호랑이의 가슴께에 머물렀다.

— 흰머리의 심장을 가져와. 그때까지는 나도 나쁜 생각 안 품을게.

산은 침대 밑에 떨어진 스케치북을 집어 입으로 후후 흙을 턴 후 침상에 놓았다. 거기에 자작나무 숲을 배경으로 서 있는 호랑이, 흰머리가 있었다. 산은 연필심으로 녀석의 두 어깨에서 앞다리까지 굵은 선을 두 번 내리그었다. 그리고 어깨 위로도 선을 그어 올렸다. 이 선과 선 사이에 탄환을 박는 상상을 7년 내내 하루도 빠짐없이 했다. 그리고 드디어 오늘 그 기회가 찾아왔던 것이다. 연필심이 뚝 부러지면서 종이가 찢어졌다. 산은 종이를 뜯어내려다가 멈췄다. 한참 동안 스케치북을 노려보았다. 그러고는 가방에서 연필 하나를 더 꺼냈다. 새 종이를 펼쳐 흰머리의 머리부터 다시 그리기 시작했다.

호랑이와 마주친 사람은 적어도 사나흘은 앓아눕는 법이다. 그러나 주홍은 그 저녁 두려움을 털고 암호랑이 시신을 조사하러 나갔다. 우산을 들고 호랑이가 추격을 피해 마지막으로 움직인 동선을 확인했다. 빗방울은 굵지 않았지만 문제는 바람이었다. 우산 속으로 숨어도 바람이 그미의 전부를 삼킬 듯 달려들었다. 바짓단이 축축하게 젖었고 신발이 질척댔다. 무릎을 타고 허벅지가 싸늘해지더니 걸음을 뗄 때마다 사타구니에서 열꽃이 피었다가 지고 피었다가 졌다. 겉옷이 젖는가 싶었는데 어느새 속옷이 물기를 흠뻑 빨아들이며 살갗에 들러붙었다. 그미에게 필요한 것은 한 뼘, 이 바람을 피할 공간이었다. 겉옷과 속옷이 모두 젖고서야, 그미는 산을 비롯한 개마고원 사내들이 왜 우산 없이 성큼성큼 길을 나서는지 깨달았다. 우산을 앞세우고 느리게 걷느니보다 비를 뿌리는 바람과 먼저 만나 축축함을 받아들이고 나아가는 편이 나았다. 개마고원의 바람을 가릴 수단은 아무것도 없었다. 그미는 우산을 집어던졌다. 그리고 개마고원 사내들처럼 비를 맞으며 성큼성큼 걸음을 뗐다.

강풍은 여전했지만 때마침 비가 그쳤다. 들짐승을 잡자마자 단시간에 피를 뽑고 가죽을 벗기는 것이 개마고원 포수들의 오랜 관습이었지만, 히데오는 주홍이 학술적 조사를 마칠 때까지 기다리도록 했다. 그미는 암호랑이를 대학 실험실로 가져가기를 희망했다. 그러나 히데오도 그 부탁만은 들어줄 수 없었다. 호랑이 가죽을 황실에 바치라는 명령을 이미 받았던 것이다. 그미는 우선 줄자와 체중계를 들고 암호랑이를 계측한 후 하나하나 사진을 찍었다. 전체 길이는 283센티미터, 몸무게는 190킬로그램, 어깨높이는 87센티미터였다. 이빨의 크기와 마모 정도까지 종합할 때 대여섯 살배기 장성한 암호랑이였다. 목을 뚫고 들어간 탄환이 경동맥을 찢은 것이 직접적인 사인이었다. 생명이 떠나간 육신은 손끝을 떨리게 할 만큼 싸늘했다. 탄환이 닿기 직전, 힘겹게 고개를 든 암호랑이의 얼굴이 떠올랐다. 가까이, 짝이 왔음을 알아차린 그 얼굴.

주홍이 손으로 충혈된 눈을 가린 채 비켜서자, 포수들이 암호랑이의 시체를 너럭바위로 옮겼다. 배가 하늘로 향하도록 눕혀놓은 후 몰이꾼 둘이 작은 독을 각각 하나씩 안고 와서 바위 아래에 놓았다. 쌍해가 목과 다리에 엉킨 피딱지를 뜯어내고 꼬챙이를 깊숙하게 찔러 넣었다. 남은 피가 독으로 뚝뚝 떨어졌다. 호랑이는 버릴 것이 하나도 없었다. 가죽과 고기는 물론 발톱과 수염과 피까지 비싼 값에 팔렸다. 히데오는 쌍해에게 암호랑이의 모든 것이 일본군의 소유임을 분명히 한 후 쓰임새별로 솜씨 좋게 호랑이의 시체를 분해하면 품삯을 넉넉히 주겠다고 했다. 왼팔이 뜯기지 않았다면, 그 일은 수에게 돌아갔을 것이다. 쌍해는 선선히 응낙했다. 횃불이 바위 좌우에서 활활 타오르며 어둠을 쫓았다. 히데오는 총구멍 외에는 어떤 흠결도 내면 안 된다고 엄명했다. 쌍해가 쇠도리깨를 놓고 백통 장도粧刀를 꺼냈다. 호랑이든 표범이든 살쾡이든, 들짐승 가죽을 벗기는 일은 쌍해의 몫이었다. 칼자루에서 칼집까지 두 마리 용이 뒤엉킨 채 승천하고 있었다. 웅이 아끼던 장도였다. 유품을 정리할 때, 평생 웅을 친형처럼 따른 쌍해가 장도를 가진 것이다. 산은 밀림무정 모신나강만 쥔 뒤 그 외 모든 것을 수에게 돌렸다. 7년 동안, 수는 웅의 집과 말과 또 몇 가지 짐승 가죽과 멧돼지용 덫까지 전부 팔아먹었다. 웅의 유품으로 남은 것은 산과 쌍해가 미리 챙긴 모신나강과 장도뿐이었다. 쌍해는 호랑이 발톱을 매달아놓은 고리 위의 국화 문양을 엄지로 쥐고 칼집을 열었다. 명문 자리에 매화가 피어 있었다. 칼자루를 잡고 뒷매기로 뒤통수를 탁탁 친 뒤 풍산개처럼 혀끝으로 칼등을 핥았다. 그때 누군가가 쌍해의 어깨를 짚었다. 쌍해가 험상궂은 표정으로 고개를 돌렸다. 산이었다.

— 아저씨! 제가 할게요.

장도를 넘겨받은 산은 칼코를 세워 들고 횃불에 비춰보았다. 칼코에서부터 주석막이까지 날이 번뜩였다. 산이 장도를 쥐자 주홍도 옆 막에서 나와 자리를 잡았다. 흰머리를 놓친 뒤부터 산은 그미와 한 마디도 섞지 않았다. 오로지 히데오만이 그미를 위로하고 병사들에게 막을 치게 하고 그 안에서 편히 쉬도록 배려했다. 그미는 산이 왜 분노하는지 충분히 헤아렸다. 그러나 시간을 되돌린다 해도 자신은 호랑이를 구하기 위해 같은 일을 할 것이었다. 병사와 몰이꾼들이 산의 칼 솜씨를 보려고 바위 가까이 모여들었지만 그미와는 거리를 두었다. 그미는 일부러 너럭바위를 두고 산과마주 섰다. 손으로 입을 가린 채 헛기침까지 쏟았다. 막 아래에서 그미에게 시선을 주지 않는 이는 산뿐이었다. 산은 장도를 호랑이의 턱 아래에 박아 넣었다. 그리고 항문까지 단숨에 그어 내렸다. 산은 호랑이의 사타구니부터 가죽을 벗겨내기 시작했다. 너무 얇으면 가죽에 구멍이 나고 너무 깊으면 근육이나 힘줄에 칼날이 걸려 잘 발라지지 않는 법이다. 산은 왼손으로 가죽을 살짝 들어 올리면서 가죽과 살점을 예리하게 분리해나갔다. 곁에 선 쌍해가 한마디 보탰다.

— 핏줄은 뭐가 달라도 다르구먼.

산은 쌍해에게 마무리를 맡기고 히데오의 막으로 향했다. 쌍해는 노련한 몰이꾼 셋과 함께 호랑이를 부위별로 자르기 시작했다. 심장, 간 그리고 굵은 뼈들이 바위에 진열될 때마다 몰이꾼과 병사들은 너나 할 것 없이 환호를 지르고 박수를 쳐댔다. 장날 찾아든 사당패 놀음을 구경하듯 들뜬 분위기였다. 암호랑이만으로 끝이 아니라는 것을 아는 이는, 흰머리를 본 산과 히데오, 주홍뿐이었다. 나머지 몰이꾼과 병사들은 오늘로 해수구제 즉 호랑이 사냥이 끝났음을 자축하고 있었다. 호랑이의 시체는 공포와 비겁함을 가리는 전리품이었다.

— 비키시오.

주홍이 종종걸음으로 히데오의 막 앞까지 와서 뒷짐을 졌다. 산은 말없이 지나가려 했지만, 그미가 반보씩 좌우로 움직이며 막았다.

— 비키란 말이오.

산이 오른팔로 그미의 왼팔꿈치를 젖히고 들어가려 했다. 그미가 오른손으로 산의 팔목을 쥐었다. 산이 힘을 주려다 말고 고개를 돌렸다. 두 눈이 마주쳤다. 그미의 입에서 불쑥 반말이 튀어나왔다.

— 암호랑이를 미끼로 쓴 거지? 일부러 앞다리를 맞춰 죽어가 도록 내버려둔 거야. 피를 철철 흘리며 죽어가는데, 지혈은커녕 흰 머리가 나타나기만 기다렸어. 마지막 울음을 듣고도 슬퍼하지 않 는 당신이 인간이야? 인간이냐고?

산은 변명하지도 위로하지도 않았다. 대신 히데오가 끼어들었 다.

— 그만 그치시오. 주 선생! 이런다고 문제가 해결되진 않소.

그미는 시선을 돌리지 않고 축축한 땅바닥에 주저앉았다. 엉덩 이와 허벅지가 흙탕물에 젖어 얼룩이 졌다. 당황한 산이 그미 쪽 으로 상체를 숙였지만, 히데오가 먼저 그미의 팔목을 잡고 어깨를 감싸듯 일으켜 세우며 산을 향해 차갑게 내뱉었다.

— 당신도 그만 휴식을 취하도록 하시오. 나머지 이야기는 내일 합시다.

산은 히데오에게 이끌려 막으로 들어서는 그미의 뒷모습을 물 끄러미 바라봤다. 물방울 하나가 송곳도 되고 대침도 되는 겨울밤 이었다.

산은 아름드리 참나무처럼 서서 방금 전 상황을 머릿속으로 그 리며 마른침을 삼켰다. 침이 자꾸 목구멍에 간당간당 걸렸다. 주홍 에게 비키란 말만 두 번 반복했다. 동굴까지 홀로 산을 찾아 나섰 던 그미를 과소평가한 것이다. 그미가 히데오의 막 앞에서 기다린 것은 산에게서 비키란 소리나 듣기 위함이 아니다. 방해꾼 취급에 더욱 격앙된 것이다. 어떤 상황에서도 차분하게 자신의 뜻을 밝히고 실행하는 것이 산의 장점이었다. 특히 상대가 감정에 휘둘릴 때는 더욱 묵직하게 밀고 나갔다. 그런데 산은 그미의 이야기가 끝날 때까지 한 마디도 뱉지 못했고, 그미가 고함지르고 주저앉았을 때도 먼저 부축하지 못했다. 짧은 순간이었지만, 산은 시선을 내린 채 주저주저 멈칫거렸다. 산은 생각했다. 도대체 이게 뭘까?

히데오는 탁자 위에 펼쳐놓았던 장진, 삼수, 갑산, 백두산 지역의 세부 지도를 서둘러 걷었다. 작전을 위한 군용지도였다. 팽팽한 긴장감이 막 안을 가득 채웠다. 산은 히데오가 자신을 부른 이유를 먼저 말할 때까지 기다렸다. 기다리는 일이라면 누구에게도 지지 않을 자신이 있었다.

— 날이 밝는 대로 함흥으로 옮겨 응급처치를 받은 다음 감옥에 갇힐 거다.

히데오가 거기서 말을 끊고 산의 표정을 살폈다. 산은 시선을 내린 채 천천히 히데오의 통보를 곱씹었다.

— 감옥……이라고 했소?

히데오의 말투도 덩달아 느려졌다.

— 빚이 많더군. 사기 혐의도 있고. 적어도 5년은 감방에서 썩을 거야.

— 호랑이를 잡으면 그 빚을 탕감하고 사기 건도 없던 일로 하

기로 약조한 게 아니었소?

산이 넘겨짚었다. 수가 그 정도 흥정도 벌이지 않고 격멸대에 들었을 리 없다.

— 의무를 충실히 이행한다는 조건이 붙었지. 허나 수는 내게 거짓말을 했어. 개마고원을 통틀어 호랑인 저 녀석 하나뿐이라고 강조했거든. 처음부터 수는 백두산 일대를 지배하는 호랑이 중의 호랑이, 흰머리가 가까이 있음을 알고도 보고하지 않았지. 병사들 유품에서 사진까지 몰래 빼돌렸고. 약조를 먼저 깬 건 내가 아니라 수야.

— 원하는 게 뭐요?

산은 히데오의 지휘봉 아래, 접혀 있는 지도를 쳐다보았다.

— 알고 있지 않은가?

히데오가 입귀로만 웃으며 지휘봉으로 허공을 가볍게 휘저었다. 침묵이 히데오의 어깨에서 지휘봉을 지나 산에게 향했다. 이번에는 히데오가 산의 답을 기다렸다. 퍼즐은 히데오에게 인내를 가르쳤다. 퍼즐 조각 하나를 제자리에 놓기 위해 서너 시간을 훌쩍 흘려보낸 적도 많았다. 서두르다가 틀린 자리에 퍼즐을 놓으면, 몇 배 아니 몇십 배의 시간을 더 쏟아야 겨우 제자리를 찾는 법이다. 암호랑이를 죽였으니, 이제 새로운 추격을 시작해야 한다. 처음부터 단단히 산의 목을 틀어쥘 필요가 있었다. 누가 명령을 내려야 하고 누가 복종해야 하는가를 분명히 밝히는 일이다.

— 흰머리는 일본군 초소를 습격한 적이 없소. 병사들을 죽인

호랑이는 이미 잡았고.

— 초소를 습격한 호랑이만 잡는 게 아냐. 호랑이는 그 자체만으로 초병들에게 큰 위협이지. 국민들에겐 흉물이고.

— 흰머리는 다르오. 7년 동안 단 한 번도 민가로 든 적이 없소.

— 황해도, 평안도, 함경도의 해로운 짐승은 모두 격멸해야 해. 호랑이, 표범, 늑대 등이 그 대상이다. 오늘부터 나와 함께 백호를 추격하는 거야. 그리고 암호랑이는 내가 양보했으니, 백호는 내가 쏴야 할 테고. 이걸 약속하면 수를 경성으로 후송하여 치료해주지. 혼자 따로 백호를 쫓겠다고 고집부리면 수는 감옥에 갈 거고. 자, 선택해.

— 흰머리는 여느 호랑이와는 다르오.

— 너만 죽일 수 있다는 고집은 버려. 7년이나 따라다녔어도 실패했으니, 하기야 그딴 식으로 호랑이를 부풀릴 만도 하군. 네 사냥법이 낡디 낡아서란 생각은 안 해봤나? 해수격멸대의 최신 사냥술이야말로 흰머리를 궁지로 몰아 죽일 최선책이야. 한데 이 사냥술을 쓰려면 반경 2킬로미터 이내에 호랑이가 들어와야 가능해. 그때까진 네가 길안내를 해줘야겠어.

수를 볼모로 산의 발목을 쥐려는 것이다. 산은 두 눈을 꼭 감고 잠시 수의 얼굴을 떠올렸다. 두 팔을 모두 잃은 수가 옥에 갇히면 자살을 감행하거나 미쳐버릴 것이다. 폐인이 되는 것만은 막아야 한다.

— 격멸대를 전부 데리고 이동하긴 어렵소.

— 나도 알아.

— 풍산개 세 마리를 앞장세우겠소.

— 좋도록.

— 쌍해 아저씨도 필요하오.

— 이유는?

— 난 7년 동안이나 개마고원을 떠나 있었소. 격멸대가 흰머리를 잡으려면 몰이꾼이 필요하지 않소? 수도 없으니 그 일엔 쌍해 아저씨가 제격이오. 또 그동안 새로 난 길들도 잘 알 터이고…….

— 통신병도 필요해. 호랑이 추격 상황을 매일 총독부에 보고해야 하니까.

총독부. 산이 세 글자를 곱씹었다. 이미 흰머리를 잡으라는 명령이 내려온 것이다.

— 그리고…….

불길한 예감 하나가 더 산의 혀끝에 매달렸다.

— 또 있소?

— 주 선생도 데려가야 해. 호랑이 생태 연구와 추격 일지 기록 등을 맡게 될 거야.

— 일을 그르치려고 작정했소? 타지 여자는 겨울 개마고원을 견디지 못하오. 추격 속도를 늦추고…….

히데오가 덩달아 목청을 높였다.

— 특별명령이야. 개마고원의 겨울이 소문대로 혹독하다면 스스로 포기하겠지.

— 혹시 다른 이유가 있는 거 아니오?

— 다른 이유라니?

— 아무리 총독의 특별명령이라고 해도, 해수격멸대를 이끄는 이는 당신이오. 경성에서 편히 노닥대는 분들이 개마고원 사정을 어찌 알겠소? 지휘관이라면 부당한 상부명령을 바로잡기 위해 최선을 다해야 하지 않소? 호랑이 사냥에 여자를 데려가는 건 애물단지 서너 개를 지고 가는 것보다 더 끔찍한 일이오.

— 닥쳐. 네깟 놈이 뭘 안다고 지휘관 운운하는 거냐? 주 선생도 함께 간다. 이미 정해진 일이니 개소리 말고 따라.

산에게는 목소리를 높였지만, 히데오도 주홍을 동행시키라는 총독의 명령을 받아들이기 어려웠다. 전화기를 부여잡고 총독에게 명령을 재고해달라는 청을 넣기도 했다. 그러나 총독은 이미 그미와 의논을 마친 듯, 대장이 잘 보살펴달라는 부탁을 마지막으로 전화를 끊었다. 다시 전화를 넣어 총독에게 개마고원이 얼마나 춥고 험한 곳인지, 호랑이 중의 호랑이 흰머리가 얼마나 무서운 맹수인지 설명할 수도 있었다. 그러나 긴 설명을 덧붙인다고 해도 명령이 바뀌진 않으리란 것을 히데오 스스로 느꼈다. 명령을 바꾸기 어렵다면, 목숨을 걸고 그 명령을 지키는 것이 군인의 본분이다.

그러나 과연 그것뿐일까.

히데오가 껌을 뱉듯이 스스로에게 툭 질문을 던졌다. 그리고 뒤이어 그미의 당돌할 만큼 크고 맑은 눈동자와 그 중심에 선 오똑

한 코와 날렵한 입술이 떠올랐다. 갑자기 가슴에 손바닥을 댈 만큼 심장박동이 빨라졌다. 이 두근거림은 무엇이란 말인가. 히데오는 애써 고개를 젓고 개마고원이 담긴 지도에 시선을 집중했다. 함흥에서 백두산까지, 백두산에서 다시 함흥까지 머릿속으로 길을 훑다가 돌아왔지만, 떨림은 여전히 사라지지 않았다. 말도 안 된다. 내가 어떻게 주 선생을…… 아니다. 아니 될 일이다. 히데오는 주먹으로 제 이마를 힘껏 친 뒤 잔뜩 화가 난 표정으로 탁자를 빙빙 돌았다.

수는 새벽에 잠깐 맑은 정신이 돌아왔다. 끙끙 앓으면서도 비명을 지르진 않았다. 곡기를 입에 넣지 못하고 옥수수가루 탄 물만 서너 모금 넘겼다. 산을 노려보는 두 눈에 의심이 가득 찼다.

— 에이 쌍! 형은 알지? 나 정말 착하게 살아왔잖아? 곰배팔이로 늙을 죄는 저지른 적이 없잖아? 살생도 형이 나보다 열 배는 많이 했고…… 근데 형은 멀쩡한데 나만 왜 이래? 아, 정말 미치겠네. 오줌 누기 전에 팥 뿌려 잡귀 쫓을 손도 오줌 누고 털 손도 없네. 바지를 끌어올리지도 못해. 이게 뭐야? 이러려고 형이 돌아온 거야? 형은 날 불행하게 만드는 사람이야. 형이 없을 땐 그럭저럭 살 만했어. 근데 형만 나타나면 팔이 하나씩 뜯겨나가. 차라리 뒈지는 게 나아.

— 경성에서 쉬고 있어. 곧 갈게.

— 경성? 함흥이 아니고 경성?

― 치료하긴 경성이 훨씬 나아. 상처가 덧나기라도 하면 큰 낭패니까. 히데오 대장이 특별히 조처한 거야.

산은 되도록 말을 아꼈다. 지금은 무슨 이야기를 해도 수의 귀에 들어가지 않을 것이다. 수가 도끼눈을 뜨며 산을 몰아세웠다.

― 그 돈은 내 거야.

― 알아.

― 형이 호랑이를 잡았다고 몫을 나누잔 개소리는 하지도 마. 내가 그놈을 쫓기 위해 얼마나 애썼는지 형은 몰라. 히데오 대장이 준 돈엔 손도 대지 말라고.

― 알아. 전부 줄 테니 한숨 자.

― 팔까지 잃었으니 더 받아야지. 형! 받았지? 얼마나 더 받았어?

산은 받지도 않은 돈을 주겠다고 약속했다. 히데오는 빚을 강조했고 수는 덤부터 짚었다. 인간들의 거래란 속마음이 다르고 말이 다르고 계산이 다르다. 산이 즉답을 않자 수가 뒤통수로 베개를 쾅쾅쾅 내리치며 소리쳤다.

― 쌍해 아저씬 주지 마. 전부 도둑놈들이라고. 내가 팔 잃고 집 잃고 거지 신세일 때 얼마나 날 구박했는지 알아? 그 새끼들한텐 땡전 한 푼 못 줘. 줬어? 벌써 줬구나. 형, 미쳤어? 그 돈이 어떤 돈인데. 찾아와. 당장 가서 내 돈, 내 돈 찾아오라고!

위생병이 달려와서 진정제 주사를 놓았다. 수는 잠들 때까지, 혀가 꼬이고 침이 턱으로 질질 흘러도 돈 타령만 했다.

몰이꾼들은 아침 식사를 마친 후 각자의 수당을 챙겨 먼저 떠났다. 쌍해는 청룡, 현무, 주작을 데리고 장진강변까지 배웅하고 왔다. 그사이 히데오는 통신병인 일등병 이치로를 제외한 병사들에게 전출 명령을 내렸다. 덩치가 불곰인 이치로는 불만을 드러내지 못한 채 한숨만 푹푹 내쉬었다. 병사들은 트럭과 지프가 오가는 길까지, 수를 침대에 묶은 채로 들어 옮기기로 하고, 발걸음도 가볍게 군가를 부르며 떠났다. 산은 몰이꾼은 물론 수가 떠날 때도 나타나지 않았다. 배웅을 마치고 돌아온 쌍해에게 주홍이 물었다.

— 산 씨는 어디 있죠? 다친 동생 배웅도 나오지 않았어요.

— 걱정 마십시오.

— 또 혼자 가버린 거 아닌가요?

쌍해가 쇠도리깨를 어깨에 걸친 채 답했다.

— 곧 올 겁니다. 사냥 채비는 늘 숨어서 혼자 하는 고약한 버릇이 있거든요. 그 애비에 그 자식이죠.

— 사냥 채비라고요?

— 모신나강도 손질해야 하고, 겨울 개마고원을 누비려면 준비할 게 적지 않습니다. 한데 정말 동행할 겁니까?

— 당연하지요.

— 호랑이 추격은 낮밤이 따로 없습니다. 게다가 산에게 듣자하니 흰머리라던데…… 그놈은 신출귀몰하기가 홍길동보다 더합니다. 개마고원 포수들도 두려워하는…….

— 저 개들은 아저씨가 기르셨어요?

그미가 말머리를 돌렸다. 쌍해도 눈치를 채고 주제넘는 충고를 그쳤다.

　— 원래 웅 형님 개들인데, 산이 압록강을 건너가고 수가 집도 절도 없는 떠돌이 신세가 된 후로는 내가 돌봤습니다. 청룡과 산은 단짝이었죠. 강아지 때부터 유난히 산을 따랐거든요.

　— 저도 짝하게 한 마리 주세요.

　— 좋습니다. 호위견 삼아 드리죠. 고르세요. 이놈이 주작이고 저 녀석이 현무입니다.

　주작은 목이 길고 날렵했으며 현무는 어깨가 넓어 힘이 좋아 보였다. 그미가 겁도 없이 현무에게 다가가서 무릎을 접고 앉더니 목을 끌어안았다. 현무는 꼬리를 흔들며 그미의 손등을 핥았다. 그미가 모처럼 활짝 웃으며 속삭였다.

　— 잘 부탁한다. 현무!

　산은 새벽이슬을 맞으며 장진강으로 갔다. 늑대들이 강 건너에서 울었다. 밤 사냥의 성공을 자랑이라도 하듯, 울음들이 돌림노래처럼 산의 이마에 귀에 등에 앉았다. 허기와 갈증이 한꺼번에 밀려왔다. 산은 큰 돌멩이를 머리 위로 들어 올렸다가 내리쳐 얼음을 깨고 강물을 한 움큼 떠 입술을 적셨다. 그리고 다시 한 움큼 떠 얼굴에 가져다 댔다. 쩌렁쩌렁. 겨울이 울었다. 맑은 눈으로 강 저편 잎갈나무 숲을 훑었다. 저기서부터는 개마고원이다. 7년 만에 첫 자리로 돌아온 것이다. 산등성이부터 뿌옇게 밝힌 해가 산의 볼과 수염을 비췄다. 긴 어둠을 참은 힘으로 뜨거운 빛을 쏘았다. 강은 강대로 산은 산대로 새로운 하루를 기뻐하듯 싱그러웠다. 한밤의 칙칙한 기억을 단숨에 툴툴 털어내고도 남음이 있었다. 강한 햇살 때문에 미간을 찡그리며 일어선 산은 다시 강변을 따랐다. 그리고 병목처럼, 강줄기가 좁아지는 곳에 이르렀다. 거기서 호랑이 발자국을 찾아냈다. 흰머리였다.

산을 기다리며, 쌍해는 개들에게 백두산사슴 앞다리뼈를 하나씩 던져주었다. 청룡이 가장 크고 굵은 뼈를 문 뒤에야 현무, 주작도 제 몫을 가지고 나무 아래에 배를 깔고 엎드렸다. 히데오는 이치로와 함께 무전기기 앞에서 씨름했다. 개마고원에 들지도 않았는데 벌써 몇몇 부품이 얼어 오작동을 했다. 들리긴 하는데 말소리가 전해지지 않거나 말소리는 전해지는데 들리지 않거나, 둘 다 되지 않기도 했다. 전기공 출신인 이치로가 땀을 뻘뻘 흘리며 부품들을 천으로 닦고 양손으로 비벼 녹였다. 히데오는 윈체스터를 이리저리 닦으며 이치로를 꾸짖었다.
　— 완벽하게 고쳐. 무전기기가 우리 목숨을 좌우할 테니까. 알아들어?

히데오는 아직 걷지 않은 막으로 갔다. 주홍이 무릎을 세운 채 가죽을 덧댄 공책에 글을 쓰고 있었다. 갈색 가죽의 하단에는 앞뒤로 호랑이가 새겨져 있었다. 앞면은 앞발을 들고 도약하는 호랑이의 옆모습이었고, 뒷면은 포효하는 호랑이의 얼굴이었다. 히데오가 군모를 벗고 들어서자 옆자리를 왼손바닥으로 두드린 뒤 계속 펜을 놀렸다.

— 총독님께서 거듭 주 선생 안부를 챙기셨소.

— 잠깐만요.

그미는 미간에 주름을 잡고 공책만 쳐다보았다. 히데오는 군모 창을 양손가락으로 꾹꾹 눌렀다. 그미는 두툼하게 싼 배낭을 등에 댄 채 공책의 끝줄까지 빽빽하게 채웠다.

— 다 됐어요.

— 일지요?

— 보물 1호예요. 하루도 빼먹은 적이 없는데, 어제는 일지를 쓸 상황이 아니었거든요. 이틀치를 몰아 쓰는 건 역시 힘드네요. 산 씨는?

— 아직.

— 히데오 대장님이 계셔서 얼마나 다행인지 몰라요.

— 그렇소?

히데오가 다시 군모를 썼다.

— 나가시게요?

— 아, 아니오.

다시 벗었다. 어색한 침묵. 히데오가 물었다.

— 이유가 무엇이오?

— 뭐가요?

— 그…… 다행이란 말.

— 산 씨처럼 체계도 없고 정보도 공유하지 않는 제멋대로인 사내와 일하긴 정말 어렵거든요. 호랑이에 관한 모든 것을 빠짐없이 기록하는 게 제 일이에요. 대장님 도움이 절실해요.

— 알겠소. 나도 부탁 하나만 하고 싶소.

— 뭐든지요.

— 개인행동은 절대 금물이오. 밀림은 또 하나의 전쟁터요. 곳곳에 위험이 도사리고 있소. 지난번처럼 혼자 이탈하면 목숨이 위태롭소. 그땐 기다리면서 수색할 여유가 있었지만 개마고원에서는 계속 전진만 할 거요. 또 그런 일이 반복되면 두고 갈 수밖에 없소. 개마고원에 홀로 남으면 어떤 결말을 맞을지는 잘 알리라 믿소.

— 개인행동 금지! 알겠어요. 히데오 대장님과 함께 가면 괜찮다는 말씀이시죠?

— 그렇소, 함께.

— 나도 질문 하나 할게요.

그미가 보조개를 지어 보였다.

— 호랑이를 좋아하세요?

— 아니오.

— 표범은요?

— 싫어하오.

— 불곰은요?

— 질문이 셋이나 이어지는군.

— 이게 진짜 질문이에요. 초소를 급습한 호랑이를 잡고 나면 최전방으로 보내달라고 총독님께 말씀하셨더군요. 한데 왜죠?

히데오가 답하지 못하고 그미의 눈을 들여다보았다. 그믐밤 홀로 빛나는 별빛.

— 왜 마음을 바꾸셨죠? 해수격멸대를 이끌고 지금 경성으로 돌아가더라도 최전방으로 배치되는 덴 아무 문제가 없어요. 암호랑이라는 전리품도 있지 않나요?

— 그거야…… 해수격멸대의 사명은 호랑이, 표범, 늑대 등 인명을 손상할 가능성이 있는 짐승들을 사살하여…….

— 해수격멸대에 관해선 저도 잘 알아요. 한데 그 일을 왜 히데오 대장님이 하죠? 조직은 남더라도 구성원은 교체할 수 있는 법이죠. 호랑이를 잡았으니 승진 전보될 명분은 충분하고요.

— 내 답은 같소.

그미가 흰 이를 살짝 드러내며 웃었다.

— 알겠어요. 전 또 다른 이유가 있나 했지요.

— 다른 이유?

그미가 잠시 망설였다.

— 말씀해보시오. 주 선생이 생각한 다른 이유가 뭡니까?

— ……사사로운 마음 때문이라고 생각했어요. 호랑이를 누구 대신 직접 총으로 쏴 죽이고 싶다든가.

— 사적인 이유 때문에 진퇴를 정하진 않소.

히데오가 단호하게 말을 끊었다.

산은 막으로 곧장 돌아가지 않고, 암호랑이를 따라 맴을 돌았던 산마루로 갔다. 볕 좋은 그루터기를 골라 모신나강을 분해해 늘어놓았다. 언제 먹구름이 몰려와 열흘 혹은 한 달 내내 눈을 뿌릴지 몰랐다. 아비 웅은 강조했다. 겨울 볕을 아껴라! 총을 분해하여 말리고, 이불을 말리고, 옷을 말려라. 산이 담배 한 대를 물고 일어서서 막 쪽을 내려다보았다. 병사 넷이 수의 침대를 가마처럼 들고 숲길을 걸어가고 있었다. 수는 약에 취한 듯 미동도 없었다. 산은 흰 연기를 코와 입으로 뿜으며 들릴 듯 말 듯 입안에서 웅얼거렸다. 기다려! 형이 곧 갈게.

막으로 돌아온 산은 출발에 앞서 주홍이 등에 진 배낭부터 빼앗아 열었다.

— 이게 무슨 짓이에요?

그미가 따졌지만, 산은 『야성이 부르는 소리^{THE CALL OF THE WILD}』 같은 책들을 꺼내느라 바빴다. 쌍해가 곁에서 두 사람의 낯빛을 살폈다.

— 글쎄…… 내가 무겁다고 말은 했거든…….

— 당신, 도둑이야? 강도야? 왜 남의 물건에 함부로 손대?

그래도 산이 계속 문서 뭉치와 사진 자료를 바닥에 던지자, 그미는 참지 못하고 산의 뺨을 향해 오른팔을 휘저었다. 산은 많이 움직이지도 않고 허리만 살짝 젖혀 손길을 피한 뒤, 한결 가벼워진 배낭을 가슴에 안겼다.

— 낙오는 죽음이오.

산과 히데오가 앞서고 쌍해와 주홍이 뒤따랐다. 이치로는 후미에서 슬픈 엔카를 흥얼거렸다. 강바람을 헤치며 풍산개들이 달려들었다가 물러나고 또 달려들었다. 개마고원을 넘어온 새털구름이 꼬리를 끌며 남쪽으로 흘렀고, 독수리 두 마리가 앞서거니 뒤서거니 날개를 편 채 젓지도 않고 북쪽으로 높이 더 높이 떠올랐다. 방울새 무리가 20미터도 넘는 황철나무 위로 날아올라 강을 건너왔다.

— 다음부턴 주 선생 탓할 일 있으면 내게 먼저 말해.

— 난 누구의 명령도 듣지 않소.

— 네가 함부로 대할 사람이 아니다.

— 함부로 대한 적 없소.

— 개수작하지 마. 불만이 있으면 내게 말해. 남자 대 남자로, 알아들어?

히데오의 목소리가 컸기 때문에, 따르던 주홍이 먼저 걸음을 멈췄다. 히데오가 그미에게 아무 일 아니라는 듯 손을 흔들며 웃어 보였다. 산이 황철나무 꼭대기로 시선을 돌렸다.

— 개인적인 호의요 아니면……?

히데오가 말허리를 잘랐다.

— 주 선생을 보호하는 일 역시 내 임무다.

— 내 임무는 아니오.

— 수와 함께 감옥에 처넣을 수도 있어.

— 저 여자를 정말 보호하고 싶거든 지금이라도 돌려보내시오.
우리 모두가 곤경에 빠질 거요. 추격에 실패한다면 이유는 단 하
나요.

— 늘 이런 식인가?

— 다리가 아프다고 보채거나 잠자리가 불편하다 투정하면 귀
틀집을 찾아다녀야 할 거요.

— 주 선생을 사냥개보다도 못하다고 보는군.

— 잘난 것도 없소, 밀림에선.

산은 왼편으로 방향을 틀어 얼어붙은 장진강을 건너기 시작했
다.

개들이 숲으로 달려갔다. 산이 모신나강을 들고 따랐다.

— 여기 있으시오.

히데오가 주홍을 강가에 세워두고 산이 사라진 나무 사이로 뛰
었다. 잠시 후 산의 짧은 휘파람 소리가 호이호이 들렸다. 쌍해가
어깨를 으쓱 들어 올리며 그미와 함께 그 소리를 쫓았다. 바위에
걸터앉은 산이 보였다.

— 뭐예요?

그미가 물었지만 산은 발감개만 고쳐 맸다. 쌍해가 땅바닥에 떨

어진 억센 털을 집으며 대신 답했다.

— 새끼 멧돼집니다. 물을 마시러 왔다가 당했군요. 흰머리도 계속 암호랑이 주위를 맴도느라 제때 사냥을 못 했을 겁니다. 뼈까지 으깨 통째로 먹었네요.

주홍은 쌍해에게 넘겨받은 털을 손바닥에 올렸다. 그리고 쇼지의 유품인 사진기를 꺼내 찍었다.

산은 쌍해와 몇 마디 나눈 뒤, 청룡을 데리고 키가 족히 25미터는 넘는 황철나무로 갔다. 청룡이 앞발로 줄기를 짚고 냄새를 맡았다. 쫑긋 세운 귀가 좌우로 떨렸다. 커엉! 모처럼 늑대 울음소리를 내며 달리기 시작했다. 산도 모신나강을 어깨에 메고 질주했다. 현무와 주작도 청룡을 따라 짖으며 들쭉나무를 가볍게 뛰어넘었다. 히데오도 저만치 앞서 달렸다. 숨을 헐떡이며 발을 놀리는 주홍과 이치로 바로 뒤로 쌍해가 따라붙었다.

— 왜 갑자기 뛰는 겁니까?

이치로가 짊어진 무전기기가 유난히 크고 무거워 보였다. 주홍이 답했다.

— 사람이나 짐승이나 마찬가지거든.

— 무슨 소립니까, 그게?

— 멧돼지로 배를 채운 호랑이는 대부분 근처에서 휴식을 취하니까. 포만감에 젖어 낮잠을 즐기는 놈도 가끔 있고.

산이 휘파람을 불지 않았다면, 청룡은 장진호 끝단 하갈우리까지 달렸을지도 모른다. 30분을 꼬박, 바람칼을 세운 검독수리처럼 후밋길을 내달았지만, 흰머리와의 거리를 좁힐 수는 없었다. 놈은 쉬지도 앉지도 않은 채 계속 북동쪽으로 나아갔다. 새끼 멧돼지를 통째 먹었으니 적어도 하루 혹은 이틀은 계속 갈 것이다. 쌍해와 주홍과 이치로가 올 때까지 산은 개들을 쉬게 했다. 짧은 시간에 끝장을 내기는 어려워졌다. 새털구름을 지우며 거먹구름이 북풍을 따라 하갈우리에서 밀려오고 있었다. 밤보다 더 어두운 낮. 하늘을 쳐다보는 것만으로도 세상의 우울이 두 어깨에 내려앉았다. 재게 발을 놀리던 쌍해가 괜히 쇠도리깨를 빙빙 머리 위로 돌렸고, 개들은 꼬리를 흔들며 쌍해 주위를 따라 돌았다. 소나기눈이라도 쏟아질 모양이었다.

산은 하갈우리에서 밤을 나겠다고 했다. 도로를 따라 부지런히 걸으면 해가 지기 전에 장진호 최남단 마을 하갈우리에 도착한다는 것이다. 18킬로미터. 날이 조금 풀리긴 했어도 겨울임을 감안한다면 쉽지 않은 거리였다.

— 산 씨는요?

주홍이 보라색 목도리를 풀었다가 되감으며 물었다. 산은 갈 길을 친절하게 일러주는 사내가 아니다. 하갈우리까지의 행로를 어울리지도 않게 설명한 까닭은 일행과 떨어져 다른 길로 가기 위함이다. 산은 그미 대신 쌍해에게 답했다.

— 우리가 왔다는 걸 마을 사람들에게 알릴 필요는 없겠죠? 어느 집이 비었습니까?

— 참^粲네. 7년 전 그 일 있고 나서 흥남으로 온 가족이 옮겼어.

— 어딜 가는데요? 나도 같이 가요.

따라나서는 그미를 쌍해가 막아섰다.

— 산이 축지법을 쓴다는 말씀드렸던가요?

— 축지법이라고요?

— 정말 저 짐승을 잡아야겠다는 생각이 들 때, 풍산개보다도 더 빨리 질주하죠. 괜히 따라나섰다간 금방 외따로 남고 맙니다.

쌍해가 고개만 돌렸다.

— 걱정 말고 어서 가.

산이 고개를 끄덕인 뒤 청룡과 함께 자드락길로 다시 뛰어올랐다.

그 일. 산은 참의 귀밑에 붙은 혹부터 기억해냈다. 부전호와 장진호 근처에서 사냥을 할 때면, 웅은 꼭 참네 집에서 묵었다. 참의 아비는 만주에서 죽었는데, 그 소식을 전한 이가 바로 웅이었다. 참이 겨우 다섯 살 때 일이었다. 그 후로 웅은 참을 친아들처럼 아꼈다. 참이 갓 스물에 혼인했을 땐 손수 사냥한 멧돼지를 내놓기도 했다. 웅이 죽고 두 달 만에 참도 저세상으로 갔다. 산의 그림 솜씨는 빼어났지만 참에게만은 미치지 못했다. 참은 특히 저물 무렵 하늘과 산하를 즐겨 그렸다. 그 저녁도 참은 일찌감치 식사를 끝내고, 다섯 살, 네 살 연년생 두 딸의 뺨에 입을 맞춘 후 그림 도구를 챙겨 집을 나섰다. 그리고 돌아오지 않았다. 다음 날 아침 장진호 호숫가에서 참의 연필과 신발 한 짝이 발견되었다. 호랑이 발자국이 그 곁에 선명했다. 산은 한달음에 달려갔다. 호식총을 만들고 호탈굿을 하는 내내 상주 노릇을 했다. 닷새 뒤 하갈우리와 유담리 포수들이 힘을 합쳐 암호랑이 한 마리를 사살했다. 허기를 참지 못해 마을 어귀까지 내려온 것이다. 배를 가르니 새끼 두 마리가 나왔다. 반년 뒤 산이 압록강을 건너기 직전 다시 장진호를 찾았을 때, 둘째 발가락이 유난히 긴 수호랑이 발자국이 찍혀 있었다. 개마고원 전역을 누비는 흰머리에게 장진호는 반드시 거쳐가는 세력권의 남쪽 경계였다.

호랑이 추격의 비결. 호랑이의 순발력은 들짐승 중에서 으뜸이지만 지구력은 늑대나 풍산개보다도 못하다. 호랑이가 걸을 때 산은 뛰고 호랑이가 쉴 때 산은 걷는다. 더 적게 자고 더 적게 먹고 더 자주 발을 놀린다. 하갈우리까지, 히데오 일행은 평탄한 도로를 걸으면서도 다섯 번을 쉬었지만, 산은 산길을 단숨에 달렸다.

고목은 아늑했다. 썩어 뚫린 구멍으로 황소바람이 불긴 했지만, 그 구멍으로 별 하나 없는 밤하늘을 우러르는 맛도 나쁘지는 않았다. 고양이과 특유의 냄새가 가득했다. 흰머리의 새로운 발자국이 열 개나 찍혀 있었다. 옛집에 돌아온 탕아가 기억을 더듬으며 방을 하나하나 둘러보듯, 놈은 고목 근처를 주유했다. 산은 발자국 하나에 흰머리를 추격하며 겪은 일들을 하나씩 얹었다. 다른 곳에서 다른 시간에 벌어진 다른 일들이지만, 흰머리와 이어져 같은 빛깔을 뿜었다. 산에게 이 하얀빛은 순결, 청아, 평안이 아니라 파괴, 고통, 불행과 같았다. 발자국이 찍힌 눈을 통째로 떠 입에 털어넣고 움적움적 씹기도 했다. 마른풀과 흙이 입천장을 찌르거나 혀밑을 간질이고, 어금니 사이에서 소리를 내도, 산은 되새김질하는 소처럼 무표정하게 씹고 또 씹었다. 야행성인 놈은 지금쯤 부전호 쪽으로 걸어가며, 힘이 많이 들지 않는 먹잇감 — 토끼라든가 너구리라든가 — 을 노릴 것이며, 사냥에 실패해도 미련 두지 않고 백두산을 향해 본격적인 개마고원 종주를 시작할 것이다.

산은 그 나무 아래에서 밤을 보냈다. 흰머리의 세력권은 백두산을 중심으로 함경도와 평안도, 만주 지역을 포괄했다. 산의 추격을 받기 시작한 뒤론 봄부터 가을 사이 만주 지역에서만 가끔 모습을 드러냈으며 겨울에는 완벽하게 종적을 감췄다. 겨울은 호랑이를 쫓기엔 최악의 계절이었다. 호랑이와 맞서기도 벅찬데, 추위가 비수처럼 사냥꾼을 노렸다. 굶주린 표범과 늑대와 스라소니가 호랑이를 대신하여 산을 기습한 적도 여러 번이었다. 홀로 숲에 머무는 밤 졸음이 쏟아지면, 산은 허리를 꼿꼿하게 세운 채 들꽃 이름을 외며 수를 떠올리거나 모신나강을 분해해 하나하나 정성스럽게 닦아내며 웅을 그리워했다. 단어들을 아는 대로 전부 뱉고 나면, 아버지와 동생이 곁에 머무는 듯했다. 졸음 따위로 그들의 기대를 저버릴 수는 없었다.

기어이 눈이 내리기 시작했다. 구들이 다행히 망가지진 않은 듯 아궁이에 불을 피우자 방이 금방 훈훈해졌다. 쌍해가 마을에서 걸레를 빌려 방을 대충 훔쳤다. 찢긴 방문으로 들이치는 왜바람을 막으로 가렸다. 열기를 참지 못한 벌레들이 구석구석 갈라진 틈에서 기어 나왔다. 한두 개 점처럼 박히다가 어느새 벌레들의 시체가 모서리마다 가득 찼다. 히데오는 이치로에게 벌레들을 쓸어내라고 명령했지만 그 일을 맡은 이는 주홍이었다. 이치로는 어려서부터 유령보다 벌레를 더 무서워했다.

— 눈이 와요.

막을 걷고 방문을 열어 보자기에 가득 담은 벌레들을 마당에 뿌린 뒤, 그미는 두 손으로 양어깨를 감싸 안으며 몸을 떨었다. 히데오도 이치로도 쌍해도 입을 닫았다. 폭설은 호랑이 추격의 심각한 장애물이다. 무릎 이상 눈이 쌓이면 하갈우리에서 유담리까지도 이동하기 어렵다. 그미는 일행의 표정이 어두워지는 것을 눈치채고는 서둘러 문을 닫고 막을 쳤다.

— 그래도 들짐승의 배설물은 없군요.

그 말에 쌍해가 맞장구를 쳤다.

— 계절에 한두 번은 들렀답니다. 부전호나 장진호 근처에서는 그래도 허드렛일감이 생기니까요.

— 허드렛일감이라면?

— 협궤철도 침목을 교체하거나 댐 근처 나무들을 자르거나…… 대중없습니다.

— 포수들은 호랑이에게 참변당한 동료의 유품이나 집 근처엔 가까이 가지 않는다던데요.

— 호탈굿이니 창귀니 하는 거…… 주 선생님은 정말 믿으십니까?

— 글쎄요. 귀신은 안 믿지만.

— 저는 오직 총만 믿습니다. 포수가 호랑이에게 당한 건 조준을 정확히 못 했거나 방심했거나 두려움을 품었기 때문입니다. 귀신이나 하늘의 뜻이 아니라 모두 포수의 잘못이란 겁니다. 호랑이에게 잡아먹힌 것도 원통한데, 그 집과 가족을 멀리하는 건 너무 야박한 일입니다. 웅 형님과 전 늘 불행하게 간 포수들의 가족을 챙겼지요. 참네처럼 아예 연을 끊고 떠난 이들은 어찌하지 못해도.

지도를 살피던 히데오가 펜을 손가락에 끼운 채, 열기를 참지 못하고 튀어나온 벌레처럼 끼어들었다.

— 웅이 잡은 호랑이가 몇 마리라고?

— 서른 마리는 족히 넘습니다.

— 모두 일대일로 맞섰단 얘긴가?

— 그게 웅 형님 방식이죠.

— 한 번도 빗나가지 않았다?

— 단 한 번도.

산은 목덜미가 으슬으슬 떨려 깜빡 잠에서 깼다. 벌써 닭울녘이었다. 무릎을 펴던 산이 슬그머니 모신나강을 쥐었다. 살기. 쓰러진 나무 앞에서 무엇인가가 도사리고 있었다. 흰머리가 돌아왔을까. 나무를 한 바퀴 돈 다음 부전령 쪽으로 향한 것을 확인했었다. 가던 길을 되돌렸다면? 부지런히 세력권을 누비는 호랑이가 지나간 곳을 되밟아오는 일은 드물다. 그러나 상대는 흰머리, 상상 밖의 움직임을 보이는 왕대다.

산은 조준한 채 무릎걸음으로 고목 밑을 빠져나왔다. 어둠이 가시지 않았지만 쌓인 눈 탓인지 새벽 아닌 새벽이었다. 허리를 돌리며 나무와 바위를 겨눴다. 어린 청시닥나무 겹친 가지 사이로 눈동자를 찾아냈다. 고양이과 동물만이 지닌 동그란 동공. 삵이었다. 밤 사냥을 마치고 돌아오는 듯했다. 고목은 호랑이의 방문처일 뿐 아니라 삵의 보금자리였다. 새끼 호랑이만 한 삵이 나무를 내려왔다. 호랑이과 동물 중에서 표범과 삵만이 나무 타기에 능했다. 호랑이도 때에 따라서는 나무에 오르지만 표범이나 삵처럼 능수능란하진 못했다. 산은 총구를 내리고 삵을 노려보았다. 양미간을 따라 그어 내린 흰 선이 선명했다. 숨소리조차 죽이며 접근한 뒤 단숨에 닭이나 오리 같은 먹잇감을 덮치고, 배불리 먹고 나서는 꼭 온몸을 핥아서 피 냄새를 지우는 삵. 세력권을 형성해 독자 생활을 하는 것도 호랑이와 닮았다. 산은 삵과 눈을 맞추며 게걸음으로 고목을 벗어났다. 산이 등을 돌려 에움길로 접어들었지만, 삵은 고목으로 들지 않고 계속 낯선 침입자를 주시했다.

히데오, 이치로, 쌍해 그리고 주홍 순으로 누웠다. 그미가 넌지시 물었다.

— 눈이 너무 많이 오죠?

쌍해가 그미의 마음을 헤아리고 답했다.

— 이 정도 소낙눈이야 아무것도 아닙니다. 걱정 마십시오. 들짐승이 다 죽는다 해도 산은 눈설레를 헤치고 살아 돌아올 테니까요. 우리가 잠에서 깨기 전에 밤손님처럼 들어와서 앉아 있을지도 모릅니다.

— 아저씨도 그래요?

짧고 갑작스러운 질문에 쌍해는 당황한 듯 말을 더듬었다.

— 저, 저도 웬만큼은…….

이치로가 픽 하고 입바람을 내며 웃었다. 그미가 말머리를 돌렸다.

— 그래도 산 형제에게 아저씨가 있어서 참 다행이에요.

— 제가 한 일이 뭐 있습니까. 잘 보살펴야 하는데, 저도 먹고살기 바빠서, 부끄럽습니다.

— 수 씨가 왼팔까지 잃어 마음이 많이 아프시겠어요.

— 그 팔만은 지켜주고 싶었습니다, 정말! 내가 죄가 많은…….

쌍해는 감정이 북받치는지 말을 잇지 못했다. 말을 건넨 그미가 미안할 정도였다.

— 아저씨 잘못이 아니에요.

대답 대신 수통 여는 소리가 딸각 들렸다. 밀주를 채운 수통이었다. 꽃향기가 스민 술 냄새가 방 안을 금방 채웠다.

— 뭐하는 짓인가? 지금이 술 마실 때야?

히데오의 차가운 목소리가 어둠을 찔렀다. 어색한 침묵에 휩싸이기 전에 그미가 받아쳤다.

— 딱 한 모금씩만 하죠. 이상하게 잠도 오지 않네요. 한 모금 하면 푹 숙면을 취할 수 있을 거예요. 그죠?

그래도 히데오가 반대한다면 술을 마시기는 어려웠다. 잠시 정적이 감돌았다. 마침내 히데오가 짧게 답했다.

— 그럼 딱 한 모금씩만 하시오.

기다렸다는 듯이 이치로가 몸을 일으켰다. 히데오는 미동도 하지 않았다. 이치로가 먼저 한 모금을 마시고 쌍해는 그미 몫까지 두 모금을 급히 마신 뒤 수통을 닫았다.

— 정말 맛있네요.

이치로가 아쉬운 듯 입맛을 다셨다. 그미가 쌍해 쪽으로 고개를 돌렸다.

— 이제 그만 쉬세요.

쌍해는 답을 하지도 않았고 눕지도 않았다. 대신 으흐흥, 코 푸는 소리 비슷하게 울음을 터뜨렸다.

— 아저씨!

그미가 다가앉아서 쌍해의 등을 도닥거렸다. 쌍해가 서럽게 울
며 말했다.

— 내 잘못입니다. 전부 내 탓이라고요. 나 때문에, 나 때문에,
으흐흥, 흑! 미안합니다. 정말 미안해요.

그제야 그미는, 술만 마시면 쌍해가 울며 거듭 미안해한다는 수
의 말이 떠올랐다. 이거였구나! 어떻게 대처해야 하는가를 물어두
지 않은 것이 후회스러웠다.

주홍은 잠을 이루지 못했다. 잠자리가 불편했던 탓만은 아니었
다. 현장 실습을 나가면 숲에서도 자고 강가에서도 눈을 붙였다.
한차례 눈물을 쏟은 쌍해와 입맛을 다시던 이치로는 눕자마자 돌
림노래하듯 코를 골았다. 이치로의 콧소리는 가늘고 높았고 쌍해
의 콧소리는 굵고 낮았다. 히데오는 천장을 보고 똑바로 누워 움
직이지 않았다. 그미는 된바람 소리가 들릴 때마다 산을 떠올렸다.
잔정이라곤 손톱만큼도 없는 사내. 주저앉아 울어도 부축하거나
위로하지 않는 사내. 고집불통. 제멋대로! 생각하지 않으려고 돌
아누워도 다시 산의 수북한 수염과 넓은 어깨, 길고 가느다란 손
가락이 어른거렸다. 결국 잠들기를 포기한 채 마루로 나왔다. 눈이
계속 내렸다. 바닥에 앉기엔 엉덩이가 너무 찼다. 목을 빼고 주위
를 살폈지만 날리는 눈 때문에 시야가 흐렸다. 예쁜 곳은 하나도
없고 미운 구석만 가득한데, 개마고원을 제집 앞마당처럼 여긴다
는데, 왜 그 사내가 걱정될까. 따라나서지 않은 것이 왜 후회될까.

잠들지 못하고 보이지도 않는 어둠을 살피려는 이 마음은 도대체, 뭘까. 뒷마당 쪽도 볼까 싶어 돌아서는데, 그곳에 얼굴을 목도리로 칭칭 감은 산이 서 있었다. 삵처럼 소리도 없이.

— 어맛!

놀라서 균형을 잃고 쓰러지는 그미의 손목을 산이 잡아챈 후 당겼다. 그미의 이마와 가슴이 산의 품으로 들어갔다. 움찔 산의 차가운 어깨가 떨렸다. 눈길을 달려온 심장박동이 그미에게 고스란히 전해졌다. 산이 그미의 손목을 놓으며 어색한 침묵을 깼다.

— 지금 곧 떠나야 하오. 눈이 그칠 거요.

눈은 백산에서부터 그치기 시작했다. 이미 떨어진 눈들이 뭉쳐 얼며 쌓였다. 주홍이 물었다.

— 눈이 그칠지 어떻게 알았죠?

쌍해가 주작을 앞세운 채 검지를 들어 하늘을 가리켰다. 지난밤 두 모금 술에 차올랐던 슬픔의 기운은 완전히 가신 듯했다.

— 구름이 가르쳐준답니다.

— 구름?

— 다섯 빛깔로 층층이 나뉘니까요. 먹구름만 잔뜩 깔리면 색깔이고 뭐고 전부 거무튀튀합니다. 하지만 구름이 얇아지면 저렇게 층이 집니다.

— 난 또.

쌍해가 슬쩍 한마디 더 보탰다.

— 그리고 새 울음을 유심히 들어야 합니다. 많은 소식이, 그러니까 새들의 예감이 울음의 고저장단에 담겨 있습니다. 잊지 말아야 할 건 대부분의 개마고원 들짐승도 저 새 울음을 챙겨 듣는다는 겁니다. 사람보다 훨씬 빨리 언제 눈이 그치고 바람이 불어닥칠지 짐작하죠.

그미가 맥 빠진 웃음을 지었다.

— 근데 우리 이거 제대로 알고 가는 건가요?

쌍해가 즉답 대신 턱으로 청룡과 현무와 주작을 가리켰다. 짖지도 않고 빠르게 걸음을 떼어내고 있었다.

— 저놈들이 벙어리 흉내 낼 때면 우린 할 일이 없답니다. 믿고 가는 수밖에.

— 이리로 쭉 가면 어딘가요?

— 해지기 전, 부전령에 오르려나.

— 부전령?

— 넘어가면 부전호가 나오고요.

— 장진호와 같은 인공 호수죠?

— 맞습니다.

— 부전호를 지나가면요?

— 산과 제 고향 마을이 나옵니다.

— 고향 마을이 어디 있죠?

— 옥련산.

부전령 아래에서 산의 걸음이 바빠졌다. 일행을 두고 개들과 함께 사라졌다가 나타나고 또 사라지기를 반복했다. 드문드문 오가던 행인도 해가 기울자 뚝 끊겼다. 쌍해가 선두에 서고 히데오가 후방을 맡았다. 이치로는 걸음을 떼는 것만도 고된지 비지땀을 쏟으며 땅만 보고 걸었다. 참매 한 마리가 두 날개를 활짝 편 채 어두운 하늘을 감시병처럼 빙빙 돌았다. 일행이 고갯마루에 이르렀을 때 돌아온 산은 짐승의 배설물부터 내밀었다. 뼈와 털이 섞여 있었다. 쌍해는 배설물을 엄지와 검지로 들어 코를 대고 냄새를 맡았다. 표정이 어두워졌다.

— 몇 마리쯤 돼?

— 스무 마리는 넘습니다. 오줌 자국으로 볼 때 서너 마리 빼곤 대부분 수컷입니다.

— 서둘러야겠군.

소나무가 원을 그리며 빽빽하게 들어찼다. 나무와 나무 사이에 정사각형 나무판 두 개를 횡으로 놓았다. 나무판까지 기어오르기 위해서는 길이가 15센티미터쯤 되는 발판을 열 개 정도 딛어야 했다. 반경 10미터 남짓한 공터 중심에 식은 재와 젖은 장작이 뒤엉켜 있었다. 쌍해는 가방에서 마른 장작을 네댓 개 꺼내 모닥불 피울 채비를 서둘렀다. 이치로가 도왔다. 산은 히데오와 주홍을 발판 옆에 모아놓고 설명을 시작했다.

— 늑대들이오.

— 아까 그게 늑대 배설물?

주홍에 뒤이어 히데오가 물었다.

— 부전령을 떠돈다는 식인 늑대들인가?

— 꼭 사람만 잡아먹진 않소. 폭설에 혹한이 겹쳐 먹잇감이 없을 때 굶주린 늑대들이 고개를 넘는 사람을 공격하는 거지. 아주 가까이에 있소.

— 그럼 민가를 찾아야 하지 않나?

— 근처 집들은 텅 비었소. 겨울 늑대를 피해 잠시 장진호든 부전호든 아랫마을로 하산한 거요. 민가보다는 이 위가 안전하오.

그미가 고개를 들고 발판과 나무판 밑을 살폈다.

— 원숭이처럼…… 저기서 잔다고요?

— 그렇소. 나무판 위에 막을 치면 하룻밤은 그럭저럭 지낼 만할 거요. 늑대도 저 위까진 침범하지 못하오. 자, 서두릅시다. 아주 가까이까지 왔소.

주홍이 나무판 하나를 차지하고 히데오와 이치로가 다른 하나를 썼다. 산과 쌍해는 모닥불가에서 교대로 번을 서기로 했다. 회오리바람이 나뭇가지를 부러뜨리며 치받았지만 허공에 지은 집은 꿈쩍도 하지 않았다. 나무판에 올라선 세 사람은 밀려드는 졸음을 견디기 어려웠다. 온종일 걷는 일은 주홍은 물론 현역 군인인 히데오나 이치로에게도 벅찼다. 주홍은 일지를 쓰려고 턱을 괴고 누웠다가 날짜만 겨우 적은 뒤 곯아떨어졌고 히데오 역시 지도를 폈다가 접지도 못한 채 잠이 들었다. 이치로는 무전기기를 벗자마자 등을 대고 눕더니 코를 골기 시작했다. 멀리서 긴점박이올빼미가 울었다.

커어어어엉. 주홍이 잠을 깬 것은 길디긴 늑대 울음 때문이었다. 두 팔로 바닥을 짚고 일어나 앉았다. 날이 밝으려면 아직 한참은 더 지나야 할 듯했다. 문득 산이 궁금해졌다. 주홍은 막을 걷고 밖으로 고개만 쏙 내밀었다. 청룡, 현무, 주작 그리고 산. 쌍해는 보이지 않았다. 가슴이 뛰었다. 그미는 손바닥으로 얼굴을 비비고 빗으로 머리를 쓸어 넘긴 뒤 막을 나왔다. 발을 뻗어 첫 번째 발판을 찾았다. 다시 두 번째 발판을 딛으려는데, 눈과 발이 따로 놀았다. 짐작했던 자리에 발판이 없자 겁이 덜컥 났다. 발판을 딛고 올라가는 것과 내려가는 것은 천양지차였다. 누군가의 손이 그녀의 발목을 쥐고 다음 발판 위로 옮겨놓았다. 어느새 발판을 딛고 오른 산이 그미의 바로 아래에 표범처럼 매달려 있었다. 산이 다시 세 번째 발판으로 그미의 발을 당겼다. 네 번째부터 열 번째까지 그미는 계속 산에게 발을 내주었다.

— 쌍해 아저씨는요?
— 방금 올라갔소. 감환인지 자꾸 한기가 밀려든다기에.
— 부자지간 같네요.
주홍은 발목을 가리며 모닥불을 사이에 두고 산과 마주 앉았다.

산에게 내줬던 발목이 시렸다.

— 볼일 있으면 보고 빨리 올라가시오.

산은 그미를 쳐다보지 않고 잉걸불을 들었다가 놓았다. 그미는 슬쩍 불쏘시개로 모아둔 나뭇가지를 집었다.

— 어머, 별이에요.

구름이 걷힌 자리에 차디찬 밤하늘의 별이 밝았다. 산은 별 대신 그미를 쳐다보았다. 노루처럼 길고 부드러운 목덜미. 그미가 왼손으로 목덜미를 쓸다가 산과 눈이 마주쳤다. 산은 다시 잉걸불을 살피고 그미는 풋 웃음을 터뜨렸다.

— 잠은 안 자나요?

— …….

— 하루에 몇 시간이나 눈을 붙이나요?

— ……올라가시오. 어제보다 더 힘든 하루가 될 거요.

— 올라가란 소리밖에 못 해요? 싫어요. 충분히 잤어요. 올라가고 싶으면 그쪽이나…….

산이 갑자기 잉걸불을 든 채 일어섰기 때문에 그미는 말을 멈추고 고개를 돌렸다. 가지들이 뚝뚝 부러지는 소리를 냈다. 고개를 넘나드는 바람살이 심했지만, 소나무가 방풍림처럼 늘어선 이곳은 연기가 수직으로 올라갈 만큼 아늑했다. 산이 다시 엉덩이를 붙이고 앉으며 물었다.

— 왜 이런 일을 하시오?

그미가 말꼬리를 잡아챘다.

— 이런 일이, 왜요?

— 험하고 가난하고 춥고.

— 각오하고 있어요.

— 부모님은 아시오, 이 꼴로 지내는지?

— …….

종달새처럼 바로바로 답하던 그미가 말문을 닫았다. 두 눈에 눈물이 고였다.

— ……어렸을 때, 두 분 다 돌아가셨어요.

— …….

구김살이 없어서 고아라고는 상상도 못 했다. 무심코 던진 돌에 가엾은 개구리가 맞은 꼴이다. 사과해야 하는데, 입이 떨어지지 않았다. 컹. 그때 청룡이 짖었고, 현무와 주작도 그미의 뒤쪽 어둠을 향해 송곳니를 드러내며 으르렁댔다.

— 가요. 어서!

산이 외쳤지만, 그미는 걸음을 떼지 않고 돌아서서 어둠을 응시했다. 보면 볼수록 아무것도 보이지 않는, 사람의 눈을 멀게 만드는, 그렇지만 매혹적인 어둠이었다.

— 저, 저건…….

그미가 발견한 것은 사선으로 모인 늑대의 두 눈이었다. 불길이 번지듯 푸른 눈이 좌우로 늘어났다. 열 개 스무 개 서른 개 마흔 개의 눈동자가 그미를 노려보았다. 청룡과 현무와 주작이 삼각형의 세 꼭짓점에 서서 짖어대기 시작했다. 산은 모닥불을 뛰어넘어 그미의 팔을 잡고 발판을 박은 나무까지 뛰어갔다. 그리고 어둠을 향해 첫 번째 총을 쏜 후 허리를 숙여 그미의 허리를 양손으로 잡고 단숨에 들어 올렸다. 발판 둘을 건너뛰어 세 번째 발판에 그미의 발이 닿았다. 산의 외침이 그미의 신발 바닥을 쳐올렸다.

— 가! 빨리!

주홍은 나무판에 닿기 전 발을 멈추고 턱을 당겼다. 어지러웠다. 바람의 사냥꾼. 개들이 계속 컹컹 짖었지만 늑대들은 소나무를 배경으로 둔 채 다가왔다. 빳빳한 귀와 늘어진 꼬리. 총소리를 듣고도 놈들은 달아나지 않고 오히려 포위망을 좁혔다. 다치거나 죽는 한이 있더라도 풍산개 세 마리와 산의 살점을 원할 만큼 주린 것이다.

— 괜찮소?

히데오의 목소리. 총성을 듣고 뛰쳐나온 히데오와 이치로와 쌍해의 손에 총이 들렸다. 그미가 고개를 끄덕였다. 히데오가 더 큰 소리로 산을 불렀다.

— 올라와!

산이 총을 겨눈 채 외쳤다.

— 난 여기 있겠소.

— 명령이다. 당장!

산의 등 뒤에서 늑대 한 마리가 달려들었다. 산이 빙글 돌며 방아쇠를 당겼다. 늑대가 바닥에 쓰러지기 전에, 두 마리가 좌우에서

협공하듯 뛰었다. 장전 손잡이를 당길 여유도 없었다. 늑대들의 냄새나는 주둥이가 산의 목에 닿기 직전, 청룡이 먼저 왼쪽 늑대의 목을 물며 뒹굴었다. 현무와 주작도 내달았지만 나머지 늑대를 막지 못했다. 오른쪽 늑대의 송곳니가 산의 어깨를 물 때 총성이 울렸다. 히데오가 방아쇠를 당긴 것이다. 등을 맞은 늑대의 앞발이 산의 목덜미를 스쳤다. 늑대는 넘어졌다가 다시 일어서려고 버둥거렸지만 네 발로 서지 못했다. 탄환이 척추를 꿰뚫은 것이다. 쌍해와 이치로도 총을 쐈다. 늑대들은 소나무까지 황급히 물러섰다. 산이 그 순간을 놓치지 않고 늑대들을 향해 곧장 내달렸다. 늑대들은 어둠으로 완전히 숨어들었다. 커커컹. 늑대 울음은 그 후로도 이어졌지만 어둠을 찢고 주둥이를 내미는 놈은 없었다.

새벽, 부전령을 넘으며, 주홍이 물었다.

— 어깨는 어때요?

산이 늑대에게 물렸던 오른어깨를 들썩여 보였다.

— 괜찮소. 살짝 닿기만 했으니까.

옷만 찢겼을 뿐 살갗에 박히지는 않은 것이다.

— 왜 이렇게 제멋대로예요? 꼭 그렇게 목숨을 걸어야겠어요? 얼마나 가슴 졸였는지 알기나 해요?

산이 대답 대신 입귀로만 웃었다.

— 왜 올라오지 않았어요?

산은 호위하듯 좌우를 번갈아 오가는 청룡과 현무와 주작을 보며 답했다.

— 개들만 두고 도망칠 순 없었소.

— 죽어도?

— 죽어도.

산은 따로 개들의 먹이를 챙겨주지 않았다. 히데오나 이치로가 군용 도시락을 꺼내거나 쌍해가 가방에 달아둔 옥수수 다발을 떼어낼 때, 개들은 잠시 사라졌다가 입가에 피를 묻힌 채 돌아왔다. 주홍이 제 몫을 나눠주려 하자 쌍해가 막았다.

— 오랜 관행입니다. 개들도 야성을 키워야 하니까요.

이치로가 자꾸 뒤쳐졌다. 히데오는 이치로의 엉덩이를 걷어차며 독려했지만 무전기기를 대신 들지는 않았다. 내리막길에서 세 번이나 넘어진 이치로의 얼굴은 땀과 눈물로 뒤범벅이었다. 선두에 섰던 산이 되돌아와서 무전기기를 대신 지려 하자 히데오가 도끼눈을 떴다.

— 이치로!

— 네. 일등병 이치로!

이치로가 관등성명을 대며 자작나무처럼 섰다. 산은 무전기기를 묶은 끈을 쥐고 놓지 않았다. 이치로가 원망이 가득한 눈으로 산을 쳐다보았다. 히데오가 다시 물었다.

— 힘드나?

— 아닙니다!

— 이 무전기기가 너에게 뭐냐?

— 목숨입니다.

— 이걸 타인이 대신 진다면?

— 죽음입니다.

통신병 훈련과정에서 익힌 수칙들이 자동적으로 튀어나왔다. 히데오가 희미한 미소와 함께 산과 눈을 맞췄다. 네가 상관할 문제가 아니야. 산은 그 시선을 피하지 않고 무표정하게 물었다.

— 이치로가 낙오하면 누가 이걸 지는 거요?

— 낙오는 없다.

— 무전기기도 함께 버리고 갈 것이오? 일일보고를 해야 한다 하지 않았소?

— 그땐…… 내가 진다.

— 아니, 당신은 안 되오.

— 웃기지 마. 완전군장으로 낮밤 없이 행군 훈련을 받은 나다.

— 이건 행군이 아니오. 히데오 대장, 당신은 끝까지 가야 하오. 주홍이 이치로 곁에 섰다.

— 이치로! 힘들면 말해.

— 아닙니다!

이치로가 목청껏 부인한 뒤 선두로 걸어나갔다. 쌍해가 뒤뚱거리는 이치로의 걸음걸이를 살피며 혀를 차댔다.

— 쯧쯧, 저렇게 종아리와 허벅지에 힘이 잔뜩 들어가서야 쉬이

지치고 말지.

산의 옛집은 옥련산 돌강을 끼고 있었다. 돌 틈으로 물이 흘러 청아한 강물 소리가 듣는 이의 가슴에 찰랑댔다. 쌍해의 집은 산의 집에서 500미터쯤 아래에 위치해 있었다. 경성에서라면 동네가 갈릴 수도 있지만, 이곳 두 집 사이에는 집이라고는 없고 돌과 나무만 가득했기 때문에, 쌍해는 엎어지면 코 닿을 만큼 가깝다고 했다. 히데오와 주홍과 이치로가 쌍해의 집에 여장을 푸는 사이, 산은 옛집을 둘러보러 갔다. 수가 노름빚에 쪼들려 함흥 사는 이에게 넘겼다는 집은 고요했다. 문에는 녹슨 자물쇠가 걸려 있고 창문마다 나무판을 덧대 막아놓았다. 부러진 지게, 자루 썩은 도끼. 산은 조랑말을 묶어두던 앞마당 기둥에 등을 대고 서서 담배를 물었다. 연기를 길게 뿜자 시간의 경계가 흐려졌다. 불안과 추위와 허기의 반대편들. 연기 너머로 웅과 쌍해가 술에 젖어들며 호탕하게 웃었고 수는 두 팔로 번갈아 쥐불을 돌렸다. 듬성듬성 잘라 숯불에 구운 노루 넓적살의 노린내여! 산은 아랫니로 윗입술을 깨물며 침을 삼켰다. 잊었다고 여긴 순간들이 차곡차곡 쌓였다가 먼지처럼 햇살처럼 마침내 연기처럼 산을 휘감았다. 반도 더 남은 담배를 바닥에 던져 비벼 껐다.

히데오가 이치로와 함께 무전을 치는 동안, 주홍은 몸을 씻었고 쌍해는 주위를 살피러 나갔다. 그미는 쇠솥에서 팔팔 끓는 물을 작은 독에 옮겨 부었다. 욕장은 따로 없었다. 부엌 귀퉁이에 깔아놓은 반반한 돌 예닐곱 개가 알몸으로 올라설 자리의 전부였다. 문을 걸어 잠갔지만 천장, 벽, 문 할 것 없이 온갖 틈으로 영하의 찬바람이 새어 들었다. 숨을 내쉴 때마다 뿌연 입김이 흘러나왔고, 방한 점퍼를 벗자 한기가 밀려들었다. 양손으로 어깨를 감쌌다. 개마고원의 여인네들은 추운 겨울을 어떻게 날까. 신속하게 나머지 옷도 벗었다. 옷을 벗을 때마다 뜸을 들이면 잡념과 추위로 더 힘들다. 속옷을 내리기 전, 뜨거운 물 한 바가지를 퍼 돌판 위에 뿌렸다. 그리고 알몸으로 올라섰다. 물을 떠 어깨에 번갈아 부었다. 뜨거운 기운도 잠시, 순식간에 냉기가 밀려들었고 살갗에 오소소소 소름이 돋았다. 빨리 옷을 입고 싶은 마음뿐이었다. 그미는 입술을 파르르 떨면서도, 손을 호호 불어가며 점퍼에서 종이곽 하나를 챙겨 들고 코끝에 댔다. 향이 은은하게 스며들었다. 손 마디마디가 얼어 곽을 열기 어려웠다. 그미는 곽을 두 번이나 떨어뜨렸다가 다시 주운 끝에 비누를 꺼내는 데 성공했고, 거품을 한껏 낸 뒤 구석구석 비누칠을 했다. 지금까지의 고생이 한꺼번에 달아나는 기분이었다.

주홍의 뒤를 이어 히데오와 이치로도 몸을 씻었다. 산과 쌍해는 손발만 간단히 씻는 정도였다. 문을 닫아걸자, 두 사람의 몸 냄새가 더 짙고 독했다. 산은 수수밥만 한 공기를 비운 뒤 마당으로 나가버렸다. 주홍은 애써 아쉬운 표정을 감추고 쌍해에게 정겹게 말

212

을 건넸다.

— 두 분은 몸 안 씻으세요?

쌍해가 나무 숟가락을 든 채 답했다.

— 사냥 중엔 몸을 씻지 않습니다. 진작 말씀드렸어야 했는데, 다음부터는 향기 나는 비누는 쓰지 마십시오.

— 왜죠?

— 냄새에 민감한 녀석들이니까요. 특히 멧돼지는 냄새를 따라 움직입니다. 지금 이 정도 향이면, 300~400미터 밖에서 꾸벅꾸벅 졸던 놈도 불러들이겠습니다.

— 몰랐어요, 미안해요. ……그런데 산 씨는 어딜 간 거죠?

— 주 선생님은 계속 산 그 녀석이 걱정인 모양입니다.

— 눈에 보이질 않으니 찾는 거죠.

그미가 얼굴을 붉히며 서둘러 답했다.

— 오늘 밤은 그냥 내버려두는 편이 낫겠습니다. 7년 만의 귀향이니 생각이 많겠지요.

— 7년 동안 정말 단 한 차례도 돌아오지 않았나?

히데오가 끼어들었다.

— 그렇습니다. 더러 두만강이나 압록강까지는 내려왔지만 개마고원으로 들지는 않았습니다.

— 개마고원 사람들은 백호를 영물로 아낀다지?

— 흔한 짐승이 아니니까요. 대장님도 보셨다시피, 성스러운 기운이 가득합니다. 흰머리는 개마고원의 왕대입니다. 지배자죠.

— 왕대를 죽이는 짓 또한 금하겠군.

— 그, 그렇지요.

— 왕대를 죽인 포수는 어떤 벌을 받는가?

히데오가 계속 몰아세웠다.

— 백 년 전 꼭 한 번 그런 적이 있었답니다. 장백이란 포수였는데 왕대를 몰래 죽여 거금을 챙겼다가 들켰습니다. 그 후로 장백은 개마고원에서 영영 사라졌어요. 산해관 근처에서 구걸하는 앉은뱅이 거지가 장백을 닮았단 소문도 돌았고. 하여튼 인간보다 먼저 하늘이 벌을 내린 겁니다.

— 그렇다면 왕대를 죽이려는 산을 왜 막지 않는가?

— 그건…… 산과 왕대 둘이서 풀 문젭니다. 제가 막는다고 그만둘 산도 아니고.

— 산이 운이 좋아 왕대를 죽인다면, 그에게도 천벌이 내릴까?

히데오가 결국 마지막 질문까지 던졌다. 그미도 궁금한 듯 쌍해를 쳐다보았다. 쌍해가 끙, 앓는 소리를 내더니 선선히 답했다.

— 딴 길이 없습니다, 같이 천벌을 받는 수밖에.

산은 걸었다. 길과 길 아닌 곳을 구별하기 어려웠지만, 어둠을 살피거나 돌아보지 않았다. 7년. 나무는 더 높이 자랐고 바위는 엉뚱한 방향으로 굴러 떨어지며 앞을 막았다. 수리부엉이가 무겁게 울었다. 산은 잠시 멈춰 기억과 현실의 차이를 새긴 뒤 다시 걸었다. 엇갈린 분비나무에 이르러 참았던 숨을 내쉬었다. 부엉이 울음은 쥐라도 한두 마리 삼킨 듯 힘차게 멀리멀리 퍼져나갔다. 산은 저 굴에서 새끼 호랑이 두 마리를 발견했었다. 한 마리는 이미 절명했고, 또 한 마리는 숨이 끊어지기 직전이었다. 악연의 시작이었다. 흰머리가 여기도 거쳐갔을까. 산은 호랑이 굴로 드는 대신 무릎을 바닥에 대고 기었다. 10미터 정도 전진하니 눈이 녹고 마른 풀이 눌린 자리가 뚜렷했다. 멧돼지의 엄니와 발목, 짧은 꼬리가 풀 속에서 발견되었다. 다 자란 어른 멧돼지였다. 분비나무 뒤에서 망을 보다가 단숨에 멧돼지의 등에 올라탄 후 송곳니를 목에 박아 넣은 것이다. 멧돼지는 흰머리의 몸무게에 눌려 반항도 못한 채 쓰러졌고, 흰머리는 게걸스럽게 주린 배를 채웠다. 산은 피 묻은 엄니를 집어 들었다.

강행군이 이어졌다. 새벽별과 함께 길을 나서서 저녁별이 뜬 후에도 언덕 한둘을 넘은 뒤 잠자리를 정하고 모닥불을 피웠다. 낮이 짧은 겨울임을 감안하더라도 만만치 않은 여정이었다. 눈이 와도 돌풍이 몰아쳐도 최소한 열 시간은 걸었다. 그렇게 옥련산에서 통팔령을 거쳐 후치령을 넘어 조가령에 이르고 까치령으로 나아가서 동점령까지 열흘 동안 전진하였다. 그미는 짧은 휴식시간의 대부분을 발을 위해 썼다. 발목을 돌리고 발등을 두드리고 발바닥을 비비고 발감개에 싸인 발가락들을 꾹꾹 눌러댔다. 반년을 시호테알린 산맥과 아무르 강에서 호랑이를 살피며 다녔지만, 개마고원의 하루에도 비길 바가 못 되었다. 그때는 눈도 내리지 않았다.

넓게 행로를 잡고 쉬운 길을 택했다. 그러나 개마고원에서의 추격은 호랑이의 목숨을 앗기 위한 것이었다. 힘든 길과 쉬운 길, 길과 길 아닌 길을 가릴 형편이 아니었다. 발톱이 눌리고 발바닥에 물집이 여럿 잡혔다. 발목이 욱신거리면서 부어오르기까지 했지만, 손으로 주무르고 비비고 두드리는 것 외엔 피로를 풀 다른 방법이 없었다. 모두 녹초가 되었고 강골인 쌍해마저 몸살을 앓았다. 그미가 쌍해를 돌보며 동점령 귀틀집에서 하루를 더 쉬기로 했다. 낡고 퀴퀴한 냄새가 밴 이불을 깔고 쌍해를 눕힌 뒤 수건으로 이마와 목덜미의 땀을 닦아내는 동안, 산은 이 빠진 사기 잔 다섯 개와 찌그러진 양철 주전자에 뜨거운 물을 끓여 가져왔다. 바지춤에서 마른 꽃 다섯 개를 꺼냈다. 엄지 마디 하나보다 작은 꽃이었다. 산은 꽃들을 잔에 툭툭 던져 넣은 다음 주전자를 기울였고, 뜨거운 물로 인해 꽃은 다시 피어났다. 산이 잔을 들어 그미에게 내밀었다.

— 뜨거우니 조심하오.

잔을 건네받은 그미는, 산이 일러준 대로 조심조심 입김으로 꽃잎을 잔 가장자리로 보낸 뒤, 은은한 꽃향기를 코로 들이마시고는, 잔을 기울여 차를 한 모금 입안에 머금었다. 차 한 잔이 얼마나 큰 행복을 선사하는지, 그미는 그 순간 처음 알았다.

— 아, 아파!

주홍은 오른쪽 발감개를 반쯤 풀다가 미간을 찡그렸다. 엄지와 검지 발가락에 잡힌 물집이 동시에 터지면서 진물이 발감개에 들러붙어 언 것이다. 다시 힘을 주며 발감개를 돌리자 살점이 쓸려 뜯겼다. 정말 끔찍한 추위였다. 꼼짝 않고 10분만 서 있어도 발바닥부터 머리끝까지 꽁꽁 얼 듯했다. 살갗이 가려웠고 발이 저렸고 근육이 아렸고 관절이 잘 돌아가지 않았다. 모두 가벼운 동상 증세였다.

— 가만!

그 순간 산이 모락모락 김이 오르는 뜨거운 물을 놋대야에 담아 들고 왔다. 그미의 발 앞에 놋대야를 놓은 뒤 오른발목을 쥐었다.

— 내, 내가 할게요.

— 가만.

산이 발감개 채로 그미의 오른발목을 잡고 놋대야에 집어넣었다. 발목이 잡히는 순간, 그미는 온몸에서 기운이 빠져나가는 걸 느꼈다. 늑대들을 피하기 위해 마련한 나무 위 숙소에서 내려올 때도 산이 발목을 쥔 적이 있었다. 얼마든지 뿌리칠 수 있었지만, 그미는 오히려 발목을 쥔 산의 손가락 하나하나에 집중했다. 뜨거운 기운이 발목에서 무릎을 지나 등줄기를 타고 뒷목까지 올라왔다. 산이 천천히 그미의 발가락을 하나하나 어루만졌다. 그미는 부끄러운 듯 무릎을 굽히면서 고개를 든 채 얕은 숨을 뱉었다. 언 발이 어느 정도 녹자, 산은 발감개를 조심조심 풀기 시작했다.

— 아!

산이 손을 멈추고 고개를 들었다. 눈이 마주쳤다.

— 미안하오.

— 아니에요.

— 많이 아프오?

— 조금.

물집이 터져 생살이 드러난 부위에 산의 엄지가 닿았던 것이다. 미안한 쪽은 오히려 그미였다. 산이 더운 물까지 데워 오고 땀이 찬 더러운 발감개를 손수 풀어주리라고는 상상도 못했다.

— 아프면 아프다고 바로 말하오. 괜히 참고 걷다가 덧나지 말고.

— 알고 있었…… 언제부터?

말이 꼬였다. 아침부터 내내 걸음을 옮길 때마다 오른무릎과 발목이 아렸던 것이다.

— 왼쪽으로 계속 기울며 걷기에…… 오른쪽에 전혀 무게를 싣지 못하기에 알았소.

그미는 혼자 아픔을 참으며 어두운 상상을 했었다. 누군가를 부축하며 오르기엔 가파르고 먼 산길이었다. 거기서 발목을 붙잡고 주저앉으면, 산은 가까운 인가에 그미를 버리듯 맡기고 떠날 사람이었다. 오른쪽 발감개가 풀리자, 그미는 발을 빼며 허리를 숙여 산의 어깨를 살짝 밀었다.

— 됐어요, 정말. 이제 내가 할게요.

그러나 산은 오히려 왼쪽 발감개까지 당겨 놋대야에 넣었다.

— 오늘은, 내가 해주겠소. 발을 씻고 만지는 것도 다 방법이 있소. 시간을 많이 쏟는다고 좋은 것도 아니고.

산은 허리춤에서 검고 둥근 돌 하나를 꺼내 계란을 삶듯 놋대야에 쑥 던져 넣었다. 그미는 호기심 가득한 눈으로 조약돌과 산을 번갈아 쳐다보았다. 산이 물방울 뚝뚝 듣는 돌을 끄집어낸 뒤 그미의 오른발을 제 무릎 위에 올려놓았다. 그리고 발뒤꿈치에서부터 발가락 쪽으로 손목에 힘을 실어 돌을 비비며 밀었다. 가렵고 아프고 화끈거리고 찌릿하고 시원했다. 자꾸 밀려나오는 웃음을 참느라 그미는 턱을 들고 양손을 포개 입을 가렸다. 산이 방을 나서며 선물처럼 조약돌을 내밀었다.

— 내가 떠난 뒤에도 꼭 이걸로 발을 문지르시오.

그미는 가방에서 작은 함을 꺼냈다. 그 안에는 방금 산이 건넨 것처럼 생긴 검은 돌들이 가득했다. 화산석이었다. 부모님이 생각나거나 고향이 그리울 때 그미는 검은 돌들을 만지작거리곤 했다. 스스로를 위로하며 힘을 주는 그미만의 방법이었다.

동점령을 출발하기 전 히데오가 지도를 펼쳐놓고 물었다.

— 흰머리보다 얼마나 뒤쳐졌나?

— 열두 시간 정도.

산이 짧게 답했다.

— 겨우…….

히데오가 아쉬워했다.

— 이러다가 놈이 압록강을 건너가버리면 헛일 아닌가?

— 그전에 잡겠소.

— 어디서?

황토령에서 동점령을 지나 남설령을 넘어 백사봉과 황봉을 스쳐 큰골령을 통해 아무산까지, 산의 검지가 승천하는 용을 그리듯 올라갔다. 산의 두 눈이 지도를 훌쩍 뛰어넘어 백두산에 머물렀다.

산과 히데오와 이치로를 배웅한 뒤, 주홍은 쌍해 곁에 앉아서 꾸벅꾸벅 졸다가 쓰러져 또 잠이 들었다. 그 밤 그미는 딱 한 번 소스라치게 깼다. 악몽이었다. 갈피갈피 장면이 너무 선명해서, 그미는 쉽게 잠들지 못하고 외투만 걸친 채 밖으로 나왔다. 사방이 축축해서 불쾌한 기분이 이어졌다. 그미는 동점령까지 내린 구름 속에서 자고 구름 속에서 깬 것이다. 고개를 들어 완전한 어둠을 한참 동안 쳐다보았다. 거기, 악몽이 다시 날개를 폈다. 꿈에 그미는 큰부리까마귀가 되어 개마고원의 창공을 질주했다. 까악 까아악. 저만치 앞에서 까마귀들이 요란한 소리를 내며 경주하듯 검은 날개를 휘저었다. 화동령을 넘어 우뚝 솟은 대각봉을 끼고 백암령으로 접어들자 군침이 돌았다. 까아아악 깍깍. 더 많은 까마귀들이 그미의 앞과 뒤와 옆에 붙었다. 그미도 지지 않으려고 더 빨리 힘껏 날개를 저었다. 까마귀들이 동쪽으로 선회했다. 남설령 쪽으로 어슬렁어슬렁 능선을 타는 호랑이를 뒤로한 채 까마귀들은 표창이 꽂히듯 곤두박질쳤다. 그미가 들이닥치자, 한껏 모였던 늑대들이 흩어졌다. 갈가리 찢긴 몸. 떨어져 나간 팔과 다리. 오른팔뚝에 깊게 난 흉터. 얼굴을 가린 검은 목도리. 산이었다.
그 시각 산은 화동령을 지나고 있었다. 맞바람이 강해졌다. 누운잣나무 숲이 대각봉까지 길게 펼쳐졌다. 검은빛을 품은 갈색 나무들은 능선을 따라 눕기도 하고 비틀리기도 하고 서기도 했다. 20미터가 넘는 가문비나무나 잎갈나무에 비해 누운잣나무는 5미터를 넘지 않았고, 노란망병초와 월귤과 두메들쭉나무와 구름국화와 등대시호 등을 친구처럼 품었다. 담요의 털이 쏠리듯, 북풍에 나무들이 흔들렸다.

산은 감히 희망이란 단어를 떠올렸다. 백두산에서 뻗어 내려가는 이 긴 산길의 끝, 북쪽을 바라보는 고운 섬처녀와 상상에서나마 만나고 싶었다. 평원을 달리며 자란 남자와 바다를 품고 큰 여자. 결코 만날 것 같지 않은 남녀가 수많은 우연을 거쳐 필연적인 사랑을 이루는 이야기. 주홍이 못내 보고팠다.

— 사람 쏜 적 있나?

대각봉을 끼고 까치밥나무에 등을 댄 채 짧게 서서 쉴 때, 히데오가 이치로에게 물었다. 담배를 피워 문 산을 의식한 질문이었다. 히데오는 적과 맞서 싸우는 군인이 짐승이나 쏘는 사냥꾼과 질적으로 다르다는 것을 지적하고 싶었다.

— 없습니다. 그럼 대장님은?

이치로의 두 눈에 호기심이 가득했다.

— 백 번에서 천 번 사이.

— 그렇게나 많이 말입니까?

히데오는 이치로의 찬탄을 무시하고 이야기를 이었다.

— 38식이든 97식이든 조준을 정확히 하지 않으면 엉뚱한 데로 날아가. 신병들은 전투가 시작되면 탄환에 맞을까 잔뜩 웅크리고 고개도 못 들지. 딱 이치로 너처럼. 하지만 일어나서 걸어 다녀도 웬만해선 탄환에 맞는 일은 없어. 적을 빨리 발견하는 것도 중요하지만 침착하게 급소를 노려야 해. 한 점 떨림도 없이 방아쇠를 당기는 거지. 짐승을 쏘는 거랑은 완전히 달라. 한 번은 조준을 마쳤는데 적군이 날 쳐다보는 거야. 엄폐물로 숨을 생각도 않고. 늦었다는 걸 자기도 안 거지. 막 소리를 지르더군. 알아듣기 힘들었지만, 하여튼 사람 목소리였어. 쏘지 말란 거겠지. 이대로 죽을 수는 없다는, 한 번 더 기회를 달라는, 뭐 그런 쓸데없는 이야기.

— 그래서요?

— 뭘 그래서야. 방아쇠를 당겼지. 짜증이 막 나더라고.

— 짜증이라고요?

— 적군에겐 아무 감정 없어. 전투란 모름지기 적을 향해 총을 쏘고 포를 발사하고 하다못해 칼을 휘두르거나 주먹을 내지르는 일이니까. 하지만 목소리를 듣긴 싫더군. 침묵해야 할 퍼즐 조각이 막 지껄여댄다고나 할까. 애원한다고 방아쇠를 당기지 않는 건 전투의 최소 원칙을 깨는 짓이거든. 그걸 하필 왜 내게 요구하는 건지. 이치로, 너 같으면 짜증 나지 않겠나?

— 짜증 날 것 같습니다.

이치로가 힘차게 답했다. 히데오가 드디어 긴 포석의 마지막 외통수를 산에게 던졌다.

— 어때? 사람 쏜 적 있어?

— 너무 많이 쉬었소. 갑시다.

산이 담배를 입술로만 뺄은 뒤 백암령 쪽으로 방향을 잡았다. 청룡과 주작이 쪼르르 따라나섰고, 이치로도 무전기기를 조정하여 등에 딱 맞도록 붙인 뒤 걸음을 뗐다. 홀로 남은 히데오가 윈체스터 총신을 접었다 폈다. 총구를 돌려 산의 등을 노려보며 방아쇠에 검지를 댔다. 바람이 거셌지만 눈썹 하나 움직이지 않았다. 이대로 방아쇠를 당기면, 탄환은 심장을 뚫을 것이고, 산은 푹 쓰러져 생을 마칠 것이다. 히데오는 총구를 하늘로 올렸다. 스무 번의 살인은 전장에서 이루어진 것이다. 적군 외에는 누구도 죽이지 않는 자. 그가 곧 군인이다.

누운잣나무 숲이 끝나고 종비나무 숲이 이어졌다. 키 큰 종비나무 사이로 산겨릅나무, 부게꽃나무, 실회나무가 들어찼다. 바위 아래서는 생토끼들이 귀를 찌르는 울음을 토했고, 백두산사슴이 멀찍이 서 있다가 사라졌다. 갈색 노루 털이 나무껍질에 한두 개씩 붙어 흔들렸고, 굶주린 청설모가 도토리를 찾기 위해 눈을 파헤친 흔적이 군데군데 보였다. 눈이 곱게 쌓인 언덕에 등줄쥐의 몸이 긴 꼬리와 함께 찍혀 있기도 했다. 1,860미터 백암령에 오를 때는 방울새 수십 마리가 군무를 추듯 돌았다. 산과 이치로는 고개를 들고 살폈지만 히데오는 땅만 쳐다보며 비탈을 올랐다. 귀머거리처럼.

산을 따라 고개에 닿은 히데오는 가쁜 숨을 토하며 수통부터 꺼
냈다. 컹 컹컹. 청룡과 주작의 짖는 소리가 아득하게 메아리쳤다.
30분이 지나도 이치로가 나타나지 않자, 산은 왔던 길을 뛰어 내
려갔다. 전에도 이치로가 종종 뒤처졌지만 10분 이상 간격이 벌어
지진 않았다. 그보다 더 거리를 두면 길을 잘못 들어 흩어지기 십
상이다.

컹 컹 컹. 주작이 반복해서 울었다. 이치로는 두 발을 뻗은 채 무
전기기를 등지고 나무에 기댔다. 눈물이 줄줄 볼을 타고 턱에 모
여 떨어졌다. 컹. 청룡이 산의 발소리를 알아차리고 짖었다. 이치
로는 산을 보자 아이처럼 혀뿌리를 드러내고 울어 젖혔다. 산은
우선 무전기기부터 벗겨 제 등에 진 뒤, 이치로를 부축해서 일으
켜 세우려고 했다. 그러나 이치로는 두 발을 움켜쥐곤 비명을 질
러댔다. 산은 다시 무전기기를 내려놓고 청룡과 주작에게 짧게 명
령했다. 잘 지켜! 그리고 뚱뚱보 이치로를 업고 고갯길을 오르기
시작했다. 이치로가 산의 어깨에 눈물을 닦으며 거듭 사과했다.

— 미안합니다. 잘못했습니다.

땀과 이치로의 눈물이 뒤섞여 산의 어깨가 축축했다. 고개바람
이 더운 기운을 순식간에 앗아갔다.

— 이치로! 이 멍청이, 바보 같은 놈아!

히데오가 두 사람을 발견하고 달려왔다. 이치로는 급히 내려서

려 했지만 산의 두 손이 이치로의 허벅지를 튕겨 올렸다.

— 이야기는…… 올라가서 하시오.

히데오의 독설이 이어졌다.

— 무전기기는? 힘들다고 던져버린 거냐? 총살당하고 싶어?

산이 걸음을 내딛기 힘들 만큼 이치로가 덜덜덜 떨었다. 산이 잰걸음으로 히데오와 거리를 벌였다. 고개를 돌려 그때까지도 앞니를 부딪치며 떨고 있는 이치로의 귀에, 처음으로 속삭였다.

— 걱정 마. 버리고 가지 않겠다.

놀란 이치로가 고개 숙여 이마를 산의 뒷목에 댔다.

— 감사합니다. 감사합니다.

산은 백암령에 올라서자마자 이치로를 조심조심 내려놓은 뒤, 장도를 꺼내 군화 끈을 툭툭 끊었다. 그리고 왼발부터 군화 밑창을 잡고 발을 빼내려 했다.

— 으윽!

이치로의 비명이 터져 나왔다. 뒤늦게 올라온 히데오가 제 주먹으로 이마를 쳤다.

— 언제부터 이랬어?

— 열흘 내내…….

이치로가 말끝을 흐렸다. 동상에 걸린 것이다. 첩첩산중 굽이굽이 고개를 넘는 동안, 발 관리를 하지 않은 탓이다. 매일 밤 땀을 닦고 양말을 바꿔야 하는데, 피곤을 이기지 못하고 차일피일 미뤘던 것이다.

— 멍청아! 이 멍청아!

히데오가 화를 참지 못하고 소리를 질러댔다. 산이 이치로의 군화 속으로 장도를 밀어 넣었다. 이치로와 히데오의 눈이 동시에 커졌다.

— 뭘 하려고?

산이 군화에서 발목을 감싼 부분을 칼코로 푹 찔러 넣었다. 히데오가 등 뒤에서 산의 어깨를 쥐었다.

— 무슨 짓이냐니까?

산은 시선을 돌리지 않고 남은 군화 한 짝도 칼코로 구멍을 냈다.

— 지금이라도 벗겨야 하오. 군화독까지 올랐다면 신을 신은 채로 발목을 잘라야 할지도 모르오.

— 발목을? 그 정도로 심각해?

산이 이번에는 칼을 수직으로 세워 구멍난 부분에서부터 발바닥 쪽으로 칼날을 내리그었다. 군화가 잘려나가면서 이치로의 시퍼렇게 부은 발이 드러났다. 너무 부어올라 복사뼈가 묻힐 정도였다. 발가락은 더욱 심각했다. 새끼발톱이 둘 다 빠졌고, 엄지발톱도 피와 고름에 엉켜 있다가 신을 벗기자마자 검은 피를 주르륵 흘려보냈다. 산은 가방에서 발감개를 꺼내 이치로의 두 발을 꼼꼼하게 감았고, 자신의 검은 목도리까지 풀어 이치로의 목에 둘렀다. 산은 양손바닥으로 눈물 때문에 갈라진 이치로의 뺨을 비빈 뒤 일어섰다. 히데오가 말을 걸기도 전에 먼저 걸음을 뗐다.

— 무전기기를 챙겨오겠소.

산은 고갯길을 다시 내려갔다. 개마고원의 아이들은 겨울 내내 동상을 달고 살았다. 발이 얼거나 손이 얼거나 귀가 얼거나 코가 얼었다. 산은 후회스러웠다. 쌍해가 여러 번 동상에 대비하여 발을 닦고 양말을 바꿔 신으라고 강조했었다. 잠들기 전에 간단히 점검만 했더라면. 이치로는 더 이상 흰머리를 추격하기 어려웠다. 저 상태로 하루나 이틀만이라도 더 간다면 발가락 끝에서부터 살이 썩어 들어갈 것이다. 그땐 신약新藥에 의지해도 발목을 자르는 수밖에 없다. 이치로를 고개 아래 마을까지 데려가는 것도 큰 문제였다. 100킬로그램이 넘는, 두 발을 쓰지 못하는 뚱보를 운반하기도 힘겹지만 그로 인해 적어도 반나절 어쩌면 한나절은 훌쩍 지나가버릴 것이다. 기껏 좁혀놓은 흰머리와의 거리가 배로 벌어진다. 내일 밤 백사봉 즈음에서 쌍해와 주홍을 만나기로 한 것도 마음에 걸렸다.

이치로는 떨었다. 개마고원 추위를 혼자 끌어안은 사람처럼. 히데오 역시 추웠지만, 바람을 등지고 이치로 앞에 섰다. 이치로가 고개를 들었다. 눈물 가득 고인 눈으로 엄한 상관을, 그 상관의 등 뒤로 솟은 잎갈나무를, 그 잎갈나무들 위를 채운 어둠을 쳐다보았다.

— 이치로!

— 네, 대 대 대장님!

앞니가 타다닥 부딪쳤다.

— 고향이 어디랬지?

— 교, 교토입니다.

— 제대 전엔 뭘 했고?

— 빠, 빵가게에서…….

— 제빵사였나?

— 그, 그냥 허드 드 드렛일을……하지만 꼭 제빵사가 되고 싶습니다.

— 이 밤이 지나면 걸을 수 있겠나?

— 최선을 다, 다…….

— 솔직히 말해라. 최선은 물론 다해야 하지만 네 발이 무전병의 의지대로 움직이겠느냐고?

— 최선을 다, 다…….

— 잘 들어라 이치로!

개마고원의 어둠이 잎갈나무를 삼켰다. 흔들리는 가지도 소리만 들릴 뿐이다.

— 우리 임무가 뭐냐?

— 호, 호랑이를 잡는 겁니다.

— 내일 아침 산과 나는 추격을 계속할 거다.

— 대장님!

— 넌 남는다.

― ……설마 나, 나만 혼자…….

― 참고 견디면 곧 구원병을 보내주겠다. 별거 아니다. 추위만 견디면 돼. 여긴 전쟁터도 아니고…….

― 아아!

이치로는 밀려드는 두려움을 이기지 못하고 쓰러졌다. 히데오가 달려와서 이치로의 멱살을 잡고 일으키려 했다. 이치로가 실성한 사람처럼 그 팔을 뿌리치며 같은 말을 반복했다.

― 안 돼. 안 돼. 안 돼. 안 돼.

이치로가 이마로 히데오를 들이받았다. 턱을 맞은 히데오가 주춤하는 사이, 스모 선수가 옆돌리기를 하듯, 이치로는 히데오의 허리를 잡고 굴렸다. 이치로의 육중한 몸이 배와 가슴에 얹히자, 히데오는 숨을 쉬지 못하고 캑캑거렸다. 이치로는 머리로 히데오의 턱을 밀어젖히며 주먹을 날렸다. 히데오의 코에서 피가 흘러 이치로의 주먹에 묻었다. 그래도 이치로는 주먹질을 멈추지 않았다.

― 철컥.

노리쇠가 후퇴전진하는 소리였다. 이치로의 두 주먹이 허공에서 멈췄다. 검은 눈동자가 비스듬히 올라갔다. 히데오의 권총이 이치로의 관자놀이에 닿았다.

― 대, 대장!

히데오가 권총 손잡이로 이치로의 이마를 찍었다. 이치로가 머리를 감싸 쥐며 옆으로 굴렀다. 성난 히데오가 이치로의 배를 타고 앉아서 양팔을 쭉 뻗어 총구를 얼굴에 겨눴다. 이치로는 눈을 질끈 감은 채 떨었다.

— 눈 떠!

이치로가 고개를 돌린 채 알아듣기 힘든 말을 작게 중얼거렸다.

— 이 새끼야. 눈 떠. 그냥 갈겨버린다.

이치로의 유난히 긴 속눈썹이 떨렸다. 힘겹게 눈꺼풀이 올라갔다. 미간에서 겨우 10센티미터도 떨어지지 않은 총구가 열 배는 커 보였다. 사팔뜨기처럼 검은 동자가 가운데로 쏠렸다.

— 복명복창해라. 이치로!

— ……대장.

목소리가 사그라지는 촛불 같았다.

— 남아서 기다린다!

— …….

이치로의 가슴과 배와 엉덩이와 두 다리가 동시에 떨렸다.

— 복명복창! 남아서…….

히데오가 시선을 내렸다. 이치로의 핏발 선 눈동자는 총구도 히데오도 아닌 그 너머 어둠을 쳐다보고 있었다. 히데오가 명령을 중지하고 천천히 고개를 돌렸다. 살기殺氣. 어둠 속 나뭇가지에서 표범 한 마리가 두 사람을 향해 뛰어내렸다. 히데오는 허리를 비틀며 표범의 앞발을 피해 나뒹굴었다. 표범은 이치로의 가슴에 소리 없이 올라섰다. 이치로는 겨우 총을 찾았지만 쥘 여유가 없었다. 히데오와 실랑이를 벌이면서 5미터도 넘게 뒹군 탓이다. 표범의 코가 이치로의 코에 닿았다가 뺨을 스치고 귓불 아래로 내려갔다. 목덜미를 물어뜯으려는 순간, 탕, 총성이 울렸다. 표범이 훌쩍 뛰어 히데오를 향해 공격 자세를 잡고 으르렁거렸다. 이치로를 구하기 위해 위협 사격을 한 것이다. 히데오가 다시 장전 손잡이를 당긴 뒤 정조준을 했다. 흥분을 가라앉히고 표범의 앞가슴을 조준했다.

— 죽여주마!

— 뒤!

히데오가 돌아서는 것보다 더 빠르게 또 한 마리의 표범이 어둠을 찢고 날아내렸다. 이치로를 공격한 놈보다 덩치도 더 크고 털도 길고 온몸에 난 매화무늬도 또렷했다. 단독생활을 즐기는 표범은 다 자란 후 같이 다니는 법이 없다. 독립을 앞둔 자식과 어미 사이인 듯했다. 표범이 앞발로 히데오의 오른어깨를 때린 순간 히데오의 손이 총을 놓쳤고, 두 발이 동시에 허공으로 떴다. 그리고 머리로 땅바닥을 찧은 후 백암령 아래로 굴러떨어졌다. 따라 내려가려는 표범을 다른 표범이 불러 세웠다. 표범은 아쉬운 듯 고갯길을 내려다보며 으르렁거린 뒤 이치로에게 달려들었다.

— 대장!

이치로는 겨우 두 글자를 뱉은 뒤, 두 마리 표범에게 목덜미를 물어 뜯겼다. 표범은 산이 씌워준 검은 목도리를 헤집지도 않고 그대로 송곳니를 박아 넣었다. 극심한 경련이 찾아들었다가 이내 고요해졌다. 겨울 산의 포식자는 단숨에 목뼈를 부러뜨리거나 동맥을 끊어 먹잇감을 제압한다. 특히 표범은 달리는 속도만큼이나 빠르고 정확하게 죽음을 선사했다. 표범의 예리한 발톱이 이치로의 방한복을 할퀴어 찢었다. 표범들은 머리를 맞대고 입을 쩌억 벌려 이치로의 살점을 질겅질겅 씹었다. 표범이 총을 든 사람을 덮친 것은 그만큼 굶주렸다는 증거였다. 붉은 피가 얼어붙은 바닥으로 철철철 흘렀다. 컹. 멀리서 개 짖는 소리가 들렸다. 표범들은 이치로의 어깨를 각각 물고 뒷걸음질을 치기 시작했다.

산이 막 무전기기를 등에 졌을 때 총성이 울렸다. 윈체스터, 히데오다. 위급한 상황이 아니고는 총을 쏘지 말 것을 강조한 이는 히데오였다. 청룡과 주작이 먼저 달려갔다. 산도 뒤따라 뛰며 흰머리를 떠올렸다가 지웠다. 흰머리라면 히데오에게 총을 쏠 기회조차도 주지 않았으리라. 컹. 청룡이 사스래나무 숲을 향해 짖었다. 산은 총 대신 장도를 꺼내 들었다. 한 마리라면 조준 사격을 하겠지만, 늑대나 들개처럼 어둠 속에서 떼 지어 기다리는 놈들이라면 모신나강은 무리다. 차라리 장도로 녀석들의 급소를 빠르게 찌르는 편이 낫다. 까악. 까마귀들이 몰려든다. 불길하다. 먹잇감을 발견하지 않고는 떼로 다니지 않는다. 컹. 이번에는 주작이 짖었다. 차분하다. 적어도 포식자는 아니라는 뜻이다. 개들은 짝자래나무를 둘러싸고 돌았다. 그 속에서 앓는 소리가 들렸다. 산이 팔을 뻗어 쓰러진 자의 어깨를 잡고 뒤로 젖혔다. 히데오가 침과 피가 뒤섞인 가래를 산의 가슴에 뱉어댔다. 그리고 다시 정신을 놓기 직전, 혀끝에 힘을 모아 한마디를 흘려보냈다.
　― 표범!

산은 히데오 곁에 무전기기를 놓고 모신나강을 들었다. 윈체스터를 쏜 히데오가 고갯길을 굴렀다면, 두 발을 쓰지 못하는 이치로의 최후는 짐작하고도 남았다. 버리고 가지 않겠다고 했을 때, 이치로가 짓던 양볼이 부풀어올랐던 미소! 둥글게 작아지던 그 눈!

— 또 이런 일이…….

산은 윗니로 아랫입술을 피멍이 들 만큼 힘껏 물었다. 옹이 죽고 수가 팔을 잃은 뒤론 누구에게도 정을 주지 않으리라 결심했었다. 하지만 그 결심을 잊고 잠깐 마음을 기울인 게 또다시 파국을 부를 줄이야. 산은 장전 손잡이를 당긴 뒤 고개 위로 올라섰다. 이치로와 히데오의 총이 먼저 눈에 띄었다. 이치로가 주저앉았던 자리로 가서 섰다. 끌려간 방향으로 마른풀이 누웠다. 발자국을 확인하니 삵보다는 크고 호랑이보다는 작았다. 히데오의 말처럼, 표범이었다. 그것도 한 마리가 아니라 두 마리가 사이좋게 이치로를 끌고 갔다. 산은 청룡과 주작을 등 뒤로 세우고, 총구를 땅에서부터 허공으로 다시 허공에서 땅으로 휘저으며 한 걸음 한 걸음 나아갔다. 표범이 다 먹어 치우기 전에 시신만이라도 챙겨야 한다. 산은 방아쇠에 올려놓았던 오른손을 내려 허리춤에 꽂아둔 장도를 확인했다. 머릿속으로 표범 두 마리를 해치우는 상상을 했다. 달려드는 놈의 가슴을 명중시킨 다음 연이어 덤비는 놈과 뒤엉켜 구르며 목덜미에 은장도를 박는다! 둘 중 하나라도 상상과 어긋나면, 산 역시 표범의 저녁거리로 전락한다.

열아홉 여덟 일곱. 산은 남설령 쪽 내리막 능선이 시작되는 지점을 가늠하며 걸었다. 어긋나게 겹친 크고 날카로운 바위들. 표범은 강한 턱으로 이치로의 시체를 가파른 바위까지 끌어올려 놓았다. 바위와 바위 사이에서 누구의 방해도 받지 않고 포식을 즐긴 후 살점이 남으면 깊숙이 숨겨둘 작정인 것이다. 막아선 바위 때문에 산은 자세를 잡기도 어려웠고 표범의 움직임을 포착하기는 더욱 힘겨웠다. 바위 언덕은 표범에게는 최적이고 사냥꾼에겐 최악이었다. 산은 무작정 올라가서는 승산이 없다고 판단했다. 손을 들자 주작이 달려왔다. 주작의 머리를 가볍게 어루만지고 턱을 손가락 끝으로 긁어주었다. 산은 휘파람과 함께 표범이 숨었음직한 가파른 바위 쪽을 가리켰다. 주작이 긴 허리와 강한 다리로 경쾌하게 바위를 차고 올라갔다. 주작의 머리 위를 조준점으로 삼고 총구를 조금씩 들었다. 탁 탁탁. 셋째 바위에 주작의 앞발이 닿는 순간, 덩치가 작은 표범이 바위에서 허공을 향해 곧장 뛰어내리면서 주작의 옆구리를 물었다. 급습을 당한 주작은 힘에 밀려 표범과 함께 바위 아래로 떨어졌다. 등과 머리를 부딪친 쪽은 주작이었고, 표범은 교묘하게 주작의 배와 가슴에 기대 충격을 줄였다. 주작이 반격을 가하기 전에 앞발로 주작의 주둥이를 때린 뒤 고개를 숙여 목덜미를 물었다. 산이 총을 쏜 것은 바로 그 순간이었다. 주작의 목에 송곳니가 박힌 표범은 총성을 듣고도 피하지 못한 채 가슴을 맞았다. 탄환은 살갗을 파고들어 폐를 찢어놓았다. 표범이 주작 위로 쓰러졌다. 청룡이 컹 짖으며 산의 등 뒤로 뛰어올랐다. 남은 표범이 은밀히 산의 뒤로 돌아가서 숨었다가 달려든 것이다. 표범과 청룡이 엉킨 채 떨어지다가 산의 등을 치고는 더 아래로 굴렀다. 청룡은 표범의 오른쪽 앞발을 문 채 머리를 좌우로 미친 듯 흔들어댔다. 표범이 비스듬히 쓰러진 채 뒷발로 배를 노렸지만 청룡은 물구나무서듯 두 발을 허공에서 껑충껑충 놀리며 피했다. 산은 왼손으로 표범의 목을 감아 턱을 당기며 가슴을 장도로 찔렀다. 심장을 단번에 꽂지 못하면 산도 청룡도 위험했다. 온몸을 휘젓던 표범의 기세가 차츰 꺾이기 시작했다. 산은 왼손을 풀어 장도를 쥔 오른손 위에 얹고 앞매기가 살에 묻히고 칼자루가 피범벅이 될 때까지 힘을 쏟았다.

주작은 표범의 시체 아래 깔린 채 가쁜 숨을 몰아쉬고 있었다. 산은 표범의 시체를 먼저 들어내고, 피가 뿜어 나오는 주작의 목을 천으로 단단히 감쌌다. 산은 주작의 주둥이에 손을 갖다 댔다. 주작이 겨우 혀를 내밀어 손바닥에 댔다. 핥지는 못했다. 산은 그 손으로 주작의 머리를 쓸었다. 상처가 깊었다. 산 대신 짊어진 상처였다. 산은 주작이 새벽까지 견딜 수 없음을 잘 알고 있었다. 지옥과도 같은 고통의 시간을 줄여주는 것이 사냥개에 대한 마지막 배려였다. 청룡이 다가와서 주작의 엉덩이 냄새를 맡고 또 목덜미 묶은 천을 핥고 마지막으로 제 귀를 주작의 귀에 비빈 뒤 물러섰다. 커컹. 고개를 들고 늑대처럼 짖었다. 산이 손바닥으로 주작의 눈을 가린 뒤 장도로 가슴을 단숨에 찔렀다.

— 주작!

산은 이 밤을 잊지 않으려는 듯 되뇌었다.

히데오의 상처는 깊지 않았다. 이마가 3센티미터 정도 찢겼고 왼쪽 옆구리에 벌겋게 멍이 들었지만 걷는 데는 지장이 없었다. 산은 히데오 곁에 청룡을 붙여두고 바위 틈으로 기어 올라가서 이치로의 시신을 수습했다. 두 다리와 엉덩이는 뼈만 남았고 살점이 많은 배와 가슴 부위에서는 내장과 폐가 터져 나와 있었다. 산은 히데오가 졌던 막에 이치로의 시신을 모은 후 질끈 동여매고 내려왔다. 그런 다음 주작의 시체 역시 들고 와 바위와 바위 사이 가로 세로 1미터쯤 되는 공간에 뉘었다. 얼어붙은 땅을 삽이나 괭이도 없이 파기는 어려웠다. 나무와 풀과 돌들을 주워 주작을 뉜 곳을 메웠다. 까마귀나 삵이 파헤치지 못하도록 모서리마다 나무와 돌을 꽉 끼웠다.

히데오는 무전기기가 무거운지 자꾸 어깨를 들썩였다. 산은 이치로의 시신을 싼 막을 어깨와 허벅지 두 군데로 동여매 등에 졌다.

— 내려놔. 적당히 처리하지.

히데오는 낙타 혹처럼 불룩한 막을 쳐다보았다.

— 주작이라고 했나? 저 개처럼…….

— 이치로는 개가 아니오.

산이 고개만 돌려 쏘아붙였다. 히데오도 지지 않고 받아쳤다.

― 시신을 등지고 호랑이를 쫓았다는 얘긴 들은 적 없어.

― 그 무전기기나 내려놓으시오.

― 아냐. 가져가야 해. 대답해. 시신을 등진 채 호랑이를 추격할 작정인가?

― 조짐이 좋지 않소.

― 조짐?

― 맞바람이 거세지고 있소. 두어 시간 지나면 눈을 뜨고 걷기조차 어려워질 거요. 밤길을 다투다가 굶주린 맹수를 만나거나 비탈을 굴러 발이라도 다치는 날엔 얼어 죽기 십상이오. 잠시 피하도록 해야겠소.

― 피하다니? 너답지 않은 말이로군. 이치로의 죽음에 겁이라도 먹은 거야? 낮밤 없이 호랑이를 추격하는 사냥꾼이 바로 산이라고 수가 거듭 자랑했는데, 다 거짓말이었어? 좋아. 나 혼자서라도 가겠어.

히데오가 목소리를 높이며 성큼 나섰지만 산은 만류하지 않았다. 갈 테면 가보라는 식이었다. 히데오가 예닐곱 걸음을 떼기도 전에 우우우우웅 크고 긴 늑대 울음이 메아리쳤다. 맞은편 골짜기에서 들려오는 울음이었다. 히데오는 걸음을 멈추고 총구를 겨눴다. 늑대들의 울음이 돌림노래처럼 잇달았다. 산이 히데오 곁에 나란히 서서 울음이 들려오는, 별 하나 없는 계곡의 하늘을 우러렀다. 히데오가 고개를 돌리지 않고 총을 든 채 물었다.

― 한뎃잠을 피할 곳이라도 있어?

산은 답하지 않고 앞서 걷기 시작했다. 남설령으로 뻗은 능선 대신 서북쪽 에움길을 택했다.

산은 꼬박 한 시간을 어둠에 묻힌 길 아닌 길을 걸어 너와집에 닿았다. 너와 재료로 쓰이는 소나무들에 둘러싸인 집은 대문을 보이고서도 제 모습을 전부 드러내지는 않았다. 목탁 소리와 함께 대문 옆으로 튀어나온 외양간에서 늙은 소가 게으른 울음을 울었다. 암자였다. 개마고원 포수들은 굽이굽이 산 속에 숨은 암자들을 손바닥 보듯 했다. 사냥 중 길을 잃거나 다치거나 굶주릴 때 그들은 마지막으로 이 작은 법당과 승려들을 찾아갔다. 불심이 깊든 얕든 상관없이, 암자는 포수들의 지친 심신을 달래고 재충전하는 데 가장 좋은 피난처였다. 산은 사람을 찾지도 않고 문부터 열었다. 삐걱. 소리와 함께 문이 열렸고 청룡이 그 틈으로 먼저 뛰어 들어갔다.

산은 방에서 나온 노승에게 합장부터 했다. 흰 수염을 명치까지 기른, 눈썹도 온통 하얗게 센 노승은 산과 히데오의 손에 들린 총을 보고서 다시 안방으로 들어갔다. 끊어졌던 목탁 소리가 이어졌다. 처마 끝에 달린 물고기 모양 풍경風聲이 울었다. 산은 이치로의 시신을 담은 막을 마루에 올려놓고 그 옆에 무릎을 꿇었다.

― 표범에게 당한 청년입니다.

노승의 이름은 두더지였다. 따로 이름이나 법명이 있겠지만, 그는 스스로를 두더지라고 불렀고 드물게 암자를 찾아오는 중생에게도 두더지면 족하다고 했다. 두더지 선사는 웅의 오랜 벗이었다. 쌍해의 말에 따르면, 두 사람은 젊은 시절 함께 압록강을 건너간 사이였다. 웅은 돌아와서 사냥꾼이 되었고 두더지는 돌아와서 불가에 귀의했다. 산에게 탱화를 처음 권하고 가르친 이도 그였다. 수많은 짐승을 죽였으니 자식 하나쯤은 탱화를 그리며 부처님 전에 자비를 구해야 하지 않겠냐며, 산의 출가를 권한 이도 그였다. 웅이 비명에 가고 수의 팔 하나도 사라졌을 때, 복수를 다짐하는 산의 따귀를 후려친 이도 그였다. 피는 피를 부르고 죽음은 죽음을 낳는 법. 산은 두더지 선사의 충고를 뿌리치고 7년 내내 흰머리를 쫓았다. 두더지 선사로부터 배운 탱화는 백호를 추격하기 위한 탄환 벌이로 쓰였다.

무릎을 꿇고 침묵을 지키는 산에게 히데오가 종용했다.

— 시간이 없어. 축지법이라도 써야 할 판에 무슨 짓이지? 네 뜻대로 이치로를 이 절에 맡겼으니, 서둘러. 어서 가자고.

초조한 히데오와 달리 산은 눈도 마주치지 않은 채 느릿느릿 답했다.

— 풀어야 할 일이 있소. 잠시만 기다려주시오. 이치로를 위하는 일이기도 하오.

― 이치로? 이미 죽은 병사를 어떻게 위한다는 거지? 전투든 사냥이든 시간이 가장 중요해. 넌 너무 복잡해. 흰머리에게만 집중해도 잡을까 말까인데, 겉으로는 오로지 흰머리만 쫓는 듯해도 땅속 칡뿌리처럼 온갖 잡념이 엉켜 있어.

― 내 보기엔 대장이야말로 나보다 훨씬 뒤틀린 구석이 많은 듯하오.

그때 방 안에서 노승의 목소리가 들렸다.

― 잡새처럼, 불당에서도 네가 옳다 내가 옳다 다투는 게냐? 썩 들어오너라.

산이 모신나강을 이치로의 시신 곁에 놓고 두 손을 모은 채 방으로 들어갔다. 모름지기 포수는 손에서 총을 놓지 않아야 한다는 웅의 가르침도 이 순간만은 예외였다. 히데오는 군홧발로 땅을 퍽 퍽 차대며 엉뚱한 곳에 화풀이를 했고, 청룡은 앞마당 구석에 놓인 삼층탑 아래에 배를 깔고 엎드렸다.

산은 방 정면에 가부좌를 틀고 앉은 비로자나불상을 향해 양손을 모으고 허리를 숙였다. 온화한 미소 대신 잔뜩 찌푸린 얼굴은 불만에 가득 찬 것도 같고 고통에 신음하는 것도 같았다.

― 돌아오지도 못한 놈이 손은 모아서 뭣해?

두더지 선사는 산이 앉기도 전에 죽비를 휘두르듯 야단부터 쳤다. 흰 눈썹에 흰 턱수염. 주름진 살결도 밀을 빻아놓은 가루처럼 흰빛이다.

― 곧 끝납니다. 끝나면 꼭…….

― 어리석은 놈! 아직도 네 멋대로 끝을 낼 수 있다고 믿느냐? 너 하나 때문에 얼마나 많은 생명이 다치고 죽었는지를, 표범에게 당한 시신을 이곳까지 가져오고도 몰라? 시작만 하려는 놈에게 끝이 어디 있어?

― 해수격멸대는 제가 끌어들인 게 아닙니다. 총독이 직접 챙기는…….

두더지 선사가 또 말을 잘랐다.

― 내 탓 네 탓 하자는 게 아니다. 얽혀들어 더 큰 화를 부른단 말이지. 네가 없었다면, 저 청년이 표범에게 물려 이승을 마쳤겠느냐? 표범에게 잘못을 돌리는 어리석음에서 벗어나지 못한 게야? 표범이 원래 그러한 줄 몰랐더냐? 불행의 씨앗은 바로 너다. 너로 인해 꼬리에 꼬리를 물고 악연이 만들어지고 있어.

― 악연을 끊고자 이러는 겁니다.

― 멍청한 놈! 네가 호랑이를 죽인다고 악연이 끊겨? 호랑이가 널 잡아먹는다고 악연이 끊겨? 오히려 저승까지 원한이 바위처럼 커질 게다.

― 특별히 산신각을 짓고 흰머리를 위해 공양을 올리는 줄은 압니다만, 놈은 산신도 뭣도 아닙니다. 맹수입니다.

두더지 선사가 손을 들어 산을 가리켰다.

― 이놈 맹수야, 썩 물렀거라! 부처 눈엔 부처만 보이고 맹수 눈엔 맹수만 보이느니라. 총 들고 칼 들고 그물 들고 덫과 올무 든

맹수가 누구냐? 바로 너다.

— 7년입니다.

— 백 년이 1초보다 짧고, 1초가 백 년보다 길지. 세월을 내세우는 놈 치고 제 길 찾는 놈 못 봤다.

— 이 겨울까지만 하겠습니다. 봄이 와도 끝이 나지 않으면 스님 말씀대로…….

— 봄에 할 놈이 지금은 왜 못해? 미루고 미루며 7년이 흐르지 않았느냐? 결단을 내려! ……산아!

결단을 내리라는 독촉과 산아! 라는 부름 사이에 5초 남짓 정적이 흘렀다. 숲을 후려치는 칼바람 같은 말투가 침묵을 사이에 두고 언 강 위로 조용히 내리는 밤눈 같은 말투로 바뀌었다. 산아. 짧은 침묵에는 산을 걱정하는 두더지 선사의 마음이 담겨 있었다. 턱을 치켜든 두더지 선사의 표정은 비로지나불상을 빼닮았다. 그것은 고통 그것은 슬픔 그것은 안타까움 그것은 걱정이었다. 산이 고집을 꺾지 않고 답했다.

— 정말 이번이 마지막입니다. 딱 한 번만 더 해보겠습니다.

산은 부엌에서 냉수 한 바가지를 떠서 청룡에게 먹였다. 그리고 다시 합장 후 암자를 빠져나왔다. 왔던 길을 되돌아 내려가며 산은 내내 침묵했다. 히데오가 말을 붙일 수도 없게 속보로 쭉쭉 앞서 걸었다. 암자의 초입에 도착해서야 산은 걸음을 늦췄다. 약이 오른 히데오가 단숨에 거리를 좁혀왔다.

— 밤새 쫓으면 잡을 수 있지 않나?

— 어렵소.

— 이유가 뭔가?

산이 연이은 질문을 받아쳤다.

— 흰머리는 내 몫이라고 분명히 말했소.

— 웃기는군. 개마고원이 얼마나 넓은데, 꼭 너만 흰머리를 찾을 수 있는 것처럼 지껄이는군.

— 어디에 포위망을 쳤소?

산이 불쑥 물었다.

— 포위망이라니?

히데오가 딴전을 부렸다.

— 총독부에 보고하는 건 핑계거리에 불과하오. 험준한 고원을 세로로 질러가는데 며칠 보고하지 않는다고 큰 문제될 건 없었소. 이치로를 꼭 데려가야 했던 건 흰머리가 가는 길을 미리 살펴 병력을 배치하기 위해서가 아니었소?

— 개소리 마!

산이 갑자기 히데오를 두고 달리기 시작했다. 무전기기를 멘 채 산을 따르기란 불가능했다. 산을 놓치면 흰머리를 추격하기 어렵다. 빠른 타협이 필요했다. 히데오가 헉헉대며 따르다가 큰 소리로 불렀다.

— 산!

산이 돌아섰다. 히데오가 산이 멈춘 곳까지 한달음에 뛰어갔다.

— 백사봉이다.

— 병력은?

— 1개 중대.

— 당장 무전을 치시오, 몰살당하고 싶지 않다면.

— 일본군 정예병을 우습게 보는군. 기관총으로 중무장했어. 혹시 흰머리가 백사봉이 아니라 다른 곳으로 향하고 있는 건 아닌가?

— 황토령 동점령을 지나왔듯이 백사봉으로 갈 것이오.

— 그럼 이렇게 서두를 필요는 없겠군. 보나마나 온몸에 탄환을 맞고 즉사할 거야. 호랑이 가죽 벗기는 일은 특별히 네게 맡기지.

— 우리 사이에 끼어들지 말았어야 했소.

— 우리? 흰머리랑 꼭 사귀는 것처럼 말하는군.

— 이유를 설명하겠소.

— 응?

— 우리가 밤새 흰머리를 쫓아도 간격을 좁히지 못하는 이유.

산이 처음 히데오의 질문을 상기시키듯 반복해서 말했다. 히데오는 산의 눈을 들여다보았다.

— 내가 흰머리를 쫓는 것이 아니라 흰머리가 날 이끌기 때문이오.

— 백호가 널 이끈다고?

— 그렇소.

— 웃기지 마. 자고로 들짐승은 달아나고 포수는 추격하는 법이

지. 제아무리 백호라고 해도 들짐승이 포수를 뿌리치지 않고 이끄
는 법은 없어.

산의 입가에 쓸쓸한 미소가 맺혔다 사라졌다.

— 백사봉의 병사들을 죽이는 건 흰머리가 아니라 히데오 당신
이오.

동점령의 주홍과 쌍해는 동이 트기도 전에 아침을 먹었다. 쌍
해의 사촌형이 돼지국물에 국수를 말아 가지고 온 것이다. 쌍해는
단숨에 세 그릇을 뚝딱 해치웠고, 그미는 돼지기름 둥둥 떠다니는
국물은 차마 마시지 못했지만 김이 모락모락 나는 사리는 부지런
히 나무젓가락을 놀려 다 건져 먹었다. 사촌형은 국수 외에도 조
랑말 두 필을 끌고 왔다. 쌍해는 그동안 자신이 잡아준 늑대며 사
향노루며 반달가슴곰을 합치면 조랑말 값은 넉넉히 치르고도 남
는다며 너스레를 떨었다. 그미는 가슴에 검은 점이 나비 날개처럼
박힌 조랑말을 택해 가볍게 안장에 올라앉았다.

— 말타기는 어디서 배웠습니까?

— 대학에서 종마 두 필을 연구용으로 키웠어요. 반년 정도 제
가 관리했는데, 그때 슬쩍슬쩍 탔답니다.

— 학교에서 별거 다 가르칩니다그려.

쌍해는 소학교 문턱도 넘은 적 없는 일자무식이다.

— 요기는 든든히 하셨죠? 백사봉까지 쉬지 않고 가야 해가 지
기 전에 닿습니다.

산이 이틀 꼬박 동점령에서 백암령과 남설령을 지나서 백사봉을 향해 산길로 나아가는 동안, 쌍해는 조랑말의 힘을 빌어 평원을 세로로 질러갈 참이었다.

— 어서 떠나기나 해요.

쌍해가 말채찍을 휘두르며 먼저 출발하자, 그미도 두 발의 복사뼈로 말의 옆구리를 차며 달려나갔다. 앞발을 핥으며 게으름을 부리던 현무도 넓고 단단한 어깨를 흔들며 신나게 고갯길을 질주했다.

남설령에 닿으니 서쪽 하늘이 희부옇게 밝아왔다. 산은 고개를 넘어 200미터쯤 더 내려가다가 장정 대여섯 명은 거뜬히 둘러앉을 그루터기 옆에서 흰머리의 발자국을 찾아냈다. 히데오가 그루터기에 무전기기를 내려놓으며 물었다.

— 언제 지나갔나?

— 열여섯 시간 전에. 곧 백사봉에 닿을 거요.

— 좋은 소식이군. 전투태세에 돌입할 시간이야.

히데오가 그루터기로 올라앉았더니 두 발을 크게 벌려 그 사이에 무전기기를 놓았다. 안테나를 최대한 뽑고 스위치를 켰다. 지이잉. 잡음이 수화기를 타고 고막을 흔들었다. 급히 수화기를 내리고 스위치를 껐다. 그리고 무전기기에 붙은 다른 스위치들을 하나하나 켠 뒤 다시 송수신 스위치를 켰다. 지이이이이잉. 이번에는 더 크고 오래 잡음이 이어졌다. 병사 없는 장교는 앉은뱅이에 곰배팔이라는 속언이 엉터리는 아니었다. 지금까지 히데오는 이치로가 건넨 수화기를 들고 통화만 했을 뿐이다. 아무리 기억을 더듬어도 작동법이 생각나지 않았다. 히데오가 주먹으로 무전기기를 부술 듯 두드려댔다.

— 이치로 이 멍청한 놈! 왜 빨리 뒈져가지고…….

곧장 걸어온 산이 무전기기를 고개 아래로 던져버렸다. 너무 갑작스럽고 뜻밖의 행동이었기 때문에, 히데오는 무전기기가 시야에서 사라져 바위에 부딪쳐 박살이 나는 소리를 듣고서야 무릎을 펴며 일어섰고, 산을 향해 주먹을 내질렀다. 산은 그 손목을 쥐고 돌려 히데오의 등 쪽으로 꺾었다.

— 으윽, 이거…… 놔!

— 이치로 얘기 다시는 꺼내지 마시오. 한 번만 더 그를 욕하면 손목부터 부러뜨리겠소.

— 아, 알겠어.

— 한시라도 빨리 백사봉에 도착해야 한 명이라도 더 구할 수 있소. 지금부터는 뒤돌아보지 않고 달릴 거요. 뒤처져도 그냥 버리고 가겠소. 무전기기 따윈 잊으시오. 전투태세를 취하든 말든, 그들은 흰머리의 상대가 아니오.

산이 히데오의 등을 떠밀며 손목을 풀었다. 히데오가 잔뜩 얼굴을 구기며 팔을 흔들었다.

— 하, 하나만 묻자. 이미 늦었다면? 흰머리가 그렇게 대단하다면, 열여섯 시간이나 우리랑 차이가 난다면, 아무리 힘껏 달려도

벌써 상황 끝이지 않나?

산의 아랫입술이 떨렸다.

— 그렇지 않기를 빌 뿐이오.

— 빈다? 뭘?

— 1개 중대라면 흰머리도 낮에 덮치기엔 부담스러울지도 모르오.

— 그럼 밤까지 기다릴 수도 있다?

— 밤에는 호랑이를 당할 자가 세상에 없소.

— 정말 흰머리를 영물이라 여기는가?

산은 즉답을 피한 채 몸을 돌려 백사봉을 향해 달리기 시작했다. 컹. 청룡이 짧게 히데오를 향해 짖었다. 히데오는 손목을 돌리며 혼잣말을 했다.

— 그래봤자 들짐승일 뿐이야, 힘만 믿고 날뛰는.

히데오의 발걸음은 경경쾌쾌했다. 무전기기를 지지 않고 뒤바람까지 거세니 허공 속을 달리는 듯했다. 양털구름이 산과 히데오를 지나쳐서 먼저 백사봉을 향해 흘러갔다.

해수격멸대로 특별 편성된 중대는 3개 소대로 갈라져 백사봉에 배치되었다. 삼각형의 세 꼭짓점에 기관총 석 정을 두고 계곡을 에워쌌다. 기관총을 중심으로 1소대원과 2소대원의 총구는 정면을 향했고, 등성이에 진을 친 3소대원은 호랑이가 시야에 들어왔을 때만 발포를 허락 받았다. 격멸대원끼리 총격전을 벌이는 것을 막기 위함이었다. 중대장인 기요시 대위는 히데오와 여러 차례 연락을 취하려 했지만 불통이었다.

— 흠, 한심한 노릇이군!

기요시는 충칭重慶 근방에서 석 달 내내 격전을 치른 뒤 본국으로 돌아가는 기차 안에서 해수격멸대 배치를 명령 받았다. 호랑이 한 마리만 죽이면 끝나는 간단한 일이라고, 게다가 그놈을 잡으면 포상금까지 두둑하다고 부하들을 다독였다. 중대원들도 겨우 호랑이 한 마리에 중대 병력이 다 출동할 필요가 있느냐며, 1개 분대만 보내자고 맞장구를 쳤다. 그런데 백사봉에서 대기하라는 명령을 받은 뒤 하루가 꼬박 지났건만 호랑이는 물론 히데오로부터 무전 한 통 없다. 과연 오긴 오는가. 중대원 모두 똑같은 심정이었다. 1초 1초가 답답하고 짜증스러웠다.

중대에게 백사봉의 밤은 갑작스럽고 추웠다. 지금쯤이면 외박증을 끊고 도쿄의 밤거리를 돌아다니거나, 부모나 애인을 만나 맛난 술과 밥을 먹으며 무용담을 늘어놓을 시간이었다. 분노가 스멀스멀 벌레처럼 기어 올라왔다. 도쿄와 개마고원은 천당과 지옥이었다. 대낮에도 귀가 떨어질 듯 아리더니 해가 지기 시작하자 사타구니까지 얼어붙었다. 물론 충칭에서도 추운 계절을 견디며 전투를 벌였다. 밥을 먹을 겨를도 없이 사흘 밤 사흘 낮 게릴라들과 쫓고 쫓기며 싸웠고, 씻지도 못한 채 보름을 걷고 죽은 전우의 경직된 시체를 쌓아 참호를 만들고 언 손을 호호 불며 경계 근무를 서기도 했다. 그러나 전투가 전투로 이어지는 나날이었기에 오늘 다치거나 죽지 않았다는 사실만으로도 열악한 상황을 이겨낼 수 있었다. 지금 병사들의 마음가짐과는 전혀 달랐다. 크게 공을 세운 뒤 오직 즐거움과 평안만이 가득한 도쿄로 돌아가다가 엉뚱한 곳에 버려진 것이다. 게다가 그곳은 입술을 여는 순간 혀가 얼고 바지 앞섶을 푸는 순간 사타구니에 찬 서리가 내리는 땅, 개마고원이었다. 말 그대로 1분이 1년 같았다.

흰머리를 처음 발견한 이는 1소대 기관총 사수 카즈오 병장이었다. 조수인 타다시 일등병이 계곡 아래를 주시하는 동안 카즈오는 급조한 참호 진지에 등을 대고 어둠에 젖은 산봉우리 쪽을 올려다보며 담배를 빼어 물었다. 빨갛게 담뱃불이 타들어갔다. 개마고원의 겨울밤과는 어울리지 않는 여유로움이었다.

— 어!

카즈오가 짧게 외치며 타다시의 어깨를 짚었다.

— 이러지 마십시오.

타다시가 장난치지 말라는 듯 어깨만 으쓱했다.

— 야! 빨리!

카즈오의 목소리가 다급했다. 타다시가 고개를 돌리기도 전에, 카즈오가 방아쇠를 당겼다.

백사봉에 먼저 닿은 이는 쌍해와 주홍이었다. 해가 뉘엿뉘엿 지기 시작했다. 점심도 굶고 평원을 내달린 탓에 두 사람 모두 춥고 배고팠다. 밤이 깊어지기 전에 요기부터 해결하자고 쌍해가 다가와서 권했다. 맹수 사냥 중에는 제때 밥 먹는 행운을 누리기 어려운 법이다.

— 꼼짝 마!

계곡 입구 공터에서 놀란 조랑말이 앞발을 들며 고개를 휘저었다. 주홍은 겨우 허리를 숙이고 이마를 조랑말의 뒤통수에 붙여 낙마 위기를 벗어났다. 스무 살을 넘겼을까. 앳된 병사 둘이 쌍해와 주홍을 향해 총을 겨눴다. 안경잡이는 마르고 키가 컸으며 여드름쟁이는 목이 짧고 배가 제법 많이 나왔다.

— 컹커엉.

현무가 짖으며 달려들 듯 앞발을 흔들자, 안경잡이의 총구가 반사적으로 이 노련한 사냥개에게 향했다. 현무와 총구 사이로 재빨리 끼어든 이는 쌍해였다.

— 비켜!

안경잡이가 일본어로 명령했다.

— 물지 않습니다. 착해요.

쇠도리깨까지 어깨에 멘 거구의 쌍해가 조선어로 답하자, 안경잡이는 총구를 내리는 대신 두 걸음 더 다가서며 총구를 현무에게서 쌍해로 돌렸다. 현무가 쌍해의 앞으로 썩 나서며 더욱 맹렬히 짖자, 이번에는 여드름쟁이가 노리쇠를 후퇴전진시킨 다음 방아쇠에 검지를 갖다 댔다.

— 그만!

그미가 또렷한 일본어로 소리쳤다. 목소리가 송곳처럼 날카로 웠던 탓에, 두 병사의 시선이 그미에게 향했다.

— 내 개예요. 잘 훈련된 풍산개라고요. 총구를 들이대니, 우릴 지키려고 짖는 거예요. 총구만 내려놓으면 짖지 않을 거예요. 부탁 입니다. 제발.

안경잡이와 여드름쟁이가 시선을 교환한 뒤 동시에 총구를 내 렸다. 현무는 언제 그랬냐는 듯 엉덩이를 땅에 대고 앉더니 턱을 들고 주위를 두리번거렸다. 안경잡이가 명령조로 말했다.

— 내리시오.

주홍이 말에서 내리자마자 물었다.

— 어디 소속이에요?

여드름쟁이가 나온 배를 더 디밀었다.

— 우린 해수격멸대입니다. 여긴 출입금지입니다. 돌아가세요.

— 무엇 때문이죠?

이번엔 안경잡이.

— 소문 못 들으셨습니까?

— 소문이라고요?

— 흰 호랑이가 곧 온답니다. 우린 그놈을 죽일 거고요.

그때 첫 번째 총성이 울렸다. 그미와 쌍해는 물론 병사들까지 깜짝 놀라서 계곡을 향해 총구를 겨누며 돌아섰다. 안경잡이가 주 홍에게 경고했다.

— 왔나봅니다. 사람 여럿 잡은 호랑이랍니다. 위험하니 당장 돌아가세요.

병사들은 벌써 어둠이 무릎까지 내려앉은 계곡으로 돌진했다. 1초라도 빨리 죽음의 아가리로 들어가려는 것처럼.

백사봉을 2킬로미터쯤 앞두고, 산과 히데오도 총성을 들었다.

— 놈이 우릴 기다려줬군.

히데오가 히죽거렸다. 산이 흘러내린 앞머리를 아랫입술만 놀려 후후 입김으로 불었다.

— 우릴 기다린 게 아니라 지옥을 선물할 작정을 한 거요.

— 지옥이라고?

— 흰머리가 얼마나 영악한지 당신은 아직 모르오.

— 그래봤자 들짐승이지. 기관총 몇 방에 숨이 끊어지고 말걸.

— 놈은 어둠의 지배자요. 지배자는 무엇이든 할 수 있소. 백사봉을 지옥으로 만들 수도 있고 살아 움직이는 모든 것에 죽음의 기운을 불어넣을 수도 있소.

— 뭡니까?

타다시 일등병이 고개를 젖힌 채 물었다.

— 나도 몰라.

카즈오 병장이 의외로 담담하게 답했다.

— 맞췄습니까?

— 모른다니까.

— 혹시……그 흰 호랑이?

— 네가 가봐.

— 예? 왜 제가 갑니까? 사격한 분은 카즈오 병장님입니다.

— 명령이다. 엄호해줄 테니 어서 가.

카즈오는 계곡으로 향했던 기관총을 봉우리를 향해 옮겼다. 타다시가 철모를 당겨 쓰고 참호 밖으로 나섰다. 허리를 잔뜩 숙인 채 한 걸음 한 걸음 전진했다. 녹지 않은 눈과 나뭇잎과 풀이 군홧발 밑에서 기괴한 소리를 냈다. 이 세상에 존재할 것 같지 않은, 살갗을 찢고 뼈 속으로 파고드는 소리가 타다시의 발을 더욱 무겁게 만들었다. 모래주머니를 차고 사막을 걷는 기분이었다. 20미터쯤 전진한 타다시가 고개를 돌렸다.

— 아무것도 없습니다.

— 조금만 더 가봐.

— 그냥 돌아가고 싶습니다.

— 10미터만 더.

타다시가 5미터를 전진하여 둥근 바위에 어깨를 기댔다. 그 순간 바위 위에서 검은 들짐승이 날아내려 타다시의 머리를 단숨에 후려쳤다. 타다시는 비명도 지르지 못한 채 풀숲에 쓰러졌다.

산과 히데오가 1킬로미터쯤 더 전진해 자작나무 숲에 이르렀을 때, 다시 총성이 터져 나왔다. 어둠은 이제 무릎을 지나 엉덩이까지 감쌌다. 허리를 숙이고 이동한다면 그 어둠이 눈썹에서 찰랑댈 정도였다. 단발이 아니라 드르륵 기관총 긁는 소리가 번갈아 들렸다. 수리부엉이 한 마리가 날개를 접고 총에 맞은 듯 떨어졌다. 산의 시선이 동고비를 따라 백사봉계곡으로 파고들었다. 기다려도 다시 날아오르지 않았다. 청룡이 달려갔지만 별 소득 없이 돌아왔다.

카즈오는 시야에서 타다시가 사라지자마자 기관총을 쏘기 시작했다. 들짐승의 움직임을 쫓아 거의 180도 반원을 그렸다. 중대에서 최고의 속사를 자랑하는 카즈오였지만, 들짐승의 움직임을 따라잡지 못했다. 기관총 총구가 계곡을 향해, 처음 정한 자리로 돌아오자, 그는 사격을 멈췄다. 계곡에서 봉우리로 불어 오르는 매서운 바람이 그의 뺨에 흐르는 눈물을 차갑게 얼렸다.

— 타다시!

목소리는 작고 축축하고 떨렸다.

— 타다시!

용기 내어 소리를 키웠지만 대답이 없긴 마찬가지였다.

— 카즈오!

1소대장 사부로 소위의 텁텁한 목소리가 카즈오의 등을 찔렀다.

— 괜찮나?

— 타다시가 답이 없습니다. 타다시가…….

— 침착해라. 우리가 기관총 진지로 가겠다.

— 네. 소대장님!

미우라를 비롯하여 1소대원 네댓 명이 껑충껑충 바위를 건너뛰

며 다가왔다. 카즈오가 갑자기 등 뒤에서 서늘한 기운을 느낀 것은
그때였다. 뒤통수부터 척추를 타고 꼬리뼈까지 단숨에 얼어붙었
다. 카즈오는 총구를 반대로 돌리며 엎드렸다. 백호, 흰 호랑이였
다. 쌀가마니만 한 머리를 밀며 참호 속으로 도약하기 직전이었다.
카즈오는 기관총을 다시 쏘기 시작했다. 와아아아아! 소리를 지르
며, 호랑이가 도망가지 못하도록 전후좌우로 총구를 휘저으며.

　그렇게 백사봉의 살육은 시작되었다. 1,2,3소대 기관총 사수 모
두 아군을 향해 총을 난사했다. 첫 총알 세례에서 목숨을 건진 소
대원들이 응사를 하면서 계곡은 순식간에 전장으로 바뀌었다. 계
곡 입구에서 주홍과 쌍해를 막아섰던 두 병사도 안경잡이는 눈에,
여드름쟁이는 가슴에 탄환을 맞고 쓰러졌다.

　— 개죽음당하고 싶소?
　산은 계곡으로 내려가려는 히데오를 막았다. 시끄러운 기관총
소리는 멎었지만, 간간히 소총 소리가 적막을 깼다.
　— 비켜!
　히데오가 어깨로 산을 밀쳤다. 산이 두 걸음 물러섰지만 길을
내주진 않았다.
　— 가봤자 누가 쏜 탄환인지도 모르고 맞아 죽을 뿐이오.
　— 비키라니까!
　히데오의 팔꿈치에 명치를 찍힌 산은 새우처럼 허리를 굽히며

끙 끊어질 듯 숨을 토했다. 청룡이 히데오를 향해 송곳니를 드러내며 으르렁댔다. 산이 허리를 펴고 입술의 피를 손등으로 훔쳤다.

— 침착하시오. 우리까지 저 아비규환에 뛰어들어 죽거나 다치면 흰머리는 영영 잡기 힘드오. 그게 놈이 바라는 일이기도 하고.

— 잠소리! 전우들이 죽어가는 데 구경이나 하라고? 상대는 호랑이 한 마리다. 총을 쏘지도 칼을 휘두르지도 못하는 호랑이. 나는 가겠다.

산이 등 뒤에서 히데오를 붙들었다. 히데오의 팔꿈치가 산의 옆구리를 노리며 날아들었다. 산이 그 팔꿈치를 당겨 비틀었다. 윽! 비명과 함께 히데오가 나뒹굴었다. 산은 팔을 쥔 채 노를 젓듯 등 쪽으로 잡아당겨 휘저었다. 히데오의 왼어깨가 땅에 닿은 채 질질 끌렸다. 산이 히데오의 아랫배를 걸어찼다. 히데오가 배를 잡고 떼굴떼구르르 구르는 사이, 산은 재빨리 윈체스터를 집어 들었다.

— 내놔.

대답 대신 산은 달려드는 히데오의 가슴을 발코로 다시 걸어찼다. 히데오가 찬 바닥에 뺨을 대고 헐떡거렸다.

— 내가 호랑이밥이 되면…… 네놈 입장에선 좋은 거 아냐?

산이 히데오 앞에 쭈그리고 앉았다.

— 날 미워하오?

— 물론이지.

히데오는 터진 입술을 손바닥으로 닦으며 일어나 앉았다.

— 네가 어디 있든 상관 안 해. 하지만 군인인 내가 갈 곳은 계

곡이야. 저 전쟁터라고.

— 저긴 전쟁터가 아니오. 도살장이지.

— 도살장? 말 다했어? 감히 대일본제국의 군인들을 어찌 알고!

두 사람은 다시 엉켰다. 대화는 없었고 치고받는 소리와 비명 소리와 신음 소리만 터져 나왔다. 히데오의 배를 깔고 앉은 산이 두 팔로 히데오의 양손목을 옴짝달싹 못하게 쥐곤 땅에 서너 번 힘껏 박았다. 히데오가 허리를 들며 빠져나오려고 했지만 역부족이었다. 피 묻은 침을 산의 얼굴에 뱉었다. 산은 흘러내리는 침을 닦지도 않고 오히려 웃었다. 언뜻 귀기가 어렸다.

— 이게 정말 기회라면, 내가 먼저 달려 내려갔을 것이오. 작은 의리 때문에 큰 기회를 쥐지도 못한 채 포기하는 멍청이가 되지는 마시오. 계곡으로 뛰어들지 않겠다면 풀어주겠소.

두 사람의 시선이 마주쳤다. 히데오가 물었다.

— 호랑이를 쫓는 동안 확신이 틀린 적은 없나?

— 전혀.

— 단 한 번도?

— 단 한 번도.

— ……오늘 빚은 꼭 갚겠다.

히데오가 시선을 피하며 고개를 돌렸다. 산은 천천히 일어서서 비켜선 뒤 모신나강과 윈체스터를 각각 두 손에 쥐었다. 히데오가 총을 달라며 손을 뻗었지만 산이 거절했다.

— 총성이 멈추고 30분 후에 주겠소. 그때까진 쉬시오.

산은 담배를 꺼내 물었다. 히데오에게 맞은 턱이 산산조각 부서지는 유리창처럼 무너져 내리는 듯했다. 고통이 번지기 시작했다. 서둘러 담배에 불을 붙이고 한 모금 빨았다. 입술과 이와 혀와 목으로 시큼한 기운이 퍼지면서 얼굴 전체가 열기로 들떴다. 산은 연기를 길게 내뿜으며, 총성이 이어지는 계곡을 내려다보았다.

기요시 대위는 마지막까지 살아남은 축에 속했다. 비명을 듣고 달려가면 병사들은 총을 맞고 쓰러져 죽어 있거나 신음하였다. 그렇게 네댓 번 분주하다 보니 2소대 옆 지휘소가 가까워졌다. 기요시는 참호로 들어가서 무전을 쳤다. 보고를 받은 상부에서 새벽까지만 버티라는 명령이 내려왔다.

— ……빨리 와! 다 죽어. 다 죽는다고!

위급함을 알려도 상부의 지침은 바뀌지 않았다. 무전기를 돌려주기 위해 손을 내미는 순간, 기요시는 통신병의 손에 들린 총구가 자신의 머리를 조준하고 있음을 알아차렸다. 그는 황급히 허리를 돌리면서 권총을 뽑아들었다. 동시에 두 발의 총성이 울렸다. 통신병은 가슴에 탄환을 맞았고 기요시는 불에 덴 듯 목이 화끈거렸다. 앞으로 고꾸라진 통신병이 바들바들 떨며 유언처럼 단어 하나를 뱉었다.

— 호랑이…….

기요시는 목에서 피가 흐르는 것도 잊고 뒤돌아섰다. 거기, 어둠 속에 정말 거대한 흰 호랑이가 그를 쳐다보고 있었다. 길고 흰

수염이 실룩거리는 입을 따라 움직이는 것까지 보일 만큼 가까웠다. 그가 아끼는 무적최강 중대원들에게 두려움을 선사하고 죽음으로 이끈 괴물을 비로소 만난 것이다. 죽인다. 기요시는 분노를 삼키며 양손으로 권총을 쥐고 놈의 어깨 사이 가슴을 정조준했다. 방아쇠를 당기려는 순간, 호랑이가 휙 날아오르며 시야에서 사라졌고 먼저 총성이 울렸다. 맞은편 어둠에서 누군가 총을 쏜 것이다. 배에 탄환을 맞은 기요시가 공기 빠진 바람인형처럼 푹 쓰러졌다. 그리고 통신병과 똑같은 유언을 뱉었다.

— 호랑이…….

계곡으로 나아가는 주홍의 앞을 쌍해가 막았다.

— 자초지종도 모르고 무작정 갈 순 없습니다.

— 그들을 돌볼 이는 우리뿐이에요.

— 그러다가 총에라도 맞으면…….

— 비켜요.

— 그냥 예서 산이 올 때까지 기다립시다.

— 평생 후회할지도 몰라요.

— 무섭지 않습니까? 흰머리가 웅크리고 있다가 덮친다면…….

— 난 가겠어요. 여기 혼자 계시든가.

— 아닙니다. 가죠, 갑시다. 현무!

쌍해가 현무를 앞장세웠다. 사냥개가 어둠을 향해 고개를 빳빳하게 들고 긴 혀로 콧잔등을 쓸었다. 쫑긋 세운 귀로, 총성을 삼킨 어둠이 비밀스럽게 뱉어내는 소리들을 모았다. 앞발로 언 땅을 두 어 번 판 뒤 꼬리를 바짝 세우고 나아갔다. 10미터쯤 거리를 두고, 쌍해는 그미와 나란히 걸었다. 현무가 갑자기 걸음을 멈추고 맹렬 히 짖어댔다. 컹 컹컹컹! 쌍해가 그미의 팔꿈치를 잡아 참나무 뒤 로 끌었다.

— 현무가 왜 저래요?

— 포식잡니다. 수색을 다니다가 늑대나 표범 혹은 호랑이를 발 견하면 안전거리를 확보하고 멈춰 짖도록 훈련받았지요. 100미터 아니 50미터쯤 앞에 놈이 숨어 우릴 노려보고 있을 겁니다.

— 흰머린가요?

— 어쩌면.

— 표범이나 스라소닐 수도.

— 그랬다면 총성에 놀라 달아났겠죠. 호랑이만이 위엄을 지키 며 머물 배짱을 지녔습니다.

— 내 눈으로 봐야겠어요.

다시 길로 나가려는 그미를 쌍해가 급히 잡아당겼다.

— 미쳤습니까? 지금 제겐 쇠도리깨가 전붑니다. 이걸로는 흰머 리를 당해내지 못합니다. 백사봉 아래 묻힐 작정입니까?

그미는 쌍해의 어깨 너머로 소리쳤다.

— 현무!

사냥개는 돌아보지 않고 어둠을 향해 더 맹렬히 짖었다. 그때 호랑이의 포효가 터져 나왔다. 크고 낮게 계곡 전체를 뒤흔드는 울음. 현무마저도 짖지 못하고 입을 다문 채 서너 걸음 물러섰다. 짧은 침묵의 순간, 어둠을 찢고 희끄무레한 짐승이 계곡에서 걸어 내려오다가 우뚝 섰다. 그미와의 거리는 70미터. 두 눈에서 불덩이가 이글거렸다. 계곡을 모두 불사르고도 남을 기운이 그미를 덮쳤다. 먹잇감을 옴짝달싹 못하도록 만드는 위세였다. 쌍해는 쇠도리깨를 끌며 나무 뒤로 숨었지만 그미는 넋이 나간 듯 서 있었다. 고개를 떨어뜨리거나 턱을 치켜올리지도 않았다. 눈싸움 아닌 눈싸움이었다. 슬슬 뒷걸음질 치던 현무는 그미의 발목 근처에 등을 기대며 웅크렸다. 흰머리가 달려들면 그미의 목숨도 끝이었다. 현무가 막아선대도 이미 기세가 꺾인 사냥개는 흰머리의 앞발에 갈비뼈나 턱뼈가 부서질 것이다. 쌍해의 쇠도리깨도 놈의 질주를 막을 수는 없다. 그미는 마른침을 삼키며 어금니를 물고 두 눈에 힘을 잔뜩 실었다. 그리고 한 걸음 물러섰다. 현무도 비틀대며 그미가 뒤로 뺀 오른발로 다가와서 기댔다. 또 한 걸음. 이번에는 현무도 따라붙지 않았다. 그리고 또 한 걸음. 불덩어리가 위아래로 천천히 흔들렸다. 어깨를 뒤로 빼고선 머리를 주억거리며 달려나갈 준비를 하는 것일까. 그미는 숨을 멈춘 채 세 걸음을 한꺼번에 옮겼다. 갑자기 불덩어리가 왼편으로 돌았다. 그미와의 눈싸움이 지루하다는 듯 흰머리가 천천히 참나무 숲으로 들어갔다. 불덩어리가 사라질 때까지, 그미는 빛이 어둠으로 바뀌는 자리를 주시했다. 현무가 먼저 참았던 숨을 토하며 켁켁거렸다.

산과 히데오도, 주홍과 쌍해도 새벽에야 겨우 계곡으로 들어갔다. 생존자는 타다시 일등병 혼자였다. 들짐승의 앞발에 머리를 채였지만, 다행히 목뼈가 부러지진 않았고 철모가 날카로운 발톱까지 막아냈다. 총성이 어지러운 동안 쓰러져 정신을 잃는 바람에 오히려 목숨을 구한 것이다. 시신은 끔찍했다. 죽음의 순간을 건너뛴 병사는 없었다. 존엄과도 거리가 멀었다. 그미는 끝내 구토를 시작했고 쌍해도 고개를 돌렸다. 히데오는 주먹을 쥔 채 떨었고 산은 무표정하게 그들의 목숨을 앗아간 원인을 찾았다. 머리가 날아간 병사도 있었고 쏟아진 내장을 피범벅인 손으로 쥔 채 죽은 병사도 있었으며 어깨부터 허벅지까지 탄환을 다섯 발이나 맞은 병사도 있었다. 전투로 단련된 생기 넘치는 젊은이들에게 내린 저주였다. 중대장 기요시를 비롯한 중대원들의 직접 사인은 총상이었다. 흰머리의 발자국이 계곡 곳곳에 박혀 있었지만, 호랑이로부터 공격당한 이는 없었다.

산은 계곡을 돌며 흰머리의 발자국을 따라다녔다. 죽은 병사 근처에 앉아서 발자국의 깊이와 방향을 일일이 확인한 뒤 껑충 뛰어보기도 하고 몸을 꺾어 비틀기도 하고 네 발로 엉금엉금 기기도 했다. 표정도 눈빛도 하다못해 일직선으로 뻗은 앞발의 각도까지도 호랑이와 닮았다. 산은 만족할 만한 동작이 나올 때까지 반복했다. 기막힌 탈바꿈에 새들이 날아오르고 바람이 불고 돌멩이가 뒹굴었다. 특히 골바람은 몸과 마음에 붙은 허물들을 순식간에

떨어냈다. 지난밤의 총성과 피비린내와 전율과 눈물도 함께 날려
갔다. 산은 스케치북을 펴고 재빨리 병사들의 목숨을 앗아간 치명
적인 상처들을 그리기 시작했다. 찢기거나 찍힌 상처는 없고 모두
총상이었다. 산은 탄환이 들어가고 빠져나간 구멍의 크기와 모양
을 세밀하게 담았다. 다른 일행 없이 홀로 전투가 끝난 전장을 취
재하는 종군기자 같았다.

— 아예 재주를 넘지 그래요?

주홍이 따라붙었다. 산은 자신이 시신을 모두 둘러볼 때까지,
히데오와 주홍과 쌍해에게 타다시가 근무를 섰던 참호에서 나오
지 말라고 말해놓았었다. 현장 보존. 호랑이 발자국은 지난밤 비
극을 설명하는 유일한 단서였다. 히데오는 조사가 끝나자마자 모
든 사실을 보고한다는 조건을 내걸고 산의 요구를 받아들였다. 그
미는 학처럼 목을 빼고 산을 눈으로 쫓았다. 산은 그미를 본체만
체하며 2소대원들의 시신이 널린 비탈로 뛰어 올라갔다. 그미도
참호를 나와서 뒤따랐다. 산은 다시 호랑이 발자국을 따라서 걷고
뛰고 구르고 달리고 멈췄다.

— 읽은 적 있소?

산이 왼무릎을 꿇고 발자국을 보며 물었다. 그미가 곁에 앉았다.

— 호랑이 전문가라 했으니…… 호랑이와 1개 중대가 야밤에
맞붙은 일, 중대원은 어벙한 일등병 하나를 남기고 전멸하고 호랑
이는 털끝 하나 다치지 않은 일, 게다가 호랑이에게 물려 죽거나
맞아 죽은 병사는 하나도 없고 전부 자기들끼리 총질을 해서 자멸

한 일, 이 모두를 호랑이가 치밀하게 꾸민 일. 좋은 대학교에서 공부할 때 읽은 적 있소?

그미는 유난히 긴 검지 발자국을 쳐다보며 짧게 답했다.

— 없어요.

산의 목소리가 분노를 누르며 발자국 위로 떨어졌다.

— 재주를 넘으라 그랬소? 흰머리가 이렇듯 재주를 부리는데, 이놈만 잡을 수 있다면 어떤 재주라도 열 번 아니 백 번이라도 넘겠소.

타다시를 위해 주먹밥을 반 움큼 먹인 것이 잘못이었다. 고분고분 미소까지 지으며 밥을 먹던 타다시가 갑자기 바닥을 뒹굴며 토하기 시작했다. 주먹밥은 물론이고 어제 호랑이가 나타나기 직전에 먹은 비상용 빵까지 뱉어내고서도 가슴을 치며 답답하다고 했다. 시큼한 위액이 나올 때까지 속을 긁던 타다시는, 곁에서 토사물을 훔치고 등을 토닥여주던 주흥에게 어흥 호랑이처럼 짖으며 달려들었다. 쌍해가 쇠도리깨로 옆구리를 찍지 않았다면, 그미는 목덜미를 물렸을 것이다. 쌍해는 타다시의 손발을 결박하여 자작나무에 묶은 뒤 천으로 눈을 가리고 입에 나무토막을 물렸다. 너무 놀라서 그렇다고, 진정시키면 되는데 저렇게 모질게 대할 필요가 있느냐는 그미의 말에 쌍해가 단호하게 답했다.

— 그냥 두십시오. 저러다 죽으면 창귀가 들고 맙니다. 참 많이도 죽었습니다. 호탈굿을 거방지게 한판 벌이는 게 가장 낫지만,

상황이 여의치 않으니 보지도 말하지도 움직이지도 못하게 두는 겁니다. 귀신들도 가끔 나무로 착각하고 그냥 지나친다는군요.

흰머리의 궤적을 설명하기 전에 시신부터 정리했다. 피와 살이 썩는 냄새를 맡고 까마귀들과 검독수리와 동고비와 삵과 스라소니가 모여들었기 때문이다. 개들이 컹컹 짖으며 덤벼들어도 허기진 날짐승과 들짐승들은 달아날 줄을 몰랐다. 이 시신에서 저 시신으로 옮겨가며 살점을 뜯어냈다. 산과 주홍, 히데오와 쌍해가 짝을 이뤄 시신들을 기요시가 죽은 지휘소 참호로 옮겼다. 삶의 온기가 사라진 시신은 딱딱하고 차고 무거웠다. 오르막에서 주홍이 두 번 균형을 잃고 발을 헛디디며 쓰러지자, 그다음부턴 산이 아예 시신을 어깨에 들쳐 멨다. 끈적대는 핏덩이가 가슴이나 등에 묻었지만, 산은 아랑곳하지 않았다.

— 정말 흰머리 짓이라고 믿는 건가요?
산이 시신의 어깨를 잡자 주홍이 그 다리 사이에 서서 두 발을 들어 올렸다. 등에서 가슴으로 관통상을 당하여 즉사한 병사였다.
— 병사들 외엔 놈의 발자국뿐이오.
— 아무리 영물이라도 불가능해요.
— 읽은 적 없다는 얘긴 들었소, 이미.
— 혹시 병사들 사이에 우리가 알지 못하는 다툼이…….
— 히데오가 설명하지 않았소? 정예병이라고.

— 한두 명만 이상해져도…… 그들은 총을 늘 휴대하니까. 이런 일이 터질 수도 있지요.

내리막길. 산은 시신의 어깨를 옆구리까지 번쩍 들었고 그미는 허리를 숙여 수평을 유지했다.

— 추측은 금물이오.

— 호랑이가 제갈공명 흉내를 내는 것보다는 나아요.

— ……이 정도는 약과요.

— 약과?

— 호랑이는 두려움을 증폭시키는 법을 아오.

— 점점.

— 호랑이 한 마리가 열 마리도 넘는 멧돼지를 죽음으로 내모는 장면을 본 적 있소. 호랑이는 으뜸 멧돼지의 앞만 교묘하게 막아섰을 뿐이었지. 기가 꺾인 으뜸 멧돼지가 이리저리 방향을 바꾸자, 멧돼지 무리 전체로 두려움이 퍼진 거요. 어떻게 호랑이를 막을 것인가를 따지기보다 호랑이가 자신 앞으로 오지 않기를 바라기 시작한 거지. 그때 호랑이가 다시 으뜸 멧돼지 앞에 나타났고, 으뜸 멧돼지는 엉덩이를 보이며 돌아서서 달렸소. 다른 멧돼지들도 하나같이 그 뒤를 따랐고. 결국 멧돼지들은 절벽으로 떨어져 모두 죽고 말았소.

— 병사들이 멧돼지인가요?

— 낯선 겨울 계곡, 그것도 밤엔 멧돼지보다 쉽소. 호랑이에겐.

— 호랑이에겐.

참호에 시신을 넣은 뒤, 산이 스케치북을 꺼내 오늘 그린 부분을 내밀었다. 흰 종이에 총상들만 가득했다. 죽음을 안긴 작고 검은 구멍들!

— 탄도가 제각각이오.

— 탄도라면?

산이 스케치북 위의 구멍들을 하나하나 검지로 짚었다. 그미의 시선이 산의 검지를 따라 움직였다.

— 조준 사격을 않고 두려움에 떨며 휘갈겼소. 계획 속에서 움직이지 않았단 증거요. 몇몇 병사는 총을 쏜 뒤 반작용으로 개머리판에 턱과 이마를 부딪쳐 피멍이 들거나 살갗이 찢어지기도 했소. 총신을 어깨에 고정시키지도 않고 방아쇠부터 당긴 거요.

참호 가득 시신이 놓였다. 그 모습은 멧돼지들을 죽여 모은 것과 다르지 않았다. 간혹 미련을 버리지 못한 까마귀들이 날아내렸지만 청룡과 현무가 달려들어 쫓았다. 히데오는 산이 호랑이 발자국을 훑듯 시신들의 관등성명을 하나하나 확인하여 수첩에 기록했다. 산은 담배 한 개비에 불을 붙여 언 땅에 꽂았다. 쌍해는 귀신들을 쫓는답시고 쇠도리깨를 빙빙 돌리며 망나니춤을 추었다. 새들이 없을 때는, 청룡과 현무도 꼬리를 흔들며 쌍해를 따라 참호를 맴돌았다. 멀리서 보면 한바탕 춤판으로 보였을 것이다. 개마고원 포수들은 무거운 죽음일수록 가볍게 날렸다. 그렇지 않고는 쉼 없이 닥치는 불행을 견디기 어렵다. 산도 곧 망나니춤에 합류했다.

산과 쌍해는 이제 입으로 장단까지 맞춰가며 얼굴은 물론 온몸으로 웃어 젖혔다. 주홍은 서너 걸음 물러서서 죽음의 춤을 지켜봤다. 쌍해가 같이 추자며 손짓했지만 그미는 굳은 얼굴로 고개를 저었다. 살아남은 자의 미안함으로 가득 찬 춤이었다. 미안하구나, 이 싱싱한 새벽 공기를 나만 맡아서. 미안하구나, 언 몸 녹여주지 못해서. 미안하구나, 낯선 골짜기에서 썩어가게 해서. 미안하구나, 머리끝까지 차오른 두려움 풀어주지 못해서. 미안하구나, 벼락 같은 최후를 미리 알려주지 못해서. 미안하구나, 담배 한 개비의 여유도, 문장 하나의 그리움도, 미소 하나의 즐거움도 더 이상 허락할 수 없어서. 오늘도 미안하고 내일도 미안하고, 영영 미안하구나 미안하구나 미안하구나.

─ 다시는 잔꾀 부리지 마시오.

히데오가 도끼눈을 뜨고 받아치려는데, 산의 말이 이어졌다.

─ 또 이러면 내가 먼저 용서하지 않겠소.

히데오가 즉답을 않자 산의 시선이 참호 속 시신들에게로 향했다. 주홍과 쌍해의 시선도 따라갔다. 히데오가 병력 요청을 하지 않았다면, 저들은 무사히 귀국하여 산뜻한 새벽을 맞았으리라.

─ ……대장은 나야.

─ 맞소. 대원들을 전멸시킨 자랑스러운 대장!

산은 작정한 듯 히데오를 몰아세웠다. 실수는 반복된다. 변명을 받아주면 더 큰 실수를 저지른다. 그때는 중대 병력이 아니라 대대 혹은 연대에 해당하는 인명 피해가 날 수도 있다.

― 흰머리인가?

히데오가 글자 하나하나에 힘을 실었다.

― 그렇소. 이 계곡은 흰머리가 즐겨 쉬어가는 곳이오. 중대원 중 개마고원을 아는 이는 한 사람도 없었소. 물론 놈은 추위에 떨고 있는 중대원들의 허술한 포위망을 뚫고 유유히 북상할 수 있었을 테지. 하지만 놈은 달아나는 대신 공격했소.

― 포위망인 줄 알면서도 스스로 들어왔다?

산이 스케치북을 세로로 폈다. 시원하게 뻗은 계곡에 둥근 점이 군데군데 박혔고, 그 점 위에 숫자가 1부터 20까지 적혔다.

― 놈은 카즈오와 타다시의 1소대 기관총 진지부터 접근했소. 여기서 타다시를 기절시킨 다음 진지를 빠르게 돌았고, 총성을 듣고 달려온 1소대원들을 방향감각을 잃은 카즈오가 사살하게 만들었소. 그다음엔 나머지 1소대의 두 진지 사이에 들어와서 쌍방에 두려움을 심어 사격을 가하게 했소. 그다음엔 3소대 기관총 진지로 접근했고, 3소대를 전멸시킨 다음엔 2소대 쪽으로 나아갔소. 2소대 기관총 진지를 마찬가지 방식으로 위협한 놈은 2소대원들을 유인하여 지휘소의 기요시 대위와 맞대응을 하게 했고, 계곡 초입으로 이동하여 안경잡이와 여드름쟁이가 서로의 머리를 향해 방아쇠를 당기게 만들었소. 끝으로 계곡 입구에 잠시 머물렀다가 저쪽 참나무 숲으로 사라졌소.

― 맞아. 거기서 호랑일 봤어.

쌍해가 맞장구를 쳤다. 침묵을 지키던 주홍이 물었다.

— 왜 이런 짓을 했을까요? 자칫 실수하면 자신도 치명상을 입는데.

산이 천천히 히데오와 쌍해 그리고 주홍과 눈을 마주쳤다.

— 경고요.

— 경고?

— 떼로 추격하지 말라는, 모두 죽이겠다는.

— 그 말은 산 당신만 원한다는 소린가?

히데오가 문맥을 짚었다.

— 그렇소.

— 망상이 지나치군. 날 떼어놓으려는 수작 마.

— 너무해요. 여기까지 힘들게 같이 왔는데.

— 산아! 너 혼자는 안 돼.

주홍과 쌍해도 반발했다. 산은 자신의 생각을 바꾸지 않았다.

— 흰머리의 뜻이오. 망상도 아니고 수작도 아니오. 놈의 경고는 확실하오.

— 호랑이의 경고 따윈 상관없어. 난 끝까지 간다.

— 나도.

— 저도요.

히데오는 물론 그미와 쌍해의 의지도 분명했다. 스케치북을 접어 가방에 넣는 산에게 그미가 물었다.

— 흰머리는 흰머리로 두고 산, 당신 생각은 어때요? 당신도 흰

머리처럼 우리에게 경고하고 싶나요?

　산이 그미와 눈을 맞춘 뒤 쌍해와 히데오까지 훑고는 천천히 답했다.

　— 경고는 이미 수차례 했소. 듣지 않았을 뿐이지.

　주홍은 책을 읽지도 글을 쓰지도 못한 채 나무에 기대앉았다. 흰머리와 눈싸움을 벌인 뒤부터 두통과 함께 이명이 찾아든 것이다. 높은 파도가 밀려오듯 귀가 울었다. 눈을 감고 그 소리를 다스리려 애썼다. 가라앉아라. 잔잔해져라. 제발. 염원은 간절했지만 파도 소리는 때론 바람 소리로 때론 수리부엉이 울음으로 때론 들짐승의 발소리로 바뀌었다. 소리가 크고 높아지면 작지만 몹시 뜨거운 불덩어리가 갑자기 스팟 나타났고 몸이 떨렸다. 사각지대만을 골라 어둠에서 어둠으로 스팟스팟 돌아다니는 불덩어리였다. 그미는 쳐다보지 않는 척하며 곁눈질했다. 그미는 그것이 흰머리의 타오르는 눈동자라고 확신했다. 불덩어리에 홀려 구천을 떠도는 혼들이 소리를 먼저 질러댔던 것이다. 달아나. 그냥 있으면 너도 죽어. 멀리 아주 멀리 가. 밤이 존재하지 않는 나라까지.

　— 귀울음이오?

　곁에 앉은 산이 언 땅에서 돌멩이를 하나 떼어 쥐었다.

　— 어떻게 그걸…….

　— 호랑이와 만난 이들은 대부분 새로운 병을 앓는다오. 감당하기엔 너무 벅찬 순간이니까. 어떤 이는 구토를 하고 어떤 이는 헛

272

것을 보고 어떤 이는 헛소리를 듣지. 토하거나 어지러운 낌새는 없으니, 귀울음으로 괴롭힘을 당하는구나 생각했소.

— 배려인가요, 트집인가요?

눈치 빠른 그미가 날을 세웠다.

— 노련한 포수도 이명이 들리면 적어도 보름은 쉰다오. 사격을 중단하는 건 당연한 수순이고.

— 트집이군요.

보름을 쉰다는 것은 추격 대열에서 빠진다는 뜻이다.

— 다른 사람은 몰라도 당신은 이쯤에서 돌아갔으면 하오. 곧 시신을 이송할 부대가 도착할 거요. 그때 함께 가시오. 적적하면 쌍해 아저씨와 동행해도 좋소.

— 웃기는 소리 말아요. 난 멀쩡해요. 이깟 소음 곧 나을 거예요.

— 고도가 점점 높아질 거요. 2,000미터를 훌쩍 넘는 좁은 능선을 탈 거라 이 말이오. 거기서 계속 귀울음이 들리면, 흰머리를 만나기 전에 실족하고 마오. 내 말 들으시오.

— 싫어요.

— 고집으로 해결될 문제가 아니오. 계속 이러면 의논할 수밖에.

— 의논한다고요, 히데오 대장과? 두 사람 앙숙 아니었나요?

— 앙숙, 난 그런 건 모르오.

— 너무해요. 날 꼭 손등에 난 사마귀 취급하네요. 맘대로 생각해요. 난 안 가요. 끝까지 해수격멸대에 남을래요.

그미가 양손바닥으로 귀를 막고 고개를 숙였다. 당황한 표정의 산의 얼굴은 보지 못했다.

시간이 얼마나 흘렀을까. 억울한 기분을 겨우 진정시킨 주홍이 고개를 살며시 돌렸다. 산은 여전히 곁에 앉아 있었다. 숨소리까지 죽이는 바람에 벌써 딴 곳으로 갔으려니 여겼다. 그미는 귀를 막은 손을 내리며 쑥스러운 듯 먼저 말했다.

— 그거 알아요, 흰머리의 속마음까지 아는 척하는 거?

— 내가…… 그랬소?

— 그랬어요.

— 호랑이의 마음을 어찌 알겠소.

— 안다고 확신하죠, 가끔?

그미가 말꼬리를 잡아채자, 산은 소리 없이 웃었다.

— 365일 그놈만 생각한다오. 무서운 놈이오.

— 하지만 흰머리는 날 그냥 뒀어요. 죽일 수도 있었는데.

— 경고요.

— 또! 흰머리가 정말 당신을 유인하여 죽이고 싶어 할까요?

산이 대답 대신 그미의 맑은 눈을 들여다보았다.

— 당신은 흰머리를 죽이고 싶나요?

— ……물론이오.

— 거짓말!

— 무슨 소릴 하고 싶은 거요?

— 증오하는 만큼 사랑하는 감정도 생기지 않았나요? 복수가

꼭 상대를 죽여야 완성되는 건 아니에요.

— 결국 살려달라는 얘기군.

— 아뇨. 죽이든 살리든 그건 당신 뜻대로 해요. 내 말은 죽인다고 복수가 완성되고 생포한다고 복수가 미진한 건 아니란 거예요.

— 어렵군.

— 사랑하고 아끼는 존재를 갑작스럽게 잃는 일은 큰 충격이겠죠. 그러나 그 충격에 영원히 사로잡혀 있는 건 어리석은 일이에요. 당신도 호랑이 발자국을 따르다가 새로운 깨달음을 얻고 마음을 바꾸리라 믿어요. 곰곰이 생각해보세요. 당신 관점에서 한 번, 흰머리의 관점에서 또 한 번!

중대 병력을 태운 트럭이 계곡 입구에 도착했다. 계곡에서 죽은 병사들은 모두 충칭전투에서 전사한 것으로 처리하라는 상부의 명령이 내려왔다. 지난밤 참극은 영원한 비밀로 부쳐졌다. 타다시는 군 병원으로 옮겨져 치료를 받을 예정이었다. 철저한 입막음을 위해 따로 조치가 내릴 것이다. 히데오는 전사자 명단을 넘겼다. '대위 기요시를 비롯하여 43명 전사, 1명 경상. 경상자 일등병 타다시는 후송 조치함.'

약속 하나 해줄래요? 내게는 아무것도 숨기지 않겠다고.
몸이 아픈 것도 마음이 아픈 것도 모두 이야기하기로.

폭설, 내 사랑

바람이 바람을 부르고 눈이 눈을 흘었다. 백사봉 계곡의 고통과 눈물을 뒤로하고, 산과 히데오와 주홍과 쌍해는 북행北行을 재개했다. 현무와 쌍해가 선두에 서고 히데오와 주홍이 가운데, 산과 청룡이 후미를 지켰다. 산은 10분이 멀다 하고 그미 곁으로 와서 안색을 살핀 뒤 물러났다. 그미의 이명은 좀체 사라지지 않았다. 바람이 잘 때마다 불쑥불쑥 나타나서 귀는 물론이고 머리까지 울려댔다. 몸 전체가 낮고 깊은 울림을 내는 거대한 악기가 된 듯했다. 세상의 울림이 그미에게 밀려들고 그미의 울림이 또 세상으로 나아갔다. 문제는 이 힘찬 울림을 그미가 전혀 조율하지 못한다는 데 있었다. 좀도둑처럼 왔다가 변심한 애인처럼 떠나갔다. 그미는 걸음을 늦추지도 미간을 찡그리지도 않았다. 여기서 포기하면, 흰머리가 죽든 산이 죽든 둘 중 하나는 영영 사라질 듯했다. 절체절명의 순간에도 상생의 길을 도모하고 싶었다. 그러나 황봉을 넘고 큰

골령을 지나 아무산에 이를 때까지 그미는 그 방법을 찾지 못했다.

산은 최가령까지 가기를 원했다. 쌍해는 히데오와 산이 어젯밤을 꼬박 새워 능선을 탔음을 상기시키면서, 아무산 아래 버려진 너와집으로 일행을 안내했다. 한 달 전 멧돼지 사냥 때 발견한 집이라고 했다. 방 두 칸에 부엌과 외양간이 딸려 있었다. 아궁이에 녹슨 무쇠솥이 있고 이 빠진 그릇 몇 개가 그 옆에서 뒹굴었다. 쌍해는 아궁이를 지필 나무를 잘라 모았고, 히데오는 황소바람이 들어오는 방문과 벽의 틈을 메웠고, 주홍은 쌍해의 사촌이 넣어준 돼지고기와 국수 면발과 옥수수로 식사 준비를 했다. 방에는 각종 사냥도구들이 가지런히 매달려 있었다. 끝이 날카로운 대나무 창, 손잡이를 파서 쥐기 좋게 만든 낫 한 쌍, 크기와 모양이 제각각인 칼 열 자루, 거친 그물 다발, 육각 화살통에 담긴 철전鐵箭과 흑각궁, 그리고 짐승의 뼈를 깎아 만든 짧은 몽둥이까지. 가구는 전혀 없었고, 호롱불 하나만 덩그러니 놓였다. 빈집의 옛 주인은 사냥에 능했고 밤을 아끼는 사람이었으리라. 벽에 걸어둔 무기들과 함께 어둠의 저편을 응시하며 잠들고 또 쉬었으리라. 그는 왜 떠났을까. 아끼는 무기들을 그냥 두고 사라진 것을 보면, 갑작스러운 불행이 귀가를 막은 듯도 했다. 사냥꾼은 결코 손때 묻은 사냥도구들을 버리고 떠나지 않는다. 산에 대해서는 세 사람 모두 관심을 두지 않았다. 숙소가 정해지면 능선이나 계곡으로 사라졌다가 밤이 이슥해서야 돌아오곤 했던 것이다. 흰머리의 흔적 찾기는 오직 산만

이 해왔고 할 수 있고 해야 하는 일이었다.

　산은 숲으로도 계곡으로도 나가지 않고 방에 누웠다. 떠나버린 사냥꾼의 기운이 산을 덮친 것일까. 황봉을 지날 때부터 미열이 시작되었지만 대수롭지 않게 여겼다. 개마고원의 날씨가 하루에도 몇 차례씩 바뀌듯, 그 안을 누비는 사냥꾼의 체온도 한결같을 수 없다. 미열이 생길 조건은 도처에 널려 있었다. 찬바람을 맞거나 손발에 작은 생채기가 나거나 목이 마른 채 한나절을 걷거나 한두 끼 식사를 건너뛰거나 벌레에게 물리기만 해도 열이 났다. 험준한 개마고원의 겨울로부터 이 한 몸 지키겠다는 무언의 표시였다. 그 차이를 잠깐이라도 따져보았어야 했다. 아니다. 어떤 경우에도 산행을 멈추는 일은 없었으리라. 미열과 상처를 감내하는 것이 겨울 개마고원 종주의 또 다른 묘미였다. 산처럼 밀림에서 단련된 이는 평범한 사람들보다 훨씬 강건했다. 웬만한 피로나 미열은 더 빨리 더 멀리 걷는 것으로 이겨냈다. 잠시 눈을 붙였다가 흰머리의 발자국과 배설물을 찾아다닐 생각이었다. 그러나 몸과 마음이 따로 놀았다. 일어나야지 일어나야지 되뇌었지만 아픈 몸이 구들장을 뚫고 늪으로 빠져들었다. 흰머리를 잡기 전엔 아파서도 안 되는 몸이다. 7년 동안, 놈이 흔적 없이 사라져도, 놈의 세력권에 머물며 새벽부터 뛰고 달리고 쏘고 던지고 굴렀다. 감기나 몸살 기운이 돌면 더 바쁘게 하루를 보냈다. 한심한 일이었다. 산은 신음을 삼키며, 식은땀을 쏟으며, 눈꺼풀도 밀어 올리지 못한 채, 자책을 이었다.

해가 지고 거대한 어둠이 외딴집을 칭칭 감았다.

청룡이 짖었다. 주홍이 특별히 쑨 옥수수죽도 마다하고 사랑방을 향해 컹컹 소리를 높였다. 그미는 나무 그릇에 코를 박은 현무의 등을 쓸어주고 청룡 곁으로 가서 어깨를 감싸며 앉았다. 청룡이 고개를 돌려 그미의 목덜미를 핥았다. 그리고 앞다리를 쭉 뻗으며 한 걸음 나아갔다. 그미가 무릎걸음으로 가서 다시 안으려하자 청룡은 아예 방문 앞까지 훌쩍 뛰어올랐다. 그제야 마루 밑으로 반쯤 들어가 있는 산의 낡은 가죽신이 눈에 띄었다. 능선이나 계곡을 헤매는 것이 아니라면…… 그미가 급히 어둔 방으로 뛰어 들어갔다. 산은 눈밭에 벌거벗은 아이처럼 오들오들 떨었다. 이름을 불러도 대답하지 않았다. 열에 들떠 혼절한 것이다. 산의목 뒤로 팔을 넣어 꼭 끌어안았다. 어리석은 사람! 아프면 아프다고…….

산은 꿈을 싫어했다. 1년에 한두 번 스치듯 찾아드는 것이 전부였고, 그마저도 이야기가 이어지지 않고 끊겼다. 산은 스스로 꿈임을 깨닫고 눈을 떴다. 그러나 흰머리가 등장하는 꿈은 깨지 않고 깊이 젖어들려고 애썼다. 꿈에서라도 놈을 관찰하고 싶었다. 꿈을 꾸기 위해 스케치북에 놈의 그림을 하루 종일 그린 적도 있었고, 나무를 깎아서 크고 작은 호랑이 인형을 만들기도 했다. 장도長刀를 요리조리 놀려 다양한 자세를 잡는 것은 물론이고, 날카로운 발톱과 곧게 뻗은 송곳니도 놓치지 않았다. 호랑이 인형 열 개를 깎는 것보다 단 1분의 꿈이 놈을 파악하는 데 더 도움이 되었다. 꿈에서 흰머리는 숨고 질주하고 마음껏 도약했다. 그런데 산이 유효사거리 안으로 접근하면 놈의 형체가 흐려졌다. 정면으로 햇볕을 쳐다볼 때처럼 사방이 온통 뿌옇게 바뀌었다. 놈의 앞발이 가슴을 눌렀다. 두 손으로 앞발을 쥐고 밀자, 그 발이 점점 커져 상체는 물론 하체까지 덮어왔다. 푹신한 털 속에서 날카로운 발톱이 튀어나오더니 창살처럼 박혔다. 코뼈가 눌리고 앞니가 흔들렸다. 숨이 막혀왔다. 양팔을 허우적대도 손에 잡히는 것이 없었다. 여기가 끝인가. 발에 채여 목뼈가 부러지거나 등짝을 물리지도 않고, 발바닥에 깔려 질식사한 포수 이야기는 들은 적이 없다. 치욕이다. 상상할 수 없을 만큼 부끄러운 최후다. 마지막으로 다시 팔을 휘젓는다. 아, 무엇인가 잡힌다. 누군가의 손이 그의 상처투성이 손을 쥔다. 눈을 뜬다. 큰 기러기, 홍이다.

― 어리석군요.

이번에는 주홍의 차례였다. 그미는 산의 이마와 목덜미의 땀을 수건으로 훔쳤다. 산이 그미의 손목을 쥐었다. 호롱불이 어둠을 방구석으로 겨우 밀어냈다. 그미가 손목에 힘을 실어 흔들며 반복했다.

― 불덩어리예요. 불덩어리!

산은 허리를 세우려고 했지만 힘이 실리지 않았다. 아직도 호랑이 앞발이 가슴을 내리누르는 듯했다. 힘만 쏙 빼가는 귀신이라도 다녀간 것일까. 그미의 손길이 산의 발로 향했다. 발목에서 두 번 동여맨 끈을 풀고 발감개를 벗겼다. 선득한 기운이 발등을 훑고 발목으로 밀려들었다.

　— 그, 그만두…….

　산은 발을 빼려 무릎을 굽혔지만, 발목을 당겨 제 무릎에 올리는 그미의 손길이 더 빨랐다. 무릎까지 바짓단을 걷자, 지독한 땀 냄새가 콧속을 파고들었다. 그미는 킁킁 콧소리를 낸 뒤 오히려 허리를 숙여 발끝을 살폈다. 수건이 먼저 발바닥을 닦고 발등을 닦고 발가락 하나하나를 훔쳤다. 그미의 손길은 부드럽고 느리고 섬세했다. 발목까지 올라온 수건이, 기차가 정지선에서 멈추듯, 움직이지 않았다. 오른쪽 종아리에 길게 팬, 유달리 검은 흉터 때문이었다. 하이란 강에서 흰머리와 맞서다가 턱이 부서졌을 때 발톱에 찍힌 흔적이었다. 호랑이 전문가인 그미이기에, 단숨에 그 상처가 흰머리 때문이란 것을 알아차렸다. 그미가 아이를 달래듯 속삭였다.

　— 가만있어요. 가마안!

　산은 몸을 웅크리며 바짓단을 내리려 했다. 그미는 아예 수건을 놓고 손바닥으로 흉터를 어루만지기 시작했다. 산이 아무리 무릎을 모으고 허리를 돌리고 바지자락을 내리려 해도, 그미의 손길을 피할 순 없었다.

— ……고향은 그냥 제주도 남원이라고 해둘게요. 태어난 곳은 경성이지만, 부모님과의 추억이 가장 많이 서려 있는 곳이거든요. 아버지와 어머니는 도쿄 유학 시절에 만나셨대요. 총독 아저씨가 동기생이었다는 건 나중에 안 사실이죠. 무정부주의에 가까웠던 그분들은 셋이 함께 사회운동도 하셨대요. 아버지는 도쿄에서 반년 남짓 옥살이를 하셨어요. 집회를 준비하다가 경찰에 체포되었는데 그 와중에도 끝까지 동료 이름을 대지 않았다고 했어요. 제가 세 살이 되던 해 부모님은 경성생활을 접고 남원으로 거처를 옮겼어요. 문학에서부터 과학서적까지 분야를 가리지 않고 집 안 가득 책이 차고 넘쳤으니 자연히 마을의 독서실 구실을 도맡아 하게 됐죠. 아버지는 낮에는 그곳 소학교에서 아이들을 가르치셨고, 밤에는 마을 어른들을 위해 학당을 여셨죠.

　산은 잠자코 듣기만 했다.

　— ……지금도 잊히지 않는 것은 파도 소리예요. 집 옆으로 바닷가가 이어져 있었거든요. 제주 사람들은 바닷바람이 적은 쪽에 집을 짓지만, 부모님은 섬 하나 없이 탁 트인 바다가 좋았나봐요. 낮밤 없이 파도 소리가 마당을 지나 방 안까지 밀려들었죠. 장대비라도 내리는 밤에는 그 소리가 귀를 쿠욱쿡 찔러대서 잠을 이루기조차 어려웠어요. 그럴 땐 눈을 꼭 감고, 먼바다에서 돌아오는 고깃배를 떠올렸죠. 높은 파도에도 굴하지 않고 힘차게 포구로 들어서는 만선! 그 배에 사랑하는 이가 타고 있다고 생각하면 두려움도 저만치 달아났어요. ……그날이 생각나요. 거대한 고래가 남

원 앞바다를 지나간 그다음 날. 그 밤 정말 무섭게 광풍이 몰아쳤어요. 어머니는 저를 품에 꼭 안으시고, 바다가 정말 크게 우는구나, 고래가 되돌아왔나보다 하고 속삭이셨죠. 그 밤 바람 소리는 확실히 남달랐어요. 바다 저 깊숙한 곳에서 무엇인가가 뿜어내는 듯한 소리. 저는 입을 오므려 그 소리를 흉내 내며 잠이 들었죠. 한 마리 고래처럼. 우우우우우웅 우우웅 우우우웅!

산은 여전히 말이 없었다.

— ……열세 살 때 다시 도쿄로 돌아왔어요. 이번엔 혼자였지요. 돌림병이 부모님을 앗아간 후 총독 아저씨가 제 후견인을 자처했으니까요. 그 후로 지금까지 전 아저씨 부부의 외동딸이나 다름없어요. 제가 원하는 건 무엇이든 들어주시죠. 하지만 진실을 말해볼까요. 제 한구석은 늘 허전했어요. 채워진 적이 없었죠. 그분들은 절 '미츠코'라고, 절대로 주홍이라고 부르지 않았어요. 그때부터였나봐요, 혼자라는 생각에 사로잡힌 건. 그런 느낌 아세요. 해가 뉘엿뉘엿 지는 비 오는 저녁, 갑자기 나를 둘러싼 모든 것들이 낯설게 느껴질 때, 내가 머물 곳은 여기가 아니라는 생각이 온몸을 휘감을 때 그 찰나의 아찔함! 저는요, 외로움과 평생 벗하고 살 수밖에 없는 운명인가봐요.

산의 눈가가 가늘게 떨렸다.

— 아저씨는 같이 살게 된 기념으로 이탈리아를 한 바퀴 돌고 오자셨지요. 저는 아저씨 부부와 함께 배에 올랐어요. 로마였는지 이탈리아의 다른 도시였는지, 그것도 아니면 독일이나 프랑스의

어느 도시였는지 몰라요. 그때 저는 일본어도 더듬더듬 겨우 하는, 바깥세상이라곤 처음 구경하는 어린아이에 불과했으니까요. 안내판이 있어도 읽지 못했고, 도시의 여자와 아이들이 친절하게 말을 건네도 벙어리 흉내만 냈지요. 어느 따사로운 봄날 오후, 저는 아저씨 부부와 함께 동물원에 있었어요. 그분들은 분수대에서 기다리겠노라며, 저 혼자 마음껏 둘러보고 오라셨지요. 처음엔 두렵기만 했어요. 그런데 원숭이 우리랑 공작새 우리랑 여우 우리를 지나니, 점차 가슴이 콩닥콩닥 뛰기 시작했지요. 그때 깊고 으슥한 곳에 외따로 떨어져 있는 우리 하나가 눈에 띄었어요. 뭔가 굉장한 녀석이 기다리고 있으리라 생각하니 절로 신이 났지요. 어흥. 울음소리부터 들렸어요. 저는 움찔 어깨를 떨며 걸음을 멈추었다가 다시 살금살금 다가가서 우리 안을 들여다봤지요. 거기, 호랑이 한 마리가 창살에 바짝 붙어 좌우로 오가고 있었어요. 저는 거들떠보지도 않더군요. 기품이 넘쳤어요. 우리에 갇혔다고 주눅 든 모습이 전혀 아니었어요. 눈은 또렷하고 어깨는 단단하고 털은 길고 부드럽고 무늬는 화려했어요. 제가 그 호랑이의 관심을 끌기 위해 무슨 짓을 한 줄 아세요? 아랫배에 단단히 힘을 주고선 우우우우웅 우우웅 우우우웅 울음을 뱉어냈어요. 그래요, 고래 울음. 그러자 신기하게도 호랑이가 고개를 돌려 날 쳐다봤어요. 저는 다시 한 번 인사를 건넸죠. 우우우우우웅 반가워! 저는 그날 세 시간도 넘게 그 우리 앞에 서 있었어요. 해가 져서 우리 창살이 띄엄띄엄 검게 물들 때까지. 인내심이 바닥난 아저씨 부부가 결국 절 찾아오셨고. 그때 저는 눈물을 글썽이며 아저씨에게 매달렸어요. 호랑이가 불쌍해요. 풀어줘요. 갇혀 지낼 동물이 아니에요. 호랑이도 고래처럼 맘껏 뛰놀며 살아야 해요. 그래요, 제 미래가 그날 결정된 거죠. ……아아 혼자서만 너무 많이 떠들었네요. 이제 그쪽 얘기 해봐요. 아버지는 개마고원의 포수셨고, 그럼 어머니는 어떤 분이셨나요?

어머니…… 세 글자를 읊조릴 때마다 산의 머릿속에서 마른번개가 번뜩였다. 산이 일곱 살 때 어머니는 개마고원에서 사라졌다. 일곱 살이면 제법 기억이 많을 법한데도, 산이 기억하는 어머니는 번개와 함께 떠오르는 넉넉한 품이 전부였다. 번개와 천둥의 간격이 줄어 빛과 소리가 동시에 울릴 때, 양손으로 귀를 막고 이불 속으로 기어 들어가는 어린 산을 어머니는 꼭 안아주었다. 어머니가 떠난 뒤에도, 산은 번개가 번뜩일 때마다 어머니를 떠올렸지만 아비 웅에게 내색한 적은 없었다. 번개가 치기 시작하면 웅은 목소리를 깔고, 산과 수 형제에게 들으라는 듯, 느릿느릿 번개와 천둥을 달래는 노래를 불렀다. 가면 가면 갔던 임이 돌아올 날 기다리고, 울면 울면 울던 임께 웃음 한 움큼 건넬 날 기다리네!
형제는 그 노래가 번개와 천둥을 달랠까 의심했지만, 번개가 단 한 번만 번뜩이고 멈출 때면 꿀 먹은 벙어리처럼 잠자리에 들기도 했다. 그러나 대부분은 번개가 연이어 빛을 뿌렸고, 그때 형제는 몰래 손을 잡고 '어머니' 세 글자를 혀끝에 올렸다가 삼켰다. 번개가 끝나기도 전에 옹이 노래를 멈추고 먼저 잠든 밤도 있었다. 형제는 번개가 치지 않는 낮에도, 어머니가 그리울 때, 그 노래를 불렀다. 옹은 형제가 부르는 노래를 우연히 듣고도 내버려두었다. 어머니는 형제에게 놀라운 빛을 뿌리며 찾아들었다가 순식간에 사라진 번개였다.

그즈음 개마고원을 떠난 여인은 산의 어머니뿐만이 아니었다. 철도와 함께 전기와 함께 라디오와 함께 우편과 함께 소위 문명의 이기들이 그 척박한 땅까지 찾아들었고, 자연 속에서 고립된 행복에 만족하며 살던 많은 이들이 더 나은 삶을 꿈꾸며 이주를 시작했다. 옹은 개마고원을 벗어나서는 단 한 순간도 살 수 없는 포수였지만 아내는 달랐다. 서로를 인정하고 각자의 삶이 흘러가게끔 놓아두는 것 또한 인생이었다.

산이 침묵으로 어머니를 그리워할 때, 주홍이 미루고 미루어뒀던, 마음속 깊은 곳의 옹이를 꺼냈다.
— 아픈 건 정말 싫어요. 왜 그런 줄 아세요? 아저씨 부부가 아무리 마음을 쏟아도, 난 고아였어요. 고아, 외로운 아이! 또래 아이들은 신기하게도 외로움의 냄새를 기가 막히게 맡죠. 난 그 애들이 내가 바다 건너왔다는 이유 때문에 날 괴롭힌 건 아니라고 생각해요. 내가 그곳 태생이 아니고, 아저씨와 아줌마가 내 친부모가 아니라는 걸 알기 전부터, 그들은 날 꼬집고 때리고 침 뱉고 손

등이나 목덜미에 낙서를 했으니까요. 자기들과 다른 냄새가 난다는 걸 귀신같이 알더군요. 놀림은 견딜 수 있었지만, 정말 힘든 건 몸이 아플 때였어요. 열이 펄펄 끓어 학교도 못 가고 방에 누워 있으면, 이 세상에 혼자 버려졌다는 느낌이 엄습했죠. 몸이 건강해야 날 놀리는 아이들과 맞서 싸워 이길 수 있으니까 아파도 아프지 않은 척 버텼어요. 그러다보면 정말 병이 저절로 낫기도 했고요. 그러니 당신도 아프지 말아요. 알았죠? 부탁이에요.

주홍이 산에게 오래된 기억을 들려주던 새벽 어스름, 쌍해는 히데오와 함께 산기슭을 올랐다. 청룡은 앞마당에 앉혀두고 현무만 데려갔다. 쌍해는 분비나무 아래 배설물들을 일일이 찾아다니며 코끝에 대고 손끝을 비볐다. 그리고 다시 현무의 코끝에 살짝 발라주었다. 현무가 앞장서서 두 사람을 이끌었다. 고개를 하나 넘은 뒤 쌍해가 바위 뒤에 기대앉았다. 히데오가 따라 앉으며 불평부터 쏟았다.
　― 정말 백두산사슴을 잡을 수 있는 거야, 총도 없이?
　쌍해는 대답 대신 손바닥에 쏙 들어가는 피리를 꺼내 물었다.
　― 사냥 나왔소! 알리기라도 할 작정인가?
　쌍해는 대답 대신 피리를 불었다. 히데오의 두 눈에 놀라움이 차올랐다.
　― 이, 이건…….
　― 백두산사슴 수컷 소립니다.

— 그 소린 왜?

— 수사슴들은 제 영역에 딴 수놈이 들어온 걸 몹시 싫어합니다. 암사슴을 빼앗길까 걱정해서지요. 그래서 울음소리를 들으면 싸우러 온답니다.

— 소리 나는 곳까지 제 발로 온다고?

— 내기를 하셔도 좋습니다. 저는 쇠도리깨를 걸지요. 대장님은 사냥총, 어떻습니까?

— 웃기지 마. 쇠도리깨를 어디 윈체스터에 비겨. 한데 정말 백두산사슴이 나타나면 총도 없이 어떻게 잡지?

— 다 수가 있습니다.

쌍해가 피리를 불었다. 세 번 쉬고 네 번 불기 시작했을 때, 현무가 숲을 노려보며 으르렁거렸다. 당장 숲으로 달려들 기세였다. 이번에는 숲에서 울음소리가 들렸다. 방금 쌍해가 분 피리 소리와 구분하기 힘들었다. 쌍해가 더욱 힘껏 피리를 불자, 백두산 수사슴 한 마리가 숲을 벗어나서 바위 쪽으로 걸어 나왔다. 머리에 돋은 뿔이 잘 자란 호두나무 같았다. 쌍해가 피리를 입에 문 채 계속 불며 바지춤에서 올무를 두 개 꺼내들고 양손에 각각 쥐었다. 끝에 달린 크고 무거운 쇠구슬을 엄지와 검지에 맞대고 차츰 피리 소리를 줄여나갔다. 백두산 수사슴은 희미한 소리에 귀 기울이기 위해 걸음을 멈추고 바위 쪽으로 고개를 돌렸다. 쌍해는 그 순간을 놓치지 않고 올무를 뿌렸다. 올무가 순식간에 앞다리들을 휘감자 사슴은 균형을 잃고 꼬꾸라졌다. 쌍해가 다시 올무를 뿌려 버둥거리는 뒷다리마저 움직이지 못하게 만들었다. 현무가 컹 짖으며 달려들어 사슴의 쓰러진 옆구리에 올라탔다. 사슴을 물거나 할퀴지 않는 것을 보면, 피리와 올무를 이용한 사슴 사냥이 처음은 아닌 듯했다. 쌍해가 팔자걸음으로 자신만만하게 걸어가며 수통과 단검을 꺼냈다.

— 수통은 왜?

— 저걸 통째로 들고 갈 순 없으니 예서 처리해야죠.

천을 꺼내 사슴의 눈부터 가린 뒤 목덜미를 손바닥으로 쓸며 친구 대하듯 중얼거렸다.

— 산이라고, 친자식 같은 녀석인데 많이 아프다. 네가 도와줘야 쓰겠어. 미안하고 고맙다.

산은 꿈을 꾸다가 눈을 떴다. 꿈에 흰머리는 우리에 갇혀 있었다. 철창 때문에 놈은 산에게로 달려들지 못했다. 그리고 한 소녀. 흰머리가 사납게 울음을 터뜨려도, 소녀는 얼굴 찡그리거나 물러서지 않았다. 갑자기 소나기가 내리기 시작했다. 야유객들은 바삐 동물원을 떠났지만, 소녀는 비를 맞은 채 계속 우리 앞에 서 있었다. 산은 소녀에게 말을 걸어야겠다고 생각했다. 잠시 비라도 피했다가 다시 오라고, 이 비를 맞으면 감기에 걸리거나 더 심하면 폐병을 앓는다고. 산보다 먼저 소녀가 철창 가까이 다가섰다. 왼손으로 철창을 잡고 오른손을 철창 사이로 집어넣어 흰머리의 엉덩이를 밀었다. 들어가. 비 오잖아. 흰머리가 고개를 돌려 소녀를 쳐다보았다. 빗물인지 눈물인지, 소녀의 뺨은 젖어 있었다. 누구도 철창 밖에서 흰머리의 엉덩이를 만진 이는 없었다. 사육사조차도. 호랑이가 방향을 바꿔 소녀 쪽으로 다가갔다. 소녀는 다시 철창 사이로 손을 넣어 호랑이의 어깨를 밀려고 했다. 그 순간 흰머리의 두 눈이 번뜩였다. 단단한 두 발이 멈추었다. 그리고 그 커다란 입이 소녀의 가느다란 팔을 덥석…… 물어뜯기 직전에, 산은 눈을 떴다.

이불 대신 산의 배와 가슴을 덮고 있는 것은 주홍의 외투였다. 그럼 주홍은? 산은 겨우 바닥에서 등을 떼고 몸을 반쯤 일으켜 세웠다. 바닥은 따뜻했지만 찬바람이 어깨를 때렸다. 그미는 두 무릎을 접어 명치까지 올리고 웅크린 채 잠들어 있었다. 산은 두 팔로 방바닥을 밀며 상체를 일으켜 세웠다. 그리고 엉덩이걸음으로 그미 쪽으로 다가가 작은 몸 위로 외투를 덮었다. 바람이 들지 않게 끝을 여며주다가, 외투 밖으로 튀어나온 가늘고 흰 오른손을 보았다. 방금 철창 속으로 들어갔던, 흰머리가 달려들었던 바로 그 손. 산은 그 손 위에 자신의 손을 가만히 포갰다. 차가웠다. 산은 떨렸다, 가슴도 손도.

7년 동안, 많은 여자와 말을 섞고 몸을 섞었다. 몇몇은 산과의 미래를 꿈꾸었고, 때론 미소로 때론 음식으로 때론 고백으로 소중한 바람을 드러냈다. 산은 짧은 욕정의 시간을 뒤로하고 길을 나섰다. 여인들을 만났던 장소와 시간 위에 여인들의 손짓과 몸짓과 눈짓이 뒤섞였다. 또렷하게 떠오르는 부분은 없었다. 지금 산은 주홍의 손 위로 자신의 손을 겹쳐놓았다. 남녀불문하고 누군가의 손을 이렇듯 오래 쳐다본 적도 없었다. 그미의 손가락은 가늘었고 손톱은 작고 둥글었다. 산은 손끝으로 그미의 손등을 간질이듯 훑었다. 크고 작은 흉터들이 오돌토돌 만져졌다. 고양이과 짐승들을 다루느라 생긴 상처였다. 산은 움찔 어깨를 떨며 손끝을 멈췄다. 남자란 마음의 흉터에는 둔감하지만 손등의 흉터엔 민감한 족속이라고 했던가. 산의 손도 흉터투성이였다. 산은 그미의 흉터 하나하나에 제 손등의 흉터를 덧붙여 비교했다. 들짐승으로부터, 사냥도구로부터, 나무나 풀 혹은 돌멩이로부터, 아픔이 찾아들던 순간을 떠올렸다. 시호테알린에서 보낸 반년의 힘겨움이 그 손에 고스란히 담겨 있었다. 침착하고 늘 세련된 미소를 잃지 않는, 부잣집에서 귀하게 자란 분위기를 풍겼지만, 그 아래엔 겹겹의 고통이 숨어 있었다. 아팠겠구나. 정말 아팠겠어. 엄지 아래쪽 이 상처. 이 죽은 피들!

산은 줄곧 호랑이를 증오했고, 주홍은 내내 호랑이를 사랑했다. 둘은 함께 흰머리를 쫓지만, 호랑이에 대한 추억도, 감정도, 미래의 계획도 정반대였다. 산도 그미처럼 호랑이에 관한 모든 것을 알려고 노력했다. 그것은 죽음에 이르는 앎이었다.

산의 눈길이 외투에 덮인 주홍의 어깨를 지나 헝클어진 귀밑머리에 닿았다. 문득 그녀의 귀를 만지고 싶어졌다. 호랑이의 귀 뒤엔 인식점이 있다. 어미 호랑이는 그 인식점을 통해 새끼들이 장성한 뒤에도 핏줄임을 알아차린다. 언젠가부터 산도 사람의 귀를 살피기 시작했다. 얼굴이 다르듯 귀 모양도 천차만별이다. 산은 그미의 귀밑머리를 한 올 한 올 집어 넘겼다. 그미가 간지러운 듯 얕은 숨소리를 내며 뒤척였다. 산은 그미가 깊이 잠들 때까지 기다렸다. 작고 둥글며, 귓불이 도톰하고, 귓바퀴엔 살짝 주름이 졌다. 저런 귀를 가진 이는 자기 일에 열심이고 고집이 세다. 한 번 정한 원칙을 쉽게 허물지 않는다. 산은 그미의 귓바퀴에 왼손 엄지를 갖다 댔다. 그리고 검지로 그미의 귀 뒤를 천천히, 움직이는 것 같지도 않게 비볐다. 조금씩 부족한 비유들만 계속 떠올랐다. 양털구름 같은, 북극성 같은, 흰 자작나무 같은, 5월 장진호 같은, 개마고원 같은, 개마고원을 뒤덮는 눈 같은. 그리고 이상하게도 마지막으로 떠오른 비유는 이것이었다. 겨울 조선 호랑이의 털 같은.

주홍은 깨어 있었다. 산이 외투를 덮어주고 자신의 손 위로 거친 손을 포갤 때까지는 잠에 취했지만, 손길이 귀밑머리에 닿는 순간 어둠이 부서졌다. 산의 곁을 지키다가 자기도 모르게 쓰러져 잠이 든 것이다. 백사봉계곡의 비극은 그미에게도 큰 충격이었다. 극심한 피로를 견딘 것은 산을 간병할 이가 자기밖에 없기 때문이었다. 그미는 제 몸을 덮은 외투를 먼저 느꼈다. 산에게 덮어줬던 외투는 어느새 그미의 배와 가슴을 덮고 있었다. 그렇다면 지금 그미의 귀밑머리를 만지는 이도, 산이다. 그미는 눈을 뜰 수 없었다. 자신의 손을 잡고 동시에 귀밑머리를 만지는 이가 산이라면, 눈을 떠 그의 눈을 마주할, 그 어색한 찰나를 넘길 자신이 없었다. 그미는 눈을 감고서 자는 척했다. 신경은 온통 귀로 향했다. 산의 엄지와 검지가 그미의 귓바퀴를, 귓불을 어루만질 때, 그미의 가슴은 천둥처럼 뛰었다. 빨라진 심장박동을 들킬까 두려웠다. 수동계곡에서는 청룡을 밀어 넣고 동굴 밖으로 나가버렸던 그 사내가, 잠든 내 손을 잡고 내 귀를 어루만진다. 눈을 떠야 할까. 극도의 긴장이 이어지다가 어느 순간 고요가 찾아왔다. 산도 얼핏 잠이 든 것일까. 주홍은 결국 깨어 있음을 드러내지 못했다. 먼지와 티끌처럼 떨어지는 시간이었다.

산을 다시 깨운 것은 냄새였다. 잘 익은 백두산사슴 고기. 개마고원 포수들은 기력을 회복하는 으뜸 보양식으로 백두산사슴을 꼽았다. 비릿한 피 냄새가 침을 돌게 했다. 쌍해에게서 선지 담은 그릇을 건네받았다.

— 다 먹어. 남기지 말고.

쌍해의 말투는 종종 웅을 닮았다. 아비도 그랬다. 산이나 수가 아플 때면 선지를 그릇 가득 담아 내왔다. 첫 모금은 비릿함이 목에 걸려 넘기기 어려웠지만, 선지가 식도를 지나 위에 닿으면 두려움이 사라졌다. 아비는 개마고원 포수의 피엔 사람 피와 짐승 피가 반반 섞여 있다고 했다. 평생 짐승 피를 보충하지 않으면, 점차 명중률도 떨어지고 걸음도 느려지고 눈도 먼다고 했다. 손등으로 선지 묻은 입을 닦았다. 황소바람이 마당에서 방으로 밀려들었다. 열린 방문 틈으로 눈망울 하나가 반짝였다. 주홍이었다.

산이 처음 피를 들이킬 때부터, 주홍은 줄곧 문밖에 서 있었다. 그미는 고개를 숙여 제 오른손을 내려다보았다. 그리고 그 손으로 제 귀를 만졌다. 새벽녘 친근함은 꿈의 한 자락처럼 흐릿했고 큰 바다처럼 넓은 간극만 우뚝했다. 생각이 자꾸 꼬였다. 짐승 피를 아무렇지도 않게 들이키는 남자. 그미가 가장 혐오하는, 짐승을 죽여 자신의 몸을 보신하는 야만의 무리. 저 남자를 안다고 믿은 것은 착각이 아닐까. 시작하지 않는 게 옳지 않을까. 단지 손에 손을 포갰고, 그의 손이 내 귀를 만졌을 뿐이다. 지금은 그것뿐이니……한데 왜 이렇게 불에 덴 것처럼, 귓불이 화끈거릴까. 이 미열은 어디서부터 오는 것일까. 이 심장의 어리석은 두근거림은! 멈추려고 애쓸수록 더 빨리 달리는 기차처럼, 내 눈은 계속 그의 손과 어깨 또 피를 들이키는 시뻘건 입술과 울럭울럭거리는 목젖으로 길을 내누나. 아, 나는 평생 이 순간을 후회할까. 아니, 후회하게 되더라도, 끝까지, 가보리라.

주홍에게는 낮밤 없이 걷고 있는 고원의 변화무쌍함이 때론 죽비처럼 아프고 때론 만화경처럼 신비로웠다. 이 특별한 체험은 제주에서 보낸 어린 시절의 한순간을 확장시켰다. 섬 하나 없는 바다를 종일 쳐다보던 소녀. 책 읽는 것보다도 그림을 그리는 것보다도 친구들과 뛰노는 것보다도 파도 소리 들으며 바다를 품는 것을 더 즐기던 소녀. 갑자기 거대한 물기둥이 화산처럼 하늘로 솟구치던 저물녘. 소녀는 혼자였지만 두려워 떨거나 소리 지르지 않았다. 오히려 소녀는 벌떡 일어나서 눈을 더욱 동그랗게 뜨고 물기둥을 뿜어대는 검은빛을 응시했다. 밤의 전령사처럼 미리 앞서서 넓게 수면으로 내려앉는 어둠과는 달리, 그 빛은 뉘어놓은 오리알처럼 둥글고 단단했다. 그 빛은 물기둥을 뿜으며 곧장 소녀를 향해 나아왔다. 그리고 한 순간, 검은빛은 물기둥 대신 수면 밑에 잠겨 있던 자신의 존재를 공중제비 놀듯 파도 위로 드러냈다. 개마고원을 헤치는 두 발이 한없이 무거울 때 그미는 떠올렸다. 갈매기보다 가벼운 고래를.

삶은 백두산사슴 고기를 가운데 두고 네 사람이 둘러앉았다. 쌍해의 솜씨였다. 청룡과 현무도 특별히 앞마당에서 사슴 앞다리뼈를 핥느라 바빴다. 주홍은 산과 눈을 마주치지도 않았고 고기에 손을 대지도 않았다. 사슴 피를 마시는 장면이 자꾸 눈앞에 어른거렸다. 쌍해가 호리병과 나무 그릇을 챙겨왔다. 소주였다. 나무 그릇에 가득 따라 자기부터 한잔 들이켰다.

— 좋군, 좋아.

그릇을 채운 뒤 히데오에게 건넸다.

— 개마고원 소주 맛 보셨습니까? 소주 한 잔에 시름도 사라지

고 소주 두 잔에 추위도 잊습니다.

히데오가 미간을 찡그리며 그릇을 비운 뒤 고기 한 점을 꼭꼭 씹어댔다. 쌍해가 빈 잔을 다시 받아 채워 산에게 내밀었다. 그미가 여전히 시선을 내린 채 끼어들었다.

— 환자인데…… 마셔도 돼요?

— 몸살 나면 사슴고기에 소주 한 잔 걸치고 자리를 터는 법입니다.

쌍해의 설명이 끝나기가 무섭게 산이 그릇을 받아 단숨에 비웠다. 소주를 채운 그릇이 그미에게 향했다. 그릇을 받아 들자, 이번에는 산이 한마디 거들었다.

— 빈속인데…… 보기보단 독하오. 고기부터 한 점 하고…….

— 아니, 괜찮아요.

그미는 말허리를 자른 뒤 양손으로 그릇을 잡고 턱을 서서히 들며 소주를 마셨다. 혀가 화끈거리고 목이 타더니 위가 찌릿찌릿 떨렸다. 코와 귀와 눈으로 동시에 열기가 뻗쳐올랐다. 부엌으로 가서 얼음이 얇게 깔린 물을 바가지로 깨고 마셨다. 또 다른 하루의 시작이었다.

아무산에서 최가령까지 완만한 내리막이 이어졌다. 2,000미터가 넘는 봉우리가 즐비했기 때문에, 1,572미터 최가령은 정겹기까지 했다. 백두산사슴과 소주의 위력인지, 산은 선두에서 속보를 유지했고, 히데오, 주홍, 쌍해 순으로 그 뒤를 따랐다. 술이 오른 쌍해는 걷는 내내 노래를 흥얼거렸다. 그미가 돌아보지 않고 물었다.

— 겨울이 지나가면 꽃들이 제법 피겠군요.

— 제법이다 뿐입니까? 천지 사방이 꽃으로 넘쳐납니다. 꽃 이름으로 시작해서 끝을 맺는 노래도 있는데, 한번 들어보시렵니까? 일명 꽃타령!

— 좋아요.

— 봄꽃이로구나. 좀참꽃, 바람꽃, 신선구슬봉이, 산뿔꽃, 애기봄맞이, 동의나물. 여름꽃이로구나. 담자리꽃, 두메양귀비, 구름범의귀, 숙은꽃창포, 물싸리, 화살곰치, 하늘매발톱꽃, 가을꽃이로구나. 8월이라 바위구절초, 자주꽃방망이, 칼잎과남풀, 각시투구꽃이 곱디곱구나.

쌍해의 꽃타령을 들으며, 그미는 꼭 한번 다시 개마고원을 찾으리라 마음먹었다. 겨울을 끔찍하게 겪고 있으니, 다음번엔 야생화 만발한 늦봄이나 초가을에 오리라. 속마음을 헤아린 듯 쌍해가 노래를 마친 뒤 너스레를 얹었다.

— 꽃구경은 뭐니뭐니 해도 님과 함께 가야죠. 님이 꽃자리에 들면 꽃이 님인지 님이 꽃인지 헷갈린답니다. 그럴 땐 눈 딱 감고 꽃도 님도 함께 품어야 합니다.

님이란 단어가 그미의 귀에 쏙 들어왔다. 언젠가 개마고원으로 꽃구경을 온다면? 그미의 시선이 쌍해와 히데오를 넘어 산의 등에 꽂혔다. 귓불이 뜨거워졌다.

편한 내리막이 있으면 숨찬 오르막도 있는 법. 최가령을 지나니 다시 숨이 가빠지기 시작했다. 쌍해의 콧노래도 멎었고 네 사람의 거친 숨소리만 하얀 입김으로 쏟아졌다. 자작나무의 바다. 하늘로 쭉쭉 뻗은 나무들이 지나가는 사람들의 머리를 눌러댔다. 하늘의 가르침에 따라 하루하루를 살며 감히 천인족天人族을 자처하는 무리도 있다지만, 하늘 가까이에서 사귐을 이어가는 존재는 나무들이다. 하늘의 빛, 하늘의 눈과 비, 하늘의 바람, 하늘의 해와 달과 별과 구름이 만들어내는 풍광. 나무는 이 모든 것을 가림막 하나 없이 고스란히 보고 듣고 느낀다. 하늘의 공연을 처음부터 끝까지, 지루해 하지 않고 즐기는 이가 곧 나무다. 산의 발걸음이 차츰 느려졌다. 멈춰 서서 나무줄기를 살피기도 하고 길 옆 응달에서 눈을 손으로 치우기도 했다.

— 발자국인가?

히데오가 등 뒤에서 양손을 번갈아 비비며 물었다. 오르막으로 접어들면서부터 기온이 떨어지기 시작했다. 내내 눈가루가 섞인 맞바람이 체감온도를 더욱 떨어뜨렸다. 산은 대답 대신 일어서서 쌍해를 눈으로 찾았다. 쌍해가 산처럼 왼무릎을 꿇고 발자국을 살피며 혼잣말을 지껄였다.

— 딴 녀석이군.

— 딴 녀석? 호랑이가 또 있다고?

히데오의 이어진 물음에 주홍이 아는 체를 했다.

— 흰머리와 같은 왕대라면 세력권에 네댓 마리 암호랑이를 거

느려요. 모르긴 해도 백두산을 중심으로 압록강 이남과 이북에 모두 각각 두세 마리 암컷이 왕대와 교미하여 임신하고 새끼를 낳을 거예요.

— 그럼 흰머리가 여기까지 온 것도?

— 교미를 위해서일 가능성도 있지요. 함흥 근처에서 새끼들을 잃었으니 더더욱 씨를 퍼뜨리고 싶겠죠.

히데오의 시선이 산에게 향했다. 그미의 설명이 옳으냐고 눈으로 확인했다. 산이 즉답을 피한 채 돌아서서 길 위로 올라갔다. 히데오는 그 침묵을 긍정으로 받아들였다.

주홍은 흐린 날의 저물 무렵을 아꼈다. 구름의 등이 붉게 빛나는 동안, 대학 실험실에서, 시호테알린의 밀림에서 그미는 가장 먼 곳에서부터 다가오는 어둠을 향해 후우후우 소리 내어 입김을 불어대곤 했었다. 밤이 오면 혼자 남을 것이고 혼자 밥을 먹고 책을 읽거나 글을 쓸 것이다. 그리고 홀로 남아서, 혼자가 아니었던 순간들을 어루만질 것이다. 그미는 구름의 등이 더 오래 빛나기를 바라며 노래를 흥얼거렸다. 가사는 이미 잊고 멜로디만 겨우 혀끝에 걸려 고드름을 타고 내리는 물방울처럼 똑똑 떨어졌다. 붉은빛은 신기하게도 검은빛으로 바로 탈바꿈하지 않고 푸른 냄새, 푸른 맛, 푸른빛을 잠시 뿜었다. 낮의 마지막 핏줄인지도 몰랐다.

해가 지고 있었다. 쌍해는 서둘러 빈 동굴로 일행을 안내했다.

밤눈이 어두운 주홍은 허정허정 비틀대며 발을 헛디뎠지만, 쌍해
는 오늘 밤도 사슴고기에 소주 한 잔을 이어가자며 종비나무 숲
흰털귀룽나무 사이에서 단번에 동굴을 찾아냈다. 굴 안은 깊지 않
아서 겨우 바람과 이슬을 피할 정도였다. 쌍해와 그미가 모닥불
을 피우고 챙겨온 사슴고기를 굽는 동안, 산은 히데오와 함께 숲
을 둘러보러 나갔다. 근처에 겨울잠 자는 불곰이라도 있으면, 자리
를 옮겨야 하는 것이다. 길어야 30분을 넘지 않을 예정이었다. 종
비나무만 빽빽하게 들어찬 줄 알았는데, 숲을 걷다보니 당가목, 청
시닥나무, 산겨릅나무, 실회나무, 까치밥나무 등이 숨바꼭질을 하
듯 모습을 드러냈다. 앞서가던 산이 민둥인가목 아래에 쪼그려 앉
았다. 그의 손끝에서 짐승의 배설물이 대롱대롱거렸다.

— 놈은 근처에 있소.

— 암호랑이 말인가?

산이 일어서서 사냥총의 장전 손잡이를 당기는 것으로 답을 대
신했다. 히데오도 따라서 노리쇠를 후퇴전진시킨 후 일어섰다. 산
이 배설물 옆의 눈을 가볍게 손가락으로 털어내자 발자국이 드러
났다. 산이 고개를 돌려 히데오와 눈을 맞췄다.

— 우리 목표는 암호랑이가 아니오. 흰머리가 나타날 때까지 기
다려야 하오.

산이 허리를 반쯤 숙인 채 빠르게 나무 사이로 나아갔다. 히데
오도 종종걸음으로 산의 등 뒤에 바짝 붙었다. 어둠이 깃든 숲은
둥지로 내려앉는 새들의 작은 날갯짓조차도 크게 부풀려놓는다.

산은 소리가 날 때마다 멈춰 서서 총구를 올려 조준했다. 인간의 눈으로는 식별하기 어려운 그곳 어딘가에서 호랑이가, 표범이, 늑대가 사냥을 시작하는 것이다.

— 투두둑.

나뭇가지 부러지는 소리가 나자마자, 산과 히데오는 동시에 좌우로 흩어져 종비나무에 등을 댔다. 히데오가 눈만 내밀어 어둠을 살폈다. 투둑. 사냥개만 한 새끼 멧돼지 서너 마리가 동시에 아름드리나무를 빙빙 돌며 장난을 치고 있었다. 히데오의 얼굴에 미소가 피어올랐다. 어미 멧돼지는 5미터 정도 떨어진 바위 밑을 코로 파느라 바빴다. 히데오는 조준점을 새끼 멧돼지에서 어미 멧돼지로 옮겼다. 단 한 방에 놈의 심장을 뚫을 기회였지만 방아쇠에 검지를 걸었다가 다시 뺐다. 등 뒤에서 급한 발소리를 들었기 때문이다. 히데오가 돌아서기도 전에, 수컷 멧돼지가 달려들어 바지를 찢었다. 교미기인 겨울을 맞아 암컷 멧돼지 냄새를 맡고 접근하던 중이었을까. 히데오를 지나친 수컷은 돌아서서 콧김을 품품 내뿜었다.

— 나무 위로 올라오시오. 빨리!

산이 히데오의 머리 위에서 소리쳤다. 히데오가 황급히 일어서서 나무를 끌어안는데 다시 수컷이 돌진해왔다. 히데오는 나무를 타고 오를 여유도 달아날 틈도 없었다. 멧돼지의 송곳니에 정면으로 찍히면 위장이 찢어지거나 척추가 부러져 반병신이 될 것이다. 히데오는 산이 수컷 멧돼지를 향해 방아쇠를 당겨주기만을 바랐다. 그러나 산은 총을 들어 조준하지도 않았다. 히데오는 나무 타기를 포기하고 총구를 돌려 멧돼지를 쏘려고 했다. 서두르는 바람에 개머리판이 나무줄기에 부딪혔고, 손바닥이 심하게 울면서 총을 바닥에 떨어뜨렸다. 히데오는 다시 산을 노려보았다. 제발 쏴버려! 내 목숨이 멧돼지보다 하찮은가. 그 순간 암호랑이가 포효하며 수컷 멧돼지의 등에 올라탔다. 급습을 당한 멧돼지는 당혹감과 호랑이의 짓누르는 무게 때문에 갑자기 방향을 꺾었고 히데오 곁을 순식간에 지나쳤다.

— 꽤액 꾸웨웩!

새끼 멧돼지와 어미 멧돼지가 동시에 울며 반대편으로 달아나기 시작했다. 히데오는 그사이 손발을 부지런히 놀려 원숭이처럼 나무에 올랐다. 산이 바로 옆 나뭇가지에 두 다리를 끼운 채 걸터앉았다. 히데오는 당장 산의 턱을 올려붙이고 싶었지만 참았다. 암호랑이를 등에 태우고 내달리는 수퇘지의 씩씩거리는 숨소리와 무거운 발소리가 숲을 깨웠다. 수퇘지는 멀리 달아나지 못하고 원을 그리며 처음 호랑이가 올라탔던, 히데오와 산이 기어오른 나무 아래로 돌아왔다. 수퇘지는 호랑이를 떼어버리려고 갈지자로 뛰었다. 그러나 호랑이는 목덜미에 송곳니를 박고 네 발톱으로 등을 꽉 찍은 채 기회를 엿보았다. 이윽고 지친 수퇘지가 속도를 늦추며 비틀거리자 오히려 호랑이가 몸을 좌우로 흔들어댔다. 그 반동에 수퇘지가 앞무릎을 꿇으며 쓰러졌다. 호랑이는 앞발로 수퇘지의 옆구리와 가슴을 후려치면서 더 깊숙이 목을 고쳐 물었다. 바람 빠지는 소리를 내며 들린 발을 부르르 떨던 수돼지는 곧 저항을 멈추고 축 늘어졌다. 호랑이는 수돼지를 물고 새끼 멧돼지들이 뛰놀던 바위 아래까지 걸어간 뒤, 엉덩이살부터 뜯어먹기 시작했다. 히데오가 눈으로 물었다. 내려갈까? 산은 모처럼 사냥에 성공하여 포식 중인 호랑이를 살피며 고개를 저었다. 지금으로선 호랑이가 허기를 채우고 딴 곳으로 옮겨가기를 기다릴 뿐이다.

소주가 문제였다. 모닥불에 구운 백두산 수사슴고기에 곁들여 한 잔 두 잔 들이키다보니, 쌍해의 코가 달아올랐다. 주홍은 잔을 들지도 않고 내내 숲의 어둠을 살폈다. 산과 히데오는 돌아오지 않았다. 그미는 쌍해에게서 술잔을 빼앗았다.

— 아저씨! 그만하세요.

쌍해가 또 억병으로 취해 술주정을 시작할까 걱정이었다. 혼자서는 이 거구를 감당하기 어렵다.

— 나 안 취했습니다. 한 잔만 딱 한 잔만 더 하겠습니다.

쌍해가 당겨 앉으며 손을 뻗어 잔을 다시 쥐려 했다. 그미는 급히 일어서서 두 걸음 물러났다.

— 안 돼요. 히데오 대장이랑 산 씨가 돌아오면 곧 출발해야 해요.

그미가 아예 잔을 어두운 숲 쪽으로 던져버리고 소주를 담은 수통을 뒤집어 쏟았다. 쌍해가 달려들어 수통을 빼앗았지만 이미 소주는 바닥에 다 흘러버린 뒤였다. 그미는 잔뜩 긴장한 채 쌍해의 표정을 살폈다. 술에 취하면 감정을 잘 다스리지 못하는 사내였다.

쌍해는 수통을 양손으로 들어 주둥이에 입을 대고 쭉쭉 소리가 나도록 빨더니, 털썩 주저앉아 울음을 터뜨렸다.

— 내가 정말 이러려고 안 했는데, 정말 정말입니다. 웅이 형님하고도 약속했습니다. 산과 수, 저 녀석들 잘 돌봐야 하는데…….

그미는 곁으로 가서 그의 등을 도닥였다.

— 우세요. 실컷!

쌍해는 한 시간도 넘게 눈물을 쏟다가 모로 쓰러져 잠들었다.

기척이 들렸다. 모아 세운 무릎 위에 턱을 대고 앉았던 주홍은 벌떡 일어섰다. 개들도 따라서 땅바닥에 붙인 배를 떼고 그미 곁으로 다가왔다.

— 거기…… 누구 있어요?

답이 없었다. 그미는 심하게 코를 고는 쌍해를 내려다보면서, 깨울까 말까 잠시 망설였다. 술 냄새가 지독했다.

— 너희들이 가봐.

청룡과 현무가 어둠 속으로 뛰어들었다. 그미는 개들이 사라진 숲을 잠시 응시하다가 발밤발밤 걸음을 뗐다. 근처만 둘러볼 작정이었다.

— 이제 갔지?

히데오가 가지에 걸친 다리를 당겨 무릎을 주물렀다. 바위 아래에서 멧돼지의 엉덩이 두 짝과 가슴살까지 뜯어먹은 호랑이가 멧돼지의 목을 물고 바위를 훌쩍 넘어 사라진 지도 20분이 흘렀다.

— 아직.

산은 바위를 노려보았다.

— 갔잖아. 어디서 한잠 늘어지게 자고 있을걸.

— 가는 척하고 우리가 내려오길 기다리는지도 모르오.

— 놈은 우릴 보지도 않았어.

— 보고도 못 본 척했을 수도…….

— 그만둬. 난 내려가겠다.

— 잠시만 더 기다리는 게 좋겠소.

— 얼마나?

— 확신이 들 때까지.

— 대체 그 확신은 언제 찾아오지?

산은 대답 대신 나무를 타고 윗가지로 올라가서 고쳐 앉았다. 더 멀리 살피기 위함이다. 히데오는 다시 질문을 던지려다가 산의 엉덩이와 눈높이가 같은 것이 불쾌한 듯 자신도 윗가지로 올랐다. 겨우 2미터 남짓 올라왔는데도 바람살이 두 배는 매섭고 찼다.

— 왜 쏘지 않았나? 멧돼지에게 받혀 반병신이 되길 원했어?

— 당신이라면 어찌했겠소? 총성이 울려 흰머리를 놓친다면? 그래도 날 위해 멧돼지를 잡을 것 같소?

— 원래 이러나? 인정이라곤 없는.

— 사냥은 사냥일 뿐이오.

— 흰머리를 죽이고 나면 뭘 할 건가?

— 생각 안 해봤소.

— 내가 가르쳐줄까? 또 무엇인가를 죽이러 다니겠지. 사람이든 짐승이든. 네놈에겐 증오할 대상이 필요하니까.

— 아니오. 난 흰머리만 원하오.

— 습관은 무섭지. 7년이나 증오로 삶을 이었는데 하루아침에 달라질까? 증오 없이 살아갈 수 있을 것 같아? 증오가 네 밥이고 증오가 네 피인데? 난 너 같은 놈들을 잘 알지. 포수가 아니면 깡패가 돼서 자기 안의 온갖 더러움을 폭력으로 해결하려 들었을걸. 군인은 달라. 사사로운 미움이 아니라 국가를 위해 목숨 바쳐 싸우지. 전쟁이 끝나면 얼마든지 충직한 가장으로 삶을 다시 시작해. 네겐 악취가 가득한 시간이 어울려. 결혼, 가족, 행복 이런 단어는 네 것이 아니야. 그래서 말인데, 혹시라도 주 선생에게 눈길 돌리지 마.

산은 즉답하지 않았다. 결국 주홍 때문인 것이다. 단순한 경고로 들리진 않았다. 산도 자신이 평범한 가정을 꾸리긴 어렵다고 생각해왔다. 7년 동안 호랑이를 쫓다보니, 이제는 홀로 떠도는 편이 나았다. 화목한 가정을 꾸리는 건 내 복에 없으리라.

— 관심 있소?

역공에 히데오는 즉답을 못한 채 고개를 들고 숨을 몰아쉬었다. 그리고 다시 산을 노려보며 명령조로 말했다.

— 네 할 일이나 해. 다음부터는 호랑이를 놓치는 한이 있더라도, 나나 주 선생이 위험에 빠지면 구해. 우리가 있어야 네 사사로

운 복수극도 합법화된다는 거 잊지 말고.

'우리'란 두 글자가 귀에 거슬렸다. 히데오가 쳐놓은 우리에는 주홍만 들어가고, 산도 쌍해도 사냥개들도 담기지 않았다. 너희들 정도는 언제든 없음으로 돌려버릴 수 있다는 속마음이 드러나 있었다. 산은 고개를 들어 밤하늘을 우러렀다. 구름이 많이 걷힌 듯, 낯익은 겨울 별자리 하나가 눈에 띄었다. 하늘늑대별, 천랑성天狼星.

숲은 깊었다. 동굴로 돌아오기 위해 방향을 몇 번 꺾고 나니 모닥불 불빛마저 사라졌다. 방향감각이 뛰어나다고 자부했는데, 괴물처럼 달려드는 나무와 바위 앞에선 동서남북이 헷갈렸다. 먼저 나선 개들의 울음도 들리지 않았다. 그미는 걸음을 멈추고 하늘을 우러렀다. 북극성을 찾으려 했지만 구름이 짙어 별마저 빛을 잃었다. 바스락대는 소리가 귀를 파고들었다. 그미는 총이나 칼이나 쇠도리깨나 방망이 하나 없었다. 호랑이, 표범, 늑대는 물론 스라소니를 만나더라도 싸워 이기기 힘들다. 나무들이 빽빽이 들어찬 비탈을 지나 나무들이 조금 성긴 평지로 올라섰다. 신갈나무 아래로 눈이 갔다. 주먹만 한 검은 물체가 놓여 있었다. 가까이 다가가서 살피니 사슴고기였다. 혹시 쌍해가 나를 찾아 여기까지 온 걸까. 허리를 숙여 고기를 검지로 눌러보았다. 얼지 않았다. 놓고 간 지 얼마 되지 않은 것이다. 고기를 더 잘 살펴보기 위해 쥐고 들어 올렸다. 그 순간 올가미가 고기를 집은 그미의 팔을 낚아챘고, 허공으로 그미의 몸이 죽 딸려 올라갔다. 지상에서 4미터는 족히 넘었다.

산이 허벅지 위에 횡으로 올려둔 모신나강을 집어 들었다. 짐승의 발소리가 다급했다.

　─ 이보시오!

　딱딱한 나무줄기에 이마를 대고 깜빡 잠에 빠졌던 히데오가 이마를 떼지 않고 고개만 살짝 돌렸다. 모신나강을 어깨에 걸친 산을 보고서 허리를 젖히며 윈체스터부터 들었다. 멧돼지 대여섯 마리가 그들이 걸터앉은 나무 아래로 달려왔다. 그 뒤를 컹 컹 소리와 함께 사냥개가 쫓았다. 현무였다. 나무 아래를 지나간 새끼 멧돼지들이 갑자기 쾌에엑 비명과 함께 방향을 틀었다. 오르막길 위에 미리 가 있던 청룡이 풀쩍 호랑이처럼 뛰어내린 것이다. 새끼 멧돼지 한 마리가 나뒹굴자 청룡과 현무가 그 순간을 놓치지 않고 멧돼지의 목을 양옆에서 물었다. 개마고원의 풍산개는 한 번 물면 주인의 명령이 있기 전에는 턱을 벌리지 않는다. 동굴 근처에서 어슬렁대던 멧돼지 무리를 이곳까지 추격한 것이다. 산이 나뭇가지에서 내려왔다. 히데오도 서둘러 총을 어깨에 메고 엉덩이를 빼고 허리를 세운 채 두 팔을 번갈아 아래로 놀렸다. 산은 다람쥐처럼 옹이가 맺힌 곳과 가지가 갈라지는 곳을 찾아서 발을 옮겼지만, 히데오는 주르륵 미끄러지며 손바닥에 생채기를 남겼다. 땅을 2미터쯤 남기고서 산처럼 뛰어내리다가 뒹굴어 목을 삐끗하기도 했다. 산은 멧돼지의 목덜미를 문 채 침을 질질 흘려대는 청룡과 현무의 등을 가볍게 손바닥으로 쳤다.

― 돌아가자!

  오른쪽 어깨가 아팠다. 낚싯대에 걸린 붕어처럼 몸을 푸덕거려
보았지만, 팔꿈치에서부터 팔목까지 단단히 감아 맨 올가미를 풀
방법은 없었다. 조금만 움직여도 살과 근육이 찢어질 듯 아리고
쑤시고 화끈거렸다. 비명을 질러보기도 하고, 구해주세요! 소리치
기도 했다. 메아리는 컸지만 찾아오는 이는 없었다. 그미는 곧 지
쳐갔다. 허공에서 고통을 줄이고 힘을 아끼는 방법은 움직이지 않
는 것이다. 시체처럼 축 늘어져 바람이 부는 대로 몸을 맡겼다.

  도쿄에서 지내는 동안, 주홍은 숨바꼭질에 능했다. 처음에는 들
키지 않으려고 숨을 곳을 찾았지만 곧 홀로 숨어 보내는 시간을
아끼게 되었다. 학교에서든 거리에서든 집에서든 숨고 숨고 또 숨
었다. 몸을 한껏 줄여 좁은 틈을 비집고 들어가 앉았다. 누군가 다
가오면 두 눈도 깜박거리지 않은 채 숨소리까지 죽였다. 인적이
없음을 확인한 뒤에는 함을 손바닥에 올려놓고 검은 화산석들을
꺼냈다. 땀이 송골송골 맺히는 여름 한낮에도 그 돌들을 뺨에 대
고 스산한 바람처럼 속삭였다. 추워.

  스스슥. 소리가 들렸다. 주홍은 급히 눈을 뜨고 턱을 당겨 가슴
에 댔다. 살려……. 혀끝까지 밀려 나온 살려달라는 말을 내뱉을
겨를도 없이 포식자의 살기가 그미의 얼굴로 밀려 올라왔다. 표,

표범! 놈은 그미의 발아래를 빙빙 돌며, 허공에 매달린 먹잇감을 향해 입맛을 다시는 중이었다. 그미는 눈을 감고 죽은 척했다. 그러나 굶주린 표범은 죽은 먹이도 먹고 나무에 오를 줄도 안다. 그미는 다시 실눈을 뜨고 발아래를 살폈다. 놈은, 없었다. 갔는가. 그미가 마음을 놓기도 전에 몸이 심하게 흔들렸다. 어느새 나무를 기어오른 표범이 그미가 매달린 나뭇가지를 앞발로 잡았다. 다가오기엔 가지가 너무 가늘고 길었다. 심술이 난 표범은 삽이나 괭이를 쥐듯 앞발로 가지를 잡고 체중을 실어 흔들어댔다. 가지가 부러지면 표범의 요깃감이 되는 것을 피할 길이 없다. 그미의 몸이 30센티미터쯤 아래로 떨어지다가 멈췄다. 줄기에서 가지로 뻗어나가는 부분이 껍질째 꺾이기 시작했다. 제발! 그미는 흔들림을 막기 위해 왼손으로 오른손목을 쥐었다. 신이 난 표범이 망치처럼 앞발을 번갈아 놀려 나뭇가지를 위에서 아래로 쳐댔다. 10센티미터, 10센티미터, 10센티미터. 죽음이 가까웠다. 흐흐엉 멍. 그때 발아래에서 개 짖는 소리가 들렸다. 청룡이나 현무와는 다른 울음소리였다. 그미가 아래를 확인하려고 고개를 숙인 순간 흰 보자기가 얼굴을 덮어씌웠다. 아악. 비명과 함께 숨을 들이쉬자마자 그미는 정신을 잃었다.

— 곧 올 거야. 볼일을 보러 갔거나…….
쌍해는 술 냄새를 풍기며 얼버무렸다. 손등의 멧돼지 문신이 더욱 붉었다. 주홍의 가방과 소지품들은 모닥불 곁에 얌전히 놓여 있었다. 산은 가방에서 손에 잡히는 대로 옷을 꺼내 개들의 코에 댔다. 이 숲엔 암호랑이가 있고 새끼 잃은 어미 멧돼지가 있다. 더 많은 짐승들이 밤을 즐기며 돌아다닐 것이다. 먹이사슬로 보자면 그미는 이 숲의 새앙토끼보다도 아래다. 포식자들에게 그보다 더 쉬운 먹이는 없다. 모닥불을 돌며 킁킁 냄새를 맡던 청룡과 현무가 숲을 향해 달렸다.

숲은 미로다. 둘러친 벽은 없지만 한번 빠져들면 벗어나기 어렵다. 두려움과 호기심, 이 나무만 이 개천만 이 언덕만 넘으면 숲이 끝나리라는 막연한 기대감이 일을 그르친다. 발자국은 엉키고 목은 마르고 숨은 차고, 숨소리와 땀내가 굶주린 포식자들을 유인한다. 실종이 죽음으로 이어지는 것은 개마고원에서는 흔한 일이다. 산은 너무 늦지 않았기만을 바랐다.

눈을 떴다. 눈을 떴지만 완전한 어둠. 두 손은 등 뒤로 결박당했고 입에는 재갈이 물려 있다. 비리고 텁텁한 피 냄새. 주홍은 피 냄새를 따라 무릎으로 3미터 정도 기었다. 짐승의 날카로운 발톱이 그미의 허벅지에 닿았다. 엉덩방아를 찧으며 물러났다. 귀를 기울였다. 숨소리가 들리지 않았다. 용기를 내어 다시 다가갔다. 묶인 양손으로 짐승의 몸을 더듬었다. 머리와 눈과 코와 긴 수염을 만지는 순간, 그미는 이 짐승이 표범, 그러니까 아까 나무를 타고 올라서 가지를 흔들어 꺾으려 든 바로 그놈이란 걸 알아차렸다. 목덜미를 지나 왼가슴에 이르자 피딱지가 잡혔다. 그 딱지를 떼자 아직 응고되지 않은 피가 주르륵 흘러내려 그미의 손등을 더럽혔다. 손가락으로 표범의 털과 살갗을 헤집었다. 부러진 화살대가 잡혔다. 화살이 표범의 심장을 뚫은 것이다. 표범의 등과 왼쪽 허벅지에도 화살이 박혀 있었다. 가슴에 꽂힌 화살보다 절반쯤 가늘었다. 나무 위 표범을 향해 여러 발의 작은 화살을 쏜 뒤, 결정적인 순간 가장 큰 화살을 가슴에 꽂은 것이다. 이곳은 사냥물을 저장하는 창고일까. 무릎을 세우고 일어서자 머리가 천장에 닿았다. 흙부스러기가 떨어져 내렸다. 빛도 소리도 없다! 숲을 휘도는 바람 소리까지 지울 만한 곳은 땅속뿐이다. 나를 여기 가둔 이는 누굴까. 표범과 함께 두는 건 나를 포획한 짐승쯤으로 간주한다는 뜻일까.

청룡과 현무는 발정이라도 난 듯 서로의 엉덩이를 쳐다보며 맴을 돌았다. 마침 구름이 걷히면서 상현달이 모습을 드러냈다. 산은 왼무릎을 꿇고 앉아서 개들이 만든 원 안으로 들어갔다.

― 이곳은 사방이 훤한데, 지체 말고 저쪽 숲을 더 수색하는 게 어때?

히데오의 물음에 쌍해가 대신 답했다.

― 개들이 왔었습니다.

― 개? 들개?

― 들개는 아닙니다. 청룡이나 현무처럼 여길 맴돌았으니까요.

— 맴돌다니? 그게 들개랑 무슨 상관이야?

— 들개라면 곧장 먹잇감을 향해 달려들었겠지요. 하지만 이놈들은 자릴 지키며 기다렸습니다.

— 기다렸다고?

— 주인을 말입니다. 사냥꾼을.

— 사냥꾼? 이 추위에 이런 곳에?

— 먹고 살려면 별수 없습니다.

— 마을은 여기서 4킬로미터도 더 떨어져 있어.

히데오는 기억을 더듬었다. 지도에는 이 숲 어디도 집이라곤 없었다.

— 화전을 꾸리는 사람들도 있습니다.

— 화전?

— 농사를 지을 만한 곳에 불을 지르는 겁니다. 세상과 접촉을 끊고 막살이집을 대충 지은 뒤 숨어 살지요. 가을까지는 농사를 짓지만 겨울엔 사냥밖에 연명할 길이 없습니다.

산은 신갈나무로 다가간 후 오르기 시작했다. 방금 산이 살핀 땅에 쌍해가 손바닥을 댔다.

— 발자국이군요. 이쪽은 다 큰 어른 것이고 저건 아이. 열 살쯤 되었겠습니다.

산은 발자국 옆에서 부러진 화살대를 주웠다. 마른풀들이 눌린 자국을 손바닥으로 쓸었다. 화살을 맞은 들짐승이 이곳으로 떨어졌다. 주위엔 들짐승이 뛰어오를 바위나 언덕이 없다. 그렇다면 나무뿐이다. 산은 신갈나무를 오르며 껍질을 손바닥으로 쓸었다. 표범이 발톱으로 움켜쥐고 버틴 자리를 확인했다. 가지가 꺾여 너덜거리는 곳에 이르렀다. 표범은 여기까지 단숨에 올라와서 가지를 부러뜨리려고 했다. 저 가지 끝에 먹잇감이 달려 있었기 때문이다. 주홍! 두려움에 벌벌 떠는 그미의 큰 눈이 떠올랐다. 산은 장도를 꺼내 가지를 잘라내기 시작했다. 퍽 퍽 힘을 실어 두 번 내리치자 가지가 떨어졌다. 산은 나무를 내려와서 가지가 잘려나간 부분부터 두 손을 둥글게 말아 훑어나갔다. 껍질이 벗겨지고 깊게 홈이 팬 자리에서 손이 멈췄다. 올가미를 묶은 자리였다.

사람을 포함해 들짐승들을 무장해제시키는 가장 쉬운 방법은 그들의 발을 지상에서 떼어놓는 것이다. 두 발 혹은 네 발로 땅을 딛고 서야 육체적 힘도 정신적 용기도 발하는 법이다. 허공에서 그들은 하루살이보다도 연약하다.

덜컹. 천장이 열리면서 딱딱한 진눈깨비와 함께 바람이 밀려들었다. 주홍은 급히 일어서다가 천장에 머리를 부딪쳤다. 달빛이 어렴풋하게나마 죽은 표범을 비췄다. 작은 형체가 원숭이처럼 날아내린 뒤 나무판을 다시 닫았다. 순식간에 지하는 소리 없고 빛 없는 곳으로 바뀌었다. 겨우 허리를 낮추고 일어서는 그미의 배를 미는 손. 그미는 놀라 옆으로 비스듬히 섰지만, 어둠을 꿰뚫는 눈이라도 달린 듯, 그 손은 계속 그미를 따라왔다. 그미는 결국 표범의 등에 엉덩이를 대고 앉았다. 갑자기 빛이 꽃처럼 피어났다. 호롱불을 피운 소년이 그미를 향해 이를 드러내며 웃더니 검지를 세워 제 입술에 갖다 댔다. 소리 내지 말란 뜻이다. 그미가 고개를 끄덕이자 소년은 다가와서 그미의 품에 안겼다. 그미가 허리를 빼고 턱을 들었지만 소년은 계속 이마를 젖가슴에 붙인 채 냄새를 맡았다. 그미는 표범과 소년 사이에서 옴짝달싹 못했다. 소년은 안긴 채 양볼을 비벼대며 웃었다. 그미는 소년을 피하려고 허리를 비틀다가 멈췄다. 배 근처가 갑자기 축축해졌다. 그미의 품에 안겨 웃던 소년의 눈에서 소리 없는 물줄기가 흘러내렸다.

소년은 바지춤에서 그릇 두 개를 맞붙여 새끼로 둘둘 돌려 묶은 나무 그릇을 꺼냈다. 소년이 새끼를 풀고 그릇을 떼니 수수밥이 나왔다. 입안에 고여 든 침이 재갈로 물린 나무토막을 타고 흘러내렸다. 소년이 손을 등 뒤로 돌려 단검을 꺼냈다. 으으으. 그미는 두려움에 엉거주춤 일어서서 고개를 좌우로 흔들며 괴성을 질러댔다. 차가운 기운이 등줄기를 타고 꼬리뼈를 지나 엉덩이와 허벅지까지 내려왔다. 소년이 호롱불 뒤에서 나무 그릇을 들고 밥 먹는 시늉을 했다. 그리고 단검을 입가에 대고 재갈을 끊는 동작을 반복했다. 그미는 고개를 끄덕였다. 배가 고팠다. 그리고 지금이 소년 외에는 세상과 이어진 끈이 없다. 소년이 다가와서 어깨를 당겼다. 그림자 때문에 표정을 살피기 어려웠다. 단검이 그미의 얼굴로 올라왔고 소년이 왼손으로 나무토막을 잡아 쥐었다. 그미의 턱을 고정시킨 뒤, 뺨과 귀밑을 지나 머리 뒤로 둘러놓은 줄을 단검으로 끊었다. 그러고서는 놀란 토끼처럼 먼저 호롱불 뒤로 물러났다. 그미는 양손을 바닥에 댄 채 헛구역질을 했다. 위가 울렁거렸지만 구토물은 나오지 않았다. 갑자기 화가 치밀었다. 지하에 갇힐 이유가 없다. 그미가 고개를 들고 소년을 노려보았다.

— 넌 누구야?

소년은 멀뚱멀뚱 눈만 끔벅였다.

— 날 왜 가뒀어?

소년은 나무 그릇을 그미 앞으로 밀었다.

— 너 벙어리야? 내 말 안 들려?

그미의 입술을 뚫어지게 쳐다보던 소년이 아릿하게 웃으며, 주먹으로 입술을 뭉쳐 잡은 뒤 고개를 끄덕였다.

— 너…… 정말, 벙어리?

주홍이 밥을 먹는 동안, 벙어리 소년은 호롱불 뒤에 앉아서 그미를 쳐다보았다. 그미가 웃어도 웃지 않았고, 그미가 손짓해도 다가오지 않았고, 그미가 등을 보이며 돌아앉아도 기다렸다. 그미는 수수밥을 최대한 느리게 먹었다. 아, 소년은 맨발이고 밥은 따뜻했다. 소년의 몸에선 악취가 났다. 바지엔 구멍이 숭숭 뚫렸고 겹쳐 입은 윗옷도 여러 군데가 찢기고 뜯겼다. 산발한 머리카락이 이마는 물론 뺨까지 가렸고, 목덜미엔 피딱지가 더덕더덕 앉았다. 경성

역의 거지도 소년보다는 나을 것이다. 휘이익. 휘파람 소리가 희미
하게 들렸다. 소년이 갑자기 달려들어 나무 그릇을 빼앗았다.

— 아직 다 안 먹었어…….

말을 마치기도 전에 소년이 그미의 어깨를 밀쳐 누른 뒤 던져놓
았던 나무토막을 앞니에 끼우고 줄로 묶어 재갈을 채웠다. 그미의
두 발까지 줄로 묶은 다음 호롱불을 껐다. 소년은 나무판을 밀어
열고는 밖으로 나갔다. 그리고 덜컹, 다시 절망이 찾아들었다.

흐으으읍…… 흐읍…….

주홍은 입으로 숨을 들이마신 후 참았다가 뱉고 또 숨을 들이마
시기를 반복했다. 지하광에 공기가 모자라서는 아니었다. 빛이 새
어들진 않았지만 큰 바람이 지상을 훑고 지나갈 때마다 땅이 울리
며 잔바람이 먼지처럼 천장에서 떨어졌다. 부모님이 돌아가셨을
때도, 밀림에서 호랑이를 추격하다가 길을 잃었을 때도, 그미는 양
손을 포개 입을 막고 얼굴이 벌겋게 달아오를 때까지, 더 이상 견
디면 심장이 터져버리리라, 정신을 잃고 말리라는 느낌이 들 때까
지 숨을 참았다. 제주도 해녀처럼.

목소리들. 어린 주홍을 수면 위로 둥둥 띄워 데려가는 여인들의
검은 웃음들. 나이를 구별하기 힘들 만큼 너나없이 패인 깊은 주
름들. 그 곁의 잔주름들. 발끝이 벌써 얼어붙기 시작하는데도 계속
되는 농담들. 그리고 다시 입으로 코로 눈으로 귀로 밀려드는 바

댓물처럼, 찰싹이며 울리는 목소리들.

……눈을 감으면 큰일 나. 앞이 잘 보이지 않을 땐 더 크게 눈을 뜨고 숨을 참아.

……고통 다음에 즐거움이 오는 법이거든. 여기를 넘어야 비밀스러운 풍광을 접할 수 있어.

……끝이 아냐. 끝이라고 윽박질러도 숨을 터뜨리면 안 돼. 네 속에 기운을 모으는 거지. 네가 상대를 넘는 것도 힘겹지만 상대가 널 없애는 것도 힘겹긴 마찬가지니까.

……따라 해봐. 흐으으읍………………파!

귀틀집은 바위와 바위 사이에 숨어 있었다. 방 하나에 부엌 하나 달랑 딸린 작은 집. 가문비나무와 종비나무가 겹으로 둘러선 채 입구를 가렸다. 네 귀퉁이에 큼직한 바위를 초석으로 삼아서 둥근 통나무를 쌓아 올렸다.

— 주 선생 얘기는 꺼내지 마시오. 우리는 흰머리를 쫓는 사냥꾼인 거요.

산이 청룡과 현무의 등을 밀었다. 개들이 고개를 들고 커어어엉긴 울음을 토했다. 귀틀집 부엌 쪽에서 개 다섯 마리가 튀어나왔다. 숫자로 압도하려 들었지만 청룡과 현무는 주눅 들지 않고 목을 길게 뺀 채 더욱 크게 울었다. 방문을 열고 호롱불을 밝힌 사내가 나왔다. 사내의 아들쯤으로 보이는 소년이 방문 밖으로 고개만 삐죽 내밀었다가 다시 어둠으로 숨었다. 쌍해가 먼저 말을 붙였다.

— 호랑이를 쫓다가 밤도 깊고 허기도 져서 왔소.

사내의 시선이 히데오 쪽으로 향했다. 히데오는 사내가 조금만 이상한 행동을 해도 사격을 하려는 듯 총신을 꼭 쥐었다. 쌍해가 두 사람의 눈치를 살피며 끼어들었다.

— 우리 대장이시라오. 관에서도 관심이 큰 호랑인지라…….

— 흰 놈 말입니까?

사내가 짧게 물었다. 산이 되물었다.

— 보았소?

사내가 고개를 끄덕였다.

— 언제?

— 저물 무렵.

— 거기가 어디요?

— 바위고개 너머요. 계곡 둘만 지나면.

— 안내해주겠소?

사내는 고개를 돌려 반쯤 열린 방문을 쳐다보았다. 소년의 얼굴 반쪽이 어둠과 빛 사이에서 어른댔다.

— 길라잡이 값은 톡톡히 쳐주리다.

쌍해가 속마음을 짚었다. 겨울 화전민은 가난하다. 돈이 되는 일이면 무엇이든 한다.

— 좋소. 잠시만 기다리시오.

사내는 방으로 들어가서 장갑과 모자와 외투를 갖춰 입고 나왔다. 등에는 옻칠을 한 활을 둘렀고 옆구리엔 화살통을 찼다.

사내는 질주하듯 산을 탔다. 쌍해가 따라붙기도 힘든 속도였다. 히데오가 산의 손목을 쥐고 끌어당겼다. 사내의 뒤를 쌍해가 헉헉대며 쫓고, 히데오와 산은 10미터 남짓 뒤쳐졌다.

— 주 선생은?

— 그 얘기는 나중에 합시다. 더 벌어지면 놓치오.

— 주 선생 찾으러 간 게 아니었어? 저놈이 납치범이면 잡아서 족칠 일이지. 이게 뭐하는 짓이야?

— 흰머리를 놓쳤소. 지금은 놈의 발자국을 찾는 일보다 더 중요한 건 없소. 나와 같은 생각이라 믿었소만.

— 그래서 주 선생을 포기하겠다고? 백호를 잡을 수만 있다면, 주 선생을 납치하거나 죽인 놈과도 손을 잡겠다고?

산이 즉답을 피한 채 히데오를 두고 성큼성큼 산길을 달렸다. 히데오는 턱을 들고 흰 입김을 내뿜었다. 처음부터 찾을 마음이 없었던 건 아닐까. 산! 이 미친놈! 흰머리를 잡을 수만 있다면 가족도 친구도 여자도, 제 팔 한 짝까지 내어줄 놈!

— 언제 그 집에 든 게요? 화전을 일구기엔 썩 좋은 터가 아닌 듯한데.

쌍해가 겨우 사내의 등 뒤에 따라붙어 물었다. 사내는 앞만 보고 달릴 뿐 즉답하지 않았다.

— 총은 쓰질 않소?

― ……활이 편하오.

― 하기야 내 할아버지도 활만 고집하셨소. 총으로 호랑이나 곰을 쏘는 건 비겁한 짓이라고. 사냥감은 좀 있소?

― 눈이 잦아…….

어렵소, 란 말은 지웠다.

― 화전은?

― 바위 언덕 왼편 비탈에 꾸렸소.

― 아들이오?

― …….

침묵은 긍정일까, 그 이야기는 하고 싶지 않다는 뜻일까.

― 내 이름은 쌍해라고 하오. 그쪽은?

― ……표彪라고 해둡시다.

― 표! 어울리는 이름이오.

― 그쪽도.

이번에는 표가 물었다.

― 흰머리를 왜 쫓는 게요? 영물인데…….

개마고원에 정을 붙인 이라면 누구든 흰머리의 전설을 안다.

― 자세히 알 건 없고, 그놈과 꼭 만나야 할 사람이 있어서…….

― 어디서부터 추격한 거요?

― 장진호 근방이라오.

― 원한이 깊은가봅니다…….

개마고원을 세로지를 만큼, 이란 말을 표는 또 지웠다. 쌍해가 슬쩍 떠보았다.

— 혹시 근래 표범을 사냥한 적 있소?

— 표범은 왜?

— 누가 표범 가죽이 필요하다 해서……. 이 겨울엔 표범 가죽도 구하기 어려우니까. 어떻소, 내 값은 넉넉히 쳐줄 테니…….

— 올겨울엔 한 마리도 못 봤소.

표가 말허리를 잘랐다.

— 그렇소? 발자국을 살피니 근처에 표범이 어슬렁거리는 듯해서 묻는 말이오.

— 본 적 없소.

표가 다시 강하게 부인했다. 쌍해는 더 이상 질문을 못 하고 혀로 윗입술만 서너 번 핥았다.

주흥은 날숨을 쏟으며 눈을 번쩍 떴다. 잠이 들었던가. 수수밥을 먹고 나니 온몸이 나른해졌다. 벽도 차고 바닥도 찼다. 앉은 채로 졸다가 모로 기운 듯한데, 문득 깨니 표범의 앞발을 손깍지베개처럼 뒷머리에 대고 잠들어 있었다. 더욱 놀라운 것은 가슴까지 덮인 이불이었다. 땀과 숯과 짐승의 고기와 뭔가 썩은 내가 뒤섞여 코를 찔러왔지만, 따듯했다. 벙어리 소년이 다녀갔는가. 천장의 나무판을 치우는 소리도 소년이 내려서는 소리도 듣지 못했다. 그미는 이불을 목까지 덮은 채 멀뚱멀뚱 천장을 쳐다보았다. 흰 점을 상상해서 그 어둠에 박아 넣었다. 점들을 이어 얼굴을 그렸다. 짙은 눈썹과 큰 코, 덥수룩한 수염에 가린 두툼한 입술 그리고 넓은 어깨까지. 다시 산을 만나면 무슨 이야기부터 듣게 될까. 시선을 먼 산이나 구름 쪽으로 흘리며 귀찮다는 듯 무뚝뚝하게 한마디 하겠지. 그미는 흠흠 목소리를 다듬어 산처럼 낮고 굵게 이야기했다.

— 이래서, 돌아가라고 한 거요.

그미는 이 말을, 다시 만나 다행이오, 라고 바꿔 새겼다. 산의 짧고 심심한 문장을 두 번 곱씹는 재미를 하필 이 어두운 지하광에서 깨달은 것이다.

표의 기억력은 비상했다. 능선에서 계곡으로 꺾여드는 지점에 짝자래나무 예닐곱 그루가 뭉쳐 자라고 있었다. 표는 호랑이 발자국 옆에 서서 산과 쌍해와 히데오가 도착할 때까지 기다렸다. 산은 발자국의 크기와 둘째 발가락의 길이만 재고도 놈이 흰머리란 것을 알아차렸다. 히데오는 표에게 약속한 돈을 건넸다. 표는 돈을 챙겨 바지춤에 넣고 물었다.

— 길라잡이가 더 필요하지는 않소? 북설령까진 훤하오.

— 아이는 어찌하고?

쌍해가 한 박자 빨리 물었다. 표의 입가에 웃음이 맺혔다. 언젠가 똑같은 질문을 받은 적이 있는 듯했다.

— 열흘 아니 보름을 떼놓고 사냥을 다녀와도 혼자 거뜬하다오.

— 암호랑이를 본 적은 없소?

산이 물었다.

— 삼지연 말이오?

— 삼지연?

— 종종 삼지연온천에 나타난다 하여 그리들 부르오. 예까지 내려오는 건 드물고 주로 삼지연에서 백두산을 오가는 놈이오. 원래 압록강 북쪽에 살았다는데 내려온 지 서너 해 된 듯하오. 삼지연까지 잡을 거요? 암놈이지만 덩치가 웬만한 수놈보다 크고 성격도 포악하오. 말이나 소를 물어간 적도 있고.

— 길라잡이는 되었소. 우리끼리 가겠소.

산이 표와의 인연을 정리했다. 표도 더 이상 권하지 않고, 작별 인사도 없이 뒤돌아서서 어둠으로 사라졌다. 표가 달려간 능선을 쳐다보며 히데오가 물었다.

— 흰머리를 쫓으려면 저 사내를 앞세우는 게 낫고, 저치가 의심스러우면 결박하여 족치는 게 나은데, 왜 이도 저도 하지 않지?

산이 즉답을 않고 쌍해의 어깨에 손을 얹었다.

— 아저씨! 바짝 붙어 갈 수 있죠?

— 물론. 냄새 하나는 귀신같이 맡는 나 아니냐.

— 따라붙기만 하십시오. 덮치지는 말고.

— 넌?

— 허항령이나 늦어도 삼지연에서 만나도록 합시다. 혹시 그때까지 안 오면 기다리지 말고 계속 추격하십시오.

— 알겠어. 개들은?

— 필요 없습니다.

— 청룡은 두고 갈게.

— 아닙니다.

히데오가 도끼눈을 떴다.

— ……자, 잠깐! 혼자 돌아가겠다고? 가서 주 선생을 구하겠다고? 안 돼. 나도 같이 가.

산이 슬슬 뒷걸음질을 쳤다. 히데오가 따라오자 산이 휘파람을 불었다. 청룡과 현무가 달려와서 히데오의 앞을 막고 으르렁거렸다. 놀란 히데오가 총을 거꾸로 들고 개머리판을 휘둘렀지만 개들은 비키지 않았다. 그사이 산은 표가 사라진 어둠으로 몸을 숨겼다. 히데오가 따라오기 힘들 만큼 발뒤꿈치가 닫지 않게 소리를 죽여 한 마리 노루처럼 껑충 껑껑충 뛰었다.

산은 기다림에 익숙했다. 사냥이란 1초를 위해 하루든 한 달이든 1년이든 7년이든 기다리는 일이다. 사냥감이 눈앞에 있다고 해도 과연 지금이 최선인가 따져보아야 한다. 이 순간보다 나은 상황을 만들 수 있다면 나무처럼 바위처럼 견딘다. 견디며 상상한다, 기다림을 끝낼 마지막 순간을. 산은 자주 손을 들어 바람의 방향과 세기를 가늠했다. 표에게 길라잡이를 맡긴 것은 그를 관찰하기 위함이었다. 표는 날렵하고 강하며 빈틈없는 사냥꾼이다. 활 하나만 가지고도 개마고원의 겨울을 나는, 산만큼이나 기다림을 당연하게 여기는 사내. 산은 그가 어둠에 잠긴 너와집에서 화살을 고르며 깨어 있으리라 여겼다. 사냥꾼은 의심이 많은 법. 흰머리를 쫓아 떠났다는 것을 믿게 하려면 시간이 더 필요했다. 산은 먼저 움직이지 않을 작정이었다. 표가 실수할 때까지 기다리고 기다리고 또 기다리리라.

새벽이 왔다. 기지개를 켜듯 나뭇가지들이 흔들리며 눈안개를 뿌렸고 박새와 참새들이 낮게 날았다. 바위 뒤로 돌아가서 참았던 오줌을 내갈기고 돌아온 산은 쌍해가 챙겨준 사슴 껍데기를 씹었다. 얼어붙은 턱에서 더글더글 소리가 났고 어금니가 시렸다. 방아쇠를 당길 때마다 이를 꽉 무는 탓인지 어금니들이 성치 않았다. 벌써 만주에서 두 개를 뽑았고, 나머지도 냉수를 마시거나 질긴 고기를 씹을 때면 신호를 보내왔다. 산은 침을 퉤 퉤엣 뱉었다. 반쯤 남은 껍데기에 침과 고름과 피가 뒤엉켰다.

큰 고통을 견딜 때는 미리 상황을 각오하고 집중하게 된다. 어찌할 수 없는 아픔인 경우에는 그냥 두고 볼 수밖에 없다. 작은 고통은 자꾸 딴 생각을 하게 만든다. 조금만 바꾸면 이 고통이 사라지지 않을까 기대하지만 대부분의 고통은 크든 작든 쉬 사라지지 않는다. 한쪽을 막으면 다른 쪽이 터지는 둑처럼. 산은 시린 어금니로 침을 모았다. 이가 아프기 시작한 뒤부터 같은 다짐을 반복했다. 모신나강은 섬세한 무기다. 조준도 정확해야 하지만, 몸과 총이 하나로 움직여야 원하는 지점에 탄환을 꽂을 수 있다. 어깨만큼이나 총의 반동을 떠안는 어금니가 튼튼하지 않고는 토끼 한 마리 맞히지 못한다.

표도 소년도 나오지 않았다. 개들만 해바라기를 하러 가문비나무 앞으로 몰렸다. 불길했다. 평소와는 달리, 아침도 먹지 않고 사냥도 나서지 않는다는 것은 아직도 의심한다는 뜻이다. 해가 뜨자마자 표가 움직이기를, 아침식사 전에 주홍을 찾고 북설령을 향해 떠나기를 원했다. 여기서 한나절을 더 보내면 흰머리를 따라잡기가 그만큼 고되다. 따지고 보면 이 역시 사냥꾼에겐 흔한 일이다. 열에 아홉은 예상과 어긋나는 것이 사냥이다. 미리 의논하고 움직이는 연극이 아니기 때문에, 사냥꾼이 노리는 사냥감은 엉뚱한 곳에서 놀기도 하고 아예 나타나지 않기도 한다. 장소와 시간을 그때그때 상황에 따라 적절히 바꾸며, 최선은 아니지만 차선의 외나무다리를 타는 것 또한 사냥꾼의 자질이다. 그미의 두 다리가 멀쩡하기를! 올가미 때문에 껍질이 벗겨진 신갈나무 가지가 떠올랐다. 발목이라도 올가미에 걸려든 것이라면, 허공에 매달려 흔들렸다면, 근육이나 인대를 다쳤을 가능성이 컸다. 아, 나중에 따질 문제다. 지금은 살아 있기만을 바랄 뿐!

개들이 짖기 시작했다. 산은 총을 들어 정조준했다. 기다림을 끝낼 시간이 드디어 왔는가. 방문은 열리지 않았다. 아침과 점심을 건너뛴 개들은 눅진한 침을 질질 흘려댔다. 다시 고요가 찾아들었다. 산은 총을 무릎 위에 내린 채 바위 틈으로 풍광을 쳐다보았다. 밤을 꼬박 새운 터라 눈꺼풀이 무거웠다. 양손 검지로 실핏줄이 돋을 만큼 눈을 비볐다. 눈물이 찔끔 나왔다. 가방에서 사슴 껍데기를 하나 더 꺼냈다가 다시 넣었다. 치통은 쉽게 두통으로 이어졌다. 치통이나 두통보다는 배고픔이 나왔다. 개들이 갑자기 나무 뒤로 잽싸게 숨어들었다. 산은 혹시 녀석들에게 들켰을까 염려하며 다시 총을 어깨에 댔다. 그 순간 노루 두 마리가 천천히 바위 언덕을 내려왔다. 이런 곳에 집과 사냥개들이 있으리라곤 예상하지 못했는지, 암컷은 수컷이 주위를 빙글빙글 맴돌며 머리로 제 옆구리를 받고 또 5미터도 넘게 달아났다가 돌아오는 것을 보고만 있었다. 수컷은 모처럼 따스한 겨울 햇살에 신이 나서 앞발로 뛰고 뒷발로 굴렀다. 살기를 먼저 느낀 쪽은 암컷이었다. 걸음을 멈추고 가문비나무와 종비나무를 쳐다보았다. 나무 사이로 귀틀집을 발견한 암컷이 저만치 달려나간 수컷을 불렀다. 수컷보다 먼저 울음에 반응한 것은 개들이었다. 가문비나무 뒤에서 뛰어나온 개들은 앞뒤로 크게 원을 그리면서 짖어댔다. 암컷은 계속 수컷을 부르며 왔던 길을 되돌아 달렸지만, 수컷은 갑자기 닥친 불행 앞에 우왕좌왕 뛰다가 곧 개에게 목덜미를 물렸다. 암컷이 포위망을 뚫고 바위 언덕을 뛰어오르자, 나머지 개들도 추격을 포기하고 수컷 쪽으로 달려왔다. 굶주린 사냥개들이 수컷 노루를, 머리는 물론 발가락뼈까지 부서 먹는 동안, 암컷 노루는 계속 제짝을 부르면서 제자리를 맴돌며 피울음을 토했다. 개들의 먹이가 된 줄 알면서도 암컷은 제짝인 수컷을 쉽게 포기하지 못했다. 산은 모신나강의 개

머리판에 새겨진 글귀를 손끝으로 만졌다. '密林無情.'

해가 저물 무렵 소년이 나왔다. 종비나무와 가문비나무의 긴 그림자를 밟으며 새끼 노루처럼 맨발로 달렸다. 산은 50미터쯤 뒤처져 숲에서 숲으로 따랐다. 소년은 걷다가 돌아보고 걷다가 돌아보았다. 산은 숲의 일부로 멈추고 흘렀다. 소년은 귀틀집에서 1킬로미터쯤 떨어진 무덤 근처를 한 바퀴 돌았다. 산은 더 이상 소년을 쫓지 않고 무덤만 노려보았다. 소년이 봉분 앞 상석을 민 뒤 양손을 흙 속으로 집어넣었다. 가로세로 1미터도 채 안 되는 구멍이 열렸다. 나무판을 깔고 그 위에 흙과 잔디를 심은 것이다. 구멍으로 쏙 빠져 들어간 소년이 나무판을 당겨 닫았다. 산은 조준한 채 봉분으로 접근했다. 검은머리쑥새들이 메뚜기 떼처럼 봉분 가까이 날아들었다가 나무 위로 높이 떠 빠져나갔다. 총구를 360도 돌려 주변을 살폈다. 어둠이 깔리기 시작한 숲은 고요하고 아득했다.

소년이 다시 수수밥을 가져왔다. 호롱불이 켜지고 재갈이 떨어져 나가자마자, 주홍은 참았던 기침을 쏟아냈다. 이불을 덮었지만 뼈 속까지 밀려드는 한기를 이겨내긴 힘들었다. 소년은 나무 숟가락으로 수수밥을 떠 내밀었다. 그미가 입을 벌렸다. 수수밥은 모래를 씹는 것처럼 거칠고 찼다. 눈물이 뺨을 타고 흘렀다. 울지 않겠다고 다짐했지만 입안에 수수밥이 들어오자 속절없이 눈물부터 나왔다. 소년이 숟가락을 다시 가득 떠 그미 입에 넣은 뒤 갈라 터진 손등으로 눈물을 훔쳐주었다.

— ……고마워.

그미가 웃어 보이자, 소년은 지난번처럼 이마를 젖가슴에 댔다. 양손을 겉옷 속으로 집어넣었다. 그미가 어깨를 움찔 떨었다. 소년이 놀란 눈으로 그미를 쳐다보았다.

— ……네 손이 너무 차가워서…….

— 어어어엄.

말을 더듬었다. 그미는 수수밥을 씹고 또 씹으며 머리를 비스듬히 기울여 소년의 귀에 제 귀를 비볐다. 소년이 없으면, 빛도 없고 밥도 없고 내일도 없다.

덜컹, 나무판이 밀렸고 소년이 날다람쥐처럼 튀어나왔다. 산은 주먹으로 소년의 배를 올려쳤다. 소년은 비명도 지르지 못한 채 꼬꾸라져 떼굴떼굴 굴렀다. 산은 소년의 두 손을 뒤로 돌려 묶은 뒤 줄을 쥔 채 소년이 방금 나온 구멍으로 뛰어내렸다. 빛이 들지 않는 구석으로 무엇인가가 숨었다.

— 거기 있소? 나요. 산!

움직임이 없었다. 오히려 어어어어, 어어어어, 양손이 묶인 소년의 기괴한 고함만 메아리쳤다. 산이 모서리를 향해 똑바로 걸어들어갔다. 표범의 목이 발에 밟혔다. 산은 허리를 숙여 표범의 머리를 만졌다. 주홍을 노리고 신갈나무로 올라갔던 바로 그놈이었다. 산이 허리를 펴고 목소리를 낮췄다.

— 괜찮소. 나와요. 구하러 왔소.

그미가 묶인 두 발을 질질 끌며 나와선 이마로 산의 가슴을 받으며 울음을 터뜨렸다. 산은 장도로 먼저 입에 물린 재갈부터 끊었다. 그미를 끌어안고 속삭였다.

— 미안하오. 늦게 와서.

그미가 눈물을 쏟으며 고개를 저었다.

— 다친 데는?

— 괜찮아요.

— 빨리 여기서 벗어나야 하오. 걸을 수 있겠소?

— 네.

주홍을 부축하며 지상으로 올라서는 산에게 소년이 들개처럼 달려들었다. 산이 줄을 급히 당기자 소년은 쿵 소리를 내며 머리부터 땅바닥에 곤두박질쳤다. 다시 일어선 소년의 이마에서 피가 흘렀다. 산은 소년의 목을 줄로 감아 흔들었다. 소년이 갑자기 구토를 시작했다. 산이 다시 줄을 당기려 하자 그미가 산의 손목을 쥐었다. 산과 그미의 시선이 마주쳤다.

— 그만해요. 착한 아이예요.

그미가 다가가서 소년의 어깨를 당겼다. 소년의 이마에서 흐른 피와 땀이 뒤섞여 볼을 타고 내려 그미의 손등에 떨어졌다.

— 울지 마. 집으로 보내줄게.

그미가 피 묻은 손으로 소년의 머리를 쓰다듬으려 했다. 소년이 허리를 젖혔다가 곧장 그미의 얼굴을 들이받았다. 비명과 함께 그미가 쓰러졌고 소년은 다시 산을 향해 달려들었다. 산은 줄을 당기며 비켜섰다. 지나친 소년이 돌아서기 전에 등 뒤에서 오른팔로 목을 감아 졸랐다. 소년이 양팔을 휘저으며 저항했다. 산은 더욱 힘을 줘 소년의 두 발이 땅에 닿지 않도록 끌어올렸다. 소년의 얼굴이 해질 무렵 바위처럼 벌겋게 달아올랐다.

— 그만둬요.

그미가 소리쳤다. 산은 여전히 소년의 목을 조르며 물었다.

— 괜찮소, 코뼈는?

그미의 콧잔등이 붓기 시작했다.

— 그 팔부터 빨리 풀어요. 목 졸라 죽일 작정이에요?

— 내려놓으면 또 달려들 거요. 버릇을 확실히 고쳐놔야 하오.

— 그만하면 됐어요. 됐다고요.

산이 소년을 바닥에 팽개치듯 던지고는 그미를 쳐다보았다. 으르렁. 사냥개 소리가 희미하게 들려왔다. 산이 그미를 안고 돌려세우는 순간, 화살이 붉은 노을을 가르며 날아와서 왼쪽 어깨에 박혔다. 그미가 그냥 서 있었더라면 심장이 뚫렸을 것이다.

— 윽!

산의 미간이 좁아졌다. 앞으로 쏠린 몸을 그미가 부축하며 버텼다. 산이 힘을 내서 줄을 잡아당겼다. 소년이 질질질 끌려왔다. 산은 오른손으로 목을 감고 왼손에 장도를 들어 소년의 목에 갖다 댔다. 그리고 화살이 날아온 서남쪽 붉은 하늘을 향해 외쳤다.

— 표! 당장 나와. 이 아이의 목을 베어버리겠다.

산의 목소리가 메아리로 울렸다. 그미는 산의 어깨에 박힌 화살을 쳐다보며 벌벌 떨었다. 화살촉에 매단 검독수리 깃털이 길고 날렵했다. 화살이 박힌 살점 아래로 피가 흘러 옷이 젖었다. 이대로 5분만 서 있으면 피떡이 얼어붙을 것이다.

— 내 등 뒤로 와서…… 서시오. 당장!

사냥개들과 함께 표가 왔다. 개들의 입에 아직도 새끼 노루의 피가 묻어 있었다. 표는 화살을 겨눈 채 30보 정도 거리를 두고 섰다. 표는 소년의 목에 닿은 장도를 애써 무시하며 히죽거렸다.

— 장난이 지나치군.

— 난 장난 따윈 하지 않아.

— 그 애를 풀어줘. 그럼 너희 둘을 보내주지.

— 아이 생각이나 해.

— 화살 맛이 어때? 멧돼지든 표범이든 또 네가 찾는 흰머리라도, 이 화살을 맞으면 곧 살이 썩어들어가고 핏줄이 막혀.

— 개부터 죽여.

— 뭐라고?

— 네 개들, 우두머리를 화살로 쏴. 아님 이 아이는 나랑 함께 저승으로 갈 거야.

산이 손에 힘을 주자 칼끝이 소년의 턱밑을 찔렀다. 피가 뚝뚝 떨어졌다.

— 이쯤에서 끝내자고. 우린 남고 너희는 가. 그럼 깨끗이 끝나.

― 그건 네 방식이고 난 달라. 빨리 쏘지 못해!

― 내 몸보다도 더 아끼는 녀석들이야. 모르진 않겠지?

― 알아. 목숨을 걸고 널 지키기 위해 나를 향해 달려들 놈들이지. 아이냐 개냐, 둘 중 하나를 택해.

바람을 따라 짧은 침묵이 흘렀다.

― 미친 새끼!

표가 휘파람을 불어 개들을 모았다. 그리고 갈색털이 빛나는 우두머리의 가슴에 화살을 날렸다. 개는 표를 향해 꼬리를 흔들다가 화살을 맞고 즉사했다. 나머지 개들이 사방으로 흩어졌다. 우두머리가 당한 것을 봤으니 당분간 두려움을 떨치고 표에게 돌아오긴 힘들 것이다.

― 자, 됐지? 이제 아이를 보내.

― 아니, 하나만 더 해줘야겠어.

― 뭘?

― 화살을 뽑아.

― 흐흐흐, 예서 죽고 싶은가보지. 그걸 뽑다간 피가 터질 수도 있어.

― 가까이!

표가 다가왔다. 20보, 15보, 10보.

― 멈춰.

표가 그 자리에 섰다.

― 활과 화살통을 이리 던져.

— 널 꼭 죽여주마.

— 어서!

표가 활과 화살통을 던지자 그미가 받아 챙겼다. 산이 표를 노려보며 그미에게 말했다.

— 잘 들으시오. 우리 둘의 목숨이 달렸소. 못하겠거든 지금 말하시오.

— 할게요, 뭐든.

— 표가 화살을 빼내는 동안, 10보 정도 거리를 유지한 뒤, 내 총을 들고 이 아이의 가슴을 조준하시오. 표가 조금이라도 이상한 짓을 하면 방아쇠를 당겨야 하오. 할 수 있겠소?

— 이 아이를 죽이라고요?

— 그렇소. 우리가 사는 길은 그것뿐이오.

표가 낮게 웃으며 끼어들었다.

— 흐흐흐, 명령이 지나치군. 벌레 한 마리 제대로 죽여본 적 없는 숙녀 아닌가.

— ……할게요.

산이 물었다.

— 정말이오?

— 할 수 있어요. 실험실에서 토끼와 개 해부도 했는걸요.

— 토끼나 개와는 다르오, 사람을 쏘는 건.

— 내가 안 하면 어깨에서 화살을 뽑을 수 없잖아요? 그럼 살이 썩어 들어갈 테고, 할게요. 하겠어요.

산이 소년의 목을 끌며 한 걸음 나섰다.

— 귀틀집으로 간다. 거기서 화살을 뽑는 거야. 표! 네가 앞장서. 이상한 짓 하면 알지?

산과 표는 방으로 들어갔고, 주홍은 총을 든 채 소년과 함께 마당에 머물렀다. 손은 물론 발까지 묶인 소년은 고개를 숙인 채 앉았고, 그미는 세 걸음 정도 거리를 두고 소년의 가슴을 조준했다. 새가 울고 바람이 거셌지만 그미는 검은 눈동자를 돌리지 않았다. 흐름에 따라 흔들리지 않으니 어색하고 불편했다. 산은 활짝 열린 방문으로 주홍과 소년을 동시에 지켜보았다. 그는 윗옷을 벗었고 표는 호롱불에 단검의 날을 달궜다.

— 어미도 없는 불쌍한 아이요.

그미가 소년의 가슴에 시선을 둔 채 물었다.

— 이름이 뭔가요?

— 랑狼. 이리 새끼지. ……정말 그 아이를 쏠 건 아니지? 당신에게 수수밥을 갖다준 아이야. 은혜를 원수로 갚진 마. 천벌받아.

— 날 왜 가뒀나요?

— ……한심하군. 정말 배은망덕해. 내가 아니었다면 당신은 표범의 저녁 요깃거리가 되었을걸. 고맙다고 인사부터 해야 하지 않나?

— 왜 가뒀어요?

— 난 놈의 소원을 들어주고 싶었어. 엄마를 갖고 싶었던 게지.

순간 랑을 바라보는 그미의 시선과 총을 든 손이 바람의 반대 방향으로 떨렸다. 산이 표와 그미의 대화를 잘랐다.

― 자, 어서 시작해.

표가 나무토막을 내밀었다.

― 이걸 단단히 물어. 착전錯箭이라 꽤 깊이 박혔을 거야. 갑옷도 뚫는 화살이니, 뼈까지 긁어내야 할지도 몰라.

― 그냥 해.

― 열에 아홉은 혀를 물고 까무러쳐.

― 어서.

표가 그미를 향해 단검을 흔들어 보였다. 그미는 총구를 다시 랑의 가슴에 고쳐 겨눴다. 표가 굳은 얼굴로 칼끝을 세운 뒤, 화살촉을 따라 산의 왼어깨를 파고들었다. 산은 눈을 꼭 감았고 피가 등을 타고 흘러내렸다. 표는 화살촉을 중심으로 살갗을 열십자로 찢었다. 그리고 왼무릎을 꿇은 채 화살대를 쥐었다. 표의 이마에도 땀방울이 맺혔다.

― 자, 이제 빼내겠어.

산이 천천히 눈을 떴다. 그미와 시선이 마주쳤다. 그미가 든 총이 흔들렸다. 산이 도끼눈으로 총을 노려보았다. 그미가 고개를 끄덕이며 총을 고쳐 들었다. 그 순간 표가 허리를 펴며 화살대를 양손으로 뽑았다.

― 윽!

산이 양손으로 바닥을 짚고 비명을 내질렀다. 그미의 시선이 피가 품품 쏟아지는 산의 왼어깨로 향했다. 표가 그미를 향해 단검을 던진 것은 바로 그 순간이었다. 단검은 그미의 뒷목을 스치고 날아가서 바위에 부딪힌 후 떨어졌다.

— 으으으아아!

랑이 고함을 지르며 통통 두 발을 튕기면서 달려들었다. 그미가 방아쇠를 당길 틈도 없이 랑의 머리가 그미의 가슴을 쳤다. 총구가 바닥을 향할 때 겨우 탄환이 발사되었다. 그미를 올라탄 랑은 이마로 계속 그미의 얼굴을 받으려고 했다. 그미는 랑을 부둥켜안은 채 바닥을 굴렀다.

랑이 그미에게 달려들 때, 표도 뽑았던 화살을 다시 산의 왼어깨에 내리쩍었다. 산은 가랑이 사이로 손을 뻗어 표의 두 발목을 동시에 잡아당겼다. 표는 쓰러지면서도 계속 화살을 휘둘렀고, 날카로운 화살촉이 산의 가슴과 배와 옆구리를 찌르고 스쳤다. 산의 상체에 붉은 사선이 그어졌고 피까지 배어나와 떨어졌다. 표는 산의 심장에 화살을 꽂기 위해 팔을 휘둘렀다. 산은 몸을 비틀면서 겨우 화살촉이 급소에 닿는 것을 피했다. 두 번 세 번 위기를 넘겼지만, 표의 화살은 점점 더 산의 왼가슴께로 가까이 다가왔다. 산은 바지춤에서 장도를 뽑아 재빨리 표의 오른발목 뒤 아킬레스 건을 끊은 뒤 힘껏 밀쳤다.

— 으윽!

비명과 함께 나뒹군 표는 일어서려다가 넘어지고 또 일어서려다가 넘어졌다. 그미의 배 위에서 실랑이를 벌이던 랑이 고개를 돌려 단근질을 당한 아비를 찾았다. 랑은 괴성을 지르며 통통 방으로 튀어 올라 산에게 달려들었다. 산은 칼자루를 거꾸로 잡고 뒷매기로 랑의 명치와 턱을 연이어 후려쳤다. 그리고 표의 배를 발등으로 찍고 화살을 쥔 오른손을 짓이겼다. 표의 두 팔을 등 뒤로 돌려 결박했다.

— 꼭…… 죽여주마.

표가 부들부들 입술을 떨었다. 산은 대답 대신 표의 눈까지 천으로 가린 뒤 단근질한 오른발목을 힘껏 찼다. 표가 비명을 지르면서 온몸을 뒤틀며 방안을 뒹굴었다. 랑도 그 곁에서 고통에 찬 소리를 내질렀다. 그미가 총을 안고 방으로 올라와 산의 등에 얼룩져 흐르는 피를 보곤 바닥에 떨어진 천으로 감싸 묶었다. 묶어도 묶어도 피가 배어나왔다. 산이 귀찮다는 듯 한 걸음 비켜섰다.

— 그만두오.

— 피를 너무 많이 흘렸어요.

— 난 되었소. 나보다 저치부터…….

산의 검지가 표를 향했다. 발목에서 흐른 피가 작은 시내를 만들 정도였다. 그미가 고개를 끄덕인 후 표의 오른다리를 들어 올렸다. 표가 왼발로 그미의 가슴을 밀어내며 온몸을 흔들어댔다.

— 놔! 손대지 마.

랑도 따라서 괴성을 질러댔다. 그미는 등을 보인 채 돌아앉아서 표의 발을 옆구리에 끼워 잡았다. 상처 부위에 천을 힘껏 감으며 말했다.

— 복수하려면 이대로 죽어선 안 되죠. 피를 조금만 더 흘리면 그냥 저세상으로 간다고요. 그래도 좋으면 계속 몸부림쳐봐요. 아님 잠자코 있어요. 랑을 혼자 두고 저승사자를 만날 셈인가요?

산은 랑을 앞장세웠다. 표를 묶어 방에 가둔 후 랑만 데리고 북설령을 향해 나선 것이다. 주홍은 다 끝난 일인데 랑을 데려갈 필요가 없다고, 표를 간호하도록 두고 가자고 했다. 그러나 산은 랑의 두 손을 앞으로 모아 묶은 뒤 등을 떠밀었다. 험한 길을 오르내리는 내내 랑은 틈만 나면 산을 향해 달려들었고 그때마다 가슴을 주먹으로 맞거나 옆구리를 발로 채인 채 뒹굴었다. 그미가 막지 않았으면 때려죽일 기세였다.

— 그만해요. 이 불쌍한 애를…….

그미가 쓰러진 랑의 머리를 품에 안았다. 산은 잠시 그미를 노려보다가 다가와서 랑을 일으켜 세웠다. 그리고 다시 앞장세워 걷게 했다.

제법 긴 이야기가 될 듯도 싶었다. 산은 굳은 얼굴로 자신에게 눈길도 주지 않는 주홍에게 '복수'에 관한 이야기를 꺼내야 할까 고민했다. 랑에 대한 산의 마지막 배려이기도 했다. 랑을 그 집에 남겨두거나 어정쩡하게 정을 베푼다고 그 아이가 복수심을 거둘 리 없었다. 산은 확신했다. 지금 랑을 두고 가면 틀림없이 표의 활과 칼을 들고 그들 뒤를 추격할 것이고, 방심한 틈을 타서 산이든 주홍이든 목숨을 노리고 달려들 것이다. 산과 그미가 다치기라도 하면 큰 낭패다. 게다가 목숨을 뺏는 데 실패한 랑과 마주치는 것도 불쾌한 일이다. 산은 표를 가둔 집으로부터 이틀 정도 더 걸은 뒤 랑을 돌려보낼 작정이었다. 겨울 개마고원에서 왕복 나흘은 추격이 불가능한 거리다. 그래도 랑이 복수의 마음을 품고 산을 쫓는다면…… 거기까지 생각이 미친 산이 피식 코웃음을 흘렸다. 그때 일은 그때 가서 따져보기로 했다. 흰머리와 산처럼, 산과 랑도 일생을 걸고 치열한 대결을 벌여야 한다면 그것도 나쁠 건 없다. 산은 이 겨울 다음의 봄을 상상하지 않았다. 랑이 산과 당당히 겨룰 만큼 장성한 뒤의 이야기는, 이상하게 들리겠지만, 어제 아침 잠깐 울다 사라진 새소리와 다를 바 없었다. 불가능한 건 아니지만 거의 불가능에 가까운, 완전한 망각은 아니지만 거의 망각에 가까운 무엇.

주홍은 랑을 부축해서 폭포 아래로 향했다. 햇볕이 쨍글쨍글 따듯했지만 얼어붙은 폭포수를 녹이지는 못했다. 산은 고개를 들어 폭포 위를 살폈다. 표범이나 늑대들의 흔적이 있다면 당장 자리를 옮겨야 한다. 아이에 여자까지 데리고 포식자들과 맞서긴 벅차다. 바람이 누운 잣나무를 휘돌며 감아 치자, 가지에 매달렸던 눈들이 가루로 떨어졌다. 폭포 가까이에는 바람이 덜했고 자작나무와 가문비나무들의 키도 높지 않아서, 군데군데 햇살 좋은 양지가 자리를 잡고 머물렀다. 그미는 그중에서도 평평한 돌판 하나를 골라 랑을 앉히고 수통에서 물을 조금씩 나눠 먹였다. 산은 돌판에 올라서지도 못하고 멀찍이 서서 두 사람을 지켜보기만 했다. 산에게는 들개처럼 덤비는 랑이지만 그미의 말이라면 새끼 오리처럼 따랐다. 랑이 수통을 내려놓기를 기다렸다가, 산은 소년의 손을 등 뒤로 고쳐 묶었다. 랑은 또 송곳니를 드러내며 팔뚝이라도 깨물듯 고개를 휘저었다. 산은 그미에게 모신나강을 건넸다.

— 한 바퀴 돌아보고 오겠소. 다신 실수하지 마시오.

— 실수라뇨?

사내가 랑을 노려보며 답했다.

— 표범이든 뭐든 덤비면 방아쇠를 당기란 말이오. 생각이 많으면 먼저 당하고 마오.

— 알겠어요.

산이 폭포로 올라간 뒤, 랑은 심하게 몸을 떨었다. 그미는 랑을 안은 채 이마를 손바닥으로 짚었다. 불덩어리. 고열이었다. 그미는 무릎을 펴고 앉아 랑의 어깨를 당겨 비스듬히 포옹하듯 끌어안았다. 랑은 정신까지 혼미해지는 듯 고개를 불규칙하게 젓다가 그마저 멈췄다. 그 대신 이마를 밀어 그미의 가슴에 댔다. 그미는 양손으로 랑의 뒤통수를 눌러, 아기에게 젖을 먹이듯 랑의 얼굴을 제 가슴에 묻었다.

— 참아. 잠시 여기서 쉬었다가 돌아가는 거야.

랑의 입꼬리가 웃는 것처럼 올라갔다. 그리고 들릴락 말락 작은 소리로, 꿈나라로 넘어가기 직전의 아기처럼 옹알이를 했다.

— 어어어엄.

산은 곧장 폭포 옆 바위를 타고 기어오르기 시작했다. 아무래도 폭포 위가 마음에 걸렸다. 바위는 얼음에 덮여 손과 발 모두 미끈거렸다. 산은 장도를 꺼내 얼음을 깨고 긁어 부셨다. 멀리 돌아서 폭포로 오를 수도 있지만 곧장 암벽으로 나아갔다. 화살을 맞은 어깨의 상처가 어느 정도인지 확인하고 싶었다. 주홍이 꼼꼼하게 천을 거듭 둘렀지만 상처 부위가 계속 욱신거렸다. 바위 틈을 쥐기 위해 왼어깨를 올릴 때마다 손끝에서부터 팔꿈치를 거쳐 뒷목까지 저려왔다. 그래도 이만하기 다행이다. 아예 팔을 들지 못한다면 오른팔 하나로 흰머리와 맞서서 이기기란 불가능하다. 암벽을 올라서니 멀리 백두산에서부터 불어 내리는 바람이 먼저 산의 얼굴을 때렸다. 겨드랑이와 등을 적셨던 땀이 순식간에 식었다. 밤을 여기서 보내고 쉬운 길을 택하여 곧장 허항령으로 가기로 마음을 정했다. 까마귀 두 마리가 산을 지나서 북설령을 향해 날아갔다.

해가 지기 시작했다. 1,773미터 북설령의 저녁은 상륙작전을 감행하는 특공대처럼 갑작스러웠다. 2,036미터의 백사봉과 2,289미터의 북포태산 등 2,000미터가 넘는 산이 앞과 뒤에 놓인 탓에, 북설령 높은 고개는 가장 늦게 해가 뜨고 가장 빨리 어둠이 찾아드는 낮은 골짜기와 비슷한 분위기를 풍겼다. 고갯마루에는 들짐승을 쫓는 사냥꾼과 백두대간의 정점인 백두산을 향하는 등산객을 위한 대피소가 터줏대감처럼 어둠을 받아들였다. 말이 대피소지 방 두 칸에 부엌이 딸린 귀틀집이 전부였다. 문을 열고 히데오가 나왔다. 쌍해는 이곳에 도착한 후 두 시간 넘게 방으로 들지 않고 문에 기대서서 백사봉과 이어진 고갯길을 쳐다보며 짧은 곰방대를 물었다. 청룡과 현무는 쌍해가 시키지도 않았는데 길의 끝까지 갔다가 돌아오고 또 갔다가 돌아오기를 반복했다. 쌍해가 마지막 남은 백두산사슴 고기를 던져주며 때 이른 마중을 중지시켰다. 개들은 귀틀집 모서리에 화살촉처럼 이마를 맞대고 앉아서 우적우적 고기를 씹었다. 한 번도 약속을 어긴 적이 없는 산이지만 오늘 도착하긴 어려울 듯싶었다. 주홍과 함께 움직이니 밤길을 무리하게 나서지는 않을 것이다. 산은 쌍해에게 기다리지 말고 계속 흰머리를 쫓으라고 했다. 하루 반나절을 더 가서 모레 점심 무렵이나 허항령에서 해후하기를 바랄 수밖에 없었다.

— 새벽에 바로 떠나도록 하지.

히데오가 옆에 나란히 섰다. 벽에 기댈 만도 하건만 언제나 깔끔하고 반듯했다.

— 알겠습니다.

쌍해가 둥지로 돌아오는 박새들을 보며 담배 연기를 뿜었다.

— 서두르면 허항령에서 흰머리를 따라잡을 수 있겠나?

히데오는 어둠이 지운 길을 쳐다보았다. 흰머리와의 거리는 반나절에 불과했다. 수동계곡에서 추격을 시작한 후 가장 근접해 있었다.

— 산과 합류한 후에…….

— 잡을 수 있을 때 잡아야지. 개마고원 포수들은 하늘이 호랑이를 사냥할 시각을 정해준다고 믿는다며?

— 천시天時 말씀이시죠? 그렇긴 합니다.

— 호랑이와 마주치기가 그만큼 힘든 것이다. 언제 올지 모르는 사람 기다리다가 놈을 놓치면 평생 후회할 일이야. 게다가 놈이 개마고원에 몇 마리 남지도 않은 암호랑이들에게 씨를 계속 뿌리고 다니고 있잖아. 이렇게 몇 년만 가면 호랑이들이 개마고원에 그득할 거야. 내가 해수격멸대장이란 걸 잊진 않았겠지?

— 흰머리는 다른 호랑이와 또 다릅니다. 영험하기가…….

— 영물이란 소리…… 지겨워. 흰머리는 몸에 갑옷이라도 둘렀나? 탄환이 튕겨 나오기라도 해?

— 산의 말이 사실이라면, 거리가 이토록 좁혀진 것도…….

— 흰머리가 작전을 쓴 거다? 솔직히 겁이 난다고 해. 산 없이 호랑이랑 맞서기가 두렵다고. 그럼 멀찍이 나무 위에서 구경하게 해줄 테니.

— 겁이 나다니요? 아닙니다. 쌍해, 평생 두려움 없이 살아왔습니다.

쌍해가 양팔을 곰처럼 머리 위로 흔들었다. 손등에 새긴 멧돼지들이 춤추듯 왔다 갔다 했다.

— 그럼, 잡아보자고.

어둠이 이제 대피소까지 덮었다. 쌍해는 곰방대의 빨간 불씨를 들여다보며 혼잣말처럼 꿍얼거렸다.

— 이 세상에서 흰머리를 가장 잘 아는 이는 산입니다.

— 그래서?

— 산은 놈을 잡으려고 7년을 보냈고요.

— 하고 싶은 말이 대체 뭐야?

— 기회가 와도, 전 흰머리를 잡지 않겠습니다. 추격은 하겠지만 마지막 놈의 숨통을 끊는 일은 산의 몫입니다.

— 그래? 알겠어. 넌 끼지 마. 나 혼자 잡겠어.

히데오가 방으로 들어간 다음에도 쌍해는 곰방대를 털고, 대통에 담배를 꼭꼭 검지로 눌러 재운 뒤 물부리를 고쳐 물고 다시 피웠다.

새벽에 출발하려면 넉넉히 먹고 일찍 잠자리에 드는 것이 상책이었다. 자기 관리에 철저한 히데오였지만 그 밤엔 늦도록 잠이 오지 않았다. 산과 주홍이 둘만 따로 뒤쳐졌다는 사실이 내내 마음에 걸렸다. 저절로 한숨까지 쏟아졌다. 내색하진 않았지만, 히데오도 두 사람이 서로에게 호감을 느낀다는 걸 진작부터 눈치채고 있었다. 남녀가 산골 오지에서 낮밤 없이 함께 지내니, 눈빛이 통하고 마음이 이어질 만했다. 그 눈빛과 마음이 히데오 자신에게 오지 않은 것은 안타까운 일이었다. 히데오 역시 그미를 가슴속 깊이 귀한 사람으로 두고 있었으니까. 언제부터 특별한 느낌을 지니게 되었는지는 정확하지 않았다. 매사에 끊고 맺음이 분명한, 퍼즐을 맞추듯 딱딱 일시와 장소를 기억하는 그였지만, 그미를 향한 마음만은 새벽안개처럼 스르르 밀려들어 서서히 젖어들었다. 혹시 그때부터였을까. 산이 기차에서 사라지는 바람에 화가 잔뜩 났을 때? 그미는 두 눈을 또랑또랑 뜨고선 이렇게 물었다. 히데오 대장님이시죠? 아니면 그미가 암호랑이를 구하려고 달려들었을 때? 그미는 산과 흰머리 사이에 서 있다는 걸 알면서도 비명을 지르거나 주저앉지 않았다. 아니면 백사봉에서 죽은 병사들의 시신을 쳐다보며 눈물을 쏟을 때였나? 어느 것 하나도 확실하지 않았고 어느 것 하나도 아니라고 단언하기 어려웠다. 히데오는 그 모든 순간에 빛나던 그미의 두 눈동자를, 웃음을, 가늘고 긴 손가락을 기억해냈고, 거기에 '사랑'이란 두 글자를 매달았다. 그러나 지금 기억해야 할 가장 큰 목표는 흰머리를 사살하는 것이다. 해수구제는 공적인 명령이고 흠모는 사사롭다. 흰머리만 사살하고 나면, 정식으로 그미에게 자신의 마음을 알릴 것이다. 이렇게 공과 사를 가려 마음을 정리했지만 산을 바라보는 그미의 눈빛이 자꾸 떠올라 머리가 지끈거렸다. 머리에 가시철망을 쓰기라도 한 것처럼, 뒷목에서부터 앞이마까지 불규칙하게 쑤시고 아렸다. 쉬이 잠들 것 같지 않은 밤이었다. 주홍. 히데오는 어금니를 꽉 깨물었다가 떼며 고통을 멎게 할 그리운 이름을 혀끝에 알약처럼 올려놓았다.

  주홍은 눈을 떴다. 실은 눈을 뜨기 전에 이미 잠을 깼고, 눈을 뜨기도 전에 불길한 기운을 느꼈다. 배가 축축했다. 가슴에 품고 재왔던 랑의 입에서 흘러내린 피 묻은 침 때문이었다. 눈을 떴지만 눈을 감았을 때보다도 더 어두웠다. 산이 돌아와 있기를 바랐지만, 그랬다면 벌써 그미를 깨우고 랑의 멱살부터 쥐고 흔들었을 것이다. 그미는 랑을 믿었지만 산은 랑이 아픈 척하며 그미에게 의지한다고 여겼다. 고개를 들지 않고 귀를 기울였다. 짐승의 숨소리와 함께 바위판이 희미하게 울렸다. 그미의 등 뒤로 다가선 짐승이 무척 크고 무겁다는 뜻이다. 숨 죽여 다가와서 이 정도 울림을 만들 짐승은……? 갑자기 그미 품에 안겨 있던 랑이 일어서서 미친 듯이 달리기 시작했고 그미도 랑을 따랐다. 랑과 그미가 머물렀던 바위판으로 들짐승 하나가 건들건들 어깨를 흔들며 바쁠 것 없다는 듯 올라섰다. 불곰이었다.

랑은 자작나무 아래에서 뒤돌아섰다. 묶인 두 손이 부러진 나뭇가지처럼 흔들렸다. 주홍은 걸음을 멈추고 한 걸음 물러서서, 랑의 손을 쳐다보았다. 바로 뒤에 2미터가 족히 넘는 불곰이 따라오고 있다. 그미는 감히 돌아볼 자신이 없었다. 대신 랑의 손목을 꽉 죄고 있는 줄을 양손 검지와 엄지로 쥐었다. 파닥거리던 랑이 그미가 풀기 좋게 팔을 가슴께까지만 들어 올리고서 기다렸다. 그미는 항상 손톱을 짧게 깎았다. 매듭을 지은 줄과 줄 사이에 틈을 내야 하는데, 뭉툭한 손끝에 힘이 실리지 않았다. 푸우 푸우우. 랑이 답답한 듯 고개를 숙이고 숨을 몰아쉬었다. 됐다! 겨우 매듭 사이로 검지가 들어갔다. 랑이 고개를 치켜들었다. 땅이 울리기 시작한 것이다. 그미는 갈고리처럼 검지를 집어넣고 줄을 당겨 틈을 벌렸다. 땅 울음이 점점 커졌다. 매듭이 풀리자마자 랑이 다람쥐처럼 자작나무에 붙어 기어올랐다. 작은 곰은 나무에 즐겨 오르지만 다 자란 불곰은 나무 타기에 서툴렀다. 그미도 나무에 오르려 했지만 두 발을 떼자마자 미끄러졌다. 머리 위에서 손뼉 소리가 들렸다. 그미는 고개를 들었다. 랑과 시선이 마주쳤다. 그미가 두 손을 뻗자 랑은 그 손길을 외면한 채 더 높이 올라갔다. 랑은 히죽거릴 뿐 도와줄 생각이 없었다.

— 랑!

랑이 손을 들어 달려오는 불곰을 가리켰다. 그미는 나무 타기를 포기하고 달렸지만 너무 느렸다. 자작나무 세 그루를 지나치기도 전에 불곰이 등 뒤로 바짝 붙었다. 랑의 박수 소리가 계속 귀를 찔렀다. 앞발을 들어 후려치면 목뼈가 부러져 쓰러지고 말 정도로 거리가 가까워졌다. 하아악! 그미는 숨이 턱 끝까지 차올랐다. 개마고원 드넓은 벌판에는 호랑이 외에도 표범, 늑대, 삵, 불곰과 같은 포식자들이 많았고, 하나같이 인간을 공격하여 목숨을 앗을 만큼 빠르고 강했다. 그미는 더 이상 달리지 못하고 그 자리에 털썩 주저앉았다. 포식자의 살기에 눌려 무릎이 꺾인 암사슴처럼. 죽음이 코앞이었다.

— 타앗!

산이 불곰의 등에 올라탄 것은 바로 그 순간이었다. 불곰의 목을 오른팔로 잡아당기면서 왼손에 쥔 장도로 목을 두 차례 연속으로 찔렀다. 불곰은 팔을 휘두르는 대신, 몸을 돌려 갑작스럽게 자신을 공격한 이를 확인하려 했다. 산이 다시 두 번 더 장도를 힘껏 박았지만, 불곰은 쓰러지지 않고 자작나무 숲이 떠나갈 듯 울부짖으면서 맴을 돌았다. 산은 왼팔로 마저 불곰의 목을 감고 버텼다. 원심력 때문에 산의 두 발이 퍽 퍼억 소리를 내며 나무에 부딪쳤다. 불곰이 맴돌기를 멈추었다. 산이 장도를 높이 들어 내리찍으려는 순간, 불곰은 랑이 오른 자작나무까지 달렸다. 그리고 앞발로 선 후 몸을 돌렸다. 등으로 나무를 쳐서 매달려 있는 산을 납작하게 만들려는 것이다. 불곰의 의도를 알아차린 산이 곰의 어깨를 짚고 몸을 튕겨 올렸다. 목마를 타듯 불곰의 목에 두 다리를 끼우는 순간, 곰의 등이 자작나무에 닿았다. 쿵! 나무가 흔들렸고, 랑은 양손 양발을 나무에 고쳐 감았다. 산은 장도를 들어 곰의 왼눈을 깊이 찔렀다. 곰이 미친 듯 머리를 흔들다가 나뒹굴었다. 불곰의 몸에서 튕겨나가 자작나무에 이마를 부딪친 산은 다시 땅에 뒷머리를 찧으며 쓰러져 정신을 잃었다. 불곰은 왼눈에 장도가 박힌 채 울음을 토하며, 균형감각과 거리감각을 잃고 비틀댔다. 그러고는 나무와 바위를 피하지 못한 채 머리를 계속 박아댔다. 쿵 쿠쿵! 충돌음이 점점 멀어져갔다.

불곰의 울부짖음이 아득해지자, 랑이 자작나무에서 천천히 내려왔다. 땅에 두 발이 닿은 뒤에도 곧바로 산에게 접근하지 않고 먹이를 포위하는 늑대들처럼 빙빙 주위를 돌았다. 작은 돌을 집어 산에게 던졌다. 돌멩이가 가슴과 이마를 때렸지만 산은 깨어나지 않았다. 랑이 제자리를 한 바퀴 돌며 주변 풍광을 살폈다. 주홍이 보이지 않았다. 산이 불곰에게 달려들어 사투를 벌일 때, 숲으로 달아나는 모습을 랑도 보았다. 그미가 오면 복수를 방해할 것이다, 서두르자! 랑은 큰 돌을 두 손으로 움켜 들고 냉큼 산의 배 위로 올라탔다. 그 돌을 천천히 제 머리 위로 들어 올렸다. 단숨에 내리쳐 두개골을 부술 작정이었다. 랑이 송곳니가 보일 만큼 입술을 벌리며 히죽거렸다. 돌로 내리찍을 이마를 노려보던 랑의 검은 눈동자가 흔들렸다. 모신나강을 든 주홍이 20미터쯤 떨어진 바위 옆에서 랑의 가슴을 조준하고 있었다.

― 내려놔.

그미가 크게 외쳤다. 목소리가 주체할 수 없이 떨렸고 눈물로 뒤범벅인 뺨 위로 다시 눈물이 흘러내렸다.

― 제발! 널 보내줄게. 그만둬!

랑은 무표정하게 천천히 제 머리 위 돌을 올려다보았다. 그리고 다시 그미와 눈을 맞추었다. 랑의 왼쪽 입귀가 서서히 올라갔다. 비웃음이었다. 쏠 테면 쏴보라는, 그렇지만 결코 쏘지 못할 것이라는 경멸이었다. 랑이 제 머리 위에서 흔들리던 돌덩이를 뒤통수 쪽으로 젖혔다. 반동을 실어 산의 이마로 내리찍기 직전이었다.

― 탕!

총성과 함께 랑의 몸이 왼쪽으로 기우뚱했다. 들고 있던 돌이 산의 오른쪽 귓불을 스치며 땅에 박혔다. 그 돌을 끌어안듯 랑이 앞으로 고꾸라졌다. 왼가슴에서 붉은 피가 흘러나와 산의 가슴과 어깨와 목을 적셨다. 뚫린 심장이 마지막으로 내뿜는 피였다.

산은 말을 하고 싶었지만 턱이 움직이지 않았다. 혀가 맹렬히 입안을 돌아다녀도 입술은 막혀 있었다. 손가락으로라도 아랫입술과 윗입술을 벌려야 할 것 같았다. 팔꿈치를 들어 올리려고 했지만, 손이 바닥에 붙어 꿈쩍도 하지 않았다. 위잉윙. 코끝을 때리고 지나가는 바람. 냉기가 목덜미를 돌아 등줄기를 타고 단숨에 엉덩이까지 내려왔다. 눈을 떠야 한다는 생각, 눈을 뜨고 체온을 유지할 만한 곳으로 움직여야 한다는 생각, 그곳에서 턱과 입술을 치료 받아야 한다는 생각이 눈덩이처럼 불어났다. 더듬이와 다리를 잘린 채, 축 늘어뜨린 머리로 헛된 망상만 쌓아가는 벌레가 따로 없었다. 소리, 빛깔, 냄새. 그 작은 변화에도 인물이 바뀌고 시간과 공간이 뒤엉켰다. 어지러웠다. 망상은 다음 생각으로 이어지는 대신, 처음으로 돌아오고 또 처음으로 돌아오며 반복되었다. 완전히 똑같지는 않았다. 두 눈이 눈꺼풀을 밀어 올리는 순서도 달랐고, 체온을 지키는 곳도 동굴 안, 썩은 고목 속, 이름 모를 이국 여인의 방 등 제각각이었다. 치료방법도 쑥과 뜸과 찜질 등 다양했다. 이야기들이 퍼져나갈수록 산은 소리쳐 묻고 싶었다. 여기가 어디지? 내가 왜 이러고 있는 거야?

산은 눈을 떴다. 흐느낌이 귀를 파고들었다. 뒤통수가 얼얼하고 눈에 초점이 모이지 않았다. 먼 데서 울리는 소리라 여겼는데, 그 소리가 점점 가까워졌다. 손을 뻗으면 잡을 수 있는 바로 곁에서, 주홍이 돌아앉은 채 울고 있었다. 산은 허리에 힘을 주고 일어서려다가 손으로 가슴을 움켜쥐었다. 비릿한 냄새가 콧속으로 밀려들었다. 피비린내였다. 산의 가슴은 온통 피로 가득했다. 고통은…… 없었다. 내가 죽은 걸까? 죽어 아픔을 느끼지 못하는 걸까? 산은 천천히 땅에서 등을 떼고 앉은 뒤 그미를 살폈다. 그미는 혼자가 아니었다. 그미의 품에 안긴 소년의 두 발이 버려진 지게 다리처럼 길게 삐져나와 있었다. 소년의 신발 아래 모신나강이 놓여 있었다. 산이 등 뒤에서 그미의 어깨를 짚었다. 그미는 흠칫 놀라며 고개를 돌렸다. 그미의 옷도, 윗옷은 물론 바지까지 피범벅이었다. 그미가 허리를 돌려 쓰러지듯 산의 품에 안겼다. 총을 맞은 랑의 상체가 그미의 무릎에서 미끄러져 땅에 툭 하고 떨어졌다. 그 소리에 그미가 온몸을 떨며 산의 품으로 파고들었다.

— 으으…… 내, 내…… 이…….

그미는 말을 하려 했지만 사람의 언어로 흘러나오지 않았다. 산은 그미의 등을 쓸며 침묵했다. 말을 하라고도 하지 말라고도, 울라고도 울지 말라고도 하지 않았다. 그저 나무나 바위나 잡풀처럼 그미를 안고 머물렀다. 지금으로선 그것만이 그미를 위해 할 수 있는 최선이었다.

— 랑!

주홍이 혀를 굴리며 죽은 소년의 이름을 불렀다. 산은 500년은 족히 넘은, 줄기가 부러져 날아가버린 고사목枯死木을 랑의 임시 무덤으로 정했다. 랑을 사람 하나 겨우 기어서 들어갈 만한 구멍에 넣은 뒤, 돌과 나무를 모아 입구를 막았다. 산이 땀을 흘리며 고사목 주위를 오가는 동안, 그미는 꼼짝 않고 서서 랑을 넣은 구멍만 쳐다보았다. 그리고 아직도 믿기지 않는 듯 바람이 불면 랑! 이라 부르고, 새가 날아올라도 랑! 이라 부르고, 산이 돌을 차곡차곡 쌓아도 랑! 이라고 불렀다. 대답 없는 이름이 무수히 흩어졌다. 산은 입구를 단단히 막은 후 나무를 마주 보고 섰다. 어깨높이쯤 되는 부분의 껍질을 벗겼다. 껍질들이 툭툭 쉽게 부서졌다. 산은 장도를 꺼내 무엇인가를 새겨 넣기 시작했다. 랑! 랑! 이름만 부르던 그미가 다가와 곁에 섰다. 산은 그미를 쳐다보지 않고 칼끝에만 집중했다. 하늘을 향해 턱을 들고 길게 울음 우는 짐승, 날렵하고 도도한 이리였다.

산은 모신나강을 다시 주홍의 손에 쥐어주었다. 그미가 총을 떨어뜨리며 고개를 저었다. 산이 두 번 세 번 총을 주워 건넸지만, 그미는 개머리판도 잡지 않으려 했다. 산은 그미를 바위까지 데리고 가서 햇볕 잘 드는 자리에 앉힌 뒤, 그 곁에 총을 기대두었다. 그리고 어울리지 않게 제법 긴 이야기를 줄줄 늘어놓았다. 그미를 위로하며 힘을 불어 넣어주고 싶은데, 딱 어울리는 이야기가 떠오르지 않았던 것이다. 그래도 산은 침묵보다는 무슨 말이든 건네는 편이 낫다고 여겼다.

— 말하기조차 힘든 고통이란 거 아오. 하지만 자책 마시오. 먼저 쏘지 않았으면 당했소. 그 순간에는 순박한 소년이 아니라 한 마리 맹수였던 거요. 맹수와 일대일로 마주치면 둘 중 하나요. 죽든가 죽이든가. 밀림의 이치요. 어떤 이는 무정無情하다 비난도 하지만, 정이 있고 없음의 문제가 아니요. 살고 죽음이 그 짧은 순간에 결정되는 거니까. 죽은 자는 영원히 밀림 속에 머물고 산 자는 또 다른 대결을 향해 나아가는 법이오.

— 죽이고…… 싶지 않았어요.

— 알고 있소.

— 그 앤 날 엄마처럼…….

그미는 아직 정신이 맑지 않은 듯 산이 이미 아는 이야기를 반복했다. 산은 싫은 기색 없이 받아주었다.

— 정을 그리워한 아이였지.

— 데려오지…… 않았다면?

그미가 속내를 비쳤다. 표의 곁에 두고 왔다면, 그 아이를 제 손으로 죽이는 일은 없지 않았을까.

— 시간과 장소는 달랐겠지만 결과는 마찬가지였을 거요. 아이는 복수를 위해 우리를 추격했을 테고, 또 어느 언덕이나 계곡이나 폭포 아래에서 혈투를 벌였을 거요. 복잡한 상상이나 때늦은 후회는 마시오. 밀림이 아무리 빽빽하고 수많은 길이 뒤엉켜 있는 듯 보여도, 목적지에 안전하게 이르기 위해선 꼭 가야 하는 길이

있는 법이오. 우리는 그 길을 건넌 거요. 자, 출발합시다. 언제까지 이 일로 지체할 수 없소. 오직 목숨이 끊긴 시신만이 고원의 대지 위에 누워 뜨거운 태양 아래 썩어갈 자유가 있소. 자기 발로 움직일 수 있는 생명이라면, 인간이든 들짐승이든, 쉼 없이 발을 놀려 새로운 길로 접어들어야 하오. 그게 살아 있음의 증거니까. 잠깐만 예서 기다리시오. 마무리를 짓고 오리다.

돌아서는 산의 옷소매를 그미가 잡아당겼다. 그미는 낚싯대를 휘젓듯 산의 팔을 흔들어댔다.

— 곧 오겠소.

산이 미소를 지으며 그미의 손을 밀어 뗐다. 그미가 다시 매달리기 전에 바위를 급히 내려섰다. 자작나무 숲으로 든 뒤 나무에 붙어 그미를 잠시 살폈다. 자해를 하려 들면 달려가서 막을 작정이었다. 그러나 그미는 활화산처럼 타오르지 않고 휴화산처럼 내내 가라앉아 고요했다. 미세한 균열과 진동이 이어졌지만, 한두 시간 안에 그 아픔과 슬픔을 세상 밖으로 분출시킬 것 같진 않았다. 산은 급히 비탈길을 오르기 시작했다. 그미는 총을 보는 것조차 싫은 듯 아예 등을 지고 앉아서 어깨만 까닥까닥 앞뒤로 흔들었다. 방아깨비처럼.

산은 불곰에게서 장도를 찾아야 했다. 사냥꾼은 사냥도구를 결코 버리지 않는 법이다. 7년이나 손에 익은 장도는 산의 또 다른 팔이나 마찬가지였다. 발자국 주변이 온통 피였다. 나무에도 묻고 돌에도 묻고 발자국에도 묻었다. 고통을 참지 못하고 머리를 자꾸 흔든 탓이다. 불곰은 장도를 빼기 위해 앞발을 눈으로 가져갔을 것이다. 그러나 앞매기까지 박힌 장도의 칼자루를 건드릴 때마다 극심한 아픔이 덩치 큰 짐승의 걸음을 휘청거리게 했으리라. 출혈 과다로 지금쯤 목숨이 끊겼거나 숨을 거두기 직전이리라. 밀림을 숱하게 다녔지만 불곰과 맞선 경우는 이번이 처음이었다. 불곰의 시신은 가파른 동굴 입구에서 발견되었다. 바위에서 언덕 하나를 넘은 곳이었다. 겨울잠을 잔다고 불곰이 내내 동굴에서 지내는 것은 아니다. 가끔 깨어나서 숲을 어슬렁거리는 놈도 있다. 목이라도 축이려고 폭포 근처로 왔다가 그미와 랑을 발견한 걸까. 산은 곧장 동굴로 올라가려다가 낯선 발자국을 발견하고 몸을 옹송그렸다. 국화. 호랑이 발자국이다.

삼지연이라 불리는 암호랑이는 지난밤 자작나무 숲에 있었다. 산이 불곰과 엉켜 싸우는 모습을 지켜보았는지도 모른다. 호랑이는 다친 곰의 뒤를 쫓았고 쓰러진 곰의 목덜미를 물었다. 어차피 죽을 곰이었지만, 최후의 반격을 미리 막기 위해서였다. 호랑이와 불곰은 숲에서 만나도 서로 피하며 경계한다. 지금 산의 앞에 펼쳐진 풍광처럼, 호랑이가 곰의 가슴과 배를 발톱으로 찢어 살점을 뜯어먹는 일은 무척 드물었다. 호랑이든 불곰이든, 다치고 병들면 배고픈 포식자의 먹잇감으로 전락하는 것이다. 피떡과 살점 사이로 드러난 회갈색 갈비뼈들. 뜯기고 남은 내장들. 부스럼처럼 털이

듬성듬성 뜯겨나간 가죽들. 표범의 허리를 한주먹에 부러뜨린다
는 불곰의 위용은 온데간데없었다. 산은 오른발로 곰의 이마를 밟
아 누르고 눈에 꽂힌 장도를 힘껏 뽑았다. 피 묻은 칼날을 어깨와
옆구리에 쓰윽 닦아낸 뒤 칼집에 꽂아 허리춤에 찼다. 그리고 지
난밤 살점을 뜯어내던 암호랑이처럼, 불곰의 움푹 팬 배와 가슴에
얼굴을 바짝 갖다 댔다. 피가 배지 않은 쪽으로 가죽과 함께 살점
을 도려내어 종이로 싼 뒤 가방에 넣었다. 피비린내를 코로 듬뿍
빨아들이며 산이 한마디 내뱉었다. 고맙다.

　다시 눈이 내리기 시작했다. 개마고원은 삶의 기운과 죽음의 기
운이 공존했다. 눈은 두 기운을 덮으며 처음으로 돌아간 듯 시치
미를 떼곤 했다. 삼지연은 비죽배죽 가파른 지름길 대신 산 아래
로 내려와서 경사가 적은 길로 돌아 남포태산 쪽으로 향했다. 산
은 발자국을 쫓느라 바빴고 주홍은 지나치는 곳마다 희미한 죽음
의 기운을 느끼며 흠칫흠칫 놀랬다. 박새의 부리, 노루의 굽, 토끼
의 꼬리뼈, 잘린 채 얼어붙은 개미의 머리. 눈으로 쉬이 보이지 않
는 것이어도, 생명이 끊긴 자리에선 꼭 걸음을 멈추고 아른거리는
공포를 떠올렸다. 그때마다 그미는 윗니로 아랫입술을 깨물며 우
물거렸다.
　─ 내가…… 죽였어요, 내가. 그죠……?

　산은 긍정도 부정도 하지 않은 채 그미를 앞세우고 그림자처럼

따랐다. 내리는 눈을 맞으며 다만 그미의 울음이 그치기를 기다렸다. 그미의 마음을 상하게 할까봐 모신나강도 등 뒤로 감췄다. 위로의 말도 용기의 말도 건네지 않았다. 추격 속도는 느렸다. 기껏 한두 시간을 내달려 삼지연에게 접근하면, 그미는 또 멈춰 서서 떨었다. 산의 시선이 우연히, 정말 생각 없이, 언덕 너머에서 피어오르는 불꽃과 연기에 머물렀다. 화전을 일구고 숨어 사는 자들이리라. 그미가 갑자기 돌아서서 산의 가슴에 앞이마를 대고 거친 숨을 몰아쉬었다. 그리고 산의 오른손을 양손으로 꼭 포개 쥔 채 고개만 살짝 들어 젖은 눈으로 쳐다보았다.

— 저 사람들이, 날…… 죽일 거예요.

길이 넓어지자 산은 주홍의 손을 잡고 나란히 걸었다. 그미는 잠깐 멈춰 섰다. 팔을 빼진 않았지만, 손에 손을 잡고 걸어도 될까, 망설이는 눈치였다. 산이 손에 힘을 실어 당기며 조심조심 말을 건넸다.

— 이 길엔 도깨비불이 자주 나온다오.

— ……본 적이 있나요?

일단 그미가 무시하지 않고 질문을 던지자 산은 엷은 미소와 함께 고개를 끄덕였다. 산은 7년 동안 산을 넘고 강을 건너고 평원을 지나고 계곡으로 접어들며, 여자들을 만났다. 말을 섞고 밥을 먹고 함께 잠을 잤다. 그러나 나란히 손을 잡고 밤길을 걸어간 적은 없었다. 산에게 그 여인들은 잠시 머물며 쉬어가는 집이었다. 한 끼

밥과 따뜻한 이불처럼. 그러나 주홍, 이 여자는 달랐다. 산은 늘 그렇듯 흰머리에게만 집중하려 했다. 그러나 기묘하게도 산이 아주 조금만 틈을 보여도, 그미는 귀신처럼 알고 범나비처럼 찾아들었다. 직접 말을 붙이기도 하고, 말없이 웃기도 하고, 싱그러운 냄새로 코끝을 흔들기도 했다. 그냥 무시하고 지나가려 해도, 외면하려해도, 계속 가까이 다가왔다. 흰머리를 죽인 뒤에도 이 여자를 만나면 어떨까, 산은 스스로에게 물었다. 행복한 미래를 처음 떠올려본 것이다. 산은 미래 따위 고민하지 않았고 그 그림에 여자를 넣은 적은 더더욱 없었다. 흰머리를 죽이고 나면, 수와 함께 살게 되겠거니 짐작할 따름이었다. 그런데 지금 산은 그미와 발맞추어 걷는 중이다. 바람이 불 때, 나뭇가지가 흔들릴 때, 멀리서 번개가 내리쳐 산과 계곡의 윤곽이 드러날 때, 그미는 꼭 쥔 손에 힘을 주며 어깨까지 떨었다. 산은 그미의 손을 감싸며 다독였다. 말이 필요없었다. 산의 엄지가 그미의 손바닥을 쓸자, 그미가 살짝 얼굴을 들었다. 산이 웃자 그미도 서너 박자 늦긴 했지만 따라 웃었다.

산은 나란히 걸으며, 겁에 질린 주홍이 먼저 움직이고 말하고 멈출 때까지 기다렸다. 그미는 확실히, 랑을 향해 총을 쏘기 전과는 달라졌다. 산은 진작부터 알고 있었다. 개마고원에서는 선인도 악인이 될 수 있고 악인도 선인처럼 굴 수 있었다. 비겁한 이가 더 비겁해지기도 했고, 용감한 이가 용감함의 끝을 보여주기도 했다. 변화를 일으키는 첫 계기도 중요하지만, 더더욱 중요한 것은 그 충격을 완화시키는 시간과 노력이다. 서두르다간 영영 되돌리지 못하는 방향으로, 호랑이에게 쫓기다가 절벽으로 뛰어내린 꽃사슴 꼴이 될 수도 있다. 든든하게 지켜주되 스스로 충격을 씻어내도록 조금씩 이끌어야 한다. 자책하게 만들지 말 것.

  밤이 가까웠고 꼭 쥔 두 손에 땀이 배었다. 산은 한 걸음 한 걸음 보폭을 조절하며 걸었다. 밤은 청각의 시간이다. 눈으로 확인하던 많은 것들이 사라진 뒤, 세상에서 가장 사소한 소리까지 성큼 다가왔다. 풍광이 보이지 않자 믿음이 사라졌고, 두려운 마음이 어둠 속에 도사리는 괴물을 낳았다. 괴물은 위협하고 분노하고 때론 유혹하는 소리를 뱉어댔다. 그때마다 그미는 팔을 당겼고 산은 걸음을 늦추며 속삭였다.
  솔방울이 떨어져 굴러가오. 새앙토끼가 잠을 깼소. 바람이 바위와 바위 사이를 뚫고 나오려고 저런다오. 하늘다람쥐가 비막을 펴고 이 나무에서 저 나무로 날아갔소.
  산도 가끔 즉답을 못한 채 그미와 함께 소리를 들으며 상상했다.
  음! 이건 나뭇가지가 그루터기에 부딪힌 것 같소. 노루가 이를 가는 소리 비슷한데……. 눈꽃이 멧돼지 등에 떨어졌을 때 저런 소리가 나는 걸 들은 적 있소. 아마도 저 아래 계곡의 얼음이 깨지려나 보오.
  산은 무슨 말이든 했고, 그미는 그의 설명을 듣고서야 두 눈을 깜박이며 물었다.

— 죽어가는 소리…… 아니죠?

— 아니오.

— 죽이러 오는 소리도?

— 아니오.

눈이 잦아들자, 남포태산을 바라보며 모닥불을 피웠다. 완만한 능선에서도 주홍이 자꾸 비트적거리며 헉헉댔기 때문이다. 내리는 족족 어는 눈길에서 미끄러지기라도 하면 암호랑이 추격은 포기해야 한다. 어둠이 스멀스멀 물러난 자리에 산이 발바닥을 두드려 쉴 자리를 마련했다. 그미가 두 무릎을 세우고 앉아선 턱을 괸 채 타오르는 불꽃을 쳐다보았다. 방풍림처럼 자작나무가 모닥불을 싸고 있어 두 배로 포근한 느낌이 들었다. 맞은편에 앉은 산은 벌건 불잉걸을 하나 들고 담뱃불을 붙였다. 담배 연기가 모닥불 연기에 쓸려 하늘로 올라갔다.

— ……산 씨는 어릴 때 어땠나요?

— 그냥 그랬소.

즉답을 피했다. 웅이 죽고 수의 팔이 뜯긴 뒤론 산에게 추억은 사치였다.

— 수 씨는 꽃을 좋아했다더군요. 동생이 들꽃을 따라 돌아다닐 때, 산 씨는 무얼 했나요?

— 똑같았소, 고원이 키우는 여느 아이들이랑.

— 전 우두커니 혼자 있는 걸 좋아했어요.

― 우두커니?

― 책도 읽지 않고 숙제도 하지 않고 놀이도 없이, 바닷가에 종일 앉아 있는 거죠, 우두커니. 그때 벌써 알았나봐요. 부모 없이 혼자 세상을 떠돌 가여운 운명인 걸.

― 특별히 한 사람에게만 가여운 운명 따윈 없소.

갑자기 산이 목소리에 힘을 실었다. 그미가 모닥불 너머 산의 깊은 눈을 쳐다보았다. 그러고는 곧 이야기를 이어가라는 뜻으로 고개를 살짝 끄덕여 보였다.

― 사람은 다 혼자요. 부모가 있든 없든, 나이가 많든 적든. 그 사실이 두려워 항상 누군가와 머무는 이도 있고, 그 사실을 받아들여 제 힘으로 살아가는 이도 있소. 가여운 운명이란 게 있다면 사람들 모두가 그렇소.

― 사람뿐만이 아니죠. 호랑이만큼 철저히 혼자인 들짐승도 드물어요.

두 사람은 또다시 자신들이 가장 잘 알고 있고, 그럼에도 불구하고 상이한 마음으로 바라보는 대상으로 돌아왔다. 침묵 속에서 하늘로 올라가던 연기가 잠깐 바람에 쓸려 흩어졌다.

― 그거 알아요? 당신 호랑이 닮은 거?

― ……사람은 호랑이를 닮지 않소.

― 아니, 닮았어요. 웃는 표정, 건들거리는 어깨, 느려 보이지만 정확하고 빠른 걸음걸이, 어둠을 쏘아보는 눈, 무엇보다도 체취.

― 과장이오. 호랑이는 호랑이고 나는 나요.

주홍이 배낭을 안고 앉아서 꾸벅꾸벅 졸기 시작했다. 산은 챙겨온 불곰 가죽과 고기를 돌판에 얹어 불에 구웠다. 깨워 한 점 건네려다가, 낮게 코까지 고는 그미의 얼굴을 보곤 저 혼자 가죽을 장도로 찍어 입안에 털어 넣었다. 질겅질겅 씹히면서 침과 엉켜드는 맛이 나쁘진 않았다. 산은 그미를 보다가 모처럼 가방을 열고 스케치북을 꺼내 처음부터 한 장 한 장 넘겼다. 흰머리의 얼굴, 앞발, 수염, 뒷다리, 꼬리가 가득했다. 선을 하나씩 그을 때마다 복수의 칼날을 한 번씩 갈던 시절! 그 밤, 산은 새로운 선들을 긋기 시작했다. 도끼눈을 뜨지도 않았고 손목에 힘을 싣지도 않았다. 춤사위처럼 둥글게 돌고 돌고 또 돌다가 멈춘 자리에 그미의 둥근 얼굴이 나타났다. 그미의 긴 머리카락들이 여름비처럼 쏟아졌다. 코는 작고 오똑하여 고집스럽고, 입술은 얇고 끝이 말려 연꽃을 닮았으며 보조개를 간직한 볼은 추위에 민감하여 자주 복숭아처럼 붉어졌고 이마는 톡 튀어나와 새들을 살필 때마다 두 가닥 얇은 주름이 잡혔다. 그리고 눈동자는, 지금은 꼭 감겨 있어 살필 수 없지만, 유난히 둥글고 큰 검은 동자에는 감정이 듬뿍 실렸다. 놀랄 때도, 기쁠 때도, 슬플 때도, 그 눈동자가 가장 먼저 반응했다. 그미가 갑자기 눈을 번쩍 떴다. 어둠에 잠긴 나무 위를 쳐다보며 손을 번쩍 들고 거친 숨을 몰아쉬었다.

— 저, 저기!

산이 재빨리 총을 겨눴다. 짙은 어둠 속 가지 위에 수리부엉이 한 마리가 앉아 있었다. 산이 방아쇠에 걸었던 검지를 떼며 얕은 숨을 뱉었다. 수리부엉이가 더 높고 깊은 어둠 속으로 날아올랐다.

— 쏴요, 어서.

그미가 산의 등 뒤로 숨어 앉으며 말했다.

— 주린 수리부엉이라오. 갔소.

— 아니에요. 내가 수리부엉이도 모를까봐 그래요? 난 저 눈동자를 알아요. 날 죽이려고 내내 따라오고 있어요. 쏴요. 어서 쏴버리라니까요.

산이 그미를 끌어안고 토닥였다.

— 괜찮소. 아무 일도 없소. 나만 믿으시오.

맞바람이 불자 눈이 내리치는 각도가 점점 수평에 가까워지기 시작했다. 낮고 긴 울음이 그미의 뺨을 할퀴었다. 목도리를 둘러도 살갗이 금방 언 사과처럼 붉었다.

— 아…… 추워.

주홍은 고개를 숙인 채 돌아섰다. 산은 그미를 향해 날아드는 눈과 바람과 소리들을 등으로 막았다. 두 발로 서 있기조차 힘들었다. 오직 바람의 방향과 속도에만 집중했다. 이대로 계속 걷다가는 탈진하고 만다. 언 몸을 녹이고 쉴 자리가 필요하다. 바람의 가장 약한 자리를 찾아서 뚫고 가야 한다. 방법은 알지만 그 자리를 발견하는 일은, 낯선 고개에서 불 꺼진 여관을 찾는 것처럼, 언제나 힘겹다. 갑자기 그미가 산의 곁을 지나 바람을 정면으로 맞으며 달렸다. 인내가 한계점에 이른 것이다. 여기가 아니라면 어디든 좋다는 것이 그미의 솔직한 심정이었으리라. 산은 손을 뻗었지만 그미를 붙잡지는 못했다. 대여섯 걸음 뛰어 그미의 어깨를 뒤에서 잡으려는 순간, 땅이 꺼지듯 그미가 시야에서 사라졌다. 얼어붙은 돌판을 디디면서 미끄러져 길옆으로 구른 것이다. 산은 먹이를 발견한 살쾡이처럼 껑충 몸을 날려, 길 아래 둔덕에서 그미의 팔목을 잡아끌어 세웠다. 둔덕 아래는 곧바로 절벽이었다.

— 다친 덴 없소?

그미가 대답 대신 허리를 감싼 채 미간을 찡그렸다. 오른손으로 바지 뒷주머니를 더듬어 무엇인가를 꺼냈다. 산이 피곤한 발을 문지르라며 건넸던 검은 돌이었다. 비탈을 구르는 동안, 그 돌이 그미의 허리께와 엉덩이를 자꾸 찔렀던 것이다. 그미는 돌을 멀리 던져버리려는 듯 팔을 치켜들었다. 그러나 다음 순간 주춤하며 머뭇거렸다. 결국 그미는 천근만근 같은 손을 움직여 그 돌을 다시 바지주머니에 넣어두었다.

산은 바람의 방향과 속도를 확인하며 걸었다. 불어오는 바람을 가슴이 아니라 어깨로 밀면서, 어둠보다 더 깊은 어둠을 찾았다. 젖지 않은 한 뼘 땅이 지금 산에겐 한 움큼 금보다 소중했다. 주홍의 걸음은 부쩍 흔들리며 더뎠다. 말하는 것조차 힘든지 가쁜 숨을 몰아쉬었다. 탈진해서 쓰러지기 직전이었다. 왼쪽에서 불어오는 바람의 방향이 약간 바뀌었다. 수평에 가깝던 맞바람이 35도 정도 사선을 그리며 떨어졌다.

— 잠시만 기다리시오. 쉴 만한 곳을 찾아보고 오겠소.

그미가 대답하기도 힘든 듯 겨우 탁자 모양 바위에 걸터앉아서 팔만 들어 휘휘 저었다. 산은 급히 왼쪽 숲으로 뛰어 내려갔다. 흠뻑 젖은 소나무 숲을 지나자 예상대로 언덕이 두 사람을 맞이했다. 산은 언덕을 오르지 않고 나무가 자라기 힘들 만큼 경사가 가파른 지형을 찾았다. 굴이라도 있으면 금상첨화였다. 언덕은 의외로 완만했고 얕은 굴도 없었다. 다시 길 쪽으로 올라서며 고개를 들어 그미를 찾았다. 탁자바위와 그 주변을 훑어도 그미는 보이지 않았다.

— 주홍!

산은 단숨에 비탈을 뛰어 바위에 도착했다. 그미는 바위 아래 엎드린 채 쓰러져 있었다. 거기까지가 그미의 한계였다. 산은 그미를 들쳐 업고 바람을 피해 반대편 숲으로 뛰어 내려갔다.

고사목이 산과 주홍을 구했다. 속이 빈 커다란 줄기 안은 눅눅하긴 해도 눈이 들어차진 않았다. 줄기 안은 두 사람이 무릎을 세워 쪼그려 앉기에 넉넉했다. 산은 그미를 줄기 안으로 먼저 들어가도록 했다. 그러나 그미는 우두커니 선 채 꼼짝도 하지 않았다.

— 관 속 같아…….

그미가 썩은 나무껍질을 쥔 채 버텼다. 눈바람이 그미의 이마를 후려쳤다.

— 이 눈, 이 바람을 더 이상 맞으면 안 되오.

— 무덤 같다니까요.

산은 그제야 고사목에 넣은 랑의 시신을 떠올렸다.

— 날 보시오.

그미는 산의 시선을 외면했다.

— 날 보라고.

산이 그미의 턱을 쥐고 눈을 맞췄다. 반말이 이어졌다.

— 내 말 잘 들어. 랑은 죽었어. 방아쇠는 당신이 당겼지만 내가 죽인 거야. 당신은 쉬어야 해. 쉴 곳은 여기뿐이고 난 당신이 얼어 죽게 그냥 둘 수 없어. 저건 무덤도 뭣도 아냐. 우릴 살려줄 썩은 나무일 뿐이야.

그미의 두 눈에서 눈물이 흘러내렸다.

— 주홍!

산이 턱에서 손을 떼자, 그미는 고개를 숙인 채 한참을 흐느꼈다. 산은 그미를 끌어안고 위로하고 싶었지만, 손을 뻗어 등을 감싸려고 했지만, 끝내 다시 팔을 거두고 가만히 기다렸다. 마음으로 하나 둘 셋 넷 다섯 여섯 숫자를 세며 개마고원에 자라는 들꽃을 그 숫자만큼 피웠다. 산뿔꽃, 백두산제비꽃, 손바닥란, 숙은꽃창포, 꽃고비, 분홍손잎풀, 구름제비꽃, 제비란, 비로봉담까지 피어났을 때, 그미가 고개를 들고 다시 눈을 맞췄다.

— 숨을 덴 없어요. 끝내는 들키고 말죠.

— 숨는 게 아니오. 뭐든 덤비면 이걸로…….

산과 그미의 시선이 모신나강으로 향했다.

— 어리석군요. 표적이 보여야 총을 쏘죠. 내 눈에 보이는 눈동자를 그쪽은 못 보잖아요.

산이 다시 목소리를 높였다.

— 환영이오. 눈동자 따윈 없소.

그미는 더 따져 물으려다가 고개를 돌린 채 고사목으로 기어 들어갔다.

주홍의 배낭은 젖어 있었다. 수건으로 꼭꼭 싼 일지만 그나마 물이 스며드는 걸 피할 수 있었고 나머지 책과 옷에선 물방울이 뚝뚝 떨어졌다. 산의 가방은 멀쩡했다. 가죽 안쪽으로 천을 덧대고 담요를 두르고 옷을 넣고 그 안에 스케치북과 연필을 끼웠기 때문이다. 담요도 덮을 만했고 옷과 스케치북엔 물기가 전혀 없었다.

— 이걸로 갈아입으시오.

산이 가죽을 덧대 기운 두툼한 외투를 벗어 건넸다.

— 싫어요.

오늘 그미는 계속 싫다고만 한다. 산이 고개를 돌리지 않은 채 설득했다.

— 폐라도 상하면 큰 낭패요. 체온을 유지해야 한다는 건 나보다 더 잘 알지 않소? 시간이 없소.

— 내가 이걸 입으면…….

추위에 단련된 몸이지만, 산의 옆구리와 사타구니로도 스멀스멀 찬 기운이 파고들었다.

— 괜한 걱정 마시오. 천천히 하오. 난 밖에 있겠소.

산은 모신나강을 배낭 옆에 두고 아예 나무줄기에서 나왔다. 여전히 된바람이 소나기눈을 휘청휘청 뿌렸다. 산은 담배를 꺼내 젖지 않도록 허리를 숙인 뒤 불을 붙였다. 그미에게 들키기 싫어 얼굴을 찡그리진 않았지만, 한기 때문에 덜덜덜덜 아래턱이 떨릴 때마다 송곳으로 찌르는 듯 잇몸이 아팠다. 고개를 들고 담배 연기를 뿜었다. 눈들이 어서 다시 줄기 속으로 들어가라 재촉하는 듯 뺨과 수염과 목덜미를 때렸다. 산은 천천히 턱 근육에 신경을 쓰면서 입을 벌리고 개처럼 혀를 쏙 내밀었다. 혓바닥 위로 눈송이들이 앉자마자 녹았다. 산은 입맛을 다셨다. 배가 고팠고 동시에 오줌을 누고 싶었다. 산은 그미가 있는 나무줄기를 흘끔 쳐다본 후 20미터쯤 걸어 소나무 뒤로 돌아갔다. 눈을 맞으며 나무를 향해 오줌을 눌 때마다 산은 흰머리를, 평생 자신의 영역을 돌며 오줌을 내갈기는 들짐승의 당당함과 고독을 떠올렸다. 갑자기 뒤통수가 서늘했다. 살기였다. 산은 바지 앞섶을 정리하지도 못한 채 나무에 바짝 등을 대고 고개를 돌렸다. 삼지연! 세 글자가 뇌리를 스쳤다. 그러나 암호랑이는 적어도 서너 시간 전에 이 숲을 지나갔을 것이다. 그미처럼 미끄러지거나 탈진하지도 않고 당당하게 눈을 맞으며 북상한 호랑이가 다시 걸음을 돌려 내려올 이유는 없다. 산은 들짐승처럼 기다시피 해서 길 쪽 비탈로 접근했다. 움푹 팬 짐승 발자국이 손끝에 잡혔다. 아직 눈에 덮이지 않았다. 방금 딛고 지나간 것이다. 검지로 더 자세히 발자국의 모양을 더듬었다.

크고 깊고 둥근 발바닥에 발톱 자국까지 선명했다. 호랑이는 절체절명의 순간이 아니고는 발톱을 내지 않는다. 그렇다면 이놈은? 산이 장도를 뽑아들고 급히 고사목을 향해 내달렸다.

젖은 옷을 벗고 산이 건넨 외투를 입은 다음 비스듬히 누우니 졸음이 쏟아졌다.

— 들어와요!

용기를 내어 고사목 밖에서 기다릴 산을 찾았지만 답이 없었다. 근방을 살피러 나갔으리라. 알리지 않고 멋대로 사라졌다 나타나는 사내였다. 눈을 뜨고 기다리려 했지만 눈꺼풀이 쇳덩이처럼 무거웠다. 콧잔등에 앉은 찬바람도 졸음을 쫓지는 못했다. 손끝에서부터 발끝까지 박아놓은 나사들이 한꺼번에 스르르 풀리는 듯, 포근한 수풀 속으로 천천히 빠져드는 기분이었다. 망울망울 반딧불처럼 떠돌던 빛도 차츰 사라지고 티끌 하나 없는 완전한 어둠이 펼쳐졌다. 겨울, 개마고원, 고사목 안이라는 감각마저 사라졌다. 이대로 '영원'이 찾아든다 해도 이상하지 않을 만큼 아득했다. 잠에 빠져들자마자 어깨가 뜨거워졌다. 다음엔 목덜미 그리고 턱을 지나 입술까지 열기가 올라왔다. 뜨거움이 콧잔등을 타고 눈과 눈 사이에 머물렀다. 그 순간 어둠이 단번에 사라지면서 이글이글 타오르는 두 개의 눈동자가 나타났다. 줄곧 그미를 따라다니던 허공의 그 눈동자였다. 아! 그미는 짧은 탄성과 함께 허리를 세우며 일어나서 앉았다. 꿈에서 깼지만 이상하게도 더운 열기가 여전히 미간을 화끈거리게 했다.

— 그르르르르!

가래 끓는 소리가 고사목 안을 울렸다. 거기, 눈동자가 도깨비
불처럼 활활활 타오르고 있었다. 굶주린 이리였다. 엉덩이를 밀며
물러서기도 전에 불꽃이 성큼 다가왔다. 이리의 몸이 절반도 넘게
고사목 안으로 들어왔다. 그미는 급한 마음에 바닥에서 잡히는 대
로 집어 들어 이리를 향해 던졌다. 산에게서 받은 검은 돌멩이였
다. 돌멩이는 곧장 날아가서 미간을 맞혔다. 모신나강의 개머리판
이 발아래 닿았지만 집어들 여유도 힘도 없었다. 끔벅! 잠시 열기
가 사라지고 어둠이 돌아왔지만, 이내 다시 불덩이가 더 빨리 흔
들리며 커졌다. 돌멩이가 놈의 화를 돋운 것이다. 이대로 저 불덩
어리에 잡아먹히고 마는가. 그미는 두려움을 이기지 못한 채 눈을
질끈 감았다. 어둠 속에서 이리의 울음이 터져 나왔다.

— 커컹!

산은 이리의 뒷다리를 왼팔로 휘감은 다음 오른손에 쥔 장도로
놈의 아랫배를 연거푸 찔렀다. 이리는 뒷발로 산을 차고 고사목으
로 들어가려 몸부림을 쳤다. 산은 이리의 등에 제 가슴을 붙인 채,
장도를 더 끌어올려 폐를 노렸다. 칼날이 폐에 서너 번 박히자 이
리의 저항도 약해졌다. 그래도 산은 방심하지 않고 이리의 심장에
장도를 세 번이나 박아 넣었다가 뺐다. 이리의 피가 산의 손과 얼
굴과 목덜미와 가슴을 적셨다. 산은 이리의 뒷다리를 잡고 고사목

밖으로 끌어당겼다. 이미 목숨이 끊긴 이리의 주둥이를 양손으로 잡고 벌렸다. 다행히 사람의 살점은 붙어 있지 않았다. 최악의 상황은 막은 것이다. 산은 허리를 숙인 채 고사목 안으로 들어가려 했다. 그 순간 깊은 어둠 속에서 주홍의 목소리가 터져 나왔다.

— 오지 마! 쏘겠어. 쏠 거야.

산은 방금 전 이리가 그랬던 것처럼 기어가다가 멈춰 섰다. 산의 두 손은 고사목 안에 있었지만, 두 발은 아직 안으로 들어서지 못한 상태였다.

— 다 끝났소.

— 거짓말!

주홍은 산의 말을 믿지 않았다.

— 놈은 죽었소.

— 아냐. 아직 죽지 않았어. 내 눈엔 보인다고 했잖아? 지금도 밖에서 날 노리고 있어. 들어오지 마. 어서 놈을 죽여. 어서.

— 들어가겠소.

— 안 돼. 오면 쏴버리겠어. 오지 마.

산은 더 이상 말하지 않고 왼팔 오른팔을 차례로 고사목 안으로 집어넣었다. 그리고 이번에는 왼발과 오른발을 차례차례 디디며 나아갔다. 그미는 산의 모신나강을 들어 겨누었다. 산은 총구가 제 이마에 닿을 때까지 기어간 다음, 오른손을 들어 총신을 쥐었다. 그미의 숨죽인 흐느낌이 귀를 파고들었다. 산은 떨리는 총신을 천천히 내린 뒤 그미를 꼭 껴안았다. 그미가 양손으로 가슴을 밀었지만, 산은 힘으로 버텼다. 그미의 등을 쓸어내리며 겨우 진심을 전했다.

— 미안하오.

그미가 울음을 터뜨렸다. 길고 서러운 울음이었다. 그 말 외엔 아는 단어가 없는 바보처럼 산이 거듭 말했다.

— 미안하오.

그미가 고개를 들며 양손으로 산의 거친 뺨을 잡았다. 이리의 피가 튀어 찐득대고 피비린내가 지독했지만, 그미는 두려움과 슬픔을 토하던 입술을 산의 입술에 갖다 댔다. 더운 숨이 순식간에 산의 입술과 이와 혀를 지나 목으로 밀려들었다. 자신도 모르게 턱을 빼려 했지만, 그미는 두 팔로 산의 목을 두르고 산이 옴짝달싹 못하게 했다. 그리고 산의 입술 사이로 비밀을 간직한 부드러운 혀를 밀어 넣었다. 그미가 스르르 모로 누웠다. 그미의 손이 산의 오른손목을 쥐었다. 산이 손에 힘을 주며 고개만 돌렸다. 그미가 산의 가슴에 제 볼을 비볐다. 산은 그미의 작은 몸을 안고 입맞추고 몸에 몸을 섞고 싶었다. 그러나 사랑이라는 감정이 자신에게 가당키나 한 것일까. 복수 외엔 어떤 단어도 산의 가슴을 두드린 적이 없었다.

— 우리는 아직 이럴⋯⋯.

그미가 산의 입술에 제 입술을 다시 갖다 대며 말허리를 잘랐다. 멀리서 천둥이 울었다. 그미의 입술은 작고 얇고 차가웠지만,

그 사이로 밀려드는 입김은 따스했고, 곧이어 자신의 입술에 닿은 그미의 혀는 활활활 활화산이었다. 산은 주춤하며 그미의 혀를 앞니로 살짝 물었다가 뗐다. 그미가 코로 바람 소리를 내며 웃었다. 웃음소리가 코끝을 간지럽게 했고, 동시에 허벅지와 종아리에 힘이 쏠렸다. 산은 선봉에서 성벽을 넘는 병사처럼, 그미 쪽으로 무게중심을 옮겼다. 그미의 손이 산의 옷을 파고들어 단단한 가슴을 움켜쥐었다. 둘은 알몸이 되어 다시 입을 맞추고 가슴을 비비고 다리를 얽었다. 그미가 산의 손목을 쥐는 순간 둘 사이의 눈치 보기와 엇나간 손짓과 비스듬한 등돌림 밀고 당기는 대화는 끝이 났다. 산은 손과 발, 온몸으로 그미의 몸을 만지고 당기고 깨물고 핥고 돌렸다. 두 알몸은 원이 되고 포물선을 그리고 직선으로 날아가면서 서로의 작은 손놀림 하나에 휘고 꺾이고 젖혀졌다. 지극히 높은 신음부터 짧게 탁탁 말리는 감탄사와 가래 끓듯 낮게 깔리는 마찰음까지, 산은 여자가 이렇듯 다양한 소리를 내는지 처음 알았다. 산이 늦추면 그미가 당겼고 산이 속도를 내면 그미가 산의 가슴을 밀었다. 산은 폭풍처럼, 잉걸불처럼, 모신나강의 탄환처럼 정면으로 곧장 돌진했다. 호랑이답게.

사랑을 끝낸 후 산은 주홍을 꼭 끌어안았다. 두 사람이 벗어놓은 속옷과 겉옷을 요 삼고 이불 삼았다. 그미는 지친 댓두러기마냥 깊이 잠들었다. 호랑이의 급소를 찾던 산의 손끝이 그미의 이마와 눈과 코와 입술과 목을 거쳐 젖가슴에 닿았다. 심장이 뛸 때마다 손끝이 따라 흔들렸다. 눈을 감고도 그미의 몸을 그릴 자신이 있었다. 잠이 오지 않았다. 얼핏 졸다가도 그미가 고개를 젓거나 손가락을 까닥거리거나 무릎을 더 가까이 산의 허벅지에 댈 때, 찬 이슬방울을 등에 맞은 사람처럼 깜짝깜짝 깼다. 그리고 또 자신이 깬 것을 들키지 않으려고 불편한 자세로 시간이 정지한 듯 멈췄다. 사랑 후에 함께 잠드는 것이 사랑을 나누는 일만큼이나 힘든 일임을 산은 처음 알았다. 잠을 쫓기라도 하듯, 번개가 번뜩였다. 한줄기 빛이 고원에 내려앉으면, 나무와 꽃과 바위와 시내가 내장을 드러내고 박제된 들짐승처럼 모습을 드러냈다. 그리고 다시 빛이 번쩍일 때, 산은 마음으로 숫자를 세기 시작했다. 이제 곧 천둥이 칠 것이고 미친바람은 굵은 눈보라와 함께 고원을 덮을 것이다. 늘 겪는 일이지만 이 눈부신 전조는 익숙해지지 않았다. 피하려 들수록 번개는 더 가까이 번쩍였고 천둥은 더 빨리 크게 울었다. 신기하게도 개마고원이 가장 시끄러운 바로 그 순간, 산은 단잠에 빠져들었다. 귀머거리처럼 아무 소리도 들리지 않았다.

새가 울었다. 까불이 깨새들이 고사목 주위를 날고 앉고 지나며 새 아침을 알렸다. 눈이 그치고 청명한 하늘이 열렸으니 늦잠에서 깨어나라는 경고였다. 산은 눈을 뜨지 않고 손을 뻗어 옆자리부터 더듬었다. 거기, 사랑을 나눈 주홍이……없었다. 산은 황급히 일어나 앉으며 고사목 안을 살폈다. 썩은 나무 틈으로 쏟아진 빛이 그미의 배낭과 산의 모신나강과 장도, 추위를 막아주었던 옷과 발감 개를 비췄다. 그미는 없었다. 산은 바지만 겨우 입고 알몸뚱이 그 대로 고사목 밖으로 나갔다. 찬바람이 산의 잘 발달된 가슴과 배 를 때렸다. 왼어깨가 움찔 흔들렸다. 지난밤 사랑을 나눌 때는 몰 랐지만, 이제 보니 다친 부위가 송곳으로 찌르는 듯 아팠다.

— 아예 얼어 죽기로 작정했군요.

돌아섰다. 그미가 솔숲에서 다람쥐처럼 모습을 드러냈다.

— 어딜 갔었소?

산의 물음에 깨새들이 한꺼번에 날아올랐고, 나뭇가지에서 눈 가루가 벌거벗은 어깨에 흩날려 앉았다. 그미가 가까이 다가와서 손등으로 산의 가슴을 가볍게 밀며 답했다.

— 귀 안 먹었어요. 일단 옷 입고 나와요. 우리, 갈 데가 있어요.

— 어딜 가는 거요?

솔숲으로 들자마자 산이 물었다. 간밤의 사랑은 아름답고 뜨거 웠지만 이제 다시 촌각을 아껴 호랑이를 쫓아야 한다. 샛길로 빠 져 낭비할 시간은 없다. 그때 그미가 산의 턱밑에 얼굴을 갖다 대 며 작게 속삭였다.

— 10분이면 돼요.

산은 깊게 숨을 들이마시고 하늘을 우러렀다. 깨새들의 귀떰처 럼 맑고 푸른 하늘이 나무들 사이사이로 시원했다. 산은 어제의 실수를 되풀이하지 않으려는 듯, 모신나강을 들고 주위를 경계하 며 그미를 따랐다. 언덕을 넘어 울퉁불퉁 바위들을 끼고 돈 뒤 그

미는 걸음을 멈췄다. 산이 여전히 사방으로 검은 눈동자를 돌리며
곁에 서서 물었다.

— 다 왔소?

그미가 대답 대신 산의 왼팔을 잡아끌었다. 끌려 들어간 산의
앞에 바위로 둘러싸인 샘 하나가 나타났다.

— 오자는 데가 여기요?

— 벗어요. 어서.

그미가 산의 바지춤을 잡을 듯 다가섰다. 산이 한 걸음 물러나
며 다시 물었다.

— 이유가 뭐요?

— 이유가 뭐요?

그미가 산의 낮은 목소리를 흉내 낸 뒤 돌아섰다. 그리고 산보
다 먼저 나뭇가지를 비녀 삼아 머리카락을 올리고, 겉옷과 속옷을
차례차례 벗어 나무에 걸었다. 희고 눈부신 나신裸身이었다. 어젯밤
사랑을 나눌 땐 모든 것이 캄캄했기에, 촉각과 미각과 청각만으로
그미의 몸을 익혔다. 이토록 밝은 새벽 숲에서 그미의 아름다운
등과 긴 목과 둥근 둔부를 볼 줄은 몰랐다. 그미는 주저하지 않고
두 발을 샘에 넣었다. 그리고 고개만 살짝 돌려 산을 찾았다.

— 따듯해요.

온천수. 차디찬 영하의 날씨인데도, 더운 김이 쉼 없이 피어올
랐다. 살을 데일 만큼 뜨겁지도 않고 한기를 느낄 만큼 차갑지도
않은, 몸을 담그면 실핏줄 하나하나까지 편안해질 딱 그 정도로

따듯한 샘이었다. 온천으로는 삼지연이 유명했지만, 그 말고도 개마고원 곳곳에는 알려지지 않은 온천들이 숨어 있었다. 산도 천천히 옷을 벗고 샘으로 걸어 들어갔다. 무릎을 모아 쥐고 앉은 그미의 어깨까지 샘물이 찰랑거렸다. 그미는 산의 팔을 당겨 제 앞에 돌려 앉혔다. 그리고 손 움큼으로 물을 떠 산의 목덜미와 어깨에 부었다. 산이 오른손을 자신의 왼어깨 쪽으로 뻗어 그미의 손목을 쥐었다.

— 다음엔 혼자 돌아다니지 말고 나를 꼭 깨우시오.

그미가 아무 말 없이 손을 빼내 다시 산의 왼어깨에 물을 부었다. 표의 화살에 맞은 상처 부위가 벌겋게 부어올랐다. 산은 어금니를 앙다물었다.

— 참아요. 그냥 두면 썩어 들어갈 거예요. 온천수로 닦아내는 게 좋아요.

— 괜찮소.

산은 일어서려 했지만, 그미가 두 팔로 산의 뒷목을 잡고 눌러 앉혔다.

— 괜찮긴요. 어젯밤 계속 멈칫거렸잖아요.

— 내가, 멈칫거렸소?

산이 샘을 둘러싸고 있는 정면의 크고 작은 바위들을 쳐다보며 물었다.

— 멈칫거렸어요. 처음부터 끝까지 당신은 질풍이었지만, 엇박자로 짧게 끊겼다 이어지고 끊겼다 이어지곤 했어요. 이 왼어깨

때문이었죠?

— 아니오. 불편하긴 해도 멈칫거릴 정도는.

그미가 손 옴큼의 물을 상처 부위에 붓자, 산의 어깨가 움찔 떨렸다. 그미가 산의 오른어깨에 뺨을 대고 속삭였다.

— 내게는 숨기지 않아도 돼요. 이 상처 오늘 이 순간부터 말끔히 나을 거예요. 온천수로 닦아내기도 했고, ……게다가 제 손은 약손이거든요. 그리고…….

그미가 말을 멈추고 산의 목덜미에 입을 맞췄다. 그리고 능선을 미끄러지듯 긴 혀로 목에서 왼어깨까지 부드럽게 핥았다. 화살이 박혔던 부위에선 빙빙 원을 그렸다. 산의 어깨가 움찔 떨렸다.

— 이렇게…… 상처는 서로 핥아주는 거예요.

그 순간 산이 몸을 돌렸다. 그미의 벗은 젖가슴이 출렁거렸다. 그가 그미의 입술을 내려다보다가 무뚝뚝하게 오른무릎을 세웠다.

— 이제 그만 나갑시다.

그미가 수면 위로 올라온 산의 무릎 위에 손을 얹었다.

— 약속 하나 해줄래요? 내게는 아무것도 숨기지 않겠다고. 몸이 아픈 것도 마음이 아픈 것도 모두 이야기하기로.

바위 울타리를 넘어 찬바람이 밀어 내렸다. 그미는 눈을 감았다. 산은 그 얼굴을 물끄러미 내려다보았다. 이곳에서는 시간마저도 길을 멈출 것 같다. 산은 아주 천천히 그미의 이마에 콧잔등에 입술에 다시 입을 맞췄다. 그러자 그미가 기다렸다는 듯 산의 품으로 파고들었다. 더운 물이 고인 샘에서, 실오라기 하나 걸치지

않은 두 사람은, 인류의 조상처럼 다시 한 번 사랑을 나누기 시작
했다.

2권에 계속

밀림무정 1

초판 1쇄 인쇄 2010년 10월 30일
초판 8쇄 발행 2010년 11월 30일
개정판 1쇄 발행 2015년 11월 16일

지은이 김탁환
펴낸이 김선식

경영총괄 김은영
마케팅총괄 최창규
책임편집 윤세미 **디자인** 문성미 **마케팅** 이상혁
콘텐츠개발2팀장 김현정 **콘텐츠개발2팀** 임지은, 백상웅, 문성미, 윤세미
마케팅본부 이주화, 정명찬, 이상혁, 최혜령, 박현미, 김선욱, 이소연
경영관리팀 송현주, 권송이, 윤이경, 임해랑

펴낸곳 다산북스 **출판등록** 2005년 12월 23일 제313-2005-00277호
주소 경기도 파주시 회동길 37-14 3, 4층
전화 02-702-1724(기획편집) 02-6217-1726(마케팅) 02-704-1724(경영관리)
팩스 02-703-2219 **이메일** dasanbooks@dasanbooks.com
홈페이지 www.dasanbooks.com **블로그** blog.naver.com/dasan_books
종이 한솔피엔에스 **출력 · 인쇄** 갑우문화사 **후가공** 이지앤비

ISBN 979-11-306-0645-3 04810
　　　 979-11-306-0644-6 (SET)

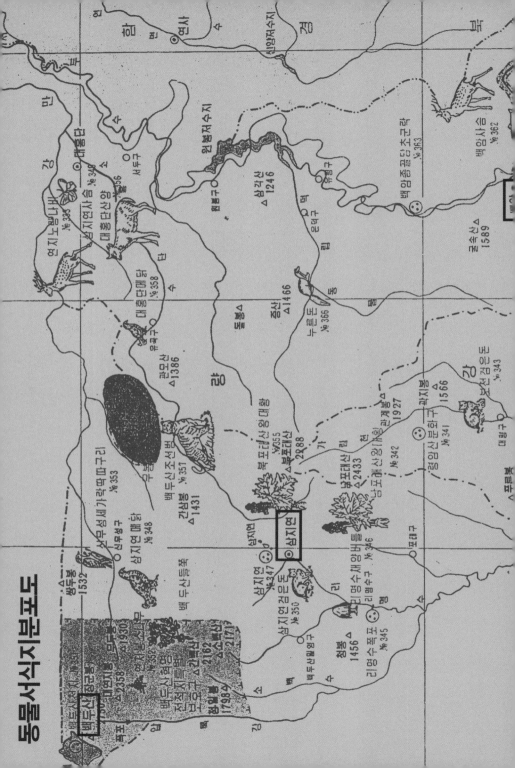

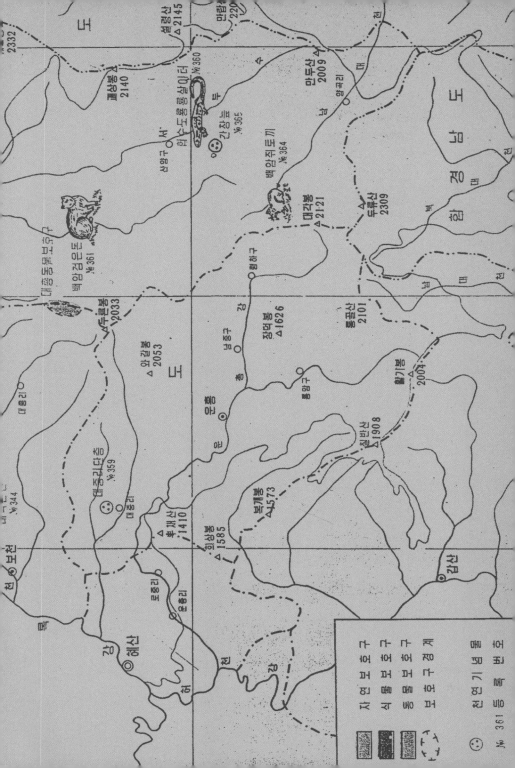